走遍江西100县

Zoubian Jiangxi 100xian

朱　虹◎主编

二十一世纪出版社
21st Century Publishing House
全国百佳出版社

序

朱　虹

江西地处长江中下游交界处南岸，古称“吴头楚尾，粤户闽庭”。它东邻福建、浙江，南连广东，西毗湖南，北接湖北和安徽，全省国土面积 16.69 万平方公里，设 11 个设区市、100 个县（市、区），是东江源头所在地。古人说，读万卷书，行万里路。深切了解一个地方，最好莫过于亲身实地走一走、看一看。我到江西工作后，为尽快摸清旅游资源情况，用了近一年的时间走遍了全省 100 个县。随着对江西历史人文、自然资源逐步深入地了解，越来越感慨物华天宝、人杰地灵并非虚言，越来越惊叹造化神奇、风物独绝非此莫属，也越来越觉得江西发展旅游的条件得天独厚，江西旅游事业大有可为。

说到走遍江西，不能不提起古已有之的“走江湖”，这里的“江”指的其实就是江西。据记载，唐宋之际，禅风日盛，尤以江西和湖南禅僧修为最高。禅门行者寻师参方，必来往于江西和湖南，否则不能得禅宗之要。抹去“走江湖”尘封的历史面纱，我们今天仿佛还能看到唐宋年间江西“万僧来朝”的盛景，充分感知江西多次在中国文化史上的引领地位。

儒释道三家是中国传统主流文化的主要组成部分，历史上三家相互融合、相互渗透，造就了中华文化的博大精深、源远流长。而江西自汉以后，尤其是唐宋时期，儒释道三家多有在此开宗立派，俨然成为了当时社会的文化中心。论佛教，早在魏晋时期，江西庐山就成为南方佛学研究和活动的中心，东晋高僧慧远在东林寺结白莲社创立净土宗，结合中国传统的灵魂不死思想，提出“形尽神不灭论”，佛教中国化进程在江西逐渐完成。唐代“马祖建丛林，百丈立清规”，高僧马祖道一在江西创立“丛林”，解决了佛教发展史上的硬件问题，使和尚住有所居；其弟子怀海在奉新百丈山制定规章，解决了佛教发展中的软件问题，确保了佛教的庄严性与崇高性，使其能持续、稳定地发展。北宋时期，佛教禅宗逐步演化成“五宗七家”，其中“三宗五家”源于江西，并远播海外。论道教，道教的重要流派天师道起源于江西龙虎山上清宫，以画符念咒、请神驱鬼为特色，持久传播于民间。元世祖命张天师“主领江南道教”，使之成为江南道教首领。论儒学，宋代江西，大哲继起，理学肇兴，以理学昌明为标志的儒家思想哲学化进程在江西完成。婺源人朱熹、金溪人陆九渊为理学双峰，他们的鹅湖之辩，首创学术自由争辩之风，产生了深远的历史影响。与此相关联，江西古代书院蓬勃发展，足有千所之多。白鹿洞书院名列中国四大书院之首，朱熹制订的《白鹿洞书院揭示》成为后世书院遵行的准绳和法规。

江西，又是华夏名贤的荟萃之地，“区区彼江西，所产多材贤。”历史上江西人才辈出、群星璀璨。晋代陶渊明一改玄学清谈文风，寄情田园景物，被尊为“古今隐逸诗人之宗”、田园诗之祖。北宋王安石品高学博，坚持政治改革，被列宁称为“中国 11 世纪的改革家”。唐宋八大家有三家在江西，其中欧阳修列宋代六家之首，是“天下翕然而师尊之”的文坛领袖。黄庭坚开创“江西诗派”，其书法成就更是高山仰止，书法《砥柱铭》卷创中国艺术品拍卖成交价世界纪录，总成交价达人民币 4.368 亿元。明代汤显祖创作的“临川四梦”代表了中国古典戏剧的最高成就，被誉为“东方的莎士比亚”。此外还有千古忠臣文天祥、《永乐大典》总编纂解缙、一代画圣八大山人、科学家宋应星和领衔设计故宫、圆明园、颐和园的永修“样式雷”家族等江西先贤均是名家巨擘，贤才大德。德安义门陈累世义聚三百余年不分家，是中国空想社会主义的实践先驱者，比英国思想家莫尔提出的“乌托邦”设想还早 600 多年。据统计，自唐至清，江西前后有进士 1.05 万人，占全国的 10.67%；文科鼎甲（状元、榜眼、探花）107 人，其中状元 42 人。江西籍历代宰辅近 100 人，有着“隔河两宰相，五里三状元”“一门九进士”“朝士半江西”的说法。江西实际上成为宋明两朝中央政府的主要人才库。此外，江西还吸引许多外地文化名人辐辏而至，或在此成就功业，或留下千古名篇。理学先驱周敦颐、宋明心学集大成者王守仁一生主要活动和重要思想形成均在江西；南昌滕王阁，王勃惊叹“落霞与孤鹜齐飞，秋水共长天一色”；赣州郁孤台，辛弃疾写下“青山遮不住，毕竟东流去”；庐山，李白吟哦“飞流直下三千尺，疑是银河落九天”、苏轼感慨“不识庐山真面目，只缘身在此山中”。

江西，也是民族艺术的扛鼎之地。江西素有“瓷国明珠”之誉，古窑址、古陶瓷遍及全省。景德镇瓷艺以“白如玉、明如镜、薄如纸、声如罄”蜚名四海，享有“千年瓷都”之誉。郭沫若诗云：“中华向号瓷之国，瓷业高峰在此都。”元末明初产生于弋阳的南戏“弋阳腔”是中国高腔戏曲的鼻祖，位居中国四大声腔之首，对京剧、川剧等 44 个剧种的形成产生了巨大影响。江西是中国古代舞蹈艺术活化石——傩舞的发祥地之一，萍乡、南丰、临川、乐安、宜黄、万载、德安傩文化尤为突出。堪舆学在中国流传已久，被广泛运用于房屋建筑、墓穴选址等诸多领域。江西“形势派”堪舆学，从唐后期以来流传社会、风行朝野。兴国县三僚村被称为“中国风水文化第一村”，明代三僚地师廖均卿勘择明十三陵，被奉为皇家御用风水师。

江西，还是中国工农业生产的滥觞之地。江西以水稻为核心的农耕文明已有一万多年历史。万年县仙人洞、吊桶环两处遗址发现的距今 1.2 万年前的栽培水稻技术，实际解决了水稻从野生到人类种植的转变，把世界栽培水稻历史推前了 5000 年，其水稻植硅石成为现今世界上年代最早的水稻栽培稻遗存。铜开采和冶炼是中国工业的最早表现之一。瑞昌市铜岭铜矿采冶遗址距今约 3300 年，是中国发现的矿冶遗址中年代最早、保存最完整、内涵最丰富的一处大型铜矿遗存，也是迄今世界最早用木支护技术采矿的遗址。新干大洋洲商代大墓，出土青铜器数量之多、造型之美、铸式之精，为中国东南地区所仅见，与殷墟青铜器群、广汉三星堆青铜器群并称为中国青铜文明的三大发现。到现在，江西仍然保持着粮食生产和铜工业的领先地位，江西铜业集团公司是中国最大的铜产品生产基地，德兴铜矿是亚洲最大的露天铜矿。

清代以后，江西的地位逐渐式微。一方面因为海洋文明的兴起，江西失去了交通要冲之利，偏离了政治经济中心；另一方面因为数次大的战争，尤其是太平军与清军在江西激战经年，致使江西饱受摧残，耗尽实力。第二次国内革命战争和抗日战争以来，江西又遭多次军事“围剿”和侵略屠杀，人口锐减，元气大伤。但与此同时，江西人民在中国共产党的领导下，再一次挺立潮头，开创了中国社会发展的新纪元，成为著名的“红色摇篮”，为民族独立以及中华民族的伟大复兴，作出了不可磨灭的贡献。

穿行在江西省域，从南至北，从东到西，一个个地名，一串串光辉的足迹，记录了中国革命和建设多个第一或者之最，见证着中国共产党的光辉历程。井冈山，是毛泽东领导下创立的第一个农村革命根据地，中国革命由此走上农村包围城市、最后夺取全国胜利的道路。南昌，1927 年 8 月 1 日周恩来等在此领导发动起义，从此诞生了中国共产党独立领导的人民军队。瑞金，是中华苏维埃共和国临时中央政府所在地，为 1949 年诞生的新中国进行了伟大预演。安源，毛泽东、刘少奇等在此领导和指挥了著名的安源路矿工人大罢工，成为中国工人运动的摇篮。1978 年的中共十一届三中全会吹响了中国改革开放的时代号角，这一切最早也发源于江西一条平凡的小道。1969 年 10 月至 1973 年 2 月，受到错误批判的邓小平和夫人卓琳被“疏散”到新建县拖拉机修配厂劳动。他们每天往返于从住地到工厂一条长满杂草的田间小道上，这条小路就是著名的“小平小道”。卓琳后来在回忆中深情地说，通过三年的思考，邓小平的思想更加明确、思路更加清晰、信念更加坚定，对于他复出不久即领导进行全面整顿，以及在中共的十一届三中全会后制定改革开放等新时期路线方针政策产生了直接影响。从“小平小道”上延伸出去的，是一条通往国家富强、人民幸福的中国特色社会主义康庄大道。

“问渠哪得清如许，为有源头活水来。”回头仔细审视养育着世世代代江西人的沃土，这是一个三面环山向北开口的马蹄形地形，地势南高北低。这里四季分明，雨量充沛，光照充足，基本没有大的自然灾害。这里大江与大湖襟连，绿水与青山相伴，市市有名山大川，县县有旅游景点，山河竞秀，如诗如歌，不能不感叹大自然对这方生灵的特别眷顾。

山，雄奇险秀，鬼斧神工。庐山、井冈山、三清山、龙虎山各具特色，早已名闻天下。云中草原武功山，在其海拔 1600 米以上的山脊线两侧，密布着 10 万亩连绵不绝“春夏绿油油、秋天金灿灿、冬天白皑皑”的高山草甸，依山势起伏画出优美曲线，美不胜收。千峰之首黄岗山，雄踞东南之巅，不仅是江西第一高峰，也是东南大陆十省的最高峰。奇峰险壑、山花古树、飞鸟走兽、流泉飞瀑让人目不暇接，迷人的镜月、壮美的日出、奇幻的云海、宏伟的峡谷、古朴的关隘更让人惊艳不已。月亮之都明月山，情月相融、泉月相映、禅月相通、农月相趣，其浪漫多姿的月亮情之旅给人以无限遐想。还有龟峰、三百山、大茅山、大觉山、灵山、汉仙岩、铜钹山等，精彩纷呈，令人流连忘返。

水，苍茫浩渺，千回百转。长江从江西北部贴境而过，留下152千米黄金岸线。无数条清泉小溪，汇成2400多条河流，流入赣江、抚河、信江、修河、饶河等主要河道，最后向北注入鄱阳湖，形成了中国第一大淡水湖。鄱阳湖以丰富的鱼虾、无污染的水质吸引着包括白鹤、东方白鹳、天鹅等在内的世界大批珍禽到此过冬，“飞时遮尽云和月，落时不见湖边草”。石钟山、鞋山、落星墩、吴城古镇、南矶山、鄱阳湖国家湿地公园、老爷庙等众多景点散布在鄱阳湖湖心湖岸，似颗颗明珠，点缀其间。九江庐山西海，碧波万顷，分布着大小不一、形态各异的1600多座岛屿；新余仙女湖，《搜神记》记述了这里“仙女下凡”的美好传说，风光绮丽，景色迷人；上犹陡水湖深邃清澈，四岸青峰绵延，群峦拱翠。还有大余丫山瀑布群、三百山东江第一瀑、庐山三叠泉、井冈山水口彩虹瀑等飞流直下，似银河跌落人间。此外，江西温泉遍布，不仅数量多、流量大，而且品质高。全省已发现100多处天然出露的温泉，宜春温汤富硒温泉是中国目前发现的少数可与法国埃克斯温泉相媲美的优质温泉，星子富氡温泉素有“江南第一温泉”之美誉，樟树盐温泉能使人不泳而浮，美容功效独具特色。

山连水，水连山，山水相连，相得益彰，造就了江西一流的生态、一流的水质、一流的空气。全省森林覆盖率达63.1%，境内主要河流监测断面Ⅰ－Ⅲ类水质常年保持在80%以上，11个设区市城市空气质量达到国家二级标准。更有崇义阳岭，空气负离子含量平均值高达9.2万个/m^3，最高处为19.2万个/m^3，被上海大世界基尼斯总部评为“空气负离子浓度值最高风景旅游区”，是名副其实的大氧吧。

城市，或日新月异，或韵味绵长。具有2200多年历史的省会南昌，既是享誉中外的英雄城市，又是环境优美的山水都城，还是快速崛起的动感都会，开放大气，诚信图强。九江，集名江、名湖、名山、名城于一身，融生态与人文于一体，妩媚多姿，和谐自然。江南宋城赣州，控五岭之要冲，扼粤闽之咽喉，至今流传“南方丝绸之路”之美名。吉安之庐陵故郡，抚州之才子故里，上饶之四省通衢，宜春之江山胜游，景德镇、鹰潭、新余、萍乡，城城天生丽质，竞写辉煌。

乡村，或田园如画，或古道老宅。中国最美乡村婺源，绿水青山，菜花烂漫，优美的田园风光，间以粉墙黛瓦、翘角飞檐的古建筑群和浓郁的乡风民情，“小桥，流水，人家”，恰似一幅幅绝美山水画。赣南客家围屋，高耸的炮楼、森严的炮口、厚实的城墙，铭刻着历史的厚重和岁月的沧桑。吉安渼陂、钓源、燕坊、锦源、潭头古村，文物古迹随处可见，古风古韵自然流露，恬淡豁达，蕴意深远，俨然一部浓缩的古庐陵文化史。“千古一村”乐安流坑村，现有明清建筑和遗址 260 多处，祠堂 50 座，宫观庙宇 8 处，文馆、戏台各 1 座，古居之多，全国罕见。

毛泽东曾在江西感叹，“踏遍青山人未老，风景这边独好”。述说历史辉煌不为炫耀掩饰，展示山光水色亦非自守陈规。保护好、开发好、永续利用好大自然和老祖宗留下的宝贵财富，加快发展旅游产业，是当代江西人的历史责任，是人与自然和谐发展的最好方式，也是既要金山银山、更要绿水青山的完美结合。2011 年，我省强力推出“江西风景独好”旅游品牌，全省旅游接待人数达 1.6 亿人次，旅游收入首次突破千亿元大关，达 1106 亿元，呈现出前所未有的强劲发展势头。下一步，我们将挟此风雷之势，进一步扩大旅游宣传促销覆盖面，积极引进外来投资，加大旅游基础设施和重点景区建设力度，打造旅游创意精品，丰富旅游产品体系，提高文化、娱乐等旅游消费比重，不断促进红色旅游、山水旅游、乡村旅游、温泉旅游等多业态全面发展，为海内外游客提供最称心、最安心、最暖心的江西之旅。

目 录

九　江

宜 春

上 饶

吉 安

抚 州

南昌 Nanchang

三探凤凰沟

袁淑贞

与凤凰沟结缘，是一条不知来由的短信，大致内容是说新年三千梅花开了，景区免票迎客。我的心刹那间就被蛊惑得蠢蠢欲动：冰肌玉骨的傲雪寒梅，一枝就足已令人难以忘怀，倘若真有成千上万，那是何等壮丽美景，无论如何都是不能错过的……

凤凰沟，江西省现代生态农业示范园，地处江西的首府首县——南昌县，距南昌市市中心仅35公里。景区占地面积8平方公里，花开四季，醉美茶海。

走进凤凰沟，首先映入眼帘的就是一座火红的凤凰雕塑，引颈长鸣，展翅欲飞，这大概就是凤凰沟的标志性建筑吧。细听导游的讲解方才明白，原来凤凰沟的由来还颇具传奇色彩，因一只彩凤力助江南才子唐伯虎逃离宁王监禁而传颂至今。不过，唐大才子怎么也想不到，当年他费尽心机要逃离的地方，如今已秀色满园、人涌如潮。

迫不及待地蹦上观光车，一路经过玉兰园、槭树园、海棠园、樱花谷，都还是一副冬天的景象，四周无比的静谧，目光所及之处尽是光光的树丫，偶尔一阵风掠过，枝条才极不情愿地轻晃几下，似乎在气恼风儿打扰了她的美梦。大家都静默着，谁也不愿搅乱这份安详、和谐的气氛。

突然，眼前一亮，那一片绿油油的不是茶树么？仅那一垄垄茶畦的变化就给人以无穷的美感——有的与道路垂直犹如士兵列队，整整齐齐；有的与道路平行仿若五线谱，似乎能听见上面跳动着的欢快的乐符；有的围成一道道的弧形，仿佛水面上漾起的涟漪，一圈圈地向外传递。还有一处以茶树为墙，隔挡建成一个大迷宫，听说迷宫里布下的是有名的八卦迷魂阵。无意间发现茶树被强行扒开穿行而过的痕迹，不禁莞尔，倘若真有人半天没出来，估计被迷住的不是魂，而是那颗贪景的心吧。

突然阵阵幽香袭来，呵，久违的暗香。循着香气拐过一弯，好一幅群梅争俏图。兴奋地徜徉在梅花丛中，细赏每朵梅花都别有韵致：含苞的娇羞欲语，脉脉含情；乍绽的落落大方，嫩蕊轻摇。有的娇小玲珑，憨态可掬，像初生婴孩般可亲；有的青春洋溢，热情奔放，似亭亭玉立少女般可爱；有的超凡脱俗，端庄大方，如持重贵妇般可敬。她们或仰、或倾、或倚、或思、或语、或舞、或笑傲冰雪、或戏倚春风……真是奇姿异态，美不胜收。

再次来到凤凰沟是阳春时节，那里已是春意盎然，花团锦簇。湖畔的柳树吐出了绿色的新芽，婀娜多姿。路两边的石楠叶色火红，胜似红花。沿着小径轻步微挪，眼中的美景犹如播放幻灯片般，紧随更迭：忽而有鸟鸣润耳，忽而有泥香沁心，槭树园里树姿潇洒、红叶灿如云霞，又如燃烧的火焰、舞动的红旗，极为绚丽；而其对面的紫玉兰亭亭玉立，满树绯紫，清丽脱俗；小巧玲珑的紫叶李未待繁花落尽，又紧忙披上紫红色的嫩叶，在风中嬉笑；海棠粉红娇艳，慵懒地横卧枝头，犹如贵妃醉酒般的雍容华贵；穿过海棠园，已身处于樱花谷中，轻柔婉转的古筝，清幽淡雅的花香，轻舞飞扬的花瓣，是何等的诗意浪漫。

无意中闯入了 DIY 区，孩子们正热火朝天地忙碌着，有押花的，有种小盆栽的，有拿着印模做手工皂的，还有磨豆腐的、包粽子的、采草莓摘黄瓜的。在他们那纯真无邪的笑容的感染下，我们也加入他们的行列，嬉笑打闹，仿佛又回到了孩童时代……

最近又去了一趟凤凰沟，是被南昌的燥热与莫名的烦闷驱着我去的。这次我只是坐在白浪湖边，静静地品茶，感受着天然空调的习习凉风，远眺着水面一线若有若无的浮漂，坠入一种忘我的境界，尘世的喧嚣顷刻规避，心里的忧烦顿然消失。正像朱自清先生在他的美文《荷塘月色》里描述的那样：“这时的你什么都可以想,也什么都可以不想,便觉是个自由的人。”

这就是我印象中的凤凰沟,短短的半年去了三次,每去一次,对她的怀念都要加重几分。怀着对那片美景难以细致表达的不安心情,执笔著此章以为念。奉劝但凡是爱美之人,最好是亲临其境方不觉憾!

(作者供职于江西省蚕桑茶叶研究所)

最早的仙踪　最近的温暖
——走近万寿宫

钟秋兰

每一个人都有一个听着爷爷讲故事长大的童年,每一个童年都会有一个美好的故事。在江西,大部分的神仙故事都与许真君有关,许真君斩蛟龙的故事就像一本线装书,在渐去的岁月中虽然有点模糊,却从来不曾散落。

黄堂宫

在微雨的冬日,一定不要忘了去祭拜许真君师傅生祠黄堂宫,在那里小站片刻,每年一度的庙会盛况会让人瞬间看到世间的香火与民俗。

黄堂宫坐落在新建县松湖镇,宫内供奉的主要是许逊师傅谌母娘娘。长期以来,前去黄堂宫朝奉的香客络绎不绝。特别是万寿宫庙会期间,来自丰城一带的朝拜者一定得先去迎来真君神像朝拜谌母娘娘,之后才去赴西山万寿宫庙会。

相传谌母娘娘是许逊的师傅。许逊在修道期间,遇到当地、也就是现在的丰城市隍城镇大旱,三年没下雨,田里颗粒无收,当地传说是有一个蛟龙在作怪。许真君见百姓贫苦,便奋不顾身去斩蛟龙,第一回合,许逊不敌蛟龙。于是许逊到镇江丹阳向谌母娘娘求法,谌母娘娘被许逊的善行感动,亲自传授许逊道法。之后许逊斩除了蛟龙。

沿着许真人的神仙足迹,我们走进了现在拥有谌母殿、三清殿、真君殿,占地近五十亩的黄堂宫，里面前来朝奉的人络绎不绝，香火缭绕。

冬雨绵绵，湿透的大理石地面叠映出谌母殿前两只古老石狮的倒影。它们虽年代久远，甚至被岁月风化掉了原有的神采，却透着一种远古的神秘与不朽的威仪。

万寿宫

有江西人的地方就有万寿宫。南昌出现过两座万寿宫，一座在南昌的闹市内，位于翠花街，早已被毁；另一座就是现在的西山万寿宫，它是全国目前保留完好，最早建成的万寿宫。

西山古称散原山、逍遥山。万寿宫即耸立于青翠秀丽的西山之麓，前临清溪，处山环水绕的幽境。经过长期改建装饰，这座江南名迹古木参天，回廊庭院幽静古朴，重檐殿阁突兀凌霄，宫顶琉璃辉煌夺目，每逢朝拜敬香期，宫内钟鸣铎响，香烟缭绕，恰似一处天外的玉宇琼楼。

西山万寿宫现存的正殿、三清殿、三官殿、谌母殿、关帝殿等，均为同治、光绪年间的建筑。正殿门之内许真君塑像端坐中央，十二真人分列两旁，吴猛、郭璞站立坛前。高明殿等三殿之前，几株参天古柏苍老遒劲，四季常青，相传左侧最大一株为许真君亲手所植。宫前的八角古井，民间盛传的“真君锁孽蛟于井底”，指的就是这口古井，至今仍泉水澄碧，保存完好。

据说，许逊辞官回乡，适逢江西和两湖各县洪水为患，许逊挺身而出，不辞劳苦，带领乡民治水，不仅治理了水患，更用其精湛的医术，灭瘟除疫，治病救人……传说，许逊在 136 岁时得道成仙，“举家四十余口，拔宅飞升”，连家养禽畜都一并带去了。“一人得道，鸡犬升天”的说法便由此而来。

有了神话色彩，再添上人格魅力，遥远的神仙立即变得亲近起来。真正确立许逊在江西人心目中地位的，是许逊的人格。作为“净明教”教派创始人，许逊融合道家与儒家思想，倡导“孝、悌、忠、信”，并以此教化乡里。这四字真言，后来也成了统领江右商帮的精神内核，素以“贾德”著称的江右商帮把这种精神总结为“诚信”“济民”。

温暖的民俗

西山万寿宫和其他以“万寿”命名的道教宫观不同，最早并非是由皇家或朝廷主持的宫观，而是由民间自发建立的真君庙宇。其信奉的是净明教。净明教作为中国道教史上重要的教派，不仅独树一帜，而且在中国儒家思想史上也占有特殊的地位。净明教主张“以忠孝为本，敬天崇道、济生度死为事”，元代以后全力推崇“忠孝”伦理，注重内心的修炼，主张“始于忠孝立本，中于去欲正心，终于直至净明”并以为“忠孝之道，非必长生而长生之性存，死而不昧，列于仙班”，经过元代改革后的净明道成为典型的儒道合一的、世俗化色彩浓厚的道派。

正是这样的道派，让普通的民众有了亲近的机会。也有了奉许真君为神的信仰。在这个“神仙”面前，民众可以不分高低贵贱携家而来，薰沐斋戒，寻求自己内心的安宁与温暖。

新建县的万寿宫，作为一个有号召力、影响力的道教场所，就在我们的身边。挑一个合适的时机走近它，触摸许真人得道成仙的踪迹，无异是在时空的道场与古人的一场心灵的对话。

白酒祖窖在李渡

张峪铭

在这之前还真不知道中国白酒的第一窖在进贤县的李渡镇。

李渡镇的烟花因大型国事活动在高空多次露脸，那是众人皆知的，但李渡的元代白酒酒窖的出土将中国白酒的历史向前推了三百多年，这一事实却知之者甚少。至此我才明白李白的“斗酒诗百篇”所喝的酒，不过是那乳白色的米酒而已。

走进烧酒作坊遗址，看到元代的酒窖、明代的水井、晾堂、炉灶和水沟等酿酒遗迹，布局配套，设施齐全，保存完整。被国务院批准为第六批国家重点文物保护单位。

我小心翼翼地走近它，就像怕惊扰了熟睡的老者。最令我惊叹的是窖基，有十二口之多，由青条砖圆形排列，呈放射状，凸出地面，如战车之轮，凛凛列阵；如冬晨之阳，温暖敛芒；层层叠叠，清癯卧立。同行的傅磊先生说，那上面的一层白色是发掘后出现的一层活性菌，历经千年而仍有生命活力，怎不让人嗟叹呢。

历史的车轮总是滚滚向前，留在身后的车辙总会被岁月的尘埃掩埋。日月轮回千年，酒窖依然身着元代的服饰出现在现代，湮没的历史总算醒来。是的，纸上的史记无论如何也没有地下遗迹的厚重和完整。民族的文化也是几千年积淀而成的，根基到底伸到何处，现时的，可能也不是最终答案。

我踏着沾着弥漫千年酒香的土路，凝想着勤劳聪慧的李渡人将头发束起，坦胸露背，在酒窖边、水井旁、炉灶前躬身忙碌着。那灶前的火映着好郎，那窖边的雾罩着酒汉，那缕缕酒香竟飘香了数个世纪……

到了酒文化博物馆，橱窗里陈列着碗、盅等酒具残片，在妙手修复下，显出了应有的本色，它们以残躯缺体向人们诉说着小镇的厚重历史：李渡又名李家渡，是赣东南漕运的重要码头，也是游宦官员的水路必经之地。李家渡原叫邹家渡，因邹家书生到省城赶考不愿顺船搭乘李姓穷书生，傲慢地宣称李书生能考上，就将邹姓改李姓。结果只有李家书生榜上有名。邹家长老为痛诫后辈浮薄之风，毅然将邹家渡改为李家渡。从此李渡学风趋正，人才辈出，仅一个北田村就出了六进士五举人两贡士。李渡两千多年的历史，酿酒历史有数百年，那时家家“前店后坊”，十里李渡，百里飘香。

能开华夏酿酒之先河者，必是心灵手巧之辈。在来宾留言簿下，我饱蘸墨汁写下了“千年李渡酒，万古流芳香”。

历史文化名村——罗田村

帅如珠

唐朝末期，社会动荡，民不聊生，农民起义风起云涌。特别是在湖北、陕西一带活动的黄巢起义军，屡屡给唐王朝的统治以沉重的打击。广明元年(公元 880 年)，为躲避战乱，湖北江夏郡蕲州罗田县人黄克昌举家离开故土，加入了南迁的人流。当他来到古洪州之西的西山山脚下，发现这里山清水秀、草茂地肥，便择地而居，并把老家的名字作为新居的地名，以便让子孙后代不忘故籍。于是，西山脚下便有了罗田，罗田黄氏便开始了客地春秋。

也许是钟灵毓秀，也许是水美地肥，也许是避开了战乱过上了安定的生活，罗田黄氏经过数代的休养生息，便人丁兴旺，气象万千了。

由于人口众多，供求所需，便有了商业的萌芽。家与家之间，房与房之间，村与村之间便出现了物资交换和货币流通。可观的利润和传统的开拓意识使他们敢于试着把生意做大。于是。罗田人便把生意做到了长埠，做到了龙津，做到了万埠，做到了吴城。吴城，那里是生意人的天堂。“装不尽的吴城，卸不完的汉口”。罗田商人驻足其中，以信誉经商，以仁厚处世，他们赢得了声誉，更赢得了丰厚的报酬。于是，白花花的银子用船装车载运回罗田，磨破了挑夫的肩膀皮，辗凹了坚硬的石门坎。还有那生意场中的奇闻轶事，至今仍在人们口中流传。

罗田商业的繁荣，还有一个重要的外部因素，用现代的话来说，那就是罗田具有得天独厚交通区位优势。一条用麻石条铺就的罗田古道，穿笔直过巷，越野跨溪。它东通西山万寿宫、洪州、进贤及至苏、杭、粤、闽，西接奉新、靖安、武宁、修水乃至湖广、四川；北连永修、星子、九江、湖口，是古洪洲和西北各地的交通要道之一，也是西、北各地香客到万寿宫进香的主要通道。各地游人、商贾和香客不论上山下岭，都要通过罗田，罗田村庄里的麻石古道便自然而然的成了商业街，临街的房子便做成了整齐的铺面。据专家考证，当年的八大山人朱耷，在往返于洪州和奉新耕香院时，曾与二三好友在这条麻石古道的跋涉中，排遣着对满清的仇恨和对丧国的哀伤。

罗田鼎盛时期，街道两边店铺林立，货物齐全。有铁匠铺、锡匠铺、肉铺、碑石铺、金银铺、当铺；有油面店、绸缎店、杂货店、豆腐店、黄烟店、圆木店、理发店、棉絮店、药店；有磨坊、酒坊、油榨坊和香烛作坊。尤其是前街上段的绣楼，实际上是黄氏的刺绣作坊。这里常年有二十多个绣女，她们的绣品精细、鲜活，可与苏绣、湘绣媲美。罗田人不仅自己开店经商，而且敞开胸怀，吸引了许多外姓商人在这里开店，开成了“前街绸缎布匹，后街仓库栈房，街头油盐百货，街尾烟酒磨坊，横街茶座饭馆，街上粮油猪行”这样门类齐全的商业集散地。每逢集日或进香拜佛的日子，竖街上便摩肩接踵，万头攒动。店铺里家家门户大开，店主人笑容可掬。货摊上香菇木耳、蔬菜果品、海参洋布，日用百货，懒蛇活鹿、绿酒红茶……真是应有尽有。生意人看货验货，还价付钱，赶路人吃烟吃茶、歇脚打尖。

岁月磨合了楚文化和赣文化。罗田人和当地人一样，在信奉佛教同时，也普遍膜拜许真君。每到进香的日子，罗田人家家精心准备贡品，虔诚地加入去西山万寿宫进香的行列。不仅如此，他们还在村庄周围兴建道观佛殿，把菩萨请到村里来，以便时时祭拜，祈求兴隆、顺遂、富贵、幸福。

罗田的古屋群沿袭封建庄园的模式，分东、西、南、北四个大门，四个大门和四座刹观遥遥相对，村里依房聚居，按甲管理。每一甲都建有自己的门头、水井、水塘、香火堂等公共设施。

古屋群中规模最庞大、气势最恢宏的便是俗称为“罗田四十八个天井”的“世大夫第”。“世大夫第”是村里最大的古屋，原占地面积为 4400 多平方米，是在吴城经商的黄秀文于乾隆年间建造的，距今二百五十多年，由于沧桑兴废，战乱火灾，

48 个天井只剩下 26 个，占地面积也只有 2400 平方米了，好在古屋废墟的东北角上，罗田始祖黄克昌亲手栽下的樟树虽历经千载却景象依然。“罗田有个大富垵，一棵樟树遮半边”，这棵围长 8 米、六个成年人环抱不下的南昌地区最大最老的香樟，仍然枝繁叶茂，用香风驱赶着疫瘴，用清凉荫庇着后人。

“世大夫第”的主体建筑为三重进，有四堂，由前而后分别为前堂、过堂、中堂、后堂。每堂都有堂巷与两侧的同类建筑（同样三重进却规模略小）相通。中间还配有偏房、耳房、库房、厨房，碾米房和下人用房；后堂的后门通向后花园，通向饲养场、晒场，整个私宅功能齐全，应有尽有。

古屋的大门高大而厚重，不仅从安全考虑，更是家族门第高低、地位尊卑的形象标志。整栋古屋至少有 100 个门。正大门以坚固的木料制作，门上装有特大的圆形铁质门扣环和铺首，朱红油漆，富丽堂皇。厅堂的门则以高大的多扇门组合成屏风墙，构成大厅的独立空间。平时，只打开左右两侧各一扇，供行人来往。每逢佳宾显贵到访或节日喜日，则将所有门扇打开，称之为“大开中门”。

古屋的天井名目繁多。每个大堂有大型天井，前幢与后幢之间则设有场井，两边大一点的房间前还有房井。此外还有巷井，过道井等。各种天井的形状也不尽相同，长方形的，正方形的，还有半月形、三角形和长条形等。天井除了采光、通风、透气，还是古人修身养性的场所。大一点的天井中，都放着两个大磉礅，磉礅上又托着镌着图案的大陶缸。缸中盛满水，起着消防作用，再养上几尾金鱼，怡情怡兴，韵味悠长。

古屋的整体风格简朴庄重，但屋里的修饰却颇为豪华。特别是堂屋天井两侧厢房的门窗板壁，为古代工匠提供了一个尽情展示高超技艺的舞台。一扇扇花窗就是一件件精美的工艺品，他们采用夸张与象征的变形手法和二方连续与四方连续的构图，组合成福寿神仙、花鸟鱼兽等各种图案，美不胜收。特别是正中堂对面的祭红石横梁，那上面雕镂的状元打马游街、麒麟献瑞以及鲤鱼跳龙门，令人叹为观止。

如今，罗田虽然失去了作为商埠集镇的繁华，但仍拥有庞大的古屋群，它与邻近的水南古屋群、京台古屋群遥相呼应，构成鼎足之势。丰富而深厚的人文景观与西山梅岭自然的风景交相辉映，相得益彰。

寻梦杏花楼

闵思龙

在赣鄱的名人史册中，有一位奇女子，她是明代屈指可数的女诗人、女书法家，她美丽聪颖，贤淑温婉，她就是明代宁王朱宸濠之妻娄妃。

娄妃本名娄素珍，系江西上饶人，是理学家娄谅的孙女、兵部郎中娄性的长女。家学渊博的娄素珍自小聪颖善学，多才多艺，好诗文、工书画、通棋琴而声名远扬。祖父娄谅对她尤为喜爱，并经常亲自教授她诗文和书画。也就是因为此，等素珍出落得亭亭玉立的时候，便有许多有权有势的豪门世家纷纷派人来说亲，而宁王府也在其内。也许终究是缘分天注定，素珍16岁那年，嫁给了风流倜傥的宁王朱宸濠，时人称娄妃。宁王为她在今南昌百花洲畔建有一梳妆台，也就是杏花楼的所在。

盛夏时节，怀着一份对这位才女的敬仰之情，踏上了寻梦杏花楼的旅程。

漫步在环湖堤上，远眺南湖之上的杏花楼，四面环水，青砖灰瓦马头墙在依依杨柳的簇拥下，清风拂过时，若隐若现，别有一番令人心醉的感觉。

从环湖堤岸到杏花楼，需过一道灵应桥。想必这桥名的寓意是有求必应吧。杏花楼俗称水观音亭，这是因为在清代，杏花楼畔曾建有一庵，名为观音亭，因其四面临水，民间俗称“水观音亭”。

走过灵应桥，穿过石牌楼，便是那洋溢着徽派建筑风格的杏花楼。白墙，灰瓦，硬山顶，门前一对镇宅狮，颇有江南园林的意境。跨过院门，园内曲径通幽，沿着紫竹夹道的小石子路前行，前方便是清代乾隆年间修建的石板桥“观音桥”。一条条长形石板横跨水面，透过石板的缝隙，隐约可以看见鱼儿在水下嬉戏。

走过观音桥，路的左侧不远处是“唐寅故居”，右侧是“唐伯虎戏水处”。当年宁王为了表达他对娄妃的宠爱，特意派人前往苏州，把素有江南四大才子之称的唐伯虎请来南昌做她的老师。娄妃在唐伯虎的指导下，诗书画都达到了很高的造诣。后来，唐伯虎发现宁王有野心奇志，有谋反之意，于是整天装疯卖傻，嗜酒癫狂，有好几次都是赤身裸体假装跌入南湖。因为他“疯了”，所以宁王的下人们对他的看管就松下来了，才让他有机会逃离了宁王府这个是非之地。

再往前行，过圆门，右侧便是娄妃井。扶着麻石雕刻的井栏，俯身向井底望去，六百来年过去了，井水依旧清澈澄透。

离开娄妃井，沿小石路往左侧走，就到了杏花楼。这是在当年“娄妃梳妆台”的基础上几经修葺而建成的。楼前庭院十分清静，院中有戏台，戏台前荷叶田田，尾尾锦鲤悠游嬉戏。

戏台的两侧，各有一个石刻大字——屏、翰，原本在宁王府安放，文革前转移至此。“屏翰”二字，为娄妃所书，据说是用她自己的头发蘸墨书写而成的，笔锋很是矫健、硬朗，金钩铁划。

院落中间有一幢以四堵风火墙相隔的二层厅楼，白墙黛瓦，花梁朱柱，挑檐翘角，漏窗花墙，这便是杏花楼，也称为娄妃故居“遗香阁”。“遗香阁”内有琴轩、棋室、书坊等。在书坊中，挂着一幅后人临摹的画，名为《夫妻采樵图》，留白处有诗云：“妇语夫兮夫转听，采樵须知担头轻。昨宵雨过苍苔滑，莫向苍苔险处行。”这是深明大义的娄妃为劝谏宁王朱宸濠莫要造反而作的。宁王知道诗中的暗示，却不加领会，一意孤行。起兵三个月就被提督南赣右佥都御史王阳明杀得落花流水，朱宸濠见大势已去，便与众嫔妃泣别，娄妃对朱宸濠说：“不用吾言以至此，尚何道！”最终全军覆没，朱宸濠被擒，于囚车中泣曰：“昔纣用妇言亡国，我以不用妇言亡身，今悔恨何及！”性格刚烈的娄妃悲痛欲绝，投江自尽。“周身皆以锦绳以内结”，以免死后遭人污辱。临死前题有《西江绝笔》：“画虎屠龙叹旧图，血书才了凤眼枯。迄今十丈鄱湖水，流尽当年泪点无。”一代贤妃，就此香消玉殒。

斗转星移，人去楼空，独有这杏花楼透着一分幽静和古雅。仿佛历史在这驻足或停留过的人和事，皆已成风，或已化作蒙蒙烟雨，在这儿谛视与逗留。

（作者供职于南昌市东湖区旅游局）

南昌的路名

梁 琴

南昌，一座江南的历史文化名城，2200 年的城市年轮刻在古老的樟树上。

西汉初年，车骑大将军灌婴率领一支长途征战的骑兵，赤日炎炎中，突然发现远处一大片蓊郁的樟树林，眼睛为之一亮，绿荫如盖的大树，让征战劳顿的将士们找到了家园般的归宿感。汉高祖五年（公元前 202 年），灌婴受命在樟树林筑城。于是战功赫赫的将军的名字，就与一座城市永远连在了一起。于是这座城市便有了灌城、豫章郡抑或洪州等的称谓。有意思的是，灌婴策马奔跃，当年他洗马的地方，至今仍叫“洗马池”。因此，又有人称“南昌”为“洗马之城”。

推开 2200 年的古城门，斑驳的旧城墙，迷宫一般的街巷，穿城而过的赣江，凌空而起的古阁……便是这座城市的历史。

走过一条条老街旧巷，走过从小就熟悉的“渊明路”“永叔路”“象山路”“叠山路”，还有家门口的“子固路”……我猛然领悟到，这些不经意挂在嘴边的街名，其实大有深意。

由于热爱行走，我曾经探访过许多城市，但像南昌这样集中地以本乡本土的历史文化名人命名的乡贤路，却不多见。

南昌的街名，宛如这个城市的名片，凸显了它的历史底蕴与文化含量。“渊明路”、“孺子路”（徐稚字）、“永叔路”（欧阳修字）、“子固路”（曾巩字）、“象山路”（陆九渊别号)、“叠山路”(谢枋得号)、“阳明路”(王守仁)、“船山路”(王夫之)、“榕门路”(原黄黎洲路)、“安石路”(易名八一大道),这十大乡贤的名字,如璀璨的星斗在中国文化史上熠熠闪光。王阳明、王船山、黄黎州虽属外省藉,由于他们在江西的政声受后人景仰,亦被南昌人视为“老表”。

每当我抬头看看这些街名,除了有一份内心的骄傲,也感觉到一份责任。街名,让南昌人掂量出“薪火相传”这个词的分量。

在南昌,随便走进一条老街,都会牵扯出一串传奇故事。就说中山路,1912 年秋,孙中山从沪上乘船来赣,骑着枣红马,检阅辛亥革命后江西新编第一师和第二师。阅兵式后,孙先生发表演讲,他说:“江西是人杰地灵的好地方,历代以来有文天祥、谢叠山的英雄气节,有欧阳修、黄山谷的道德文章,江西的庐山五老峰代表了江西人的骨气。江西人响应辛亥革命,风起云涌。”中山先生鼓动人心的演讲,让在场的每个人都听得血脉贲张。

南昌的中山路,在中国的历史上还有着特殊的意义。

80 多年前的“八一起义”,打响了武装革命的第一枪。周恩来、朱德等领导的“起义总指挥部”就设在中山路上的“江西大旅社”。前沿指挥作战的贺龙指挥部,设在圣公会教堂,叶挺指挥部设在“心远中学”工字楼。走过中山路,径直东行,一座瑰伟绝特的楼阁,矗立于赣江与抚河交汇处,这就是滕王阁。唐才子王勃的“落霞与孤鹜齐飞,秋水共长天一色”,使“滕王阁”成为风流千古的江南名楼。文坛大家韩愈,一言九鼎,“江南多临观之美,而滕王阁独为第一”,大大提升了滕王阁的知名度。那高悬于阁上的匾额,上书”滕王阁”三个鎏金的大字,正出自苏东坡的大手笔。

一座 1300 多年前的古阁,留下了 1300 多篇(首)诗文,两个数字奇异地吻合,让人惊叹。在我看来,这座江南名楼,已不再是一石一木构筑而成的,而是用 1300 多篇诗辞歌赋搭建起来的,它突兀凌霄,恢宏大气,是南昌人永远的精神高阁。

南昌文风鼎盛,文脉相传。1898 年,严复的弟子熊元锷、熊育钖兄弟俩,创建了江西历史上最早一所新式学堂“南昌熊氏私立心远中学”。校址就选在古代教育先贤子羽传教讲学的地方。子羽是孔子的门徒,博学多才,南游讲学,定居南昌,死后葬于东湖边。熊育钖先生教书育人五十载,有 3000 名高中生毕业于“心远中学”。从这扇校门里先后走出了方志敏、邹韬奋，走出了陈寅恪、吴有训、胡先骕、傅抱石等一批“人中之杰”。这所学校便是今日的“南昌二中”。有着深厚文化底蕴的南昌学子，如今在全国高考中，一批又一批出类拔萃者闯入北大、清华园。

唐诗宋词里的南昌，不再沉湎于悠久的历史文化传统，光荣与梦想，不只属于过去。新中国第一架飞机、第一枚海防导弹、第一台轮式拖拉机、第一辆摩托车，都诞生在南昌。在改革开放的大潮中，高新技术、信息产业使南昌步入了现代文明的快车道，南昌飞机、江铃汽车、洪都摩托、江中制药等声名远播。“新八一大桥”和“南昌大桥”犹如两条巨龙，凌空横跨赣江两岸，象征着南昌经济的跨越式腾飞。

这座江南古城，正以海纳百川的胸怀，以更加开放的姿态，在中部崛起。

（作者系中国作家协会会员、中国少数民族作家协会会员、原《创作评谭》主编）

八大山人梅湖景区游记

于姿丹

周末,满怀着疑问与新奇,独自来到了八大山人梅湖景区,抬手看表,出发到这也就半小时的车程,或许是在喧闹的楼宇间身心疲惫,一到这便感觉如世外桃源,古朴的徽派建筑间荡漾着碧绿的湖水,这样一个开放式的景区,在城市中还真是稀有。

步入景区,犹如走进了苏州园林又仿佛置身于徽州水乡。放眼望去,殿宇堂阁,清溪蜿蜒,水明如镜,泊岸曲折,可谓独揽湖山田园之美。

余秋雨先生在《文化苦旅》中写了这么一句:“恕我直言,在我到过的省会中,南昌算是不太好玩的一个。幸好它的郊外还有个青云谱。”作为一个文人,在他看来,南昌除了青云谱的道观和八大山人的画作,再也没有别的东西值得他费墨了,可惭愧的是,在南昌土生土长二十几年的我,却还不曾踏入过这片仙境。

青云桥是一座横跨于湖面的双排拱桥,驻足之上,放眼望去,在泱泱湖水中托着一座极具江南特色的园林,它前身是一座道院,相传早在2500余年前,周灵王之子即在此开基炼丹。千年沧桑,道院几经兴废,解放初已是庭院荒芜,残破不堪了。后经人民政府多次拨款修葺,于1959年建立了国内第一座古代画家纪念馆——八大山人纪念馆。八大山人是朱元璋的后裔,原名朱耷,明末清初的大写意画派宗师,齐白石曾言:“恨不能前生三百年,愿为诸君铺纸磨墨。”如果不是他的生不逢时，遭遇坎坷，或许就成不了今天我们所追寻的朱耷了。

顺着“青云桥”一直往前行，来到八大山人纪念馆门口，见到的是一堵不高的青石墙，中间开着一个小门，这小门曾是这道院的后门，门上刻着“青云谱”，相传吕洞宾曾驾青云来到这里。恍然间，走进的不是什么纪念馆，而是一座穿越历史的古代道院。等到进了门来，却是树木花草扶疏，小溪淙淙流淌，山石错落有致，竟是一处幽深的所在。那堵矮矮的青砖墙，居然把小小的道院都围了起来，供朱耷一人独自享受。顺着一条蜿蜒的青石路向前走，周围的古树青幽静谧。应该说，朱耷的仕途也像这蜿蜒曲折的小径一样。朱耷 19 岁考取了进士，却遭遇了“甲申之变”，这以后一路逃亡，辗转江西，为僧、为道、游历山水。颠沛流离中，他结识了罗牧和牛石慧，共同的艺术追求让他们开创了新一代画派风格。慕其字画来拜访的达贵显赫络绎不绝，朱耷却隐蔽世俗，做山中仙人，悬“哑”字于门楣，婉拒讨扰。

悠然走到馆前，门石上刻着的“净明真境”，再往里走赫然映入眼帘的是大殿前的手书对联，“开径望三益；卓荦观群书。”即“一推开门，便能看见松、竹、梅这三位好友，而想要学识渊博就需博览群书。”当年朱耷就是在这修道，隐世于人。他的字不容易辨认，或许是掺杂了太多的情绪，潦草中却带着韧性。

穿过无上玄门，觅入桂花林，林间小路蹒跚，一弯荷池清澈明净，倒映着葱笼修竹，花影摇曳，恰似人间仙境。悠悠然来到了朱耷的墓前，确切地说，这是他的衣冠冢，在他 80 岁赫然长逝后，是当年在这的道友为纪念他而立的。绕着朱耷的墓走了三圈，以示对这位大画家的崇敬。墓的周围有三棵古树，两棵苦槠和一棵古樟树，枝叶繁茂层迭，古木郁郁葱葱，参天而立，枝干虬劲。细看一下碑上的文字，才发现，墓碑并没有署谁为其而立，这也就解释了他晚年游历山水的状态。朱耷有一首题画诗说：“墨点无多泪点多，山河仍是旧山河。横流乱世杈椰树，留得文林细揣摹。”我想，这也是他参禅悟道后哭笑不得、啼笑皆非的感慨吧。

走出八大山人纪念馆，还未回过神来，便已到了另一处景点——华夏艺术第一廊。这个一眼望不到尽头的廊亭全长有 1800 米，比颐和园里最长的长廊还要长一千余米，关于长廊的修筑有一个美妙的传说。相传古时候，一到雨天，女子出行衣裙很容易污浊，所以人们想到，修筑长廊为女子遮风避雨。长廊沿着梅湖水系浮于水面上，让人产生飘然若仙的幻觉，长廊的一端是一个类似天坛一般的古坛，放眼望去，酷似系着古坛腾飞的云龙，架于这一片仙境之上。

再往前走，是一座中西合璧的建筑——程允贤雕塑艺术馆。对于雕塑的理解，只知道塑是青铜的，雕是石类的，而这位程先生着实让人敬仰，他的大部分作品是中国历史上的革命伟人，一刀一锤下的伟人们，形神并茂、高大伟岸，眉宇眼神间似乎正在向我诉说那金戈铁马的战争年代，引领我走进那段峥嵘岁月。

走出展馆，沿着湖边漫步，什么是大隐于市小隐于山，梅湖景区算是体现的淋漓尽致了，这真是一块风水宝地，山水间透着灵性，让人驾着青云来，带着仙意归，青云谱的八大山人梅湖景区可谓是一个修身养性的佳地福地。

（作者供职于南昌市青云谱区）

洪崖丹井

万利平　龚家凤

一

洪崖丹井，位于今日湾里乌井水库下游，翠岩寺右侧的一个峡谷之中。就在这样一个幽篁深深，巨藤缠绕，流水潺潺，鸟鸣嘤嘤的幽谷中，伶伦——洪崖先生书写了华夏音乐史的第一篇。

《豫章书》载："洪崖先生者，得道居西山洪崖，或曰即黄帝之臣伶伦也。"

《辞海》洪崖注释云："一名伏龙山，左右石壁陡峙，飞泉奔注，相传先生得道于此。下有炼丹井，名曰洪井。"

《江西省志·文化艺术志》说："被称作中国音乐鼻祖的黄帝乐臣伶伦(洪崖先生)，于远古时期就在江西省南昌地区的梅岭山掘井(又名洪崖丹井)修炼，并与荣将创制音律，又断竹而吹，以为黄钟之管。这对促进江西省民间音乐文化的发展，有着重要作用。"

钟灵毓秀的梅岭，似乎与华夏音乐史有着诸多的渊源。春秋时期，萧史、弄玉在这里吹箫。明代宁王朱权，历时十二载，在这里整理了我国现存刊印最早的琴谱《臞仙神奇秘谱》。我们今日广为流传的《高山流水》《梅花三弄》《阳春白雪》《平沙落雁》《广陵散》《昭君怨》《大胡笳》，都是从这位王爷的琴谱中、琴匣中飘散开来，甚至渗透到每一个中华儿女的精神气质中。

在庸常的日子里，我总喜欢听中国古代十大名曲来怡情养性。追根溯源。有时，听着听着，神思缥缈，会遥想洪崖先生在我的家山断竹而吹，谱写华夏音乐第一篇的情景。

二

远在黄帝时，中华民族还没有音律，人们打了胜仗、庆祝丰收、祭奠神灵、节日庆典，只是用棍棒敲打皮鼓、陶罐、兽骨和竹木之类的东西以示欢庆——声音除了嘈杂，便是喧嚣。

黄帝，乃华夏民族的人文初祖，其时的黄河流域，文明曙光乍现，我们的先人开始播种五谷、创造文字、穿衣戴帽、发明舟车、打造兵器、推广医术……

一日，黄帝召见了乐官伶伦，请他发明音律。

据《吕氏春秋·仲夏记·古乐篇》中记载："昔黄帝令伶伦作律，伶伦于大夏之西，乃之阮隃之阴，取竹于嶰溪之谷，以生空窍厚钧者，断两节间，其长三寸九分而吹之。……听凤皇(凰)之鸣，以别十二律，其雄鸣为六，雌鸣亦六，以比黄钟之宫适合。黄钟之宫皆可以生之，故曰黄钟之宫，律吕之本。"

伶伦领旨后，首先来到昆仑山下的昆仑泉边，选用了树叶、兽骨、陶罐等作材料，来制作乐器，吹之，声音呜呜然，没有阴阳之分。……吹着，吹着，空中愁云惨淡，天地都为之昏暗。伶伦心情很是沮丧，有时，用自己制作的乐器，吹奏出呜呜然的声音，倒也恰如其分地表达出自己悲凉的心境。

就在伶伦快要绝望时，听说长江以南一带，山环水绕，四季如春。他想，不妨去那遥远的江南，找找感觉看。

伶伦在昆仑山水瘦山寒，彤云密布，寒风呼啸，初雪飘飞的深秋一天，打点好行装，杖策南行。他心中有一种强烈的使命感，跨着大步，日夜兼程。他越往南走，空气越湿润，山色越秀美，似乎到了另外一个世界。

伶伦不记得走了多少时日，来到了今日的洪崖一带，只见这里峰峦叠嶂，松竹满山。山涧流水潺潺，如泣如诉。其时的山间，油茶树开得白茫茫、银灿灿，如烟似雾，胜似春日梨花。菊花丛中，蝶舞蜂吟。就连空气也香香的，甜甜的。

伶伦似乎觉得走进了仙境，耳朵里也总觉得有仙乐在飘。他再也迈不开前进的步伐,在此结庐而居。

其时的伶伦先生,已年过半百,头发花白,牙齿也开始松动了。光阴似箭,日月如梭,生命正在加速衰老!

伶伦想,轩辕黄帝交给我的使命还没有完成,我可不能稀里糊涂就老死了。他听说吃了仙丹,可以长生不老,就这个幽谷的流水边,凿了一口丹井,打了一眼丹灶,一边炼丹,一边取竹断节而吹之。

伶伦先生当年长得什么样子呢? 稚翁先生写的《洪崖丹井》民间故事中描述:

很古很古的时候,在洪崖瀑布旁边的山岩下,住着一个采药炼丹的老人。他身高九尺,身架子就像西山的岩石那样结实;头发、胡子红里带紫,就像飘着一片晚霞。

故事接着写伶伦先生采药和炼丹:

他天天上山采了药草回来,就拿给一只小猫去尝,小猫尝过以后,再拿到一个大石臼中捣碎,然后用悬岩下的瀑布水合成丸,给人治病,非常灵验。住在附近的人家,有病就去找他,年年如此,代代如此。这个老人家官名叫伶伦,不过,大家都叫他洪崖先生。

有一次,洪崖先生在捣药时,一瓣月华飞溅在药臼旁的茶叶树上。那时正好是茶叶树开花季节,茶花与月宫粉一撮合,就孕育了一颗新种子,种子落在溜光溜光的岩石上,照样发了芽,趴着岩石伸着根,长成矮矬矬的一棵小茶苗。洪崖先生每天舀一勺洪崖水,从叶到根淋得湿漉漉。不几年,山坡上这样的茶树越来越多,长出矮矬矬的新茶林了。用洪崖瀑布水滋养的茶叶,气味醇厚,异香扑鼻,与众不同,后人把它作为献给宫廷的贡品,并根据茶叶树矮矬矬的样子,给它取个名字叫"罗汉茶"。

洪崖先生炼丹捣药,不怕疲劳,不管日夜,不计年月,直炼得西山顶上烟雾腾腾,炉火映得西边天空一片通红,岩石被烤得坚硬如钢,西山水被药气薰得甜津津,西山土被药渣掺得香喷喷,西山的草木也因此长得特别青翠,四季飘香。一座方圆二三百里的西山,竟炼成了一座钟灵神秀的仙山。

伶伦先生模仿流水声、鸟语声、虫鸣声、松涛声、天籁声,竹管中,渐渐飞出了一串串美妙的音律,慢慢形成了乐谱。乐谱总共有十二律,各律从低到高,依次为:

黄钟、大吕、太簇、夹种、姑洗、仲吕、蕤宾、林钟、夷则、南吕、无射、应钟。十二律，又分阴阳，凡奇数六种称阳律，凡偶数六种称阴律。

伶伦先生发明了音律，很快来到了黄帝身边。

黄帝立即让乐师演奏。——那优美的旋律，时而似高山流水，时而如莺歌燕舞，时而像黄钟大吕……在场的人听着听着，灵魂都出了窍，随着美妙的旋律，飘向了山明水秀的江南……

后来，伶伦先生被尊为华夏音乐的鼻祖，洪崖丹井也就自然成了音乐的发祥地。

我的文友孙建平在《聆听洪崖》写道:

…………

一缕丝竹之音
若有若无
透过雨滴松风泉声鸟鸣
在我心中萦绕
哦！伶伦
听见了
我终于听见了——
从《风·雅·颂》到《春天的故事》
民族之魂
大音希声。

三

山不在高，有仙则灵。自古至今，达官显贵、文人墨客、僧侣道人，把造访洪崖丹井，当做一种时尚。

晋代郭璞和许逊云游至此，郭璞在《仙游诗》中，写下“左把浮丘袖，右拍洪崖肩”的诗。

王勃千古绝唱《滕王阁序》开篇有“豫章故郡，洪都新府”之句。在隋开皇九年（589），全国统一命州，豫章郡因洪崖所在，改为洪州。

此地，是古“豫章十景”之一，是为南昌最古老的名胜古迹。

唐朝晋州(今山西浮山)高道张氲，仰慕伶伦事迹，来此处修炼，也取名号为洪崖先生。

唐朝乾宁元年(894)，唐昭宗赐殿宇，匾名“应圣宫”，内供奉肃宗遗像。南唐中主李璟重修，徐铉作《应圣宫记》。

明代永乐年间(1403~1424)状元曾棨，《洪崖丹井》诗云：

闻道尧时一老仙，烧丹凿井不知年。
长因洗药浮香气，偶为开炉泛瑞烟。
灵液昼凝封宝鼎，神光夜发照寒泉。
谁知咽漱通仙术，凡骨飘飘比蜕蝉。

“逢泉皆可坐，击石自成吟。处处藤萝好，重重紫翠深。人稀莺啭谷，院静鹤盘林。何福生居此，桃园莫更寻。”这是明代万历年间(1573~1620)位至宰相之尊的张位咏洪崖瀑布的诗。

徐世溥在《西山纪胜》中说：“洪崖先生，三皇时人也。……石间大水出流为洪，峭石壁为崖。邃古之初，姓氏未起，依事立名，因其得道处，称之为洪崖先生。”

洪崖丹井，两山相夹，一股激流，自嶙峋的岩石间，喷薄而下。在峭拔的岩壁上，刻有“洪崖”两个古朴苍劲的大字，是为清代“康熙丙辰年九月下浣笑堂白书”。其左有一联曰：“两峡悬流联瀑布；一泓活水出洪崖。”由闽长溪、游起南题刻。其右刻有：“海陵周次张、龚甦中、郧枚惟，以淳熙乙巳冬，携樽访药臼，徘徊不觉暮矣。曝西日，掬清泉，相与乐而忘归。”

在今日洪崖丹井边，一块浑圆的巨岩上，塑造了一尊伶伦的紫红色赤身石雕。他半跪半蹲，上身披着一块葛巾，左手高高托起排箫，仰望苍穹。石雕线条粗犷古拙，意味深远，内涵丰富，足以引发游人思古之幽情。

醉醒天香园

陈修浩

去过许多名山大川,访过不少名胜古迹,游过诸多园林景观,可是,人呀往往是这样的,惦记了远处的却疏忽了身边的。因为近在咫尺,心想什么时候都可以去。唯其如此,名闻遐迩的天香园虽就在眼面前,心里也每每念记,却从未走近过它。

退休了,成了“宅男”“坐家”,闲暇多了起来,这才下决心往天香园一游。

阳春三月,万物复苏。那日有友人邀宴,小酌微醉,乘着几分酒兴,情致勃发,遂嘱友人开车将我撂到天香园。单身独人,随兴漫游。

来至门口,“天香园”三个鎏金大字射入眼球。细看,乃我敬仰之启功先生大笔所题。启功先生,书文之大师、国家之瑰宝,以“三不高”自谓者:地位不高(教师)、职位不高(副教授)、个头不高。但先生在我心中,却是“三高”圣贤之人:德高、才高、境界高。可用庄周《逍遥游》中所云:“至人无己,神人无功,圣人无名”称颂先生。

进得门来,别有一番光景。曲径通幽,满目葱郁。随径信步,未行数丈,便闻得声声鸟鸣,那啼声如歌,撩人心旌;那叫声如诉,扣人心扉。我顺着声音急步奔去,只见偌大一片林子,白茫茫,灰蒙蒙,莽苍苍,眼前突现一个鸟的世界。鹭!对,那的确是鹭。白鹭、灰鹭、夜鹭、池鹭、牛背鹭……好一个鹭的国度!鹭啊,你们来自哪里？为什么选择此地安家？鹭引颈，回以如歌的鸣叫。于是，我想起了数学大师陈省身在为艺术大师范曾的诗剧《庄子显灵记》所作《序》中的一句话：“世界上两个主要的元素是自然与人。”是的，鹭属于自然，而我们是人。人是“万物之灵”，国学大师季羡林说：“人类自从成为‘万物之灵’后，最重要的任务是正确处理人与大自然的关系，我称之为‘天人关系’；要了解自然，认识自然，要同自然交朋友，我称之为‘天人合一’。”然而，作为“万物之灵”的人，常常去“征服自然”，让高山低头，让河水让路，向大地索取，向自然开战……从表面上看，人类似乎胜利了，大自然似乎被征服了，可是，人们不知道自己已犯下难以弥补的过错，大千世界发生了许多影响人类生存前途的灾害，我们为什么还不警醒呢？歌德说，大自然不会犯错误，犯错误的是人。恩格斯也说过，我们不要过分陶醉于我们对自然的胜利中，每一次胜利，大自然都对我们进行了报复。两位哲人的话值得我们深思再深思。

一只鹭似乎知道我在沉思，忽然长鸣一声，冲天飞去，把我从痴想中惊醒，于是我徐步右行来到“余苑”。

一座假山如高楼拔地而起，一挂飞瀑似银帘悬空而下，一泓清池像绿绸泛起涟漪，一群红鲤若仙子飘飘游弋。我痴痴地望着这一切，好像来到了仙境，又好像进入了梦乡。“呀——呀！——”鹭鸣叫着从头顶飞过，把我从痴迷中唤醒，我下意识地看看池中鱼、望着空中鸟，信口吟出一首前人的诗：“静听鱼读月，笑对鸟谈天，文章千古事，花间一壶春。”

就在吟诵之间，看见假山上镌刻着“有灵气”三个红色大字，嚯嚯！好一个“有灵气”之所在！什么叫灵气？为什么这里有灵气？这里的灵气应验过吗？

《管子·内业》说：“灵气在心，一来一逝，其细无内，其大无外。”可见古人觉得灵气是一种细微的精灵之气。当今之人则认为，灵气是蕴藏在人们内心深处的一种灵动之气，治人者有之，治于人者亦有。艺术家作家靠灵气创造作品，农民靠灵气栽种作物，工人靠灵气制造产品，商人靠灵气赢得商机。不过我觉得，天香园的所谓“有灵气”应是另有所说，因为这三个字的书者题款是中国佛教协会会长一诚大师。佛教认为“灵”者“神”也。为什么一诚大师说这里“有灵气”呢？游园数日后，我在一份导游词中获得了释疑。有一年教师节，某市老师远道而来游园，照相时有人说怎么出现了房子呀！众人不信，相片冲洗出来后，果然其中有一张的背景是澳门跑马场，后来请一诚大师圆释此事，他说，创园人是属马的，所以会出这个海市蜃楼。为此，一诚大师还把“天香园”改称“天香缘”。我想，大师毕竟是大师，一字之改，境界升华，非我等凡夫俗子所能者。“天香园”是尘世之人圈地造景供游玩消遣之地，而“天香缘”则是超凡脱俗者身心入化融汇自然之悟，两者之别，无须费舌。

怀着虔诚，默别“余苑”，漫步走去，但见指示牌上标明“人工古森林”，一位正在劳作的园林工人告诉我，这偌大的一片林子的树，树龄都在上百年至近千年之间，每至傍晚，万鸟归巢，壮观极了。他说，园区内有鸟类60多个种类，近20万羽野生鸟，这里称得上是“美的空间，鸟的天堂，人的乐园”，被联合国世界鸟类保护组织确定为“世界候鸟保护中心”，又以其“都市候鸟与人最近、品种最多、密度最大”而荣获上海大世界基尼斯最佳项目奖。听完园林工人如数家珍的介绍，我又一次下意识地吟起了一首古诗，那是陶渊明的《饮酒(其五)》：“结庐在人境，而无车马喧。问君何能尔，心远地自偏。采菊东篱下，悠然见南山。山气日夕佳，飞鸟相与还。此中有真意，欲辩已忘言。”这是陶渊明描摹自己摒弃世俗功名，返璞归真，陶醉自然，悠然自得，入“真意”而“忘言”的人生境界。我想穿越时空禀告陶令，县太爷无须“心远”自感“地偏”而脱离尘市的喧嚣了，“天香园”是一处真正意义上的闹中取静的绝佳胜境。

握别园林工人，看看天色尚早，我漫无目的地在园中沿着条条小径缓缓而行。看到了有植物中熊猫之称的红豆杉，游赏了仿庐山仙人洞而造的“仙鹤谷”，在“凤亭”小憩之后草草地看了看“万凤园”“鹭归廊”，还溜达了一番“盆景园”，在“僻静楼”稍事休息后便取道出园。

脚要离开，心却不舍，意犹未尽，这么一个令人陶醉的好去处，此番一别，不知何日再来。虽说南昌城里“南有青云谱，西有滕王阁，中有孺子亭”，但是，对于已是耳顺之人的我来说，最能入我心魄、勾我神魂、令我醉迷、唤我情思的，算来还是“天香园”。

九 江 Jiujiang

云 巢

戴逢红

这是一个诗意、美丽而动听的名字！让我至今怀念命名者的高雅、浪漫与激情。云霞的家，绚丽缤纷，能不让你心动神往？彩云云集，虚灵变幻，那是上天的仙境啊。

最早知悉云巢，是读东晋葛洪的《幕阜山记》：有葛仙翁炼丹炉、药臼尚存……文后有注释：葛仙翁即葛玄，三国吴琅邪人，炼丹道人，曾在江西修水幕阜山只角楼结草为庵，庵名“云巢”。

云巢是有历史的：“层巅控禹碑，绿字证岣嵝”，出典就是史料“禹治水，登斯山，勒石钤铭”的记载；另《晋书》《搜神记》《幽明录》等均载有吴猛率净明派创始人许逊“炼神丹于艾城之黄龙山”，并于“云巢”成仙的故事；书法大师、江西诗派始祖黄庭坚，字鲁直，号山谷道人，其山谷之号似乎亦与“云巢”有关：

江南一峰独高寒，时时笑语云间宿。
弟兄出处两相高，故做云巢对山谷。

这是山谷好友、黄龙三世弟子、时有“禅门司马”之誉的高僧慧洪，在《鲁直弟稚川作屋峰顶名云巢》中的诗句。黄庭坚自小即寄名黄龙寺为居士，羡“云巢”而号山谷似也不无可能。

怀着对前贤的敬仰和对云巢的好奇，我们一行自“温泉”、过“回龙寺”、经“鹰嘴崖”、爬“好汉坡”到“龙鳅塘”，便见西向“一峰高耸望迢迢”——那就是“绝顶万丈巢飞仙”的“只角楼”。

只角楼乃黄龙山绝顶一突兀高耸的庞然巨石。万峰丛中一石独出，使人有鬼斧神工之想、生造化神奇之念。近前才知只角楼高于地面三四百米、周遭长约一千米，整块巨石浑然一体，极像一西向的硕大“人头”。西南两面削壁悬绝，“右眼”部位有一凹穴，即云巢；东北两面是“人头”的后脑，虽稍有倾斜，亦陡峭无路。

我们手脚并用，从“后脑”开始攀爬，“扪箩蹑蹬”终到山顶，山顶倒是比较平坦。站在岩顶，“尽道洞庭俱在眼”，但“尘埃不辨岳阳楼”。岩顶有一石罅，宽仅盈尺——“炼仙台悬路一条”——那是至云巢的唯一之途。我们攀吊而下，一路胆战心惊，总算下到了云巢。

名闻遐迩的云巢，是高约丈许、底宽八尺的不规则三角锥体岩穴。站在云巢，风从脚下起，云在巢外飘，三面是坚岩如铁，一面是悬崖千仞，虽有几分凌云成仙之喜，更多却是沁入骨髓之怯。云巢左侧，还有一个直径约一米的半圆形石穴，底下石块表面平坦，但可微微摇晃，岩缝中几棵坚强的筱竹，随风在石面上拂扫着——“幕阜有尘青竹扫”，这是传说中葛仙翁的打坐处。但往来得从峭壁上突出不到半尺的石棱上攀缘，真有点不可思议。我半跪着探头窥察，但见岩深不测，耳边风声呼啸，不由得心寒腿软，虽然极想亲临体验，但勇气已荡然无存。巢内风劲石凉，待了不到半个小时，我们都已寒颤微微，算是体会了“琼楼玉宇，高处不胜寒”的滋味。

云巢正下方，抚石壁而下百米左右，抬头上眺，悬崖绝顶处，有一前端三角形的石梁自云中探出，如巨龙昂首，又似出弦利箭，但更像亭台一角：远古时龙凤相斗，龙角脱落挂于山崖——这便是只角楼亭的来历。

“凉亭万古今犹在，只角楼成世界雕”。伫立只角楼下，凝望镶嵌在悬崖上的云巢，我不禁为这鬼斧神工的自然景观而赞叹，但更为九死不悔的“葛玄们”所感动：在这人迹罕至、“鸟道断绝”的高寒之地，为了心中那虚渺的目标，他们付出了多少努力与拼搏、遭遇了多少艰难与困苦、忍受了多少孤独与寂寞……我钦佩他们的恒心和毅力、折服他们的坚忍与意志，姑且不说他们饮食生计何从解决，单是这四季风劲、长年苦寒就是令常人难以忍受的煎熬！现代社会、芸芸众生，在衣食无忧的日子里，在舒适惬意的环境中，即便为了自己钟爱的事业，又有几人又能如此坚忍不拔、一往无前呢？

一切敢于直面艰难、勇于接受砥砺的人，都是值得我们尊敬的！

透过"云巢"云蒸霞蔚的表象，我仿佛走进了命名人的内心：大凡艰难困苦，必兆美好未来，"云巢"乃为苦修的谶应否？

（作者供职于修水县财政局）

重上西海云居

周 冲

二十年前，也就是刚刚走出大学校门的那一年秋天，我曾登过一次云居山，那时候还没有西海这个地名，只依稀记得，山上有一片很大的空旷地，一片用竹片围起来的农田，一座规模不大的寺庙，印象中朴素平淡无奇。

二十年后的同一个季节，我怀着一颗虔诚的心，第二次登上西海云居，或许是成行前翻阅过一些有关云居山的历史资料，思想中多了几分先入为主的厚重与敬仰，并夹杂了些许莫名的神秘与好奇。

西海云居其实是两个地名，一水一山，一大一小，一现代一久远，堪称生态江南的经典之作。西海地处物华天宝、人杰地灵的江西九江境内，尤如串连在七百里修河中下游的一颗蓝宝石，江西古称江南西道，当地在汉代时称海昏县，在成立国家级风景区时，因拥有浩大的水域和一千多个岛屿，面向全国征名而得“西海”。在西海风景区内的云居山则可谓名传千古，最早见诸史料是战国时期，楚国大将军欧岌保护康王避难，在此失散后修道的故事，故名欧山；从唐代禅宗五祖道容开山建寺开始，因山上云雾常年不散，故改名云居山，苏东坡称之为“天上云居，冠世绝境”。这里的一山一石，一草一木，皆让禅风侵染千余年，晨钟暮鼓中涅槃的历史著名高僧达数十位之多，留下说不尽的神奇动人故事，建国后从这里还走出去三位全国佛教协会会长，被誉为佛教领袖的摇篮。

快到山脚下，映入眼帘的是几座不高的山峰，伴随着悠远的寺庙钟声，迎面而来直撞你心里的，却似乎是一个硕大无比的“禅”字，悬挂在山壁之上。或许这就是“天下第一禅山”的力量吧。记得曾读过东坡老夫子的参禅三段论：第一阶段看山是山，看水是水；第二阶段看山不是山，看水不是水；第三阶段看山还是山，看水还是水。一不留神，脑子里竟产生一些奇怪的念头，苏东坡、黄庭坚常来云居山与佛印和尚论禅，三段论是不是老夫子在此悟出的呢？

沿盘山公路盘旋而上，车窗外星星点点、隐隐约约的是染红的片片秋叶，顿时让我有些兴奋起来。听随行的朋友说：“山上春天盛开的紫杜鹃比红叶更漂亮，更有一种别样的韵味。”心中又有些失落，后悔为何不是春天来的。好在以后上来的机会多，也就释怀了。陡峭的山路上，常常可以看到三步一拜、匍匐前行的信徒或来云居山挂单的僧人。他们虔诚的表情里裹挟着一颗执著的心，不知道这是不是有悖于佛家常说的淡然。

这时，路边斜刺里一只五彩斑斓的山鸡横穿公路，随影望去，半山腰隐约看到一座寺庙。车上朋友告诉我，一路上可以看到这样的寺庙有好几座。据《云居山志》记载，鼎盛时期，山上有寺庙近百座，大多都有很久的历史。

云居山海拔不到一千米，从山下驱车半个多小时就到达了山顶。所谓登高望远，登上其他山时，总有一种“极目楚天舒”的感觉。登上云居山，眼前豁然开朗，却是一片很大很平坦的土地，四周簇拥着几座小山峰，犹如莲花盛开，故名莲花城，盛名远播的真如禅寺就坐落在莲花城的中央。寺前和旁边是百余亩农田、茶园。我依稀回到了二十年前的农村，寺庙如农舍般依旧朴实无华，秋收后的农田周围依旧是一些竹栅栏围着，心中平添了几分深秋凉意。

眼前的景象让我顿感困惑起来，令海内外佛家心仪的真如禅寺，怎么几十年没有什么变化啊？如今各地都在大兴土木，无论是有名的无名的，有历史的无历史的寺庙，统统极尽宏大奢华，犹如一个模子复制出来的金碧辉煌，仿佛都在印证着“盛世修庙”的古语。其实，不光是寺庙，从城市到农村，哪里不是大拆大建，一概“旧貌换新颜”，即使是一些历史的遗存，也很难见到不是崭新的面貌。或许，这就是当下的一种社会心态吧。

一位宗教研究专家曾不无感慨地说：“佛教在中国发展到今天，已完全变成了富人的宗教，真是寺庙大门八字开，有心无钱莫进来。”不可否认，这确实是一种普遍现象。若问金碧辉煌的寺庙是怎么建成的,看看那些居士开着宝马上山进香,看看那些菩萨面前的功德箱,你就知道个中原由了。据说有些寺庙还要上市呢,经济“宇宙化”时代不知有无这样的先例?在乡村,信佛的穷人只能到小小的土地庙中去寄托心愿。于是,也就有了很多人改信天主教,甚至一些披着治病减灾救人外衣的邪教,也就有了乘虚而入、大行其道的土壤。或许,这也是当今的又一种社会心态吧?

听说云居山还有很多原生态保持非常好的优美自然景观,如百花谷、五龙潭、天床、飞来佛冠,可我此刻全然没有观赏的兴致,情绪好像掉进了一个无边无底的空洞。我毫无目的地在没有城墙的莲花城内徘徊,犹如一个飘浮的影子,或者说一缕冷冷的秋风,想揭开困惑的面纱,一心想找到那些史书上记载的云居山寺庙盛名不衰的物化证据。这个想法,让我似乎又掉进了一个更深更无边的空洞。回到时间隧道,经过1200多年的洗礼,真如禅寺历尽七劫八难,除了那据说是道膺老和尚种下的千年无心白果树、远古陨石撞出的明月湖、苏东坡驻足的谈心石、纪念从谂和尚的赵州关以及几十位高僧墓塔林还在风中讲述着古老的故事,地宫镇寺文物和唐宋以来多位皇帝题名御赐的匾额、袈裟、金钵、金佛以及许多名人手书真迹铭文等早已无踪无影。

是什么维系着云居千年盛名呢?从失落到迷失,我游荡的灵魂在高僧墓塔前停下来,与古人对视。一个声音从墓塔里传出:“平淡是真,去看看那些农田吧。”我恍然醒悟,到哪里还能找到如这般的和尚种田呢?劳动中参禅正是中国传统文化精髓的体现,“农禅并重”才是真如禅寺立足全国样板丛林之首的根本,洗去铅华的平淡才是云居山千古流芳的真谛。我仿佛真切感受到山谷老人“天上楼台山上寺,云边钟鼓月边僧”的意境,这里不是代表权力象征的宫殿,也不是商品琳琅满目的大卖场,真正的禅修与金碧辉煌无关,与喧闹无关,与金钱无关。在当今喧嚣的世界里,西海云居怕是再难找到第二的一块福地,祈愿浮躁的世人都在心里留下一片“云居”之所。

此行虽然未能去观赏云居山的许多自然美景,同行的朋友都有些心有不甘,而解开迷惑的我却无半点遗憾,或许再上西海云居会有新的收获。欣喜之余,匆匆找来纸笔,题写一首《重上西海云居》:“坐看云起山不见,山在云中修几重,农禅相依天缘共,莲花城唱莲花峰。”

(作者供职于庐山西海风景名胜区)

悠悠铜岭

杜少华

脚步轻轻地，揣着一份朝拜的虔诚和庄严，走过杂草丛生的阡陌，走过缀满野花的河坡，走过不知留下多少脚印的蜿蜒的村道，我们来到了位于赣北瑞昌市夏畈镇的这一处山坡上。在这个曾经被考古学家精心剖析过的地方，此时此刻，初秋的微风轻轻拂过脸面，拂过脚下依然泛绿的杂草，蓊郁的林木在不远处静然伫立。难以想象，就在我们的脚下，这个看似平常的地方，正沉睡着一处3000多年前的文明——商代瑞昌铜岭古铜矿遗址。难以想象，这一方静静地定格在地层深处的荒冢，竟然就是我多年就想探访的、曾经显现过无限辉煌传承过中华青铜文明的圣地！

置身在这静静的山野间，我的脑海一片喧嚣难以平静，眼前仿佛正上演着一幕3000多年前的时空穿越大片……

殷商时期的长江中下游地区，诸侯列国纷纷争霸称雄，一时间兵戈霍霍，狼烟四起。某年秋日的一天，一队人马或是执行围歼任务，或是寻求军队的粮草兵器保障，他们不经意间经过这里并安营扎寨。忽地，某一位军士对山岭间盛开的一种紫红色的小花引起了注意，它们在瑟瑟的秋风中轻轻摇曳，紫红色的花蕊在秋阳之下展示出生命的张力。他认出来了，这是一种叫"铜草花"的植物，一种特殊非凡的植物。铜草花，俗称"铜锈草"，学名"海州香薷"。它是一种喜铜的指示植物，若离开了含铜元素的土地，就会自然枯萎，所以至今人们还把它作为寻找铜矿的标志之一。

这位军士的发现引起了队伍的骚动，消息也很快上达朝廷。随即便是朝廷执事者来到这片蕴藏铜矿的山岭，按照铜草花的分布圈起了一块地作为禁地，专属皇家所有。自此以后，这片山岭被名之为“铜岭”，旁边的村庄则被称为“禁地村”，名称一直绵延至今。铜矿的发现简直解决了当时朝廷的“饥渴”。那个年月，“国之大事，在祀在戎”，祭祀和战争是国家的两件重要大事，因而青铜采冶是夏商周手工业最重要的行业，青铜器是当时政治斗争中不可或缺的重要工具。没有青铜器，他们何以成就“国之大事”？没有青铜器，他们何以称霸天下？于是，商王朝为了直接控制采矿权，在矿山通往中原的要冲——长江北岸一个名叫盘龙城的地方设立据点，并逐渐形成一座城邑，作为控制长江流域资源，并向北方中转的大本营。盘龙城与瑞昌铜岭、湖北大冶的铜绿山同在一条长江运输线上，方圆不过数百公里。一时间，揭开了地表那些盛开的铜草花的铜岭，人声鼎沸，奴隶们挥汗如雨，身上的肌肤久经阳光抚摸，浑为青铜。他们的汗水浇铸的铜坯，自铜岭越过长江，在盘龙城集结，再经过江汉平原运抵河南南阳地区，保证了中原商王朝巩固权力的需要。这是商王朝始终控制的一条南铜北运的生命线，但是，在长达千年的毫无节制的掠夺性开采中，在他们采矿和冶炼的技术日益提高之时，这座山岭的资源却日渐枯竭，这片曾经辉煌风光的土地也渐渐归于静寂。最终，毫无保留地奉献了自己一切的“铜岭”，再一次茅草丛生，曾经泛着熠熠青铜之光的矿体重新沉积于土层深处。只有每年的秋天，满山紫红色的铜草花，方昭示出这里曾经蕴涵的荣光。

时间毕竟不能消殒历史的痕迹，一层黄土也不能埋没曾经拥有的文明。3000多年后的公元1988年春，同样是一次偶然，这个地方引起了考古学家的注意。他们对此地进行了历经五年的精心发掘，共揭露出遗址面积3000多平方米（占整个遗址的千分之一），采矿竖井107口，炼炉2座，储水井18口。出土殷商、西周、春秋战国时期的采掘、提升、装载、排水、选矿工具和生活工具等300多件。专家根据出土的文物测定，瑞昌铜岭遗址开采年代从商代中期开始，一直到战国早期，历时一千余年，距今已有3300年左右，是目前国内年代最早、保存完整的一处大型古铜矿冶遗址。它的发现将我国矿冶史向前推进了300多年。同时，进一步揭示了中国青铜文化的独立起源,也为研究商周时期解决铜料来源问题提供了新的更早例证，还为长江流域如同黄河流域一样同为中华文明的发祥地提供了有力的佐证。1991年,该遗址的发现被评为当年全国十大考古发现之一,遗址也被批准为国家级文物保护单位,其地位不言而喻。

发现遗址是一件喜事、幸事,但是遗址遗物的保护却是一桩揪心事。在这里出土的文物中,除了铜器、石斧、石铲等易于保存的,被擦去几千年的泥土,展示于博物馆的玻璃柜中供人参观之外,当年采冶使用的生产工具如木支护、木辘轳等出土后,由于没有特定的保护措施,遭遇的是炭化、碎裂等厄运。迫于无奈,根据专家们的建议,只能对遗址已挖掘的部分重新进行表土回填,让那些本已重见日月的遗迹文物,在人们惋惜的目光里又回到了地层深处。这是多么令人扼腕叹息又无可奈何的举措……

今天,当我们纠结于文物、遗址、遗迹的保护与开发利用孰轻孰重时,我们似乎仍然找不出它的标准答案。站在秋日之下,铜岭之上,铜草花之侧,我默默地期盼更多的人关注这样的课题,更多的智慧来破解这道难题,从而使更多的人能有幸一窥更多被科学保护的文明之光。

(作者供职于九江市旅游局)

“神秘的北纬30度”之都昌老爷庙

詹幼鹏

鄱阳湖介于北纬28.22度至29.45度之间，刚好在北纬30度附近，因此，位于都昌县多宝乡那片神秘的老爷庙水域自然就和神秘的“北纬30度”联系在一起，因为当今世界上的很多未解之谜都位于北纬30度附近。

美国作家詹姆士·伯斯特写过一本书叫《神秘的北纬30度》。书中在集中介绍位于地球北纬30度附近神秘的古埃及金字塔、狮身人面像、最深的西太平洋马里亚纳海沟、巴比伦“空中花园”、约旦“死海”、北非撒哈拉大沙漠的“火神火种”壁画和远古玛雅文明遗址等许多神奇的难解之谜的同时，还用较大的篇幅介绍了都昌县老爷庙水域。

全世界有三个地方被称为“魔鬼三角”的水域，一个是举世闻名的“百慕大三角区”，一个是“日本龙三角”，还有一个就是鄱阳湖上都昌县的老爷庙“魔鬼三角”。

在介绍老爷庙“魔鬼三角”时，作者引用了这样一个事例——

1945年4月16日，2000多吨的日本运输船“神户丸”号行驶到江西鄱阳湖西北老爷庙水域突然无声无息地失踪(沉入湖底)，船上200余人无一逃生。其后，日本海军曾派人潜入湖中侦察，下水的人中除山下堤昭外，其他人员全部神秘失踪。山下堤昭脱下潜水服后，神情恐惧，接着就精神失常了。

一段客观而真实的介绍，让世人领略了老爷庙“魔鬼三角”诡异之一斑。

抗日战争胜利后，国民政府与美国合作，试图打捞这艘神秘消失的“神户丸”号。负责打捞的是美国潜水专家爱德华·皮尔带领的打捞队。打捞历经数月，耗资数万，最后却是一无所获。不幸的是，除爱德华·波尔外，其他几名美国潜水员再度在这片水域神秘失踪。当时内战爆发，打捞一事再无人过问了。

四十年之后，已经是迟暮之年的美国潜水专家爱德华·皮尔在《联合国环境报》上发表了一篇回忆文章，披露了他在鄱阳湖水底打捞时的奇异遭遇。《神秘的北纬30度》一书在介绍爱德华·皮尔的这段经历时说——

四十年以后，爱德华·波尔终于向世人首次披露了他在鄱阳湖底失魂落魄的经历。他说：“几天内，我和三个伙伴在水下几公里的水域内搜寻‘神户丸’号，没有发现一点踪迹。这一庞然大物究竟在哪里？正当我们沿着湖底继续向西北方向寻去时，忽然不远处闪出一道耀眼的白光，飞快向我们射来。顿时平静的湖底出现了剧烈的震动，耳边呼啸如雷的巨响隆隆滚来，一股强大的吸引力将我们紧紧吸住，我头晕眼花，白光在湖底翻卷滚动，我的三个潜水伙伴随着白光的吸引逐流而去，我挣扎出了水面……”

这段介绍同样让人触目惊心。

鄱阳湖是我国第一大淡水湖，风光旖旎，而都昌县老爷庙就是鄱阳湖的点睛之笔。经过精确测算，老爷庙和北纬30度这一令世界探险学家感到可怕的神秘地带只差0.5度，所以老爷庙想不精彩也不行。

老爷庙精彩之处，除了有至今还没有完全破译的神秘之外，更多的是她浓厚的文化底蕴、秀丽的自然风光和人文景观，归纳起来可以用三个字来概括，那就是“险、奇、秀”。

一、老爷庙“风水”之“险”

这里的“风水”，并非阴阳八卦之风水，是指老爷庙那地方的风和水。老爷庙水域之所以险象环生，其主要原因就是“风”和“水”造成的。

老爷庙水域是鄱阳湖注入长江的咽喉要道。八百里鄱阳湖浩浩荡荡，汇江西北部赣、修、信、抚、饶五大水系，犹如万马奔腾，向长江涌去。

鄱阳湖在高水位（20米）时，其面积为4125平方公里以上，而老爷庙水域最宽处只有15公里，最窄处仅仅3到5公里。在这条全长24公里水域的西北面是“奇秀甲天下”的庐山，东南面则是高低起伏的沙山丘陵，从而形成了一个天然的“瓶颈”，使一般都在0.3米/秒以下的鄱阳湖的流水，到了老爷庙这里就逐步增大到1.54~2.00米/秒，并且还会产生一种涡流，其危险性就可想而知。

同时，老爷庙一带又是一个少见的大风区。

每当北方气流南下时，庐山的峰峦就成了一道天然屏障，使南下的气流受到阻压，气流的加速便由此开始，风速陡然剧增，狂风呼啸而来，所以这里又是一个狂风的世界。

有关资料表明，老爷庙水域是鄱阳湖上一个少有的大风区，一年365天中就有163个大风日，也就是说每3天就会发生一次8级狂风。都昌县年平均风速都在2级左右，而老爷庙水域的风速大多时候都达到5级左右，有时还会形成极有破坏力的龙卷风。如1985年8月3日下午6时出现的一次水上龙卷风，就把一条帆船卷起十多米高，最终摔成碎块。

在老爷庙这片水域中，风浪最为肆虐的地段大都发生在湖中间一块呈三角形状的大水面上，这就是老爷庙“魔鬼三角”所在地，其范围约占整个水域面积70%左右。一旦船只误入这片“魔鬼三角”，几乎无一幸免。

行船走水，本来就是“三面朝水，一面朝天”的危险行当，老爷庙水域特殊的地理环境，多变的气候特点和复杂的水文状况，是这里事故频发的主要原因。所以这一片水域，历来被船家渔民视为畏途，船翻人亡事故时有发生。由此可见，那艘“神户丸”号沉没事件并非偶然，仅仅是无数次事故中的一例罢了。据不完全统计，仅从1960年以来，这片水域就有100多艘船在这里沉没并离奇失踪。要是上溯过去，沉入湖底的船只何止千万条。

更让人难以理解的是，所有沉下去的船只，没有找到过一条，就像人间蒸发了一样消失得无影无踪。老爷庙从此就成了鄱阳湖上的又一个“百慕大”，跻身于世界三大“魔鬼三角”之列而天下闻名。

南宋宰相李纲曾在浪迹江湖之时到过这里。他在《经彭蠡湖》一诗中，曾是这样描绘老爷庙水域之险恶的——

世传扬澜并左蠡，无风白浪如山起，

我今谪官此中行，何事恬然风浪止。

——“扬澜”“彭蠡”和“左蠡”都是鄱阳湖古代的名称。老爷庙水域之惊险，在他的诗里是那样的“无风白浪如山起”，看来并非诗人之夸张。

二、“水面天心”传说之“奇”

多少年来，老爷庙水域还有一个非常奇特的名字——“水面天心”。这和明朝开国皇帝朱元璋有关。

六百多年前，朱元璋的确曾经与他的对手陈友谅在鄱阳湖上展开过殊死的激战。这就是朱元璋与陈友谅大战鄱湖十八年的传说。据台湾三军大学编著、军事译文出版社于1987年出版翻印的《中国历代战争史话》一书介绍说：

元至正二十三年（公元1362年）七月，朱元璋于鄱阳湖康山（即今江西余干县西北湖面）大败陈友谅之后，过两日友谅复战，亦大败，于是陈友谅敛舟自守，不敢再战。又一日元璋乃移军左蠡（江西都昌县左蠡乡），友谅亦退保渚矶（星子县南七里）。……

最后，这两位冤家对头又在这片水域上展开了一场激战。

大战初开，朱元璋一败涂地。传说眼看朱元璋就要全军覆没时，突然有一只大乌龟，就是当地人所说的那种“大头鼋”游过来救了朱元璋的性命。朱元璋得救后，就在湖边山崖上挥剑刻下了“水面天心”四个字，并且在湖边建了一座“定江王庙”，庙中那个被敕封的神明，就是救朱元璋性命的大乌龟。因为它救驾有功，被朱元璋封为“显应元将军”，并加封为“定江王”，至今老爷庙门楣上还赫然写着“定江王庙”四个大字。

其实老爷庙历史之悠久，并非始于明代。早在元朝时就有一座龙王庙，不过规模不大。明朝重建以后，就大不一样了。庙基以花岗石条堆砌，高约七米，右侧有石砌台阶通向庙的东侧门。整座庙呈三角形结构，是一个占地六百多平方米的建筑群，分主庙、龙王殿、同仁堂、大小客厅、厨房六部分，附属建筑分布于主庙两侧。庙内香炉宝鼎一应俱全。

庙前有一排三十多级高、十多米宽的花岗石铺成的台阶。进了庙门后,就见殿内立着三尊高大的神像,分别为大王爷、二王爷、三王爷。殿前两边是石刻的名人题咏,特别是正殿前一副镏金对联更加醒目,作者为清光绪朝都昌贡生高云卿。联曰:

定鼎记神功,作战鄱阳,太祖曾得将军力;
江天资砥柱,献俘彭蠡,建侯时借大王风。

龙王殿分为上、中、下三部分。上部为正殿,中部为游楼,下部为万年台。所有门窗栏杆都雕刻着花纹并涂以丹漆。一进大门就是被封为"定江王"的"显应元将军"的巨大塑像。当年在鄱阳湖上拍摄影片《悲烈排帮》时,这里是主要的外景地,"显应元将军"的巨大塑像,也就成了影片中众多的道具之一。

大殿对面有一楼阁,名"定风楼",正中绘有朱元璋巨像。楼上曾有过鄱湖船民制作的帆船模型,风篷锚链一应俱全。大殿前有一座清朝年间的石狮子,上面的鸡血凝结了几寸厚。因为凡是过往船民每到这里,都要杀鸡鸣放鞭炮祈祷"王爷"神力相助,并把鸡血滴在这尊石狮子上。

大殿两侧墙壁上嵌有石碑二块,右为"鼎建左蠡元将军庙记",左为"加封显应元将军庙记"。正殿前有方形花岗岩石立柱,上阴刻对联,

数百年庙貌重修偏颂吾王功德;
九万里威灵丕显顿平蠡水风波。

庙门平台两侧也有石狮一对,也是前清遗物。庙后有朱元璋"点将台"和"插剑池"遗址。"水面天心"四个字的摩岩石刻就在庙左边的山崖上,上面还有"明太祖题"四个大字,是老爷庙又一道难得的风景。

老爷庙的南侧,现有龙王殿、同仁堂、观音殿旧址。神像的神座底下,有一幽深莫测的溶洞,洞中常有声如雷鸣。

据都昌县志记载,清康熙二十二年、嘉庆十五年和光绪辛巳年,都对此庙进行过三次维修和扩建。1938 年抗战期间,老爷庙遭日寇炸毁,1946 年又由该庙住持

在来往船商捐款资助下，按光绪时模样再次重修。1983 年，都昌县政府又拨款进行了修缮。现为省级保护文物。

老爷庙一直香火鼎盛，烧香祈拜者常年络绎不绝。每年农历六月十二日为“王爷菩萨生日”。每年农历的二月十九、六月十九和九月十九为观音菩萨出世、出家和登仙日。在这样的日子里，当地百姓就要请戏班子搭台唱戏，并集市贸易。多宝、左里等地的乡绅百姓，甚至还有隔河相望的星子县城居民都来此看戏赶集，热闹非凡。

自古以来，老爷庙水域一直是交通要冲，上溯武汉、重庆，下控南京、无锡、上海等地，过往船只络绎不绝，并且多在此停泊。据说当年每晚都有六七十艘停泊于此。湖边居住着多姓人家，渔商结合，常年设有多家店铺，多为杂货店和旅店，宿客兼卖酒食。

一段传奇，代代相传。是也非也，扑朔迷离。但“水面天心”那段传说随着一代王朝的诞生、一位君王的确立而闻名遐迩，历久弥奇。

三、老爷庙“秀”在山水更在人文

山水灵秀，乃大自然造化之功，而老爷庙之秀，既在山水，又蕴藏在淳朴的民风和深厚人文景观之中。

今天只要你站在庙前，依然能见烟波浩渺，水天一色，八百里鄱湖“千里流来一口吞”的雄浑壮观，不由得令人荡气回肠。湖面上千帆竞发，百舸争流，行船走水的船工们，那种视天堑为通途的豪迈，又不由得令人热血沸腾。

“风当八面伫威，浪矗千寻之势，风卷黄沙，沙飞速雾，风助巨浪，浪去波腾。赣江总汇，河流水急，波撼匡庐，行舟过艇，覆没时间，视如虎背……”

——这是民国年代地方志中对老爷庙水域的评介。

老爷庙水域不仅是鄱阳湖注入长江的咽喉，更是赣北乃至江西的一条黄金水道，一条水上交通要冲，是那些迁客商贾、名士风流北上南下的必由之途。自古以来，这里既是南北交汇的场所，也是各种文化碰撞的集散地。

唐代诗仙李白在游鄱阳湖后，在《入彭蠡经松门观石镜，缅怀谢康乐，题诗书游览之志》一诗中大声疾呼“吾将学仙去，冀与琴高言”。也许是鄱阳湖的浩瀚，也许是老爷庙的惊险，刺激了这位“一生好入名山游”的谪仙人，在老爷庙之水的感召下,滋生了一种“学仙去”的皈依之情。

同是唐代大诗人的白居易,到了鄱阳湖之后,发出的却是“但来临此望,少有不愁人”的悲叹。老爷庙的奇山灵水,也让他一声长叹。

宋元丰五年(公元1082年),身为侍郎的苏辙路过老爷庙水域时,就没有他的哥哥苏轼夜探石钟山时那么幸运,而是遭遇风浪之险,几乎葬身鱼腹。他事后曾作诗云:

栈舟未及深,飞沙忽狂走。晴空转车毂,绿水起岗阜。
众帆落高涨,断缆已不救,初疑山丘裂,复恐败蜃斗。
孤舟四邻断,余食数升粮。可怜道路穷,坐使妻子诟。

明初御史中丞刘基也曾作诗描绘此处多变的气候:

长江水浊湖水清,石钟涛激鲸鱼鸣。
山头出云山下雨,扬澜左蠡何时平?

老爷庙水域以其独特的险恶,不但使这里成为世人的聚焦之地,诗人的咏唱所在,从而留下了许多今天难以复制的人文景观;同时,还衍生出了一种专利仅属于鄱阳湖的慈善文化。

清朝末年,尽管国势风雨飘摇,但在这里却出现了一个民间慈善团体——“同仁堂救生会”,其同仁堂首倡者为清朝五品按察司高应瑞。

高应瑞老家就是今天的多宝乡。他退休官场后,在武汉经营洋纱商行,于光绪丙午年回乡游老爷庙,见“狂风浪涌,中流客商舟子尽葬鱼腹”,遂起救生之念,便集资创办“同仁堂救生会”,打造了一条大船,船身涂以红漆,取名“救生红船”,用于“水面天心”救援那些在风浪中落水遇难的船夫渔民和过往客商。

1933年10月16日《江西日报》报道,同仁堂于“光绪年间置办救生船二艘,数十年来,救护人命不下千余名”。

老爷庙后面是延绵几十里的沙山,黄沙漫漫一望无垠。登上沙山恍若置身塞外北国。

老爷庙与星子县城隔水相望，古有石桥交通。站在沙山向西远瞭，星子县城尽收眼底；再远处就是庐山诸峰，飞瀑流泉历历在目。

如今，老爷庙风景区已同湖口石钟山，彭泽龙宫洞连成一片，一起并入庐山东林寺景区，成为庐山旅游东线。无论是从九江还是从都昌县城起程，都不到一个小时的车程。

时光流转，沧海桑田，老爷庙“魔鬼三角”虽然曾经演绎过无数的灾难，但同时也给世人留下了无尽的遐想。这是一片神奇的水域，同时又是一片有待开发的旅游胜地。

老爷庙“魔鬼三角”，永远是北纬30度上的一个传奇。

（作者供职于江西美术出版社）

鄱阳湖口

铁　马

苏轼，北宋一代文豪，他在《石钟山记》开篇写道："《水经》云，彭蠡之口，有石钟山焉。"他所说的彭蠡之口就是现在的鄱阳湖口，也就是今江西省湖口县。一生仕途坎坷的苏轼，三次来到鄱阳湖口。作《石钟山记》是他第一次，顺道送长子苏迈赴饶州任德兴(今江西省德兴市)尉。

湖口县并不出名，出名的是石钟山。石钟山就像一个盆景置放在一个小小的湖口县城。我想，在中国众多的名山之中，如庐山、泰山、黄山等等，石钟山的确是座盆景式的小山，小巧玲珑。一个襟江带湖的小县城，能有这么一座盆景式的名山，真乃造化也。

鄱阳湖内控赣、信、都、修、抚等诸大水系，与蜀、鄂、湘、皖、苏、沪等舟楫相通，历来为天然良港。发达的水运交通创造了湖口昔日的繁华。所以说鄱阳湖口风姿绰约，楚楚动人，风光旖旎，人杰地灵，景色奇特。白居易曾在他的《彭蠡湖晚归》中写道："彭蠡湖天晚，桃花水气春。鸟飞千白点，日没半红轮。何必为迁客？……"

位于中国第一大淡水湖——鄱阳湖和中国第一大河——长江交汇处的湖口县，"上通楚北，下达皖南，为七省之通衢，实三江之门户"，谁能说她不美？苏轼称此地是"水绕三山同楚连五老共洪都"。文天祥曾在《湖口》一诗中，生动地描述了当年的美景："江湖一都会，宇宙几兴亡。走马芦林外，买鱼茅舍旁。南人撑快桨，北客坐危樯。江水交岷水，东流日夜长。”唐人王勃在他的名作《滕王阁序》中写道：“渔舟唱晚，响穷彭蠡之滨。”曾任翰林院编修的蒋士铨在《湖口县》诗中曰：“江水平分处，湖光绕县门。矶回渔艇聚，沙浅钓台尊。古壁添新翠，春流认旧痕。岩风弄钟响，疑有暗鲸吞”。明代翰林学士解缙诗云：“凌波仙子夜深游，遗得鞋山水面浮。岁久不随陵谷变，化为砥柱障中流。”

除了文人名士，对湖口钟情的还有清末湘军将领彭玉麟。彭玉麟投笔从戎，情人梅仙守志而死。他为纪念梅仙在石钟山最高处建了梅花厅一座，在石钟山上种植了60棵梅花树，并写下了100首梅花诗，绘10000幅梅花画，以寄托对梅仙的情思。他在《寄舫梅花杂记录100首》中有诗云：“一生知己是梅花，魂梦相依萼绿华。别有闲情牵客思，小窗烟月影横斜。”至于那一万幅梅花画现在何处，就不得而知了。但“梅坞”遗址还在，人间遗恨在，人有未了情。

在湖口，有意思的当属鞋山观鸟了。鞋山四面环水，孤峰独峙，雄踞中流，威镇彭蠡，与庐山隔山相望。在晴朗的日子里，尤其是雨后初晴，匡庐秀色仿佛一幅摄人心魄的画卷。因此吸引了古往今来的文人雅士。鞋山又称大孤山或大姑山，与顺江而下的小孤山遥相呼应。苏轼在他的《李思训画〈长江绝鸟图〉》中写道：“山苍苍，水茫茫，大姑小姑水中央。崖崩路绝猿鸟去，惟有乔木搀天长……舟中贾客莫漫狂，小姑前年嫁彭郎。”明解缙在《过彭蠡湖》中写道：“彭蠡湖边半是山，风沙飞上白云间。春来水阔秋来浅，我欲乘舟去复还。”

鞋山是鸟类的王国，鞋山观鸟则别有情趣。每年数以万计的白鹤、黑鹤、灰鹤和其他水鸟来此越冬。它们在鞋山东南面的悬崖峭壁间，筑巢、栖息、繁衍后代。悠然自在，其乐融融。最调皮的要数鹳鸟，它们善于高低飞翔，喜欢追逐往来船只，甚与船上游人逗乐。故游人兴趣大增，向它们抛喂食物，无论高低远近，都能准确无误地接食。冬天湖水退去，鄱阳湖露出大片湖滩，各种候鸟在湖滩上翩翩起舞，妩媚动人。洁白无瑕的天鹅，高脚曲项的丹顶鹤，还有成群的大雁和其他水鸟，或驻足于湖滩觅食、嬉戏，或于湖滩湖水中轻歌曼舞、低吟浅唱，给冬天的鄱阳湖滩增添了无限的风景。

民间曾有《湖口八景》诗曰：“湖邑双钟赛帝都，鞋山宝塔镇鄱湖。金狮得胜吞星子，武曲文昌笑大姑。大岭云亭新气象，虹桥仙迹旧规模。凤凰桥接麒麟尾，更有嵩山列画图。”古人把湖口古八景描绘得何等壮观美丽！现在，古人题咏的湖口名胜八景：虹桥仙迹、渊明故址、花尖秀色、大岭云亭、双钟月色、彭蠡涛声、沙洲渔唱、劳渡舟横，由于屡遭战火和现代工业文明的挤逼，早已难觅其踪了。我只有从那些世居县城的老人的描述中，依稀体验到“湖口八景”过去的辉煌。

鄱阳湖滨的农村，在大年三十除岁之夜，要举行“完年”祭祖活动。乡民们以同一姓氏的祖堂为祭祀中心，各家各户要用备好的祭品“三牲”，又叫“神福”，供奉在祖宗的神位前。这是湖滨家族中一次最重要的团圆祭祖活动。“完年”祭祖活动筹备工作，要在每年农历十二月开始着手准备：一是做年粑煎豆粑；二是打年鱼腌腊鱼；三是杀年猪腌腊肉；四是杀阉鸡腌腊鸡。用鱼、猪、鸡组合的“三牲”，是象征天上的飞禽，地下的走兽，水中的游龙，用来孝敬祖先，显示子孙们的兴盛与富有。

鄱阳湖口的婚礼也是很有意思的，举行婚礼前三天，男方向女方送团年粑，称为爹娘粑。还要配上鲤鱼、鸡公鸡婆、猪肉、白酒若干。红盒内放有结婚日期帖，十枚铜钱，十根花线，谓之十全十美。女方父母收下礼物后，将一块爹粑，一只公鸡和2斤猪肉回赠男方。

旧时，鄱阳湖滨的渔民捕鱼在船上，居住在船上，结婚也在船上。迎亲这一天，男方将一条迎亲的渔船装饰一新，船舱内悬挂红帐幔，贴上红喜字，船舱卷篷上扎上大红花，船两旁插上各色彩旗，配备迎亲的锣鼓队。新娘拜别父母后，脱下旧鞋，换上新鞋来到轿船上。换鞋之意，就是不让女儿把娘家的灰尘带到夫家。一对新人在司仪的主持下，先拜天地，再拜爹娘，夫妻对拜，将新娘送入船舱洞房。一条船可摆两桌酒席，人们都是坐在矮凳上喝喜酒的。酒宴有海参酒、香菇酒、木耳酒。在酒宴中，圆子粑和红烧鱼是必备的两道菜，一个取意团团圆圆，一个取意吉庆有余。

其实，这岂止是对新人的祝福，圆满、平安、富裕的生活是我们每个人都渴望拥有的。

（作者供职于湖口县劳动就业局）

红情绿意彭蠡间

刘春龙

山则浩岳崔巍，雷锋入云，桃红鹿影，马当来风；水却万里长江，惊春似雪，芳湖太泊，明镜双眸。从九江车行约一个小时，便到了吴头楚尾、赣皖之交的历史古县——彭泽。

彭泽县位于江西省最北部，长江中下游，九江市东北角上，素有“七省扼塞”、“赣北大门”之称。在这里，万里长江贴身而过，小姑、彭郎两座孤岛在长江两岸默默相望，形成了天然绚烂的生态景观。“青山好处唯彭泽”宋代诗人王十明的名句是对它再恰当不过的描绘。“梦见五柳枝，已堪挂马鞭。何日到彭泽，长歌陶令前”（李白《寄韦南陵冰》），可见彭泽在李白心中占有何等地位。

彭泽景点星罗，名人迭起，山川毓秀，风物宜人。城东北一两里，耸立江滨的彭浪矶与小孤山隔江相望。关于两座山，还有一段优美的传说呢。相传长江下游的峨眉洲上，有一个叫林远的员外，生有个独生女儿叫小姑。这小姑长得花容月貌，聪明伶俐，心地善良。她暗地爱上了江边捕鱼为生的年轻人彭郎。两人私定终身，相亲相爱。此事让林员外发觉，他嫌贫爱富，执意要女儿嫁给当地一有钱有势的渔霸。那天，早就垂涎小姑美貌的渔霸带着鼓乐手和爪牙去峨眉洲迎亲，不想，林家早不见了小姑人影。原来，得知消息的小姑连夜私奔至彭郎处，二人携手沿江奔逃，不出十余里，骑着快马的渔霸率爪牙就已迫近。眼看要被缚，小姑和彭郎不甘受辱，双双跳入江中。顿时，江涛汹涌，巨浪滔天，将渔霸及其爪牙全都卷入长江的激流之中。风平浪静之后，一山一矶紧紧相拥相抱从江水中冒出，这就是小姑和彭郎的化身。林员外对女儿的私奔已是恼羞成怒，见她死后还这样在光天化日之下与彭郎相依相偎，不舍不弃，简直是在辱没自己的家风。他请来巫师，一剑劈开那山那矶。自此，小姑(孤)山与彭郎(浪)矶就只能一南一北，隔江相望了。

但据宋陆游《入蜀记》记载“属江洲彭泽县，一面临江，倒影水中，亦占一山之胜，舟过矶，虽天风亦浪涌，盖以此为名也”。这很有可能才是小孤山、彭浪矶得名的原因。苏轼为李思训的《长江绝岛图》题的那首诗：“峨峨两演寰，晓镜开新妆。舟中贾客莫漫狂，小姑前年嫁彭郎。”既称道了那幅画，也认可了小孤山是长江绝岛、孤岛。

小孤山山势陡峭、壁立千仞、险峻无比，自古以来，多为军事要塞。它跃江而起，绝壁临水，上控九江，下扼安庆，是兵家必争之地。湘军水师创建者，中国近代海军奠基人之一彭玉麟，率部与太平军激战时，夺取了小孤山，现还存有尺见方的摩崖石刻“江上峰青，曲终人见”。

顺江而下，来到赣北第一镇——马当镇。距镇东北 1.5 公里长江南岸的马当山上，有著名的马当炮台。长江从那里缓缓而流。据史料记载，道光二十年(公元 1840 年)，英军进攻上海宝山后，直逼南京，清政府下令沿江建筑炮台防守，马当炮台修建就此开始，后屡毁屡建，现仍存三座空炮台和砖石砌成的隧道掩体。在这里，你可欣赏到这道天然屏障的雄伟气势，也可感受到历史的沧桑。民国元年(公元 1912 年)孙中山先生亲临马当视察，亲笔书写“中流砥柱”四字，刻于矶头岩石上。大诗人李白曾在这里题写了横江词六首，当地有一位诗人曾题写了这样的诗句“李白游来题赞句，王郎至此借神风”。王郎说的便是诗人王勃，当时南下越南探父路经于此，千古名篇《滕王阁序》即创作于此时——“渔舟唱晚，响穷彭蠡之滨，雁阵惊寒，声断衡阳之浦”。

彭泽的最南端，是著名的溶洞群——被誉为中国长江第一洞的龙宫洞。在古生代寒武纪时期，这座独特的喀斯特溶洞就被大自然逐渐溶塑成一座规模宏大、气派非凡的地下艺术宫殿。洞外山林幽深，泉水叮咚，野鹿出没，瀑布如帘；洞内幽深曲折，洞体相连。在灯光的映射下，可见洞内钟乳倒悬，石笋擎天，造型奇异，惟妙惟肖，姿态万千，让人目不暇接，酷似古典小说《西游记》中描绘的东海龙宫。

最浪漫、刺激的莫过于持着火把进行一次玉仙洞探险之旅。鼓足勇气在黑暗中沿着蜿蜒曲折的道路去探寻，从弥勒佛的大袖中走出，拾阶而上便来到仙真岩，岩外悬崖峭壁，古树参天，竹影婆娑。龙仙寺里晨钟暮鼓，梵音绕耳，香烟袅袅。龙宫洞的神奇，还在于它的温度，盛夏洞外烈日炎炎，洞内却凉风习习；寒冬，洞外雪花纷飞，洞内却温暖如春。大自然的鬼斧神工，让人类不得不叹服。

桃红岭同样闻名全国。传说晋朝陶侃（字士衡），一生宦海，在军四十一年，屡立战功，总领八州都督。晋成帝念其德高望重，以雄雌梅花鹿一对赠之。陶侃退休后，回到浔阳，遍游故乡山水名胜，当他来到桃红岭时，不禁拍掌叫绝，于是来此隐居，与御赐梅花鹿为伴。陶侃死后 71 年，其曾孙陶渊明，因不满官场的黑暗，不为五斗米折腰，愤而挂印离去，隐居此山，过着"种豆南山下，戴月荷锄归"的隐逸生活，留下"渊明醉石"遗迹。现在，桃红岭梅花鹿国家级自然保护区已有"中国最大的野生南方亚种野生梅花鹿保护基地"之美誉。走进保护区，只见一座座绵延起伏的群山，翠绿绵绵。跟随工作人员上山巡护，能听到呦呦鹿鸣之音，目睹梅花鹿的腾跃身姿。

彭泽山美、水美、人文更美。"百代人文数狄陶，江山彭泽信多娇"这句诗里的"陶狄"指的就是陶渊明和狄仁杰。陶渊明在彭泽任职期间，深爱彭泽的山水风光和风土人情，并将自己的亲属安排在治所随近居住，至今彭泽尚留有陶氏后裔数千人。中国古代的文人，有嗜酒的共性，这与陶渊明的影响是分不开的。"其他不可及，且效醉昏昏。"白居易的这首诗就说得很明白。晚年的苏轼在《与苏辙书》中说，"深愧渊明，欲以晚节师范其万一"。陶潜留给彭泽的影响很深，现在很多名称招牌都与其相关。渊明遗风让彭泽人更淡泊，民风更淳朴。

据县志记载，唐代名相狄仁杰因被酷吏来俊臣诬陷下狱，后得免于死，贬为彭泽令。来彭泽时正值江南大旱成灾，农田颗粒无收，他为民情请命，奏请减免彭泽的一切租税。武则天认为他关心人民的疾苦，特予嘉奖，并下令江州，免除彭泽一切租税。年底，他将前任拘捕的全县包括死刑囚在内的囚徒三百人，逐一审理，辨析冤情，全部放回家中度岁，约定期限返狱。到期，有二囚迟至，一为隔江大风所阻，舟楫不通；一为母病故治丧，稍稽时日，狄仁杰均奏准免除死罪，给予开释。众囚犯每人怀土一兜，堆放狱侧，逐巍然成一小丘，后人称之为“纵囚墩”。后来彭泽百姓在“纵囚墩”建造了“狄梁国公祠”祀奉。此祠与“七级浮屠”、旧县古塔相互映衬，成为一道独特的风景。如今为纪念他，还把县域一湖命名为“狄公湖”。

彭泽青山绿水，还有着深厚的红色革命文化，如：马当炮台遗址，七县中心县委旧址等爱国主义教育基地。

如今，背靠长江，躺在群山怀抱之中，经历了改革阵痛与发展巨变的彭泽，虽少了一份宁静和矜持，但那拔地而起的高楼，那繁华热闹的街市，那“两核两控”的头号工程，都将赋予它更迷人的风姿。

（作者供职于彭泽县第二中学）

永修的“样式雷”

李　鸣

阳春三月，应友人之约赴新庄雷村访古觅珍。

雷村位于永修县梅棠镇，从梅棠往北车行八公里许，穿过一段垂柳依依的渠旁小道，远远看见村口的大理石碑，上书朗朗耀眼的九个正楷大字：“新庄雷家畲族自然村”，这就是我国十七世纪著名宫廷建筑大师、“样式雷”始祖雷发达的故乡。举目望去，群山环抱，树木葱茏，花果漫野，房屋连片，再加之几栋老屋衬托其中，更令人流连忘返，欲一探究竟。

根据雷家村村史记载，元代雷氏第十三世祖为建昌进士雷起龙，雷起龙学识渊博，因不满时政辞官归林，为遵循先祖遗言，携带家眷从原籍县西四十里之千秋岗（今属白槎）迁居梅棠新庄雷村。这里丛林蓊郁，古木参天，整个村宅，隐落其间，错杂有致。基于阳宅三要，奇门八卦上都添列“三阳臻泰，福贵盈门”，无怪乎村中老少皆能口述“青石桥，福龙地，有女不嫁新庄雷氏嫁哪里”。

事实上，一个地方或一个家族是否兴旺，应首先看树木，只有民风淳朴，才有树木存在的空间，新庄雷村虽历经战乱，惨遭破坏，但依然保存自然生态和人文环境的和谐统一，这无疑是个兴旺的村族，不愧为风水宝地。

雷家村历代人才辈出，族谱记载有尚书、侍郎以上官员二十多位，著名“样式雷”的奠基人雷发达，就是生于斯而长于斯。

雷发达，字明所，建昌（今永修）人，生于明万历四十七年（1619），卒于清康熙三十二年（1693），归葬金陵（今江苏南京）。清代初年，雷发达与堂兄雷发宣，因以建筑工艺见长，应募赴北京修建皇室宫殿。其代表作有故宫三大殿、圆明园、颐和园等，因而蜚声海内外，他赢得了“世界宫殿建筑艺术之父”的美誉。

来到雷氏祖屋前，首先映入眼帘的是两块铭文砖刻，上书：“皇清乾隆五十六年辛亥岁菊月主人雷雨亭记……”“乾隆辛亥年桂秋月雷又文大名仝造……”等字样。史料记载，雷发达虽贵为朝廷御匠，但仍十分思念家乡，他用多年积攒下来的钱汇给雷族大人，委托他们兴建雷氏祠堂，但未曾想雷氏大人却私自挪作他用。几年后，雷发达欲亲自回乡拜祭祖先，雷氏大人听说后到处借钱，在匆忙中建了一间祠堂，名阅“尊祖堂”（即现在的雷氏祖屋）。雷发达拜完祠堂回京后，又多次汇钱回乡对祖堂进行扩建维修。现存祖堂为砖木结构一幢二进天井式徽派风貌建筑，面阔 13 米，进深 24.3 米，高 7.5 米，总面积 315.9 平方米，青砖外墙，硬山顶，屋脊四角均有呈“品”字形马头墙。内部由门厅、正厅及两侧厢房组成，门厅为一开间硬山平屋，厢房为二开间楼房；正厅坐北朝南，青石、麻石砌地，明次间抬梁结构，分前、后、左、右四门，均由回廊相连；门厅、正厅隔扇门窗甚多，遍布石、木雕刻，技法流畅细腻，堪称一绝。整幢古宅清幽典雅，处处展现出雷氏遗风。

在雷氏祖屋内还珍藏有雷氏后人雷家瑞重修的《大成宗谱》，谱中记载了雷发达生平和成就，其中一段文字尤为抢眼——康熙时修建太和殿，因缺少大木梁，雷发达建议拆取明陵楠木旧梁柱充用。上梁之日，康熙率文武大臣亲临行礼，正当上梁之际，大梁因卯眼不合，悬而欲落，工部长官相顾愕然，唯恐有误上梁吉辰，急忙找来雷发达，并授与冠服，雷袖斧猱升，急攀梁上，高扬钢斧，只听“笃、笃、笃”连响三声，木梁“轰隆”一声，稳稳地落了下来。霎时，鼓乐齐鸣，文武百官三呼“万岁！”上梁礼成，康熙皇帝龙颜大悦，当即召见雷发达，封为工部营造所长班。因此时人留下“上有鲁班，下有长班，紫微照令，金殿封官”的歌谣。

雷发达的建筑设计理念是在继承前人传统的基础上不墨守成规，勇于创新，采用中线南北纵深发展，充分体现了儒家文化“居中为尊”的思想，其所创造的建筑工艺被后人称为“样式雷”，《中国古代建筑史》《世界著名科学》等专著，均高度评价了他举世瞩目的成就。

进入二十一世纪以来，新农村建设的春风吹绿了新庄雷家村，那条弯曲的青色长条石板路更加整齐净亮，两条新修的水泥路成为村庄与外面世界连接的纽带，村道两旁现已纷纷建起现代民居、商店、旅社、文化书屋等，它们依山临水，掩映于绿荫柳影之中，登高俯视，仿如一幅色彩斑斓的水彩画，颇有点“小山城”的风采。

雷家村，不仅孕育了建筑业大师雷发达，而且还带给了人们许多凝结不散、神秘多彩的斑斓之梦，尤其是那充满浓浓乡情的田园风光，吸引着无数专家学者、文人墨客及中外游客来此寻奇探异。正如一代建筑学家和建筑教育家梁思成所题：“样式声名震四海；一代巨匠昭遗爱。”

（作者供职于永修县博物馆）

天下第一家　神奇义门陈

廖　冰

在中华五千年文明历史的长河中，被史学家称为“世界奇观”的天下第一家——江州义门陈位于江西省南昌市与九江市之间的德安县车桥镇,坐落于风景秀丽的庐山脚下,清波碧浪的鄱阳湖畔。这里青山逶迤,博河环翠。得其钟灵毓秀之精气的德安县义门陈像谜一般美丽神奇,被人们世代传颂。

一千多年前的德安义门陈氏实践了孔圣儒家思想精华,构建了“大道之行也,天下为公”的古代和谐社会,成为人类社会文明与进步的历史典范。这个家族创造了十五代、三千九百余口、历时三百三十二年聚族而居,同炊共饮,和谐相处的人间奇迹。成为中国封建社会中人口最多、文化最盛、和谐团结最紧密的大家庭,唐宋时期被誉为“天下第一家”,受到唐宋两朝七代帝王的旌表。唐僖宗李儇御笔亲赐“义门陈氏”匾额,并赐赠柱联:“九重天上旌书贵;千古人间义字香”;宋太宗赵光义敕赐:“聚族三千口天下第一;同居五百年世上无双。”大批文人墨客、官宦大儒,如苏东坡、欧阳修、晏殊、寇准、文彦博、吕蒙正、陆游、朱熹、岳飞等,更是挥毫吟咏,留下了浩如烟海的锦绣诗赋,这些诗赋有史书和文献记载的就达三百余篇。义门陈氏以其勤劳智慧的义聚实践,成为封建家庭和谐、忠义的典范而名满天下。

公元 832 年,义门陈开基始祖陈旺因官置产、造屋兴家于江州德安县常乐里,陈旺及其子孙以孝道治家,撰家法,立家范,置田产,办书院……建立了一个具有高度文明和谐的大家庭。他们一代代繁衍，一代代发展，创造了神话般的美丽和繁华：方圆二十多公里的区域里，旌表台、百柱堂、御书楼、议事厅、德星楼、文昌阁、接官厅、东皋祠、永清寺、九里殿等宏伟建筑鳞次栉比；都蚕院，秋千院，寿安堂，百犬牢，义门酒坊，廨宇，大公堂，刑杖厅等华美建筑参差逶迤。

北宋丞相吕端于公元988年游义门陈东佳书院，纵览义门奇景，心旷神怡，欣然赋《赞义门》诗一首：

八百头牛耕日月，三千灯火读文章；
永清潭底观鱼变，东佳岗上听莺吭。

诗句逼真描述了义门陈这个“耕读之家”的和谐氛围和自然生态。白天，商贾往来、环佩锵锵，“八百头牛耕日月”，渔稼耕猎，一派繁忙；入夜，文人雅聚、书声朗朗，“三千灯火读文章”，琴棋书画，雅韵横溢。

宋丞相寇准有诗赞曰：“文明魁天下，孝义盖乡闾。”义门陈氏，家风淳厚，大小知教，上下谦和，家无私财，人无贵贱，族产共有，诸事平等；家法严格规定：义门陈人不置仆，不纳妾，不赌博，不斗殴，不淫酒色，忠、义、孝、悌，谐同亲和。

常乐里山环水抱，层峦叠翠，松林掩映下的农舍依山傍水，溪水缠绕的农田阡陌纵横。义门陈在这块神奇的土地上创造了一个令人向往的和谐社会：这里废除私有财产，实行公有制——“堂前架上衣无主，三岁孩儿不识母”；这里团结和谐——“丈夫不听妻偏言，耕男不言田中苦”。义门陈历时三百三十二年，在三百多处田庄里，三千九百余口人用自己的勤劳、智慧演绎出一个真实的桃花源仙境。

唐大顺元年（公元890年），为了代传孝义，世笃忠贞，义门陈第三任家长陈崇立“家法三十三条”，随之又订“家范十二则”“家训十六条”。义门陈家法、家范和家训起到了修身齐家的决定性作用。自此，义门陈世守家法，诚奉家范，严依家训，忠孝传家，义风浩荡。成为闻名天下的德义之族，真良之家。该家法成为中国古代家族法规的典型，受到千秋赞誉。

《宋史》《全唐书》《中国教育通史》记载：公元890年，义门陈第三代家长陈崇在义门东佳山麓创办了我国古代最早的书院——东佳书院。东佳书院是历史上最早具有完备体制和较大规模的学校,它早于著名的庐山"白鹿洞书院"五十多年。学院体制完备、教学门类齐全,院舍建筑气势恢宏。学院有"藏书楼"号称"天下第一藏书楼",是唐宋时期蜚声全国的藏书、求学及游览胜地。史书中记载的义门陈"三宰相""十八朝官""二十九地方官""五十八进士""八文龙""九才子"……都是这所学院培养出来的,据《中国姓氏通史》记载:东佳书院培养出来登科举任官吏的人数到宋咸平四年(公元 1001 年)时已达 430 人之多,这是古代家族史上少有的文化现象。

义门陈光辉的文化历史还孕育出神奇的酒文化,义门陈酒坊始建于唐开元十九年(公元 731 年)。此酒,味香扑鼻,醇厚宜人,有"江南琼浆"之誉。淳化四年(公元 993 年)冬,宋太宗赵光义诏见义门陈第七任家长陈兢,赐一梨一鸽,陈兢碎鸽入酒,合家三千余口以猪鬃蘸酒,共尝御赐。谁料以鸽入酒,竟使酒醇异香。为谢皇恩,陈兢以酒三担,贡于太宗,太宗饮后龙颜大悦,当即赐赞酒诗一首:

陈酒醇厚耐品尝,空盏尚留满室香;
风来隔壁引人醉,雨后开瓶百步芳。
传闻琼浆天上有,不知何时到汴梁;
今宵畅饮义门酒,恰似李白卧云床。

自此,义门陈酒奉为贡酒,为历代皇宫御用。据传,今义门陈酒与五粮液酒配方同源于陈氏秘方,成为名扬天下的美酒。

江州义门陈的文明发达、和谐繁荣名动朝野,誉满全国,唐中和四年(公元 885 年)唐僖宗李儇御笔赞道:"金銮宴罢月如银,环佩珊珊出凤城,问道江南谁第一,咸称唯有义门陈"。宋真宗赵恒敕联赞曰:"三千余口文章第;五百年来孝义家。"宋丞相文彦博题诗"赞义门陈氏":

御笔亲题灿锦霞,满村官职遍天涯。
名垂万古应不朽,庆衍千秋丞相家。

北宋大学士黄庭坚游东佳书院，题赠："义门流芳"。

历史总是曲折迂回向前的，久合必分，盛极必衰。公元1062年，朝廷对田庄达三百余处的义门陈大家族实施大分析(分家)，将3900余人分为291庄，分迁全国72个州郡，144个县。大分析的主要原因：一是封建王朝为了抑制义门陈氏朝野太盛，恐其危及朝廷统治；二是把义门陈氏作为封建家庭的样板分迁各处，教化天下，以维护其封建统治。

公元1063年3月，义门陈古镇的石板街至古官道上，车杖滚滚，轿马辚辚，义门陈人就这样迈着沉重的脚步，离开了自己一石一瓦建起的家园，离开了生活一辈又一辈的土地，这支迁徙队伍绵延几十里，持续几个月——这是人类历史上最大家族、最悲壮、最恢宏的大分家、大迁徙。从此，一家繁衍成万户，万户皆为新义门。

江州义门陈这个大姓望族素以文风昌盛，才俊辈出而著称于世，陈独秀、陈潭秋、陈毅、陈昌浩、陈赓、陈再道、陈士渠、陈锡联、陈奇涵、陈丕显、陈明仁、陈铁军、陈立夫、陈诚、陈永贵等这些当代名人都是义门陈后裔。这些灿若繁星的豪俊与义门陈美妙神奇的历史相互辉映，璀璨瑰丽。

(作者系中国工艺美术家协会会员、工艺美术师、江州义门陈文化研究会会员)

钟灵毓秀富华山景区

杨行山

富华山景区，位于素有“鄱阳湖畔明珠、京九线上名城”之称的共青城，东临我国第一大淡水湖——鄱阳湖，既可远眺鄱阳湖浩瀚之烟波，又可近观鄱阳湖湿地之美景。

富华山景区始建于1990年，占地面积1020亩，主景区由耀邦陵园、耀邦事迹陈列馆、共青城发展史陈列馆三大部分组成。耀邦陵园坐落于共青城东南面的富华同巅，墓向座北朝东偏南5度，前方的鄱阳湖湿地就是国家候鸟自然保护区的一部分，每当冬季来临，从北方回来的白鹤、天鹅、大雁等候鸟栖息在这里，成千上万，蔚为壮观。

耀邦陵园的正门两旁，是耀邦同志自己所作的一副对联：“心在人民，原无论大事小事；利归天下，何必争多得少得”。耀邦陵园墓高4.43米，底边长10米，重73吨。三角形花岗岩碑雕刻着中国少先队队徽、中国共青团团徽、中国共产党党徽，标志着耀邦同志先后分别担任过少共中央局秘书长、团中央第一书记、党的总书记；右上方耀邦同志雕像栩栩如生，墨晶玉花岗岩镶刻着《胡耀邦同志生平》。

耀邦墓碑塑像，从正面的角度观察，是一位慈祥的老人、平易近人；从左侧看目光深邃，流露出忧国忧民的神情。整个头像从正面看好像是凹进去的，实际上它是一个立体浮雕，头像凸出平面20厘米。从空中看，墓碑所在的整个草坪的造型是一个火炬的形状，寓意星星之火是在江西井冈山点燃的。中心草坪放有大小十二块鹅卵石，则象征了耀邦同志心中装着十二亿中国人民，以及其坚如磐石、刚正不阿的秉性，靠左侧石头上有八个大字是耀邦夫人李昭的亲笔题词："光明磊落，无私无愧。"

耀邦陵园景区内植被丰富、生长茂盛、水系充沛，自然环境优美；景区内种有柑橘、桃、梨等果树 200 余亩，供游客观赏采摘；100 余亩的养殖水面可供人们休闲垂钓。陵园四周丘陵起伏、青山碧水、钟灵毓秀、景色怡人，已形成了"春有花赏、夏有阴凉、秋有硕果、冬有绿装"的优美景观。

富华山景区以其良好的生态环境和丰富的人文景观底蕴，被国家旅游局评为全国首批农业旅游示范点。它是一道集名湖、名景、名人为一体，生态自然与人文精神水乳交融、交相辉映的不朽风景。耀邦的陵园、耀邦事迹陈列馆及共青城发展历程陈列馆等，使得这里成为一处自然与人文荟萃、历史与今天对接的底蕴深厚、层次丰富的立体景观。阳光照着、清风吹着，白云舒卷、群鹤飞舞，草木葱茏地生长，花儿随意开放……一切都处在自然、淳朴和恬淡之中。

耀邦事迹陈列馆内，陈列了大量的历史珍贵照片，既反映了耀邦同志从一名红小鬼到一名革命伟人的光辉成长历程，也概括了他从担任少共中央局秘书长到团中央第一书记再到党的总书记期间，为党和人民努力工作的每一个片段，更见证了耀邦同志一生坚持革命真理的个性，特别是在担任中央组织部长期间，平反了多年积淀的大量冤假错案，使一大批老干部、知识分子的陈冤得以昭雪……

共青城发展史陈列馆，同样也见证了一名高瞻远瞩的伟人与一座从无到有的新兴城市之间的渊源。1955 年第一批 98 名上海热血青年浩浩荡荡开赴到江西德安的九仙岭，在他们到达的第四十天，耀邦同志作为团中央第一书记，代表党中央、毛主席亲临志愿垦荒队员们搭盖的茅棚住地，看望垦荒队员，并应垦荒队员的要求，在茅草棚里用山竹夹着棉花代笔，写下了"共青社"几个大字；上世纪 70 年代，共青发展初具规模，担任中组部部长的耀邦同志再一次题名"共青垦殖场"；1984 年 12 月 12 日，担任总书记的耀邦同志再次亲临共青，第三次题名"共青城"，他还亲切地称垦荒队员是"棚友"……

据不完全统计，至今为止，富华山景区已接待海内外游客和社会各界人士近千万人次;已有胡锦涛、江泽民、温家宝、贾庆林、李克强、曾庆红、黄菊、吴官正、乔石、朱镕基、李瑞环、尉健行等85位党和国家领导人先后视察共青城、拜谒耀邦陵园;每年还有数千万计的党和国家各机关部门和地方各级领导前来参观富华山景区、瞻仰耀邦陵园。

如今一座充满生机与活力的新兴城市正朝着现代化、国际化、低碳化的发展目标努力着。耀邦同志长眠在这里,将永远激励着共青人艰苦创业、开拓奋进。

(作者供职于《共青城报》社)

匡庐明珠

徐新杰

庐山之南，群峰竞秀。在云盘雾绕的鹤鸣峰下，有一派绿树掩映的楼台亭阁，瀑布飞流其侧，山花烂漫其间，这就是有着“匡庐明珠”之誉的山南名胜——秀峰。

秀峰，原名开先寺，始建于南唐时，为庐山五大丛林之一，在星子县城西十二里。据《星子县志》记载：中主李璟青年时代，曾筑台读书于鹤鸣峰下，即帝位后就读书台旧址建庙，取开国先兆之意名为开先寺。后来，清代康熙皇帝南游，亲书“秀峰寺”三字为匾。

由南康镇出发，驱车向星德公路前进，经玉京山过峰德镇，行至十二里处，向右转入便道，两排英姿飒爽的翠柏，犹如夹道迎宾的仪仗队，牵着一条喧闹的小巷，吹吹打打地把游人一直护送到威武的山门之前。高高的门楼上，横嵌着康熙皇帝手书的“秀峰”两个大字。进入山门，枫香树组成了一条绿色的长廊，转弯处是一片迎风摇曳的凤尾竹，疏密相间地交织成一幅翡翠似的轻纱，翠纱后面便是仪态万方的秀峰。

穿过日影如筛的林荫道，亭中巍然矗立着一座石刻观音，高一丈二，宽六七尺，端庄腴丽，栩栩如生。据载为唐代大和年间的作品，距今已有一千一百余年历史了。过观音大士像，一排整齐的建筑物倚山而立。中间一幢白墙围成的小院，就是秀峰寺的便殿双桂堂。堂前有两棵金桂，相传为康熙南游时所植，干似青铜，根如褐石，霜皮溜雨，黛色参天。微风拂动着沙沙的枝叶，仿佛在轻言细语地向游人诉说着寺院当年金碧辉煌，烟斜雾横的盛况。

过双桂堂，沿山坡拾级而上，跨完九曲八十一级石阶，一座古色古香的亭台兀立于高坡之上。这便是中主读书台——李璟青年时读书的地方。台前的紫石栏杆上雕着“二龙戏珠”“鸳鸯结”等各式图案，相传为南唐故物。台中有一块题为《从冠军建平王登庐山香炉峰》的诗碑，诗是南北朝著名诗人江淹的作品，字是宋代四大书法家之一米芾的手迹，名书佳作，相得益彰。一九六一年，周总理登临读书台时，欣赏了这块诗碑，称赞它是珠联璧合，诗书双绝的艺术珍品。

亭台四周，杂草丰茂，蜂飞蝶舞，满山的青松，宛如一把巨伞、隔绝了炎暑烈日，时近正午在昼犹昏。吸一口林中清香的空气，五脏六腑都感到甜丝丝的。饮一捧山边的泉水，浑身三万六千个毛孔就像吃了人参果似的痛快、轻松。远处，灌木丛中不时传来一串山鸡“咕咕”的唱和声，更加衬托环境的幽静。山风吹来，云腾雾拥，使人心里不禁赞道：我见犹怜！怪不得当年那位风流天子一见倾心，以至于做了皇帝还未能忘情于旧地，在“细两梦回鸡塞远，小楼吹彻玉笙寒”的名句里，寄托着他对山南木石的相思。台下有一片石壁，壁上嵌着唐代书法家颜真卿手书的《大唐中兴颂》，宋代黄庭坚的《七佛偈》，明王守仁的《纪功碑》等石刻，都是我国古代书法艺术的瑰宝。

离读书台，过竹林西行，两座石碑赫然入目。一块是康熙手书的“秀峰寺”；另一块是太子胤祁手书的“洒松雪”碑，字大如斗。再向前去，有一道月门，两边对联是“千岩竞秀，万壑争流”八个篆字，横批是“月印龙潭”。过月门数十步处，有座描红点翠的亭子，石匾上刻着“漱玉亭”三字。亭上有苏东坡等人的《漱玉亭》诗。据《庐山志》记载：这位探过庐山正面目的大文豪，足迹踏遍全山奇泉异壑、唯独对漱玉亭、三峡桥式最为倾心，在这里留下了“我来不忍去”的诗句。

放目亭外，香炉峰紫烟缭绕，高耸天半；青玉峡狼奔豸突，怪石嵯峨；马尾瀑银光灿灿，龙潭水碧波粼粼，两旁峭壁，杜鹃似火，杂花生树，燕舞莺啼。

漱玉亭上，是一片石壁，刻满了历代游人的题字。著名的有宋代米芾手书的“第一山”和“青玉峡”，明代李梦阳的题记，清彭玉麟的“漱雪流云”等。更为引人注目的是一位朝鲜爱国者李宁斋手书的“笑啼岩”石刻。后面有阆中何万信的附记：

"宁斋先生,韩遗民也。国王来华,睹吾国现状,颇与韩同,乃亲书'笑啼岩'三字于此。嘱余增书一韩字,以明其国籍所在焉"。这"笑啼岩"三字,如同"八大山人"的用意一样,记录了一位爱国志士极其沉痛的心情。

出漱玉亭,昂首抬目,奇峰耸立,高岩蔽日。一道耀眼的激流,如烛天之闪电,如盘古之利斧,如张旭之甩发狂草,奔腾决荡摧枯拉朽呼啸而来,这便是惊心动魄蔚为壮观的清玉峡瀑布。李白为此写下了"飞流直下三千尺,疑是银河落九天"和"仰观势转雄,壮哉造化功。海风吹不断,明月照还空……"的壮丽诗篇。瀑布的余流,泻入下面的深谷,就是龙潭。周围石壁上刻着很多字。左壁有宋代南康府太守李亦所书的"龙"字;右壁有元朝丞相剌不花题的"虎"字;下面有宋南康知府朱端章的"庐山"二字,每个字都在一丈见方。下面,水分两色,深处墨绿,浅处明亮,一群群褐色黑纹的小鱼,在水中悠闲自在地游来游去,这便是庐山有名的石鱼。当年苏东坡游此,竟至产生了"手持玉芙蓉,跳下清冷中"的念头,可见眷恋之深了。

闲云潭影,星移物换,鸣鹤已传天外信,龙潭洗净古今愁。"匡庐明珠"秀峰以其日新月异光彩照人之风姿,倾倒了无数游客,迎来了域内境外的胜友高朋!

追寻田园诗祖的风范
——游陶渊明纪念馆

吴国富

两棵松树，一缕清风，几个人坐在松树底下。风传来酒的清香，言语的惬意，不知不觉就过了半天的时光。

一抹远山，对着一园菊花，秋日的阳光恰到好处。坐在篱笆边上，似看非看，似想非想，心在梦一般的恬美中徜徉。

这，就是陶渊明的生活。菊花、柳丝、南山、薄酒，一切都似乎蕴涵着浓浓的韵味，令人回味无穷。

时光流转，诗人的身影远去了，诗人的家园消失了。然而许多人坚信，渊明先生是庐山上一朵云，去了还会来，只是行踪不定罢了。只要有缘分，就可以在梦里、在心里找到他的身影。于是昭明太子在诗歌里寻找飘逸的五柳，诗仙李白在峰峦间寻找奇幻的桃源，香山居士在村野间寻找诗人的无弦琴——

明朝正德六年(公元1511年)，著名诗人李梦阳来到江西，担任提学副使。他生性刚直，在朝廷里得罪了国舅，得罪了太监，到了江西，又得罪了整个官场。于是，李梦阳来到庐山，寻觅陶渊明的踪影，感到了人世中别样的温馨。他找到了陶渊明故里的碑刻，人们也相信他找到了陶渊明的墓地；于是消失在历史中的陶渊明，又在人们的寻觅中“重生”了——当我们来到马回岭面阳山，伫立在松树下，面对着陶渊明墓时，我们宁愿相信：“陶渊明真的就长眠在这里。”因为，在尘嚣中煎熬的心灵,永远需要这一方净土。

1985 年,九江县陶渊明纪念馆终于建成了。它深藏在一个山洼里,靠近县城的中心,四十亩的山间平地上,有陶墓,有菊圃,还有展览大厅、归来厅、诗墙、碑廊、洗墨池,原全国人大副委员长许德珩亲自题写了馆名。明清屡次重修的面阳山靖节祠,按原样搬到这里,天井耳室,俨然一处江南民居。然而,与其说这里是一个纪念馆,还不如说它凝聚了千万人的梦。乡亲、学者、古人、今人,每个人的陶渊明之梦,都变成了纪念馆的一砖一瓦,一草一木。

树荫遮盖的归来亭,让人产生一种归家的感觉:清凉的风,亭子下一池清水,交织成一种梦境;踏着丛竹的影子,走进静谧的靖节祠,人们用不着调动神圣、崇敬的情绪,只需要站在衣袖飘飘的陶公塑像旁边,想象一下采菊东篱的惬意。在白玉兰旁边拾级而上,看看山坡上的陶渊明墓,也尽可以想象,这只是一个诗人小憩的地方,或许只是“醉石”,而不是一个阴郁的墓地——

我坚信这种感觉是对的。要不然,一个小小的陶馆,怎么会有那么多人留下痕迹。学者来了,写下几句话,以表达情意——比如北京大学王瑶教授题写道:“旷而且真,古今同钦。”诗人来了,写下一首诗,传递着他的共鸣;书法家来了,挥毫泼墨,宣泄着他的快意;写得多了,陶馆中自然就有了碑廊,如启功、廖仲安等名人都留下了题刻。

人生春秋有限,精力无多,却偏有许多人将年华消耗在陶梦的寻觅里。元朝画家赵孟頫,痴迷于创作《归去来兮》的长卷;明朝书法家文征明,沉醉于书写陶诗;历代的学者,则把自己的探寻写成几十万上百万的研究文字;刻书匠们把诗人的集子刻了一遍又一遍,而陶公的子孙,也不厌其烦地在家谱里记载他的事迹。这一切,都成了纪念馆的馆藏,陈列室里有陶氏家谱、历代陶学专著、名人书画 300 多件,线装本《陶渊明集》30 多部。

几十年间,日本、韩国、英国、法国、俄国、德国、意大利等地的游人纷至沓来,甚至日本还有人专门组团来这里种植桃花——当桃花盛开的时候,也就是他们走进梦里桃源的时候吧。前苏联外交部副部长、著名汉学家艾德林说,陶渊明“用他超越的精神来感化世人,在精神上获得了真正的独立”,而他自己也被感化了,从遥远的俄罗斯来到这里,希望得到更多的感化。法国伟大作家罗曼·罗兰从陶诗中嗅到了欧洲乡村的气息，而许多人则热衷于把英国的“湖畔派”诗人华兹华斯和陶渊明作比较。

披着一身葱绿，将自己掩没在灌木丛和乔木林中。我又一次看到树篱，或许那并非树篱，而是一行行顽皮的树精在野跑：这些田园风光，一直绿到家门；袅绕的炊烟静静地升起在树林顶端！

它飘忽不定，仿佛是一些漂泊者在无家的林中走动，或许是有高人逸士的洞穴，孤独地坐在火焰旁。

这是华兹华斯写的《丁登寺》，可我们分明感到它写的是陶渊明的园田居：“暖暖远人村，依依墟里烟。”

真实的感觉告诉我们，只要有人烟的地方，就会产生陶渊明的梦；而陶渊明纪念馆，则是追寻陶梦的一个好去处。梦在这里会变成青青芳草，变成满地黄花，变成炊烟和竹篱。

山水九江　悠哉游哉

杜少华

有人说，九江没有什么江，只有一条长江伴城而过；九江没有什么湖，只有一汪鄱阳湖烟波浩渺；九江没有什么山，只有一座庐山天下迷恋；九江没有什么海，只有一片庐山西海好风好水好放歌……九江就是这样的一个地方——坐拥名山秀水得天独厚，阅尽千年风华底蕴丰厚。在九江这繁星落珠的美景中，您尽可以悠哉游哉享尽人生至乐。

请您飞越千山，跨越层云，用眼睛来定格这里的山水美景吧。

九江处在两个独特的交汇点上。顺着纬度横着看，九江与千古传奇的埃及金字塔、神秘莫测的百慕大群岛、梦幻秀美的夏威夷群岛以及世界最高峰珠穆朗玛峰比肩，这是地球上最靓丽、最神奇的风景线——奇异的北纬 30 度线；竖着看，九江北连北京，南连香港，几乎和这两座中国举足轻重的城市同在一条经度线上。这样的交汇点，造就了她名山名江名湖的完美结合，形成了九江旅游资源的多样性，也决定了她的唯一性和不可替代性，足以让您在这里同时完成“游山”和“玩水”两种不同的体验。高耸的庐山，襟江带湖、江环湖绕，山光水色、岚影波茫，俯视着万里长江，侧映着千顷鄱湖，她春如梦，夏如滴，秋如醉，冬如玉。庐山西海坐拥中国最美的湖光山色，碧波万顷，绿岛如珠，被誉为尚水天堂。鄱阳湖烟波浩渺，拥有“一湖清水”“生态湿地”“珍禽王国”“百里沙滩”四大特色，被誉为“地球之肾”。最是那湖畔候鸟云集、万鹤起舞的壮景，无不震撼着人们的灵魂。

九江神奇的第二个交汇点是长江黄金水道与京九铁路大动脉的纵横交汇。这个交汇点造就了天赐山水与立体交通的完美结合。她拥有举世罕见的“天赐山水”，既有庐山、石钟山、云居山等名山，又有长江、鄱阳湖、庐山西海等秀水，辅之以高速公路、高速铁路、空中航线和长江、鄱阳湖水上航道组成的立体交通，为世人展现出一幅“山灵水秀、诗画九江、快旅慢游”的美丽画卷。

请您以梦为马，踏歌而行，用脚步来阅读这里的千年诗画吧。

千年的云雾，千年的古城，千年的明月，千年的诗。在九江，翻开历史的卷轴，您可以穿越时空，同历代鸿儒大师来一次古今约会。岁月长河流向东晋，慧远在庐山西麓创立东林禅寺，成就佛教净土宗一派，开启了佛教中国化的大门。同朝的隐者陶渊明，辞官归隐田园，躬耕于“鸡犬之声相闻”的桃花源中，过着“采菊东篱下，悠然见南山”的恬淡生活。璀璨历史星空下，“九江、庐山”犹如两块磁石，牢牢吸引着文人骚客的眼球。“飞流直下三千尺，疑是银河落九天”，李白在秀峰瀑布下发出如是感慨，在五老峰下更是真情流露：“九江秀色可揽撷，吾将此地巢云松”。白居易贬谪江洲（九江古称），官场失意却成就了他在文学上的建树，一首《琵琶行》打动了多少“天涯沦落人”！游庐山大林寺他又写出了“人间四月芳菲尽，山寺桃花始盛开。长恨春归无觅处，不知转入此中来。”的千古佳句。“横看成岭侧成峰，远近高低各不同”，北宋大学子苏轼在西林禅寺居住数日，始终未能看到完整的庐山全貌，云雾飘渺的山体让他心生“不识庐山真面目，只缘身在此山中”的感慨。注重事实真相、追根溯源是作为学者的苏轼难能可贵的品质，月夜下，他携子泛舟鄱阳湖上，只为探究石钟山上“钟”声究竟因何而起，并以自己的实地考察总结出了一个人生哲理：“事不目见耳闻，而臆断其有无，可乎？”

恍惚间，再看长江之滨的浔阳楼上，醉酒的宋江在豪饮半酣中写下：“他时若遂凌云志，敢笑黄巢不丈夫。”从此以一个“义”字成就人生。斗转星移，南宋理学家朱熹追随前圣的足迹，踏入了九江这块圣地，在庐山五老峰下重建白鹿洞书院，成为南宋以后中国封建社会七百年书院办学的样板。“出淤泥而不染，濯清涟而不妖”，更是濂溪先生周敦颐在爱莲池畔吟唱出的人生写照……

诗画九江，壮哉奇哉！山水九江，悠哉游哉！如果要用乐曲作比，九江之美就是一曲温情柔美的《浔阳琵琶》——淡淡相思，点点浓情，尽在琵琶琴弦的轻挑慢拨中化作悠扬的旋律召唤您，邀请您。

雨中碧龙潭

丁 敏

谷雨时节，又逢周末，区文学协会、诗词联学会组织了谷雨诗会活动。一大早，我和前辈们怀着对庐山碧龙潭的向往，一起来到高垅集镇，徒步登山。

此时，天公不作美，下起了雨来，淅淅沥沥。是烟是雾，远处灰蒙蒙的一片，碧龙潭的景致越发神秘莫测，想深入碧龙潭的心更加迫切。我们边走边听导游小姐介绍沿途的自然风光和人文景观。原来，碧龙潭位于庐山小天池东南面，是著名地质学家李四光考证的第四纪冰川遗址。晚清著名学者陈三立在他 78 岁高龄时慕名到此游览后，在王家坡双瀑前，曾发出了“疑是骊龙抱珠睡，获此奇胜冠山北”的赞赏。从此处到达碧龙潭的全长大约 2000 米。沿路我们领略了仙人指路、仙居洞、折叠峰、海豚石、隐瀑、仙人池、一线泉、石松、龙头岩、电站大坝、冰谷、玉池、含珠石、大憩石、王家坡双瀑、洗龙碧海石刻、碧龙潭等多处风景。这些景点，被导游串联出一个个小故事，山水顿时生动起来，充满了灵气。

我们绕过石松，身处宽阔的峡谷之间，放眼右边山头，雨雾中的龙头——盘踞山上的龙头岩若隐若现。相传龙在此休息，看到洪水从山上冲下来危害山下的百姓，就踞守山头制止洪水泛滥。年复一年的执着守望，龙就慢慢变成了惟妙惟肖的龙头化石，永生于此。

当我们来到一线泉边，风过云开，一条细细的瀑布高高挂在光滑的石头上，远眺如白纱飘浮在空中，近观似白而发绿的水柱一泻千里，打在池边的石头上，溅起晶莹而多芒的水花，又微雨似的纷纷落下，打湿了游人的衣裳。伴着淙淙的水声，我们拾阶而上，眼前出现了气势磅礴的电站大坝，坝顶平坦宽阔，站在上面看坝的两边，一边潭水幽幽、清澈见底，一边却是万丈深渊，只见两股白色水柱从水坝的两侧喷薄而出，一侧泻入深潭中、一侧似千军万马沿着沟渠欢快地奔向远方。

不知不觉，雨又下了起来，我们打着伞漫步在别具特色的木质桥上，细细地品味着小桥流水人家的境界。走不多会儿，一块冰谷巨石横亘在溪涧，我们还未从这块大石头上移开目光，就已经站在了碧龙潭双瀑面前。从高岩飞泻而下的银色水花，犹如飞花碎玉般富有诗情画意。飞瀑和着雨水顺着斜坡跳入潭中，潭水碧绿碧绿的，水面浮光跃金，流进山涧，涓涓的水声变成轰轰的雷鸣，不绝于耳。我久久地徜徉于此，禁不住想到，眼前的巨大石头是著名地质学家李四光考证的第四纪冰川遗址吗？后来，我从网络百度中了解到，第四纪冰川时期距今约 200 万到 300 万年，是由冰川飘移堆积物形成的冰石河遗迹，而庐山碧龙潭景区地质奇观为王家坡凹型冰谷遗迹。

下山的路上，我再一次惊叹碧龙潭的美，青山绿水显示出清贵之气。她不张扬，没有显赫倨傲的风度，却有如水般的温柔之态。碧龙潭的水最美，水涧溪流清洌甘甜，银色水花白中呈绿，如翡翠般的鲜润，那是醉人的绿、无尘的清新的绿。

雨中登碧龙潭，养眼养心。观望有声有势的飞瀑流泉，领略满目葱郁的植被，欣赏怪石奇峰，有雨趣而无淋漓之苦，自然也就格外意兴盎然。老前辈们和我一样都登上了目的地，还有一位年近八十高龄的长者手扶拐杖坚持登顶并安全下山。是啊，不身体力行，怎能体会到“不到碧龙潭，枉来庐山玩”的意境呢。

（作者供职于庐山区信访局）

景德镇 Jingdezhen

石林有梦
——走进江西乐平怪石林

洪　洲

驻足怪石林风景区，这里的山水石嶂，天风云海，万牲万物，无一不在用一种很张扬的姿势告诉我们，数亿万年的时光，在这人迹罕至的洪荒之地里，竖起了一片如此壮丽的天上人间。

如今，我们踏入这里，走进“怪石林”“水帘洞”“石林迷宫”和花果山生态农业这4大景区，就有如步入了一场绮丽的梦幻。这里，水声如锉，风声如斧，雕刻、打造了这一大片精美绝伦的如画风景。

（一）

怪石们应该是有梦的。

我们的眼睛如果投向历史，那一定可以看到，它们从亿万年前就一直在孕育这场伟大的梦想。那时它们还很小，还是蜓类和珊瑚。今天那些刻在岩石间的螺壳、贝类的化石，一不小心就暴露了它们曾经在温暖的海底的一帘幽梦。当年，它们是那样渴望走出水面，想去看看真实的太阳和月亮。如今，一伸手就能紧紧地握住风的衣裳。

在“伤痕累累”的一场又一场岩溶之后，这些梦的“骨头”，终于凝成了诸如“天马行空”“神鸡唱晓”“济公云游”等万兽人神。结成了诸如“白玉石林”“卧虎藏龙”

的绝代风华。

这些无数生动的意象，在生发了我们文字的同时，也带动了文字的走向。令我们把所有意象内外的石形，都归拢到了笔尖的周围，形成了一个又一个鲜亮的、不断深入拓展的梦境。

走进怪石林，你还认得那枚“神掌”吗？它昨天就在我们梦里出现过。每当我们困惑、迷惘时，它会轻轻地抚平我们的神思，更会高昂地指引我们今天梦想的走向。

（二）

怪水的梦是细长细长的，但有时，也会汹涌澎湃。

如果我们能把眼睛贴在高飞的风筝上俯看，在这三十多平方公里的怪石林里，那些云雾缭绕中起伏不定的峰峦，那些装点在碧草绿藤间的点点奇石，就像一把闯入红土地上的生字。它们形态各异，如梦如幻，密密麻麻地拱出地面。它们挤在一起，正进行着一场一经开始，就没有结束的集会。

这些怪石奇峰，或高或低，或长或短地在星月的光照下诠释着自由。尽力舒展着各自的筋骨和身姿，尽力用它独特的，如梦如诗般的语言，和我们分享品味这些无穷的美丽传说。

而这些传说，无一不是起源于这亿万年间的一次次洪水，这一山一世界的石林溶洞，草木树藤，都是水做的梦。

譬如，这石上的水线，刻出了山中的云雾。譬如那些螺的化石，珊瑚的印痕，那是睡在今天这江南水乡梦里的一些似曾相识的曾经。

这是“石生桥”，如今，桥下流的早已不是水，而是云、是风，是水的梦。桥高，隐喻着水深。桥长，又暗示那梦里水乡的波浪宽阔。

那边，有壮美的“水帘洞”的瀑布轰鸣，那是水的梦站立了起来。

“紫龙溪”的水，仍像千万年前一样平静而幽深，那是水的梦睡着了。可睡着了的水，仍在天光的倒映下，洋洋得意的挥舞着头上一片绿意森然的叶片，昭示着思想的澎湃。

“樟古岩”的溶洞、暗河里也有水。看，水们擎一片银色的水沫和细雾织就的旗，正一往无前地冲破山石，义无反顾地走向未知而又神秘的梦境。它们要流向哪里去呢？谁也不知道它们从哪里来，又要流向何方。只知道它哗哗地响着，清澈地走向未来，走向梦的深处。你也想进去和它们一起飞吗？可那种漂流，是要有和梦一样大的胆量的。

“潮水岩”“潮音洞”，那不是人间中的真实所能理解的，它们只能被梦所诠释。你想，在远离大海的这千峰万壑里，它们日日夜夜，竟然也在演绎着一场又一场汹涌澎湃的潮起潮落。它们是靠什么和大海有了联系的，是螺壳贝类的印痕，是珊瑚鱼群的化石，还是它们梦里的鼓角相连？

（三）

至于奇藤怪树、异兽奇珍们，在怪石林里，只能说是梦境和神话的具体展示了。这些大自然的文字心声，春夏秋冬，无论在星月下，还是阳光里，都是一道道令人心动的风景。

这些在外地很难一见的“石包树”“树抱石”“藤生树”“树缠藤”，还有更多的珍稀动植物群落，都集体在这片石林中亮相。

行走在这梦幻般的山水间，仿佛这些藤缠树绕石抱的原始自然意象，和山水天光的灵动元素，把这片如诗如梦般的怪石林完全悬离了地面。而这片土地上的文化的烙印，又使它和地面有了千丝万缕的联系，使之再也无法飞离江南文化的册页。

走在怪石林里，我们用目光去抚摸这里的一草一木，它们藏在云雾里夸张的艺术造型，晨风中摇曳着动人身姿，午后阳光间传递过来的迷惘而又美妙的神奇感受，是那样猛烈地冲击你的视觉神经，从而得到比梦更真实的刺痛。

它们就是那样，千万年来，一直在展示自己神秘而又真实的梦境的多面。它们可触、可摸，可感知、可心会，从而比梦更踏实。

（四）

站在“凯旋门”远眺，我们看见了一片碧绿的大草原，还有草原上星星点点的白石头，那里真好像有无数的羊儿在牧草间憩息和游走。这一幅塞北牧羊图，多少次,都引我进入了故乡的大草原,进入了美妙而奇特的梦境。

上下亿万年,纵横六十里。静听西风猛烈,遥看碧色连天。这片神奇的土地间,山色空濛,气象万千,更以独一无二的奇异气候闻名于世。这片梦境般的石林里,春时飞雨迷离,空气清新,夏来气候凉爽,秋起天高气爽,冬日清凉干燥。

更奇的是,顺“潮音洞”往北,坐落着两个相隔里许的小村。冬天里,往往是你这边降霜如雪,南天竺的累累红果正被严霜包裹,好一派冰清玉洁入梦来;而另一个小村,则是温暖如春,水色缭绕,如诗如画。冬日实测,两地温差可高达六七摄氏度。

有一次,去时是夏夜。在下村,我看见了一群萤火虫。我知道萤火虫背上的火是它的另一只眼睛。它喜欢温暖而湿润的地方,我也喜欢这些,于是就在点点萤火中找寻自己的身影。

而在上村,夜深寒意侵人,我披衣外出,一夜未眠,静谧的竹林里,我听到有鸟叫声,把它急促的呼吸都贴到了梦里。

听村里的老人们讲,怪石林也曾经是当年的红色革命根据地,村里至今保存有不少红色遗迹。上村是乐平第一届苏维埃政权的诞生地,那些仍钉在老屋房梁上的革命烈士牌匾和怪石林山上布阵的“红军洞”,山下生长的“红军粮”等等遗址遗物,都历历在目。令人想起那个“山上山下,风展红旗如画”的火热年代。

(五)

都说,洞是有梦升起的地方。

且不说那个直上直下十几丈的“强盗洞”里,那一伙在传说中的武功高强、飞檐走壁、劫富济贫的绿林好汉的故事,曾经沸腾了山里少年的多少梦想;也不去探究那个江西唯一,世界七十八个天坑之一的“风门口”天坑的来龙去脉。只一个“水帘洞”,它那和梦一样高大雄伟的门庭,它那和谜一般曲折无穷、岩高水远的洞穴,就足够容纳下所有游客心驰神往的梦境了。

传说,共工和祝融有过一场大战。战败了的水神共工怒触天柱,致使“四维绝、天柱折”,人间地陷天塌。始有女娲率众遍寻天下奇石灵岩,方在此地炼石补天。所以这怪石林里,留下的洞也好,林也罢,种种都是今世的神迹了。

那天,在洞里,我看到了一只蝴蝶停在崖边。我想,那一定是这千疮百孔的怪洞里长出的一只耳朵,忽闪闪地,想把今日人间的种种声响传入洞中,传给那些丰富多彩的、鲜为人知的地下生物,传给那里住着的神仙们。去丰富它们的梦,从而也丰富我们今天和今后子孙万代的梦。

有空,大家一定要去怪石林走走。山道上,那里有古藤拂面,有轻梦相伴。在藤叶绿枝间,我们一起去看阳光是怎样给怪石青苔披上一层又一层的虎纹豹斑。看月色在秋虫的伴鸣中,又是如何给古洞老村镀上一片又一片梦一般的银色,看大山的罡风,伴着急流在冲刷岩石,雕琢时光,镌刻梦境。在怪石林放飞梦想,让神思如万马奔腾。

回家,我们再期待下一次神游。更期待它,能夜夜入梦。

(作者系中国散文学会、江西省作家协会会员,《中国作家》杂志社签约作家)

瑶里:千年追寻的梦里故乡

沈尚宝

躲在赣皖交界的翠山中,藏在景德镇甜美的怀抱里,一地如歌的山水,一处梦里的故乡,古村老树,古窑古矿,鸡鸣狗吠,稻田菜畦,鱼群荡漾,红色遗韵,江南情怀……这里是世界瓷都的发源地,这里也许是大多数国人千年追寻的梦里故乡——瑶里。

梦境瑶里

讲到瓷器,景德镇人都是满脸豪情,可瓷从哪里来的呢?景德镇人神秘地一笑:瓷从山水中来。带着这样的悬念,我们追寻着山水,经过一个小时的车程,来到了有"瓷源、茶乡、林海"之称的瑶里。

暖风和煦。刚一下车,闯入眼帘的密密匝匝的森林给心情一个激灵。这里是汪胡景区。行走在森林中的林荫小道,无数珍贵植物近在咫尺,葱郁得遮天蔽日,山中鲜红的粉红的杜鹃花像是多情的少妇恣意张扬。天河谷,集险奇俊秀于一体的奇幽佳境;南山瀑布,全长400多米,落差达220米,挂在光滑闪亮的绝壁上,绝美壮观;徽州古道,昔日徽商入赣必经之地,现今保存最完整的古道,光滑的石板路上不知承载着多少千年的传说。

瑶里是古代景德镇制瓷原料的产地,境内盛产制瓷原料——高岭土,至今仍蕴藏丰富。在饶南陶瓷主题园区,步行的小道旁散落着千年的碎瓷片,古民窑、矿山坑洞虽静默无语，我们却仿佛看到了熊熊窑火映红了窑工满是泥水的脸庞,听到了窑工们齐声吆喝的阵阵山歌。

坐落在群山环绕下的梅岭是自然与人文的结合,村头的千年古樟、屋后的百年老树在向我们诉说着张氏宗祠的古老悠久,依山傍水粉墙黛瓦,恰似一幅意境恬淡的中国画。梅岭还是电影《闪闪的红星》的外景地,老耕牛、竹排、溪流依旧,村子里也不乏机灵勇敢的“潘东子”。

千年瑶里

瑶里古镇,始建于西汉末年,群峰环抱,如画如屏,“母亲河”瑶河穿镇而过。数百幢明清徽派古建筑依山傍水、错落有致地分布在瑶河两岸,飞檐翘角,粉墙黛瓦,掩映在青山绿水中。

这块宝地自古出了不少人才,是西汉长沙王吴芮、南宋开国侯李椿年、清朝工部员外侍郎吴从至等人的故里。名人们的遗迹至今犹存——有展现家族礼仪的进士第;有再现革命斗争历史的陈毅故居、抗日动员大会会场、红军游击队驻址;有印证往日繁华景象的明清商业街和东埠古街。

这些建筑保持着完好的初始风貌,陈旧的颜色标志着古稀的年龄。古老的砖墙上还留着上世纪70年代的大标语,木板门口高悬的红灯笼是这里唯一的亮色。走在街道上,顿时觉得我们这一群穿着现代的深圳人是穿过时光隧道闯入桃源仙境的异类,不禁小心翼翼起来,生怕破坏了眼前的宁静。

仿佛见惯了大场面,小镇对我们这群不速之客根本无动于衷。依旧炊烟袅袅、鸡鸣犬吠,一派祥和。穿镇而过的瑶河旁,居民自在地洗衣洗菜,我们惊叹于河水的清澈,不知是谁还叫了一声:“快看,鱼！”其实,这没有什么大惊小怪的,瑶河里几乎满满一河的鱼。鲤鱼、鲢鱼,一群一群,而且个头都很大。

河边的居民根本就不去理会我们的大呼小叫,在鱼群的缝隙中拨开水纹继续洗菜洗衣,淘气的鱼儿正在追逐着菜叶、啃咬着村姑的脚趾。

这时,我们看到了矗立河边的一块石碑,名为“禁渔牌”,细读才明白:根据民意,瑶河鱼群禁止捕捞……我们被深深感动了,好善良的瑶里人,用如此质朴的方式表达对“母亲河”的感激。

郭璞峰访古

石国禄

郭璞峰位于昌江、乐平、鄱阳三地交界处，群峰绵亘，危峰兀立，山势险峻，草木茂盛，泉流潺潺，它被当地人誉为风水文化发祥地，如今它又列为省级森林公园，近几年前来休闲玩赏的游客日益增多。

今年三月，正值鸟语花香之期，春光明媚之日，我亦萌生了登临郭璞峰的兴致，个中缘故并不完全是为了赏花观景，而是要探寻一下古人留下的人文之谜。

我沿着蜿蜒而宽阔的水泥马路，驱车来到了郭璞峰西麓的龙源村。顺着山间小径，信步上山。古木小桥，流水潺潺，几度峰回路转，转眼别有洞天。在长长的峡谷中走了许久，我来到一坡陡崖下，山岩上顺势凿出一级级石阶，给人一种浑然天成的感觉。拾级而上，左侧是险峻的山壁。远看怪石嶙峋，危若累卵，摇摇欲坠；近看这些怪石相互倚仗，巍然不动。小径的右侧也是险峻的怪岩，直逼谷底。石壁上铺满了嫩绿的藤萝，与对面的山花交相辉映。

转身继续上攀，不远处斜卧着一块大青石，其上刻着两行字："大元元统二年，徐氏隽平刻"，这就是地方史上所记载的"元人摩崖"了。摩崖上的"徐隽平"不知何许人也，似乎名不见经传。

"元人摩崖"附近的高崖上，深深浅浅地留下许多崖刻，或曰"步云"，或曰"愚谷次"，或曰"宝庵长"，未知其意。且不管它罢，将这历史谜团留与后来者去解答。

站在此处，便可以看见对面的石壁上刻着“玉泉”二字。往下俯视，一条山溪从上游的乱石丛中直奔而下，化作白练似的瀑布，从十几丈高的悬崖上坠下，跌入一口半圆形的深潭，水波激荡，滚珠溅玉，飞琼卷雪，雨雾袅袅，哗哗的瀑布声在山谷里回荡。

逆着山溪而上，便是一条羊肠小道。这里的悬崖更加险峻，真是鬼斧神工。溪沟里尽是巨石，你挤着我，我压着你，好像是神人将它们从高山上推下来似的。

转过山嘴，一堵高坝横在面前。登上大坝，群山蜿蜒，中间躺着一泊小湖，水缠着山，山护着水，仿佛谁也离不开谁。山影落在湖水里，水更绿了；湖水倒映着山峰，山更青了。

绕湖岸而行，到了对岸的另一湾峡谷。在谷底的一块平地上，残留着古庙的废墟。明清时期，这座古庙香火鼎盛，进香拜佛的信徒络绎不绝。民国时古庙荒废了，郭璞峰红军游击队曾在这里栖身休整。古庙废墟前生长着一株粗壮的罗汉松，从树边的碑文得知这株罗汉松有八百余年的历史。罗汉松乃是第四冰川纪遗存下来的珍稀树种，有“植物化石”之称。如果从珍稀树种和地貌特征来看，郭璞峰和庐山、大鄣山有许多相似之处，都能从中找到第四冰川纪遗留的痕迹。原来坝下山沟里的巨石，并不是什么神人从山顶上推下来的，而是冰川运动的产物。

在这湾峡谷的深处，我还看见了一处古墓遗址，从形态上看，似乎是古人的“悬棺”。据当地山民介绍，这是“东辽子”的“吊葬坟”。“东辽子”是大唐元帅手下的一位将领，在戏剧中，“东辽子”是一个丑角，喜欢搞点恶作剧，借以取乐。当地人将调皮捣蛋的家伙称呼为“东辽子”，可见他为人风趣幽默。

历经艰险，终于攀上了郭璞山的最高峰——郭璞尖。站在郭璞尖上，环视近处的群山，确实有“会当凌绝顶，一览众山小”的感觉。头顶上白云飘飘，山腰间烟雾缥缈，脚底下松涛涌动，远处的村庄、田野、河流尽收眼底，春风拂面，心旷神怡。

相传郭璞尖是风水始祖郭璞居士炼丹的地方。郭璞是西晋时期的诗人和炼丹家。他历任参军、著作郎，官至尚书郎。在任王敦记室参军时，因为反对王敦谋反，被杀害，有《游仙诗》《江赋》传世。郭璞是个学识广博的文人，天文地理、风水占卜、诗赋训诂，无不精通。他不是被王敦杀害了吗？怎么又来到郭璞峰隐居、修道炼丹呢？还是让我们从历史和民间传说中去寻找答案吧。

魏晋时期,由于司马氏家族的政治高压和北方战乱,许多名士经常遭受迫害。为了保存生命和节操,名士们采取消极的人生态度,委婉地拒绝与统治者合作,于是玄谈、食丹、求仙、修道盛行一时,名士们借此实现精神上的逃脱。诚然,郭璞修道炼丹既有社会背景的原因,也是他的性情使然。当王敦邀请他参加谋反时,他既不想与王敦合作,又不想去告密,在他看来,皇上和王敦都是一丘之貉。于是他逃亡了,来到远离战乱的江南,在游山玩水中寻找精神的家园。游历了大山名川之后,他发现郭璞峰确实是修道炼丹的理想乐园。其名声虽然比不上庐山、黄山等名山,可是风景秀丽,人迹罕至,恰如桃源仙境。于是他选择了郭璞峰为他的归宿之地,终年与山石为伴,以清泉为友,饮露吞霞,吟风歌月,造炉炼丹于山峰之上,悠然自得于天地之间。郭璞仙逝后,为了纪念这位历史名人,当地人将这座山改名为郭璞峰。

我怀着对郭璞隐居山林的羡慕之意,一边观赏着湖光山色,一边聆听着松涛与流泉发出的天籁之声,沿着小径绕湖而行。这时耳边传来一声声清脆的鸟语,寻声望去,只见不远处的大树上一群小鸟在喧闹,湖畔的松林上十来只白鹭在起起落落。蓝天、山影、苍松、白鹭、野花,将这泊"高山小湖"妆点得美不胜收,令我流连忘返。

从湖边往东北向上攀,我来到了另一座高峰顶。只见峰顶是巍然屹立着的一块巨岩,样子就像一张八仙桌,上面较为平坦,但石脉纵横,似乎像一个大棋盘,这便是"仙人弈石"了。"仙人弈石"来源于一个神奇的传说。古代有一牧童来这里拾柴,看见一个黑脸仙翁和一个白脸仙翁坐在巨石两端下棋。下完一局,白面仙翁摸出三个仙桃,一人吃了一个,下第二局时,两个神仙将自己的脑袋端下来,放在巨石边,下起"无头棋"来,牧童看了胆战心惊。下完第二局,正待下第三局,忽然天空雷声隆隆。不一会儿,太白金星飘然而至,催促道:"你俩还在这里下棋呢!天鼓已经敲了三通,宋天子早已下凡投胎去了,天帝命你俩快去凡间保驾!"两个神仙听了,慌忙扔下棋子,仓促中拿错了脑袋,胡乱安上,匆匆离去。这两个神仙下凡后成了大宋的名相名将,一个是包拯,一个是狄青。由于他们安错了脑袋,包拯黑脸,文相武貌;狄青白面,武职文姿。牧童离开棋盘石,下山回家,发现景观与他来时大异,看不到一个熟人。找了老半天,才找到自己的家,早已成了一座荒芜的废园。牧童四处打听家人，最后遇到一个百岁老人，他说："我小时候听我父亲说，有一个放牛崽上山放牛，被老虎吃掉了，想不到是你呀！"牧童这才知道，天上一日，人间百年。后来牧童寻路返回棋盘山，从此杳无音信。

站在"仙人弈石"下，我想，郭璞峰似乎是古人的精神家园：郭璞居士炼丹求仙和他所创建的风水文化，本属道教文化范畴；"东辽子"的"悬棺"与道教胜地龙虎山的"悬棺"可谓同一个系列，也是道教的产物；而"仙人弈石"关于神仙的传说，表达了人们对生命永恒的向往，这正是道家所追求的最高境界。如此说来，郭璞峰的人文景观非"仙"即"道"，充盈着道教文化色彩，因此被当地人视为风水宝山也就理所当然了。

春日昼短夜长，转眼太阳偏西了。我一边聆听着松涛与流泉发出的天籁之声，一边观赏着湖光山色，带着幽幽的思古之情，沿着来时的小径，走下了郭璞峰。

（作者供职于景德镇市昌江一中）

古镇游记

任伯芳

每当清晨，薄雾弥漫，古镇渐渐苏醒，昌江河中的小渔船开始忙碌收网，古老的窑砖路开始有了脚步声，店面商铺开始叫卖，一切似乎和千百年来祖宗们的生活一个模样。如今，只不过这里不再是个隐匿着的“小城”，而已是声名远播的中国陶瓷制作艺术展示中心。这里就是位于赣东北的一座历史文化名城——景德镇。

景德镇，地处江西赣东北，依山傍水，小城群山环抱，清冽的昌江从城中穿过，是人们梦寐以求的栖息地。自从精美的瓷器销往世界各地，这个古镇便逐渐被人们熟知。

徜徉在用窑砖垒砌的老墙房、用匣钵围起的花园之中，亲身领略千年窑火而锻造的神话。傍晚时分，古镇的霓虹开始竞相绽放，珠山城区的夜生活在伴着昌江潺潺的流水声酷到极致；夜深之后，灯火依旧，喧嚣逐渐消散，只剩下清雅的流水声，小镇沉入梦乡；人们也就在这周而复始的太阳升起又落下中走过了千年的历史。

景德镇与河南朱仙镇、湖北汉口镇和广东佛山镇并称为中国古代四大名镇。明清之际，所产瓷器即以精美绝伦而誉满天下，由江南雄镇而一跃成为驰名世界的瓷都。珠山是保存较完好的景德镇古城区域，来景德镇的人不游览珠山，就像去北京不登长城一样的遗憾。

珠山，又叫立马山、五龙山。它位于古镇的中心位置，又雄立于昌江边整块的冲积平地上，显得一峰独秀。秦代，景德镇曾属于九江郡番县，当时有一位县令叫吴芮，是吴王夫差的七世孙，出生在景德镇的东北乡，他为政很得民心，人们都尊称他番君。一日番君骑马巡游立于此山之上，但见山上秀木葱翠，花香袭人，赞叹不已。于是人们把这山叫做立马山。又因为这里山势蜿蜒，有五龙抱珠之象，也称五龙山。五代诗人和吟咏珠山的诗这样写道："山色川光南国天，珠峰千仞绿江前。萧萧伫立秋云上，多是龙携出玉渊。"今天，珠山这个名称，已经成为景德镇的别称了。

大凡名山，必建有亭阁，珠山也不例外。唐代，建有一座古阁，红墙黄瓦，重檐飞翘，雕梁画栋，秀雅端庄。称聚珠亭，宋代修葺一新后，称中立亭。明朝天顺年间重建，叫朝天阁，成化年间改称冰立堂，万历年间又改建，叫环翠亭。清雍正时改称文昌阁。1925 年重建，才叫龙珠阁。现在矗立在珠山之顶的龙珠阁，是 1987 年动工重建的，于 1990 年 10 月首届"中国瓷都——景德镇国际陶瓷节"开幕之际建成。重建后的龙珠阁，是一座仿明重檐宫廷式建筑，共 6 层，高 34.50 米，建筑面积 1650 平方米。它耸立于珠山之巅，气势恢弘，古朴典雅，俯览雄镇。和南昌滕王阁、赣州八镜台、九江浔阳楼一样，是江西的名楼胜阁。

站在龙珠阁顶部向南俯瞰，映入眼帘的一大片区域即是御窑遗址公园。从北到斗富弄，东临中华路，西至东司岭，它的总面积为 54300 平方米。明、清两朝就在这里设立了专为皇家烧造瓷器的工厂，在明朝叫"御器厂"，到了清朝改为"御窑厂"，大家习惯称之为"官窑"。它连续为封建帝王烧造御瓷 6 个多世纪(610 多年)。烧造出了大量精美绝伦的瓷器，通过"丝绸之路""瓷器之路"，远销海内外。是现代瓷的艺术中心。景德镇名工巧匠在解放后，特别是改革开放以来，采众之长，化而超之。不断继承、发展和创新了各种具有瓷都特色的精美的艺术陶瓷，逐渐形成了"白如玉、薄如纸、明如镜、声如罄"的独特风格，又以"造型优美、品种繁多、装饰丰富、风格多姿"而著称。

从御窑厂东门出约步行两百米可进入葡萄架 2 号，葡萄架 2 号是景德镇烧做两行的窑户大老板的房子，有一百多年的历史，它集作坊、彩绘加工、住家、仓库于一体，非常原生态。一般作坊的架梁都较低，为的是陶工推拉料板方便省力。这也是景德镇目前发现的唯一一座二层楼作坊,楼下制坯,楼上画坯。

这户老板姓余,是当年人称“十八罗汉”中的一员。何谓“十八罗汉”?景德镇过去的老百姓根据窑户老板的财富多少、家业大小,常以“三大佛”“四大金刚”“十八罗汉”给老板们作佛教世俗化的排名。这位老板就排在25位富翁之列。过去的窑户老板都是凭聪明才智、精湛手艺和吃苦耐劳打拼出来的,当然也要有较好的财运。

古镇不仅遍布窑房、作坊、码头、民居、瓷行、树行、寺庙、教堂、古井、会馆等遗迹,更有与制瓷业相关联的其他劳动作业及活动等内容。最原始的瓷石粉碎器物——水碓,它也是景德镇一种古老的原始设备,以自然水流为动力,通过机械运动将瓷石粉碎。它密布于昌江及其支流南河、东河流域,每当春夏水发时,其车轮旋转,水碓翻腾,景色蔚为壮观,宛如一幅景德镇古代制泥技术的民俗风情画卷。清朝凌汝绵《昌江杂咏》诗云:“重重水碓夹江开,未雨殷传数里雷。”直到今天,在景德镇城郊南河、东河流域的瓷石和釉果产地还有许多这样的水碓在运行。

到珠山休闲游,漫步河边,您可能还会有幸目睹难得一见的烧“太平窑”,“太平窑”是一种类似圆筒的象征性窑。它用一只只烧瓷器时用作垫底的圆瓷渣饼搭成,这种窑大的有3米高,小的也有1米左右高。

当月亮升到中天,景德镇人就开始投柴烧窑。那成千成百的太平窑一齐烧起来,就像点燃的无数支巨大的蜡烛,照得天上地下、林间水边一片通红;火从四周孔内冒出来,就像一朵朵火花,整座窑就像一棵火树,与月亮交相辉映,成为一道瑰丽的景观。

古老的江南雄镇,历来商贾云集,物流繁盛。“工匠八方来,器成天下走”。古镇是一个典型的移民杂居的地方,光是同乡会馆就有27个,银号钱庄瓷店,茶楼酒肆柴行等店铺更有上千家。当地人概括古镇的格局,有这样的顺口溜:“三洲四码头,四山加八坞,街有两条半,弄堂九十九。”镇中除南北走向的两条街道外,主要的通道就是靠这99条弄堂(如今已有大小里弄两百余条),多为东西走向,间隔不过百米,贯穿大街,连接江边港埠,居民聚弄而居,可兼水陆两便。古镇的人们很早就会以废为宝,充分利用工业废料,如,烧瓷撤换下来的废窑砖、废匣钵,各尽其用。弄堂的地面用窑砖铺就,民房的墙壁用窑钵垒砌;屋前房后的院落园子,也用匣钵围起，栽花种草；就连垫坯的渣饼，也用来做搭太平窑的游戏，形成一派举世无双独特的市镇民俗风貌，处处洋溢着陶瓷生产生活习俗和陶瓷文明底蕴的浓厚气息，一派激荡人心耐人寻味的人居景观。

漫步在古老的街区，能让人们从眼眸触及处一一领略古老的文化气息，御窑厂、龙珠阁、莲花塘、祥集弄民居、天主教堂等景区是人们魂牵梦绕的圣地，是瓷都古老文化的延续，是珠山人引以为傲的历史财富。

古镇的魅力是斑驳的历史烙印所展现的青瓦窑砖墙，是吟唱了数千年至今不停的水碓，是岁月颠沛留下的脚印，是人类成长丢弃的废墟。斗转星移，物是人非，房仍是那样的木制、窑砖、青瓦房，街仍是由窑砖或青石铺成的路面，可小镇却因为诸多不曾消掉的物事而成为了古镇，更成为了人们游历和追忆的一座风光殿堂。有人曾经说，景德镇是用窑砖建起的都市，在这块土地上，一锄头挖下去，全是瓷片。

今天的景德镇—珠山，已经发展成东西15公里、南北8公里、建成辖区120平方公里、有50万常住人口的中型城市，但景德镇—珠山人永远不会忘记：瓷业是她的“立市之本，称都之源”。让我们把目光收回到昌江东岸，往东宽不过1.5公里，北起观音阁南至小港嘴，长不过6公里，才是古老景德镇的原貌原形。就是这块不过9平方公里的狭长古市镇，城墙不立，衙门不设，却谱写了中华古代工业文明和陶瓷文化的不朽篇章。

（作者供职于景德镇市珠山区文广局）

萍　乡 Pingxiang

绚烂的安源人文

文　安

萍乡，被誉为赣西明珠。安源区为萍乡市治所在地，自唐代武德二年（公元619年）萍乡县治迁徙于此，历来为萍乡政治、经济、文化的中心。我生于斯，长于斯，对于安源这块土地深怀挚爱的感情。

我出生的老正街坐落着始建于唐初、最后重建于清代雍正十二年（1734）的萍乡孔庙，现为江南保存最完好的孔庙之一，已列为全国重点文物保护单位。孔庙巍巍，文脉悠悠。迈进孔庙那道高高的石门槛，走在地面铺设的一块块陈旧的方砖上，像走在历史的甬道之中，那沧桑古拙的气息，那文意充沛的气息，那肃穆宁静的气息，令人为之肃然。抚摸着孔庙大成殿那一根根一人难以合抱的朱红大木柱，悠悠岁月中它支撑起一方古典空间，支撑起一方人文空间。

萍乡是全国最早兴建孔庙的地区之一，而且与孔子有着直接的关系。据史籍《孔子家语》载，楚昭王经过萍乡渡江时，江中有物大如斗，圆而赤，直触王舟。舟人取之，王大怪之，遍问群臣莫能识，王遣使者赴鲁国问于孔子。孔子曰：此谓萍实也，可剖而食之，吉祥也，惟有霸主方能获焉。由此，萍乡于吴宝鼎二年（公元267年）建县，因而得名，意为萍实之乡。宋代文人黄庭坚留下《萍实里》的诗句："楚地童谣已兆祥，果然所得属昭王。若非精鉴逢尼父，安得佳名冠此乡。"

离孔庙数百米远，旧时曾屹立一座文家大屋。文家大屋出了一位晚清时期的著名诗人、词家、学者和维新派人士、曾任光绪皇帝两位爱妃的老师——文廷式。他在35岁时殿试考中一甲第二名(榜眼),赐进士及第,授职翰林院编修。39岁时大考一等第一名,升翰林院侍读学士,伴随在光绪皇帝身边。他秉直持正进言挽救国家之颓势、变革朝廷腐朽昏庸的政见。中日甲午战争骤起,他力主抗战斥和,并对慈禧太后挪用军费修建颐和园供享乐而上奏请求停办。慈禧闻奏,大为不满,大发雷霆,后来将文廷式革职,驱逐回籍。文廷式终忧郁病逝于文家大屋,时年48岁。晚清名儒沈曾植为文廷式作墓表,称他为"有清元儒,东洲先觉",意为清朝的大儒,神州的先知先觉者。

沿着古代诗人吟咏"一道江流曲抱城"的萍水,我来到水边山头上的萍乡中学,这所始建于1906年的名校,乃是晚清时期江西最早创办的新式学堂之一。走进校史馆,阅读百余年的沧桑历程,我为这所学府培育出大批优秀人才而赞叹!

这里走出了辛亥革命前夕捐躯的志士黄钟杰,同盟会领导人黄兴主持召开黄钟杰追悼会、倡建烈士墓并题匾"光昭吴楚";走出了参与创建中国共产党的"一大"代表、北京大学学生张国焘;走出了派往莫斯科中山大学学习、回国后于1930年牺牲的时任中共江西省委书记的张国庶;走出了考入北京师范大学、后投身革命的邓贞谦烈士;走出了五位中国科学院、中国工程院"两院院士"……

"以德求得,因材育才",这座学府代有传承,英才辈出。

"宝积城南寺,桥通古道平。薄云生屋角,疏竹度钟声。"踏着清代文人的诗句韵律,我来到始建于唐代的宝积寺,旧名梵林,唐代进士袁皓《经萍乡题梵林寺》有诗为证:"梵林遗址地松萝,四十年来两度过。"唐代显德年间(公元954~959年),因寺顶有祥光凌霄,以及佛经"宝积"之说,改名至今。宋代文人黄庭坚于崇宁元年(公元1102年)抵萍乡,曾游览宝积寺,题写两块匾额,并在殿前栽下一株罗汉松留作纪念。翌年,又写下了《宝积寺记》。黄庭坚留下的匾、松、记给宝积寺增添了浓郁的人文色彩。

我在大雄宝殿默读曾任中国佛教协会会长赵朴初撰题的大柱长联,思忖着:千年古刹竞放"缤纷花雨",光彩"宝珠"重现"翻瞻梵宇"。我又盘桓在始建于东晋时期、如今为江西一流规模寺庙的泰和观音禅院,吟咏着古诗"僧掂佛灯出,寺古岩墙重",瞻仰九米高的檀香木雕成的千手千眼观音。我还来到始建于唐代、风景秀美的横龙洞纯阳观，伫立大殿内的千年不涸的灵泉池边，观泉水清冽，看鱼龟游弋，品味着池边石栏杆上镌刻的古语："鉴开天一色，沼静月孤圆"，"流水天然趣，游鱼自在缘。"意趣与古语相应，思绪与清泉共鸣。

穿过繁华大街和僻静小巷，来到前有围墙和庭院的"绛园"。这所 1937 年上半年落成的风格独特的建筑，为时任武汉大学教授肖君绛的住宅。据《张学良日记》载，1937 年 11 月 21 日张学良流放萍乡，29 日寄居绛园，直到 12 月下旬赴湖南。我在楼房内流连，感叹着斯人已逝，风范长存。

这座被列为江西省重点文物保护单位的建筑，还流传着中国现代文艺大师丰子恺的一段佳话。1938 年新春正月，避难萍乡的丰子恺来到绛园造访，听说前不久张学良寄居于此，虽无缘谋面，但都与绛园有缘，于是应主人之请，倾注感情作了一幅《绛园图》，并在画上题词："巨宅镇国土讴歌致太平。"丰子恺在萍乡期间，还写有一篇声讨日寇罪行的名文《还我缘缘堂》，以及诗二首，诗中有"昨夜客窗春梦好，不知身在水萍乡"之句。

绛园因为留下了张学良流放岁月的踪迹，留下了保存完好的丰子恺作的《绛园图》，而闪烁着引人注目的人文光彩。

夜幕降临，满城灯火。安源剧院的一场极具地方色彩的演出，令我如醉如痴。我欣赏到了传承千余年的古拙傩舞，舞者戴着傩面身穿傩服手执傩兵器踩着锣鼓点节奏，萍乡傩面具雕刻已列为国家非物质文化遗产；欣赏到了独特的曲艺表演——萍乡春锣，也已列为国家非物质文化遗产；欣赏到了被称为"戏苑中的山茶花"的荣获两项国家级大奖的萍乡采茶戏……

走出剧院，仰望满天星斗，我不禁联想到，丰富、厚重的安源人文就如同这满天的星光，璀璨夺目，熠熠生辉。

（作者系中国作家协会会员、萍乡市作家协会顾问）

太屏山寺寻古

肖麦青

出萍乡城西行十六七公里，就到了位于江西最西端的县城——湘东区，湘东区是萍乡市的主要工业区，尤其化工陶瓷业是支柱产业，是“中国工业陶瓷之都”。到湘东，除体会浓厚的工业气息之外，有一座山，是必须去拜谒的，那就是湘东北部的太屏山。

太屏山，又称太平山，海拔615.7米。位于距城50里的湘赣两省交界处，属于罗霄山脉中段，东起上栗的杨歧山，西至湖南醴陵，跨赣湘两省，越萍乡、醴陵、浏阳三市，面积约200多平方公里。名太屏山是因为其山峰突兀于湘赣之间，尤似屏障；名太屏山则因为这里连通两省，是军事要地，扼守则能太平。

太屏山并不是一座名山，也不巍峨壮观，只是因为山上有一座建于唐贞观年间的吴楚古刹。而这古刹的历史又与唐代一位有名的宰相和明朝一位皇帝联系在一起，寺带山名，也就将这座山张扬了出去。

选一个秋高气爽的日子，去游太屏山，拜谒坐落在山顶的吴楚古刹，是件十分惬意的事。

太屏山上的这座古寺，有山门两扇。一面朝着湖南，乃湖南山门；一面朝着江西，乃江西山门。一寺两门，这在其他寺庙很少见到。山门的门额上，“太屏仙山”几个大字古旧斑驳，可见时间的久远。进得山门便见大殿，殿上有一金字大匾，上书

“吴楚古刹”四字，两侧有唐朝宰相房玄龄所撰的一副对联：

海天色相无边界
吴楚东南第一峰

步入殿堂，前殿安坐着腆着大肚的弥勒佛，前殿后壁是庄严威武的韦陀像，后殿乃主殿，正中是释迦牟尼、如来佛和药师佛，左右排列着人们熟悉的十八罗汉，后面是普贤和文殊菩萨，左、右两边分别是包拯和关羽的神像。所有的神像都是金身闪烁。殿内有古联曰：

净瓶甘露，洒满周天法雨
玄妙金丹，普度社稷生灵

庙宇不大，但却有些来历。传说唐朝名将尉迟恭出案巡查，路经太屏山，他利用时机，娱情山水，眼观此处风景壮丽，奇石森严，古木苍茫，白云缠绕，就在此创立寺宇。称“吴楚古刹”。

20 世纪 80 年代，人们偶然在吴楚古刹附近发现了一座天宝铜钟，天宝正是唐玄宗年号。接着又发现了吴楚古刹碑。其碑文依然清晰可见，乃唐初名相、中国十大贤相之一的房玄龄所题：

岩岩平山，积石峨峨，远属昆仑，近缀衡庐，南通闽广，北达荆吴。惟山之高，壁立千仞。创建古刹，尉迟敬德。鹿州都督，威镇山河。密金不爱，公心如山。百战瘢痍，实忠于王。功臣图像，凌阁争光。名胜古迹，风景悠扬。名垂不朽，万古流芳。

房玄龄题。大唐贞观十三年己亥冬立。

寥寥一百余字，太屏山的位置重要和古刹威望尽在其间。

而说这古刹与一个明朝皇帝有关，说的却是明朝开国皇帝朱元璋。

相传元朝末年，朝中钦天监官某晚观察星斗，突发现湘赣上空有颗呈一牛三尾状的紫微星发光，便断定“天下落江西，朱家出天子”。一国不能容二主，说朱家将出天子，这还了得！元朝皇帝便下令，凡姓朱者，一律格杀勿论。朱元璋只好带着他的母亲，一起逃到湘赣边界的太屏山。这时，天色已晚，见有一寺山门紧闭。他怕人发现，不敢喊门，竟在寺外山门下歇了下来。

而正是在这天夜里，寺内住持做了一个噩梦，梦见火烧山门。他梦中惊醒，心想必有大事，于是下床提灯打开山门一看，就看见门外墙根下有一对母子正在熟睡之中，见他们形貌奇特，便不敢惊动。

第二天天一亮，老和尚出来寻人，人却早已不见，只见寺外题诗一首：

天为罗帐地为毯，
日月星辰伴我眠。
夜间不赶长程脚，
恐怕山河社稷穿。

朱元璋十五载而成帝业，打下明朝江山后，为怀念救他母子性命的太屏山，将此山当做他的第二个故乡，并将吴楚古刹改为“皇觉寺”（他的家乡凤阳县钟离村也有座皇觉寺）。于洪武二年重修吴楚古刹，现保存着明太祖宰相李善长所题的碑文。朱元璋的母亲仙逝后，朱元璋竟不远千里，将母亲葬在太屏山，更是对他这段非常经历的怀念。

古寺院内右侧有巨石垒成一墓，上有石塔，墓前有一六边形墓碑，刻着“朱母陈氏之墓，男元璋立”，正是明太祖朱元璋母亲的墓茔。听说，20 世纪 60 年代一场暴雨将寺院围墙浸倒，人们偶然在倒塌的废墟中发现了这块墓碑，上半残缺，中间有“陈氏之墓”，左下书有“男元璋立”的楷书文字，与普通明清墓碑同，风化缺损严重，庙后，一棵巨大的罗汉松，昂然而立，听说已经有 600 年了，当地人说，这棵罗汉松每隔几年都会结出酷似人形的罗汉果，这果子正是《西游记》中所写的“人参果”。

走出寺门，行至山顶又是一番景象。山顶上有巨石，远看像骆驼，近看如雄狮！坐在巨石之上，有凉风习习吹来，人则飘飘欲仙。放眼望去，峰峦叠嶂，云雾缭绕，湘东境内的山水尽收眼底。听说，风水先生特别看好这块风水宝地，预言这里将出非常人物！

除了太屏山，在湘东区所辖区域内，还有不少好山好水，南面的广寒寨、钟鼓山重峦叠嶂，瑰丽雄伟；城郊的曹源洞甘泉奔涌，景色奇异；秀丽的五峰山，古代文人所作的“南海紫竹林，五峰方竹山”的诗对至今还在；盘踞于湘东街心的云程岭，为“湘东八景”之一……

游客久恋山中，不愿离去。山间时有爆竹声传来，这是来太屏山寺拜谒的香客燃放的。风卷硝烟，如云雾飘到山上，让整座山更显神秘之气。

（作者供职于萍乡市作家协会）

美丽的神泉湖

陈移新

神泉湖横卧在曲江上，湖面狭长，水域辽阔，湖汊繁多，状如蛟龙，《莲花厅志》载："楼梯岭牛角冲下，崀峁岐岮允磴层叠，望若登楼梯，故名。"后俗呼"楼梯等"。

神泉湖的源头是鱼跃溪和曲江，在曲江尽头有一山涧山泉长年不断。有一年天旱，老百姓颗粒无收，逃荒要饭，眼看没活路了。这时有个奇怪的孩子叫苦娃。苦娃一落地见风便长，勇猛高大。因不忍心看见老百姓受苦，便沿江去找水。找到源头，进了山洞，见有两座巨石挡住了水源，旁边一条金龙守卫着，苦娃问金龙如何才能找到水，金龙无奈地摇摇头："这两座巨石，一座叫乾石，一座叫坤石。要得到水，除非扳倒两巨石。"苦娃急了，用手掰，掰不动，用足分，分不开。最后手足并用，拼尽全力，两座巨石终于慢慢分开了。水滔滔不绝地流入曲江。苦娃口里不断地念叨着："神泉，神泉。"因劳累过度，他永远闭上了眼睛。从此，曲江两岸年年稻花香，岁岁鲤鱼肥。人们为了纪念苦娃，就把曲江叫神泉。后来修建的这座楼梯岭水库，也改名叫神泉湖。

神泉湖的美，美在水旷：十里湖区碧波荡漾，烟波浩渺，万顷一碧；窄处两面巨石，倒影如墨。周围山环水绕，因而多数时候湖面风平浪静，山影浑沉，具有中国山水画般恬静的柔情。

神泉湖的美，美在山幽。湖区群山环抱，层峦叠嶂，500 米以上的峰有十几座；

这里石壁挺拔、悬崖峻峭、千姿百态，群山抱绿水，碧波绕青山，深山幽谷，引人入胜。

神泉湖的美，美在林秀。湖区的水源涵养林和水土保持覆盖率达70%以上，形成了特有的秀丽景色：初春，林木吐翠、万物复苏；盛夏，绿树成荫、鸟鸣幽谷；金秋，漫山红叶、层林尽染；隆冬，玉树琼花，银装素裹。

神泉湖以其绮丽的自然山水风光吸引着都市里的人们。国内外的许多摄影家到了神泉湖，无不为这里的水之静、山之奇、林之秀、石之异而惊叹。有位诗人在游览神泉湖后，感慨地写下了“水明三峡少，林秀西子无，此行傲范蠡，输我神泉湖”的诗句。

游神泉湖最好是夏季，这时乘船上行，凉风习习，暑气全消。越往前，周围群山绿意越浓，环境更加宁静，空气更加新鲜。此外，在其他季节游湖也可以欣赏到不同的风光。冬季，四周群山银装素裹，湖水结冰，面平如镜，在这个时节，还可以上山打猎。春季，湖岸山崖，野花竞放，充满生机。秋季，层林尽染，火红的枫树，橘红的槭树，使你视线所及，处处色彩斑斓。在神泉湖沿岸有森林面积达2万公顷，其中有檫木、香樟等天然林和马尾松、杉树、湿地松等人工林。山林中盛产七叶一枝花、五味子等药材，还有竹笋、蘑菇等特产。神泉湖的鱼产也很丰富，有草鱼、鳙鱼、鲤鱼、白鲢等。

神泉湖呈牛角形伸展，四面环山，一汪清水掩映在湖光山色中。站在雄伟宽阔的大坝之上，顿然让人似乎有一种在巨龙脊背上行走的感觉，极目远眺，绿水如练，缠绕青山之间，青峰回转，一条山间小路点缀其间，雕梁画栋的古典建筑，飞檐翘角的山亭，更让人感到山水的自然与人文景观相互映衬的神奇的视角冲击。一只只游艇荡漾水面，让人恍惚在画中游。

湖心半岛是耸立于长湖中心区的人间仙境，世外桃源般优雅。游人至此，或亭中迎风赏月，或水边引吭高歌，或一叶扁舟寻幽访胜。初夏的地气蒸发的较早，举目都是浅蓝深黛，鸭绿鹅黄。在湖光峦影下，人自己也觉得成了一个透明体……而且，岛上有树，树上有鸟。树下有草，草中有虫。鸟鸣、虫吟，声声天籁融于自然，喧闹而不流于粗俗，简朴而不失于绚烂。半岛也因此而有了生气，有了韵律。白昼，惹几许诗情；月夜，则更添几许娴静。

登上湖心半岛，一条直通山顶的石阶蜿蜒而上。青松夹道，林木葳蕤。登上峰顶极目聘怀，远山如黛，云天苍茫。而山水相接处的湖水则是另外一番景象：夕阳西下，落日熔金；月出东山，静影沉璧。黑鳗赤鲤，浮沉于绿水之中；白鹭青鸟，出没于烟波之上。放眼望去，水中柳借三篙翠，隔岸花分一脉香。沿一条曲径，徊转于山林之间，你可全身心地感受到一种大自然无私而又慷慨的赐予，耳边有山风掠过的松涛阵阵，近旁有山花争奇斗艳，不时有一只可爱的小松鼠穿过石径，似乎在迎接着这些远道而来的客人。浏览者在饱享自然山色之余，还可小憩于山中凉亭、茶室，细品山茶与一份轻松的心情，或去钓鱼台垂钓消遣。

美哉，神泉湖！

水做的芦溪

江春发

芦溪是水做的。

比之金陵的雍荣华贵，苏杭的钟灵毓秀，地处江南的芦溪更像小家碧玉，眉目传情，在小桥流水畔浅吟低唱。

感谢吴楚先民为芦溪选择了这样一处生态佳境：她南有奔流不息的渌水，东倚苍翠欲滴的国家AAAA旅游景区武功山。东吴末年，吴国著名大将，安成郡太守罗霄隐居芦溪龙潭，后罗霄为国赴义，乡民以“罗霄”名山。南朝梁武帝末年，大将陈霸先兴兵讨伐侯景之乱，得山中真人相助，大败侯景。公元551年，陈霸先代梁立陈，更山名为武功山。罗霄山之顶，源发泸、渌二水，渌水逶迤绕山，穿萍乡而过，西注洞庭，汇入湘江；泸水南流，奔芦溪而来，东注鄱阳湖，融入赣江。湘赣二水合流入长江。渌、泸二水合而又分，分而又合，古人视为世间之奇，乾坤之胜。

泸水自白鹤峰和花轿顶奔驰而下，一路汇聚各路山溪呼啸着朝北冲过山口岩，向东流向芦溪，因而得名“芦溪”。水过芦溪后东奔宜春而下，易名曰“秀江”，浇灌百十公里袁州锦绣山河，后注入于赣江，泽润东方。三国吴宝鼎二年（公元267年），吴帝孙皓分荆州地设安成郡，管辖从今湖南长沙到江西安福七个县的广大区域，同时宜春西境设萍乡县，县治立芦溪古岗，至唐武德二年（公元619年），县治迁萍乡凤凰池，县治在芦溪凡352年。宋宣和七年（公元1125年），在萍乡履职的县令郑强，组织县民在穿镇而过的泸水中拦河筑坝，把一泓碧水送入镇内，引入一马平川的粮田，从此芦溪良田肥沃，岁岁五谷丰登。如今，穿田入院，环街绕巷的“郑公陂”仍然顺着水圳动脉一样贯穿县城，将芦溪古老的、崭新的岁月洗涤得鲜丽明净。

如果以一篇田园文章来比喻芦溪，水无疑就是她的文眼。银亮如练的泸水温柔地揽住重楼叠院鳞次栉比的芦溪，是破题之笔；城中宛如半轮明月的宋大儒周敦颐监税芦溪所建的宗濂桥，将水的灵秀水的妩媚展现得美轮美奂，是点睛之笔；而城东有“武功东海”之称的山口岩水利枢纽，远峰近宅，倒影浮光，是抒情写意之笔。水在城中，城在水中，远观山色，俯听泉音，一幅水天一色的江南山水美景图，抒写着芦溪自然与人工和谐统一的新篇章。

如果说水是芦溪的灵魂，泸水就是她身上的主动脉，把芦溪流淌成一个绿色的王国、生态原始的乐土。这里有十万亩江南仅有的云中草原，有名冠江南的古银杏王、中国第一的香杜鹃、世界最大的活灵芝。长久以来总认为塞外的辽阔草原最为壮观，然而，当你漫步九龙山、发云界，亲眼见到黄的、黑的、白的牛羊点缀于绝壁高峰之下、蓝天白云之上的茫茫草原，你会发现原来江南草原之美丝毫不逊塞外，夏日里，一望无垠、浩荡无际的天上草原在轻风吹拂下散发出的阵阵馨香，令人暑意顿消。

天上草原仿若天堂般美丽，而从天堂流泻下来的灵动之水，又带给你怎样的感受呢？

这里的水是俏皮的。小时候常常赤脚到河畔淘米，将淘米的盆置于水中，米的香味引来大的小的鱼儿在盆里游来游去，我屏住呼吸一动不动，直到小鱼放松警惕轻咬脚趾，才猛地把盆端出水面。把抓到的小鱼放进家中的水缸，每天放学后看它们穿梭嬉戏，真是平添了不少乐趣！

这里的水柔软无骨。她穿缀起这座古老而年轻的江南县城的悠悠岁月，把沾满人间烟火的小城洗濯得鲜莹莹水灵灵，再多的沧桑变迁，再多的繁华往事，再多的幽怨哀婉，都被一支清亮明丽的泉音水乐消融得干干净净。云卷云舒，花开花落，水浸润出了一个江南生态之城的宁静与淡泊。

走南闯北的家乡人，也许见惯了大都市夜晚闪烁的霓虹灯，超级大卖场、明星演唱会上熙熙攘攘的人群。相比之下芦溪是宁静的、安逸的、甚至有点小家子气，要在这里长久地生活，多少要有一点陶渊明般平和与超然物外的心态吧。

因为天然的优势，芦溪还是中国花卉苗木之乡，赣西最为集中的矿泉水、纯净水原产地。每当看到公路旁一幢幢拔地而起的厂房，一辆辆满载游客去探寻芦溪奇山异水的旅游车，就不觉一阵欣喜，亲爱的家乡正在迅速地蓬勃地发展着。

这就是芦溪，我水做的家乡。

登杨岐山

高　凌

在湘赣边界绵延数百公里的罗霄山脉北段，有一座既平常又特别的山。与周围的山相比，多了些温柔和婉，少了些粗犷豪放，多了些逶迤灵秀，少了些奇峻雄伟，而且山大路杂，林深树茂。相传战国时期的著名哲学家杨朱到此陷入山中，面临岐途，迷失方向，凄怆泪下，后人因此将此山名曰：杨岐山。

山不高，海拔不到1000米，体力较好的年轻人只须绕过岩坡，曲折而上，半日功夫即可登顶。山上有湖，有塔，有井，有碑，有亭，有树，有竹。站在主峰顶上，天气晴朗之时，可望见长沙城，有人曾作诗曰："长沙牵出一根藤，走到杨岐结个瓜，瓜叫张口狮子岭，站在瓜上看长沙。"然而，含深邃之意蕴的却是杨岐山第二高峰寿桃峰。它山势蜿蜒跌宕，林木蔚然深秀，四时气候宜人。何谓寿桃峰？也有一传说，一年一度的王母瑶池大会，麻姑仙子照例摘了大篮子仙桃前去祝寿。当她腾云驾雾到杨岐山上空时，忽然一个大寿桃跌落下来，直跌入万山丛中，瞬间化成一座云腾雾绕、霞光万丈的山峰。山顶杜鹃或深秋枫叶通红的时候，远远望去，寿桃峰真像一颗熟透的大寿桃放置在杨岐山这个大盆里。

有道是"自古名山僧占多"，佛教禅宗五家七宗之一的杨岐宗祖庭就坐落在寿桃峰下。据中国佛教史载：今日杨岐宗实乃临济宗正史，在日本镰仓时代禅宗二十四派中，有二十派皆出于杨岐法系，目前在日本信众就达二百万之多。"杨岐灯盏明千古"，从这言简意赅的文字里，人们是不难想见杨岐普通寺当年佛徒云集的壮观场面的。

站在寺外，首先进入视野的是一棵历经千年的古柏。树身龟裂，枝干枯瘦，似断还续，横生出历史的沧桑感。透过甄叔禅师亲手栽植的这棵古柏，在岁月的返光镜中，我仿佛重见元代至正十一年（公元1351年），瑶金山寺僧人彭莹玉以杨岐山为大本营，集众五千余人，头戴红巾起义的那分凛然正义；朦胧中又听到清代康熙十三年棚民朱益吾以杨岐山为据点率领民众万余救亡扶民的急促脚步声……

杨岐普通寺，始建于唐，鼎盛于宋。相传此寺于唐天宝十二年（公元753年）所创，名僧乘广禅师在东峰开山，高徒甄叔在西峰建寺，初名广利禅寺。宋庆历年间，方会禅宗在此创杨岐宗，将广利禅寺改名为普通寺。因为方会禅师的机缘，杨岐普通寺成为我国佛教禅宗五家七宗临济宗下一大支派杨岐宗的祖庭。佛事盛行之时，杨岐山寺宇栉比，梵宫巍峨，蔚为壮观，怎见得？有诗为证：“独步杨岐山顶上，建出花宫胜似阙；文台壮势射虚空，魔界轮幢尺催折。”直到宋末，杨岐山仍旧是“傍古千间层，腾空百丈楼”。

白驹过隙，香火仍然。但在时序更迭间，杨岐普通寺的梵音已经没有了先前的旷缈，在寂静的山间落寞如斯。时至今日，寺内山门院落古拙朴旧，容颜依然苍老无华，平心而论，与其在禅宗地位相比，显然有凄凉之感。好在有弘法高僧看到这一点，云居山首座慧通长老礼祖礼庭，目睹祖庭衰落至此，不禁泪下。当地政府礼请老和尚重振祖庭，续佛慧命，为僧使命，欣然应允，入主杨岐普通寺。寺外新建的大雄宝殿和山门已经竣工。相信假以时日，杨岐普通寺定会香火缭绕，烛照南天。

循着寺后山径，继续往前走，松竹掩映之中藏着文廷式墓。文廷式是我国清末著名的思想家、史学家、文学家和诗人，曾为光绪珍、瑾二妃的老师，他创立“强学会”，对“百日维新”产生过重大影响，其墓碑朝南，地形是“丹凤朝阳”。在墓葬的后座有文廷式的墓碑、墓表。青山有幸埋忠骨，只是孤冢不语，奈何飘零。

走下寺院，越方竹林，赏子午泉，观湮水洞，惊喜连连，疑窦丛生；泛舟凤鸣湖，俯瞰千丘田，好不心旷神怡，自在逍遥。脚踩案山关，步踏寒婆岩，更有怀旧蓄念，思古幽情。杨岐有美景，浑然自天成，历史、文化这些大课题，都在这里定格，又在这里混沌，然后随着岁月的变迁沉淀为一种宁静，一种既深且厚的宁静，使许多来杨岐山的人，只知它的旅游价值、美学价值，而忽略了它深刻的历史文化内涵。

杨岐山虽小，但它兼收并蓄，有容乃大。杨岐山在罗霄山脉诸景中，不为最美，但却很独特，而独特之美为真美，因为它太让人低回流连，浮想联翩了。

新 余 Xinyu

拜谒宋应星

彭奉子

江西宜春市奉新县城东十五公里有个宋埠镇，镇里有个牌楼村，现有人口七百余人。村子很普通，一条灰白色的水泥路环绕村庄；四周良田阡陌，一片碧绿；村中巨伞般撑着几棵古树，给村子带来了一些沧桑感和历史感。就是这个普通的村子，四百多年前，出了个世界级的科学家，写了一部被英国著名科学家达尔文大为称道的科学巨著。他就是“中国的狄德罗”——宋应星。这部书，就是“中国十七世纪的工艺百科全书”——《天工开物》。

公元1587年的一天，宋应星在这个村子呱呱坠地。斗转星移，沧桑巨变，四百二十多年过去了，宋应星的故居已渺然难寻了，宋氏家族的遗迹仅剩下两座牌坊：一个是村中主巷口的“三代尚书”，一个是北边巷子口的“三进士”。

“三代尚书”牌坊是为纪念宋应星曾祖——官至吏、工、兵三部尚书的宋景而立的，牌坊上横刻“三代尚书”四个大字，上方竖刻“恩荣”二字，表明乃皇上所赐；“三进士”牌坊则是纪念宋应星一支的四代中有三人考取进士。牌坊前有系马桩、下马石。一个不大的村子，有这样两个古牌坊，足以表明这个村庄曾有着不同凡响的过往和荣耀。

出于对这位先贤的敬仰，我曾数次来过牌楼村，缅怀这位消失在历史烟尘中的科学巨人。村民们告诉我，他们自发组织成立了“宋应星研究委员会”，筹资一百多万元用于兴建“宋应星纪念堂”。当知道我是来瞻仰宋应星故里时，一位八十岁的退休教师宋老先生热情地当起了向导，并从家中拿出几份他手写后复印的宋应星资料；资料是工工整整的蝇头小楷，凝聚着老先生对先贤的敬仰之情。宋老先生带我来到“宋应星纪念堂”。纪念堂刚刚建起主楼的主体工程，副楼和牌楼正打地基。从效果图上看，纪念堂为四合院式，主楼重檐翘角歇山顶，规模不算宏伟，但甚为规整严谨。

村子的纪念堂还未完工，但宋应星纪念馆早已建成。纪念馆位于县城新城区一座舒缓山峦的低凹处。此山名叫凤凰山，山前一片开阔地，花木葱茏，亭阁翼然；山后翠岭逶迤，茂林修竹。山前山后统称“宋应星科技文化园”，纪念馆建于文化园中心位置。

纪念馆主楼是一栋两层楼的仿古建筑，飞檐翘角，红柱红瓦，金碧辉煌。左右回廊连着两个副楼。气势恢宏，古朴典雅。时任中国科学院院长方毅题写的“宋应星纪念馆”匾牌在阳光照耀下，金光闪闪。

主楼大堂，宋应星塑像迎面而立：头戴官帽，身着长袍，手捧书卷，须髯飘飘；脸侧南方，双目凝视，一副深沉思索状。

宋应星并未当过大官，最大只当过南直隶（今安徽）凤阳府亳州知州（从五品）。完成《天工开物》是崇祯七年（公元 1634 年）至崇祯十年（公元 1637 年）任袁州府分宜县教谕（相当于今县教育局长）时的事。可是，他“位卑未敢忘忧国”，一生忧国忧民，心系百业的发展和技术的进步，潜心科学探索。明王朝灭亡后，他隐居家乡，淡泊晚年，直至康熙初年病逝。

塑像四周，陈列着大量实物图片，详尽介绍了宋应星家史、生平、科研成就。宋应星出生于名宦世家，自幼聪颖过人，有过目不忘之才，万历四十三年（公元 1615 年）与长兄应升一同参加江西乡试，同中举人，他名列第三，宋应升名列第六。此次奉新唯他二人中举，人称“奉新二宋”。此后，从 1616 年至 1631 年的十五年时间里，宋应星先后六次进京参加会试，一直未能考中进士，时称“六上公车而未第”。究其原因，并非宋应星“江郎才尽”，而是他爱抨击时政，反对八股。然而，福祸无常，“塞翁失马焉知非福”，正是他“六上公车”的丰富阅历和对农工百业的热心钻研考察，才得以完成《天工开物》这部巨著，成就了他科学巨人的地位。

《天工开物》写成后，宋应星由于生活拮据，无力付梓，后由朋友涂伯聚资助刊印，估计印数也不会很多，因为卷帙浩大，所费不靡。遗憾的是，《天工开物》在国内并未引起重视，乾隆编撰《四库全书》时没有收入此书，以至失传，直至民国初年，国人罗书韫在日本一家旧书店发现了一套日本翻刻版的此书，将它买了回来。那时的中国，除了《天工开物》外无任何书籍全面系统地记录过中国古代农业和手工业的各项技术。此书三册十八卷，六万五千余字，详尽记述了有关我国古代饮食、衣服、染色、制陶、采矿、冶炼、兵器、舟车、纸墨、珠玉等物品的生产过程和技术，从生活资料至生产资料，从民用机械到国防武器，有关国计民生的各方面应有尽有，是一部名副其实的"工艺百科全书"。

一个县里的"教育局长"，怎么写出了反映农业和手工业技术的科学巨著呢？真是匪夷所思！个中缘由也真是值得后人来好好探求一番！

宋应星屡试不第后，对科举考试心灰意冷，决心不再在科举上虚度年华，而将大量的时间用来考察和研究当时的农业耕作技术和手工百艺。

公元 1631 年，宋应星之兄宋应升出任浙江桐乡县令，宋应星多次应邀去桐乡，途经湖州、嘉兴等地，留心调查考察沿途蚕桑、丝织技术。1635 年，宋应升调任广东肇庆府恩平县令，宋应星又应邀前往。赣粤途中，水陆车船，宋应星不仅调查考察了蔗糖、炼铁技术，而且了解了造船、行舟情况。宋应星随身携带罗盘、软尺、笔墨纸张，随问随记；加之他"六上公车"赶考，途经赣、浙、苏、鲁、冀等地的调查，搜集和积累了大量的关于农业和手工业的第一手资料，所有这一切，都为写作《天工开物》打下了坚实的基础。

宋应星除了《天工开物》外，还著有《画音归正》《论气》《谈天》《原耗》《美利笺》《杂色文》《卮言十种》等著作，他不仅是一位科学家，还是一位思想家。

走出纪念馆，伫立在纪念馆大门口，再次凝视着宋应星的塑像，心潮起伏，思绪万千。仕途的失意成就了《天工开物》，正如失意的蒲松林成就了《聊斋》，失意的吴敬梓成就了《儒林外史》。四百多年前的宋应星及他的《天工开物》，有如一颗耀眼的彗星，划过历史的天空，照耀着东方这块古老的土地……

百丈峰觅句

罗聪明

秋临暑退，客来山迎。站在百丈峰林场向南眺望，蓝天宛若倒转的碧海，一脉青山透着一种水质的秀与柔，一眼就打动了前来觅句寻诗的文人墨客。

穿过青果累累的橘园，沿着山坡上杂草丛生的防火带深入百丈峰腹地，年轻的林场职工小姚挥刀在前，为我们砍一路，又侃一路。两个多小时的山路，打滚的身体与打滚的哈哈一样干脆，一样痛快。

三万多亩森林，一个多么浪漫的存在！多少未公于世的历史文化古迹隐藏其中，多少未为人知的鲜活的秘密生命安居在此！乡里负责旅游开发的干部不无骄傲地说，这是一方尚待开垦的处女地。那样子像是在说，他家有一个适龄待嫁的女儿。

当地人介绍说，峰顶一座叫葛仙禅，传为东晋道学家葛洪修道炼丹之处，香火延续到上世纪六十年代，毁于文革中的“破四旧”。山下的雷公庙历史更久，始建于商朝，山下五十岁以上的人都记得那香客朝拜的盛况，可惜同样未能幸免于文革。齐腰高的废墟颓壁和萋萋荒草，都在诉说着凄凉的命运。

山中还有一个名洞：皇帝洞。以皇帝之名冠之，以为壮观得不得了，其实也就是一个流泉石洞，传说是某朝皇帝前来寻找长生不老药，途经此洞，饮泉解渴而得名。此说应有可信之处，既有道人炼丹于此，必有求取长生不老灵丹妙药的皇帝前来造访，何况此地山青水翠风光宜人，不为寻药，寻芳踏青也是佳处。

我等围洞饮泉，聊扮雅士，即兴吟咏。寻个好地方肆意玩玩，再诌几句打油诗乐乐，就是我们出行的真实目的。

“仰天居士”个儿最高，最挺拔，阳光漏在他透顶的智慧之头上，使这个叉腰挺立的政府官员顿时有了十足的风流才子形象。居士诵曰：“山野静静百兽走，林深幽幽万鹭鸣……”

“虎啸堂主”虎背熊腰，雍容雄壮，他挥墨泼写的雄姿，曾经打动过很多芳心柔肠，偏是声音最温柔，最轻俏，在半张巴掌大的小纸片上左画右涂，边涂边吟：“林带无垠瞰阔眼，丹霞有彩吟诗心……”

“山鹿”半日无语。上山后他就被我们赠以新名：丐帮帮主，瞧他这一身打扮，之所以用“打扮”二字，是因为他的穿着总是出人意料，那么潦草！简直是别有用意的潦草，一般的城里人是绝对不敢有这种潦草的。灰不溜秋的裤子又肥又旧，圆领汗衫洗得领子不是领子，变成了一根拧紧的麻绳。头发长到了脖子里，花花白白乱七八糟，像秋风扫过的杂草一样。

“山鹿”今天荣获“帮主”之名，还不是这身衣着，而是另一举。上山时不知在哪发现了一树刚熟的柿子，用刀砍了一枝架在肩上，红红绿绿摇摇晃晃的一肩，走一会，啃一颗，幸福至极。这会儿，大家叫作诗，他却不答理，只用一根枝条在地上随手画，画出一堆符号，谁也看不懂那些符号的意义。画什么？都问。没画什么。没画什么那你画什么！画个没什么嘛。老顽童一个！

众人说，“小螺号”，吹吹你的花鼓小调吧。“小螺号”道，我想吹个冲锋号哩。拿手做成海螺，对着群山号叫了一阵，算是前奏，然后作深沉状，吐出四句：“田为扁舟峰为帆，长风追我出深山。击波踏浪海天阔，提壶把盏秋也酣。”

我们乘兴攀上主峰，踏入一座三米见方的小亭，这就是百丈峰所归属的三县市分界之处。亭中界碑成三面，各有地名标记，北为新余，南为峡江，东为新干。形象地说，我们现在是一脚踩三县。

界亭设在此地是有历史原因的。百丈峰是一方宝地，对于靠山吃山的村民来说，寸土是金。民国时期，三县群众为争夺百丈峰而发生械斗，血染山林。为避免争端，遂划定界线，先是劈路为界，后造亭立碑。从此百丈峰下邻里相安。

可山中野兽还是因为无法分界而常常厮打一片。野牛战山鹿，野猪追野兔，穿山甲钻进了刺猬的领地，斑鸠侵占了竹鸡的窝。林密山深的百丈峰是动物的乐园，珍禽益鸟特别多，山下一片杉树林里就栖息着上万只白鹭。鹭鸟好似白花朵朵，忽开东枝，忽缀西树，潮水般的鸟声阵阵汹涌，甚为壮观。百丈峰的春光秋色年年都要引来上万名游客，只叹山中没有一座观鹭亭，让游客尽情尽兴地观赏白鹭。

感叹间，一语未发的“山鹿”从大口袋里掏出纸笔，刷刷地画了几张速写。这一张，是林海无垠万鹭齐飞的景象。再一张，是我等前仆后继攀登高峰的情景。第三张，是隐约在林涛云海深处的人和家。不用说，那就是我们一直寻找的快乐老家。

三日后，手机上读到两首诗，是百丈峰未了之作。“仰天居士”诗云：“百丈峰起百媚生，紫气东来何氤氲。逶迤三万六千亩，一碑三县话古今。山野静静百兽走，林深幽幽万鹭鸣。欲借宝地结草庐，诗书伴我洗尘心。”

另一首诗幽肠百结，是彪形大汉“虎啸堂主”的作品。“雾绕青峰劈丈荆，桑荫鹭翅展姿濒。幽怀燕曲葛仙遁，盈脆莺歌雷庙歆。林带无垠瞰阔眼，丹霞有彩吟诗心。风拂三界旷穹远，神逸万丛茫古今！”

鹰潭 Yingtan

龙虎山:世界道教文化的屋脊

毛江凡　洪怀峰

“山不在高,有仙则名,水不在深,有龙则灵。”唐代诗人刘禹锡这句诗,是对“中国道教第一山”——龙虎山最好的诠释。的确,龙虎山虽无泰山之雄伟,华山之险峻,但自古享有仙灵都会之誉,是百神受职之所,更是中国道教发祥地,被世人誉为中国道教的露天博物馆,其赋存精神之崇高,历史文化之悠久,科学价值之丰富,使其无论在历代帝王将相面前,还是在芸芸布衣百姓心中,都享有至高无上的地位。

“大道无形,生育天地;大道无情,运行日月;大道无名,长养万物。”这就是道教宇宙生成论的最经典的概括。道教作为中国土生土长的宗教,它的大道无形,阴阳哲思,传承着中华民族几千年的厚重人文,是记录中国农耕文明时代自然文化遗产的一部史书,更是炎黄子孙的文化家园和中华民族的精神象征。“愈是民族的愈是世界的”。所以,从道教文化的高度上来说,龙虎山不仅是中国道教的“喜玛拉雅山”,更是世界道教文化的屋脊——世界道都的博大精深。

山丹水碧天蓝风清,这是龙虎山作为有形的山呈现在人们眼前的妙曼景致,道源教宗天师祖庭却是龙虎山作为无形的山耸立在人们心中的人文丰碑。

据史书记载:张天师(道陵)于东汉和帝年间(公元 89~105 年)携弟子王长上云锦山炼“九天神丹”,丹成龙虎现,故云锦山被易名龙虎山。此后张道陵创建“五斗米道”，中国第一个真正意义上的道教组织开始形成，张道陵也成为第一代天师。1276 年,元世祖忽必烈封三十六代天师张宗演为嗣汉天师,历经 1900 余年的风雨沧桑,天师道一脉息息相承。

由于第一代天师张道陵首倡把老子的《道德经》作为道家开山之作,以《道德经》作为道家理论源头。如果说张天师开创了中国的道教,那么《道德经》的作者老子就是开创道教理论的始祖。从这里我们就可以看出,道教是一个完全植根于中国本土的宗教。而《道德经》总括天地人伦,揭示宇宙规律,为中华文化之要籍。这部千古传流的不朽经典,短短 5000 字,越过千年时空,已经成为中国社会的宝贵精神财富,其“上善若水,水善万物而不争……”的道德品质无不渗入每一个炎黄子孙的血液里。

可以说,道教作为中国唯一原创的宗教,是中华传统文化的主流脉息之一,一定程度上讲,道教和道教文化密藏着中华文化基因的全部秘密。正如文豪鲁迅先生说:“中国的根底全在道教。”由于历代天师在龙虎山传教,使得龙虎山仙气氤氲,文气浓郁,从这个意义上来说,龙虎山的根底也在道教。

仙灵都会的厚重传承

中国名著《水浒传》开卷头一回:“张天师祈禳瘟疫,洪太尉误走妖魔。”写的就是水浒一百零八将出生的故事，而这一百零八将出生地就是在龙虎山的上清宫。上清宫自古就有“仙灵都会”“百神受职之所”的美称,被列为道教中的第十五洞天、三十二福地。历经千年风雨洗礼,有着悠久的历史传承和厚重的文化积淀。

溯源而上,我们发现上清宫曾经是我国规模最大、历史最悠久的古老道宫之一,也是历代天师祀奉太上老君和朝会之所。由于历代皇帝拨出大量金银修建,极盛时曾建有 24 殿、36 院及其他建筑。

据当地导游介绍,上清宫的前身是东汉和帝时(公元 89~105 年)道教祖师张道陵在龙虎山结炉炼丹时建的“天师草堂”;后是汉献帝时(公元 215~220 年)第四代天师张盛承启祖教从汉中迁回龙虎山时建的“传箓坛”。唐代时道教被视为国教,武宗会昌年间(公元 841~846 年)召见二十代天师张谌,并赐帑银在龙虎山“传箓坛”址建“真仙观”,宋祥符中敕改为“上清观”。

上清宫自古有“仙灵都会”、“百神受职之所”之誉，历代文人墨客对上清宫的进谒趋之若鹜，并留下许多珍贵的艺文诗篇。明武颖殿大学士袁炜的《游上清宫》，读后就使人按捺不住进门入宫常有的激情了：“徐步仙宫里，松筠佛槛齐。潜龙眠古洞，瑞鹤立高枝。药灶香风起，丹台紫雾迷。道人无俗虑，樽酒对枰棋。”

一篇篇传承千古的文坛佳作，让上清宫积淀起厚重人文。走进上清宫，发现这里门前是碧水悠悠的泸溪河，面前是一片苍翠欲滴的云林，历经千年风雨剥蚀的台石轻轻地在脚下叩响。天宇是那般的宁静，辽辽远远，茫茫苍苍，平生一种“我欲乘云飞去，此生愿从仙游”的飘逸和逍遥。

沿青石铺成曲折有致的大路走进院落，只见庭院错落有致，构建成一个有机整体，宛如一座巨大的迷宫。其珍馆琳宫无不漫溢着古朴悠远的道家气息，这里塑有天神地祇、南星北斗、三十六天将，二十八宿星、六十甲子等神像数百尊，组成了一个庞大的神灵世界最高领导机构——“百神授职之所”，而且这里我们总能看到内容寓意深刻，书法功力深厚的牌匾、对联、题字，虽年代久远而饱经风雨，大多仍清晰可见。

几经风雨，上清宫的辉煌一度湮没在尘封的记忆里，躬逢盛世，如今上清宫得到重新修葺，再次焕发勃勃生气。现在的大上清宫，按照北宋全盛时期的建筑风格，突出“俊逸、柔美、醇和”的特点，在原址上修复而建。以中轴线上午朝门至三清阁一组为主体，主要分布着主入口福地门、门前的三脊四柱牌坊、门后的下马亭等，每一处尽显自然建筑与历史文化的完美融合。

道教祖庭比肩儒圣孔府

“天得一以清，地得一以宁，神得一以灵，谷得一以盈，万物得一以生，侯王得一以为天下贞。”这里的“得一”是一种专心致志的境界。从养生的角度看，应使灵魂与肉体相守为一，而侯王依此法治国，便能使天下统一和谐，归于大正。所以，道教以其博大深邃，备受历代帝王推崇。

细数千年历史，煌煌荣耀犹在。唐玄宗册封张道陵为“太师”；宋真宗赐二十四代天师张正随为“真静先生”；元世祖忽必烈曾封第三十六代天师张宗演为“嗣汉天师”，其意表明自东汉始，张道陵所创的道教代代相袭，源远流长，故天师府得名为“嗣汉天师府”；明代朱元璋则更对道教恩宠有加，封张天师为“大真人”，拨款修建大真人府，并御书“大真人府”四字。前后算起来，有几十位张天师被皇帝赐封过号。所以，在古代素有“北孔（孔夫子）南张（张天师）”之称，亦被称为“南国无双地，西江第一家”，而龙虎山天师府无论建筑规模还是地位规格都是全国所有私家府第中唯一可与天下第一府之誉的孔府相媲美的。

天师府依山傍水，府内豫樟成林，荫翳蔽日，鸟栖树顶，环境堪幽，整个府第由府门、大堂、后堂、私第、书屋、花园、万法宗坛等组成。府的头门上一对明代尚书、大书法家董其昌所撰书楹联：“麒麟殿上神仙客，龙虎山中宰相家”，形象地表达了历代天师既是“神仙”，又是“宰相”的双重显赫地位。

进入天师府二门，内为大院，使人顿生“侯门深似海”之感。合抱豫樟扶苏接叶，花木丛中鸟语啁啾。经甬道，有一井，名灵泉井，相传为南宋著名道士白玉詹所凿。当时凿挖到七七四十九丈，惊动了龙王，问：“为何要挖得那么深？”天师说：“我要借四海之源，用来演法炼丹。”故又称丹井。此水供天师家人饮用，又作炼丹用水，泉甘味美，久旱不涸。

顺二门进入就是玉皇殿（1992 年重建）。此殿占地面积 600 余平方米，是府内最大最高的宫殿，殿内供奉身高 9.9 米的玉皇大帝，他是支配日、月、风、雨、雷霆和掌管人间吉凶祸福的最高神，素有“诸天之王，万天之尊”的称号。在其旁，列有金童玉女、二十天君配祀两边，八条金龙飞舞楹间，整个大殿显示出人间天庭的森严。

再其后，就是天师殿了，其实就是天师的私第，由前、中、后三厅组成。客厅里有块圆的翠绿色盘石，名“迎送石”，是历代天师迎送客人到此留步的地方。正厅中央供奉着三尊神像，中间在刀剑斧戟和龙虎旌旗拥簇下仗剑危坐的是道祖天师张道陵，侍立两边的是他的两位高徒王长、赵升。后堂为江南院落式建筑。左右壁“金光”“紫气”二门，正中过“道自清虚”门通后堂。天井周以楼屋，堂为楼厅五间，雕梁画栋，富丽堂皇，浮雕如生，呼之欲出。而更令人称奇的是天师府内的一座元代铜钟。据导游介绍，此钟重 9999 斤。元代铜钟，于公元 1351 年在杭州铸造的，迄今已六百六十余年。钟上铸有“玉皇宝诰”以及“风调雨顺，国泰民安，皇图巩固，大道与行”等篆体文，还有临川进士朱夏的隶书钟铭，为玄学方从义所手书。

可以说，行走在龙虎山的山水之间，除了满目美不胜收的风景，所到之处，无不让人感受到中华博大精深的道教文化，无处不彰显着传统民族几千年的人文底蕴。对于这座承载了太多人文与宗教内涵的龙虎山，我们或许无法找到与古人对话的契机，但只要我们的心灵清静下来，洗耳聆听从龙虎山山峦上掠过的罡风，从泸溪河淌过的淙淙清泉，我们就能听见龙虎山在低语。道可道，非常道，名无名，非常名，大象无形，大音希声，没错，这就是龙虎山的灵魂。

情系送瘟神纪念馆

孙丹宏

清晨，又一次站在送瘟神纪念馆高高的台阶，望喷薄而出的太阳，倾听白塔河缓缓流淌的水声，天空不时掠过飞鸟，心里涌动着、升腾着生命的美好和张力。

——题记

余江，原是赣东北一个默默无闻的农业小县，既没有令人称道的名胜，也没有令人震撼的古迹。自从余江人民响应党中央毛主席的号召，于1958年率先在全国以县为单位消灭了血吸虫病，创造了世界医学史上的奇迹，树立了全国血防战线上的第一面红旗，毛泽东同志热忱赋诗《七律（二首）·送瘟神》盛赞余江县消灭血吸虫病所取得的巨大成就之后，巨大的荣耀和影响力让这座城市声名远播，闻名中外。所以慕名而来余江，领略余江的特殊魅力，就一定要参观余江县送瘟神纪念馆，这是一座足以永垂中国血防历史的特殊建筑，整个造型雄伟、庄重、朴实，是全国屈指可数的用毛主席诗词题目命名的纪念馆，记载着余江血吸虫病肆虐和消灭、巩固血防成果和构建和谐社会的历史巨变，是人民缅怀伟人丰功伟绩，接受教育，增强科普知识的生动场所。

经中央批准、始建于1978年的送瘟神纪念馆，屹立于城区中心广场，是江西省爱国主义、科普教育示范基地和红色旅游特色观光点。截至目前，共接待来自国内外参观者300余万人次。原党和国家领导人宋平、吴仪等先后来此参观。自建馆以来，该馆已经历了三次较大的整修、完善，已成为集历史性、文化性、教育性、休闲性为一体的标志性建筑。“送瘟神纪念馆”金光闪闪六个大字，由全国著名书法家吴作人题写，悬挂于纪念馆正中上方，全馆占地面积6843平方米，四边开阔，优雅秀美的四合院式建筑，意境自成高格，展馆正对县城中心广场，巍巍树立的血防纪念碑与之遥相呼应。纪念馆主体部分高12.66米，正门外廊两侧耸立8根方柱，柱顶额枋有气势优雅的“春风杨柳”“白云飞燕”的浮雕图案，把毛泽东同志意气飞扬的历史情结深植余江的人文情怀之中。展厅环绕内庭排布，分别由序幕厅、苦难厅、消灭厅、巩固厅、杨柳厅以及名人厅六部分组成，格局自然流畅，厅厅相连。

走进序幕厅，大理石基座赫然阴刻着毛泽东同志脍炙人口的《七律(二首)·送瘟神》，笔力刚劲，笔走蛇龙。历史怎能忘记1958年6月30日经典时刻，欣闻余江率先在全国消灭血吸虫病，这位巨人仰望星空，夜不能寐，感慨和热忱化作了两首气势恢宏的七律，从此，这个赣东北小县扬名神州。大厅正中是一块棕黄色浮雕，鲜活与质感，把余江山山水水承受自然风雨、历史风云的塑造尽刻其间，浮现历史和今朝，一方山水与人及岁月的调和，由水的波纹漫开人天和谐的统一，浮现宇宙和乾坤万象。别出心裁的意境尊崇了余江特有的“三面红旗一颗星”(血防、水利、征兵、果喜星)的文化气象和气魄，令大厅光艳生辉。序幕厅两侧分别是国家主要领导人对做好血防工作的重要批示，凝结着共产党人执政为民、情牵天下百姓安康的共同心愿。

走在苦难厅，不由得放轻脚步，厅内没有喧哗嘈杂，只有讲解员轻而哀伤的言语。这里收藏和陈列的展板、实物触目惊心，历历在目的悲怆情境，沉重勾勒出解放前余江人民经历的太多苦难。由于白塔河年久失修，杂草丛生，钉螺密布，孳生的血吸虫朝着田野、水渠、村庄惨烈地蔓延，仅仅解放前30年间，余江毁灭村庄42个，死于此病的2.9万余人。玻璃柜里展示的“小虫”细如发丝，竟可以有如此大的毁灭性，血吸虫肆虐的乡土，人们肚大如鼓，骨瘦如柴，田地荒芜、残垣断壁、生灵涂炭，许多地方成了“无人区”“死人堆”和“寡妇村”。“千村薜荔人遗矢，万户萧疏鬼唱歌”，正是余江旧貌的真实写照，记刻着人们对生命的无助和绝望。

消灭厅全景式展示了中国共产党心忧一方黎民，把人民群众的生命健康摆在至高无上的地位,带领劳苦大众展开与自然界斗争的历史画卷。面对血吸虫的猖獗,从捕捉、火烧、药杀、修沟,到最后创造性另辟蹊径实行开新沟填旧壑,勤劳勇敢的余江人民,发扬“愚公移山精神”,一次又一次拉响血防水利相结合的大战役,以“一定要消灭血吸虫病”的昂扬,以“战天斗地,敢为人先,不达目的决不罢休”的气概,孕育出伟大的“血防精神”。历经三年(1955~1958),穿越重重凝云,缔造了率先在全国消灭血吸虫病的神奇。虽然岁月迁移,展厅很多发黄模糊的照片不辨身影,但这些为消灭血吸虫病作出贡献的令人敬仰的前辈,遂凝固成一个如石之坚、如水之静的永恒。

“天连五岭银锄落,地动三河铁臂摇。”毛泽东同志革命的浪漫主义情怀,见证了疫区人民追求新生活的美好愿望,歌颂了人民群众改天换地的伟力。余江,跨越死亡走进春风杨柳新一村,从此,毛主席光辉思想耀照这块浴火重生的土地。巩固厅和杨柳厅的一幅幅图片令人荡气回肠,毛泽东同志的光辉诗篇和余江战胜“瘟神”的精神继续激励全县人民,各级党委政府任重道远,紧紧依靠人民,百折不挠,担负延续血防精神的神圣使命,坚持科学监测,创造性开展血防巩固工作,连续53年巩固血防成果,树立了全国巩固血防成果的又一典范。党和国家领导人亲临余江参观指导,在余江召开全国血防工作会议的图片,寄托着共产党人对余江人民和全国血防工作的殷切希望。余江一届又一届领导班子扛起接力棒,高擎风中一面旗帜,从防治实践到巩固血防成果,再到构建和谐美好社会,血防精神历久弥新,杨柳文化脉脉荡漾。杨柳春风何处是,铁肩担尽古今愁。如今,余江原血吸虫病疫区发生了翻天覆地的变化,到处充满着日新月异的生命力,实现了从农业强县到工业县的转型,人民生活水平得到了很大的提高。在这里,岁月留下的经典化作精神的能量和文明的情愫,带给我们深沉的启示。

我们徜徉后院,但见一方椭圆形水池,靠山抱水,院内的景象清晰倒映在水中,一脉清流汩汩流淌,水的悠悠气味和花红柳绿的暖色,把这个四合院抹出一路诗意。

清晨或黄昏后,县城的老老少少三三两两地来到纪念馆中心广场,在低沉、哀婉、激扬的《送瘟神二首》音乐声中,踩着轻巧的舞步,在曾经沧桑,如今又演绎辉煌的土地上翩翩起舞。余江人民永远不会忘记共产党人领导人民跨越死亡地带的悲惨历史,必将传承历史,继往开来,创造新的辉煌。送瘟神纪念馆也必将与时俱进,在环鄱阳湖经济生态区建设上升国家战略的历史进程中,将纪念馆建设成国家级纪念馆、全国爱国主义和科普教育示范基地、红色旅游特色观光点,供世人瞻仰,成为人民心中永不磨灭的丰碑。

(作者供职于余江县邓埠镇人民政府)

月湖岩之约

郑庆玲

白露河蜿蜒绵长,从应天山小岭源头一路踏歌而来,途经月湖岩,构成了一个形似弦月之湖,时人称之为“白露湾”。暗红的月形岩石高耸、清碧的湖水潺潺,二者环抱相拥,深情款款,淳朴自然,精灵毓秀。月湖岩位于320国道和龙虎山大道交会处,交通非常便利,而南来北往的旅人也会将它的这分美丽传播到远方。

从位于龙虎山大道边的月湖岩公园东门进入,迎面而来的是郁郁葱葱的绿色植被,其间以暗紫的植物嵌入“月湖岩公园”五个大字,覆盖着厚厚植被的土坡,其态势伴随着游人的目光缓缓向上推进,显得既柔顺又平整。顶端一丛嫩绿的瘦竹,高远和清幽的气质,在微风的摇曳中,尤其撼人心扉。

进入大门,沿小路右行拾阶而上,约几分钟就到了月湖岩的最高处,一种凭高远眺的空旷感登时充溢心间,右侧蜿蜒曲折水流缓缓的白露河,洁白如练;左侧景林依依,郁郁葱葱;近处楼台亭阁,曲桥绵绵,风情万种;远方排排市政安居房,栉比鳞次——一幅洋溢古韵和充满现代气息的山水画尽收眼底。

巨大的弯月形岩石矗立水中,清水环绕。岩石之上,树木甚少,而一种不知名的蓝色小花,一簇簇一片片,花形似蝴蝶,茎叶如嫩草,在岩石中扎根蔓延着,开得茂盛。那片蓝酷似点睛之笔,把柔软的妩媚有机地融入坚韧阳刚之中,赋予这片岩石盎然的生机,让我情不自禁地停下了脚步,触闻它的气息,感受它的仪态,捕捉这个季节依旧温暖的阳光。

依坡向下，便转入岩石的底部，一个巨大、天然开放式的岩洞让人叹为观止。岩洞竟有三四层楼高，约可以容纳几百人。若在这里举行一个大型的舞会，或者举办一个诗歌朗诵会什么的，是相当不错的。夏日避暑，就更为佳所了。

穿过巨大的岩洞，白露河便凸现眼前。临河处，是木板搭建的浅堤，长十米，宽三米许，高出水面近一米，可坐可行，可远观可近赏。临风而行，淡淡的诗意，仿佛在这里遥远地等候，等候那归来的船只带来亲人朋友的消息，等候一次期盼已久的相聚。仿佛，这里是启程的港，归航的岸。

史料记载，南宋诗人杨万里曾游历于此，欣然题字“美尽东南”。清代康熙年间，诗人江树德游月湖岩，题诗一首《游月湖岩》：“谁将石躍辟蟾宫，水明沙碧一鉴空。古洞浮虚能绘月，清溪取经自迎风。半山烟送林边鸟，万壑涛飞涧下松。闲共白云眠佛国，宛然身在玉湖中。”

阳光隐去的上午，带着相机在园中慢行是件很惬意的事，可以仔细领略园林精巧构思，体会设计者的匠心独具。水在园中流淌，曼妙无声；亭阁依水而建，凭栏临风；曲桥悬置水面，曲径通幽。园中精心构筑的人工景致——雅韵三叠，将白露河的水依园内地势层层引向高处，然后浩浩荡荡流回到白露河的怀中。曲折、壮观、洁白飞洒的浪花，让游人的心也不由激荡起来，发出感叹：好一幅构图精美的江南水乡图啊！有诗句赞美道：清涧一湾鱼读月，听送尝意我依云；三径清风三叠水，一湾明月一湖秋。

公园内垂钓的渔翁，一定与水中的鱼儿有个约会，他神定自若地在不远的水边站立了许久，时候到了，鱼儿就上来了；不时有衣着休闲的情侣相互依偎着从我身边走过，喁喁私语，连空气似乎都有点暧昧了；摄影爱好者在园中已经拍摄许久了，那个身影时而此，时而彼偶尔定格一隅，成为一道风景。而另一对老人带了孙子和外孙女来散步，老翁说，他住在信江公园边，平时常去那里玩，前些日子听说这里建成了一个公园，挺美的，就来走走，感受一下城市公园不同的格调。我拿起相机，给这一家四口人拍了个合影，小男孩顽皮地做着手势，目光纯净，神采飞扬。

黄昏时分，三五朋友相邀闲步于这方天地，也别有一番情趣。此时，整个公园笼罩在朦胧的雾气中，水面在白色地灯的映照下，星星点点，光彩炫丽。露水上来了,空气中弥漫一股青草的味道。白日里清晰的廊桥亭阁渐渐若隐若现,脚下的路也只能依稀可见。与友人温馨的对话,仿如浪漫笙歌,声声句句都融进夜色,融进这片园林淡淡的清香里。

月湖岩公园,像一位楚楚动人、情窦初开的少女,在悠悠白露河边,以她独特的美丽,怀揣着对未来不尽的梦想,演绎着今天无限的灿烂。

(作者供职于鹰潭市铁路电务段)

赣州 Ganzhou

赣州赋

汪鹏程

纵观赣州城史，山水形胜八境图中，宋城历史誉满国内，客家摇篮声蜚全球，理学人文博大精深，赤色世界血沃中华，今日赣州意气风发。察之思之，感慨万千，故而赋曰：

江城赣州，灵气萦绕；山涌翠浪，二水环流；宝盖峰拱卫其前，三阳山坚枕其后。南抚百越，北望中州；四省通衢，山川毓秀；闽粤咽喉，交通枢纽。仰丈帝恩，赣州名流。城池龟形，天工造就。城外水绕，浮州城浮，刘伯温难攻，形胜铁赣州；城内山峙，桂家金圭，辛稼轩钟情，三山邀五岭。天开廉泉自流，相伴夜话双贤；地设水塘棋布，涵养抗清忠魂。三潮井涌出百年神话，八景台收藏千秋旧梦。佛日峰映照马崖禅影，杨仙岭遗留甘草石船。沿江榕树沐仙风，七里古窑窑变釉。天竺晴岚桂缤纷，储潭晓镜照江城。二江合流处，昔迎中原南迁难民，一城山水哺育移民先祖；龟角尾公园，今迓筑坛纪念大鼎，八方客家摇篮发祥宝地。三江飞虹，十座大桥通向坦途；一园葫芦，八项游乐心归自然。滨江耀金，章江游龙波光溢彩；峰塔凌霄，广电通讯联通世界。长街叠翠，红旗大道流泻诗情绿韵；文化广场，城市中心演绎现代风情。山灵水秀，造化赣州；城依水而活，水有城更幽。

宋城赣州，史脉续千秋。城池千年，宋代尤盛，定格辉煌，宋城名留。开城鼻祖，高琰郡守。筑城雏形，二江之口。数万“铭文砖”，镌刻兴衰嬗变历史；知府孔宗瀚，砖石固基城墙葺修。城堞串联成珠，小道径通文史。一圈古城墙，矗立国内宋城古迹孤品；千年大浮桥，江水汇成洪迈赞歌万首。城设三重，衙城案前乡试院；墙开五门，涌金门外万舟横。商贾云集，“南方丝绸之路”重镇；繁荣兴盛，名列宋朝三十名城。宋城布局，续延至今。三十六街，承载历史内涵；七十二巷，标榜格局特征。大街小巷，纵横千载，构造宋城筋骨；亭台寺庙，笑傲百年，净化世俗红尘；祠堂楼阁，戏说四季，点缀民居风情。道路完备，东西南北四通八达；功能区划，官商文武井然有序。街巷史便是城市发展史，街巷格局构成城市布局。七里镇瓷器，畅销东瀛；虔州白纱布，历代贡品；造船厂，全国首屈；铸币厂，钱通九州。福寿沟，中外城建奇迹活教材；通天岩，南方丹崖石窟成名胜。古色幽灵，弥漫赣州，个性风格，直射斗牛。

人文赣州，文脉顺江流。“赣巨人”创新石器文明，开化洪荒，肇启混沌，流淌大中华符号；“秦木客”唱百越族心声，歌洒赣江，汇洋入洲，碰撞古希腊文明。八境台，眼观八景绘就苏东坡题诗，创八景文化先河；大马头，眺望章水流进辛稼轩妙词，抒一腔文豪心志。《爱莲说》说出君子真品性，周二程共创理学大道德。理学渊源，随百世佳文流入“爱莲池”、登上“爱莲堂”、涌进“爱莲书院”；“三苏”入赣，以“大家风范”吹拂赣州城，启迪赣州人，点化赣州八景。濂江莲花嘲讽污吏，南安牡丹笑映莎翁；梅岭花开二度，真情至理相融。状元石桥通京都，梦鲤诗文轶六朝。阳明主政越三载，良知厚德数百年。曾几爱国，“江西诗派”风流人物；登台临风，吟山咏水爱国恤民。马祖文化根藏虔城，堪舆技术始于赣州。理学入堪舆，理化玄术成文化。贬谪文化，志士忧国入纸意纵横；壮志未酬，豪情寄赠赣州风物。街巷民情文化，风雅古韵；文物遗址古迹，人文精粹。赣州宋城博物馆，客家精神之家园。郁孤台件件墨宝，词坛不朽；赣江水滚滚东流，青山难遮。学海荡舟，文渊问津；魂归何处？人类文明！

红色赣州，血脉通神州。工人运动，一广州二赣州；革命先烈，赞贤英魂长存；赣江风雷，汪群英名永留。苏维埃共和国，南天红中华；赣南游击之战，可歌又可讴。抗日救国，赣州城“小延安”；国共合作，陈毅舌战顽酋。雄师劲旅，收拾金瓯。模范兴国，将军县里将军园，满园军人本色；红都瑞金，人民共和国摇篮，瑞京走向北京。红色经典，人民生命铸就；红色国土，英雄鲜血浸透。

客家赣州,闻名国外,人气旺盛,情牵五洲。客家先民,避祸南迁,城北登岸,肇始启后。原点又成起点,摇篮尊为福地;赣州起步,传衍闽粤,壮为民系,流布美欧。理学浸润,自成风尚;抗元勤王,报国爱乡。勇于开创,国外名扬;环球建家,心系赣江。蓝天碧水,联通宇宙;国际大贸易,赣州进出口。

当代赣州,豪气冲天,率先崛起,融入全球。气魄宏大,旨在跨越;蓄势待发,精心谋筹。发展方略,苏区振兴;体制机制,活水源头。魅力四射,更上一楼。如椽大笔,期冀刷新史录:世界钨都,光彩照未来;稀土王国,建"稀有之谷";红色故都,育红色精英;客家摇蓝,聚游子之心;江南宋城,塑赣州品牌;赣南脐橙,为世界基地;青山绿水,成地球公园。核心增长极,四省中心城市大赣州;宋城现代化,五彩缤纷中华新天堂!

宋城内涵,理学气质,八景文化,作为坚实根基,传神着赣州城之独特个性;江城风格,厚德风尚,客家风情,成为形象元素,标识着赣州城之精神特质。赣州城已成为独特历史文化的载体,个性和特质又是赣州城发展的内在动力机理。

城以宜居为要,人为城之精灵;景乃城中仙境,城为康乐身心。城之天然环境,因顺应自然而优美;城之人文境界,人、景、物相互和谐而完善。人与城之神韵:妙在和谐发展,高在风格为旌;神在心物交融,奇在凸现个性。

城外在于魅力,有魅则馨;城内在于灵魂,有魂则名。城贵有脉,有脉则根深;城需有气,有气则旺盛。伟哉赣州,魅足魂灵,脉强气盛,何愁不旺乎?不强乎?

(作者系赣州市作家协会会员,赣南诗词楹联学会会员,国家级苏区精神研究会会员)

这是一个神奇的地方
——访赣县客家文化城有感

温雁霞

600 亩的面积，相对于祖国广袤的疆土而言，无疑是渺小的，即便在土地面积 2993 平方公里的千里赣江第一县——赣县，它也同样微不足道。但是，当这 600 亩面积以国内规模最为宏大、功能最为齐全的客家文化城的面目出现时，谁又能忽略它的存在呢？

客家文化城位于板鸭之乡赣县县城东南面，南依碧波荡漾的贡江，对望山势雄峻的杨仙岭，晴时可见水光潋滟，雨中能赏云雾缥缈，水映着城、城衬着山，山、水、城交相辉映，构成一道让人流连忘返的优美风景，同时也为所有客家人筑起了一个集祭祀庆典、文博展览、商贸活动、休闲娱乐为一体的精神家园。

走近客家文化城，最先映入眼帘的是那巍峨的城门牌坊"三和坊"。牌坊宽 29 米，高 14.9 米，四根由整石雕成的精美石柱撑起厚实、巨大的牌匾。石柱庄严肃穆的灰色让人想起那沉淀了几千年的时光，那时天也许比现在蓝、水比现在绿，但是社会的动荡却让先民们不得不离开碧水蓝天的故乡，踏上颠沛流离的旅程。自西晋永嘉年间起，中原先民先后五次南迁，地处赣、闽、粤金三角的赣县，位于赣江源头，据五岭之要会，扼闽粤之咽喉，因其地势开阔，土地肥沃、气候适宜、物产丰富而成了最早接纳南迁先民的重要集散地和聚居地，成为客家的摇篮。想当年长途跋涉来到赣县的先辈们身上也披着和石柱颜色相似的风霜吧？而今，他们的后代举全县之力，在同是客家人的赣州市政协副主席、县委书记温会礼的带领下，仅用一年多时间就建造了这座外方内圆、秉承了传统文化理念的客家文化城，其目的正是纪念千年前那段动人心魄的跋涉、缅怀千里万里之外的中原故乡，彰显海内外客家儿女的迷人风采。这沧海桑田的巨变古人是否有知呢？三和坊上由客家知名人士曾宪梓书写的“客家文化城”几个金粉大字犹如深邃的眸子，睿智的目光穿透时光的迷雾，给了我们一个肯定的回答。

在“三和坊”与客家宗祠之间，是开阔、雄伟的太极广场。巨大的太极图犹如美丽的鲜花，绽放在迷离的时空之中，夺目而又神秘。“太极生两仪，两仪生万象，”这貌似简单的图案里蕴含着“天人合一”的深奥道理，游人置身其中，对生命的本原是否会有更深层次的思考和顿悟呢？也许还来不及思考这些玄妙的问题，目光就被迎面的客家宗祠牵住了。这座借鉴了客家著名民居“九井十八厅”概念的宗祠是客家文化城的主体建筑，沉稳大气中透着典雅清秀，就像客家人的性格，既有中原的雄浑开阔，又有江南的斯文细腻。坐北朝南的方位体现了客家民居的一贯特色。宗祠两旁的小门左右对称，刻有“经文”“纬武”“入孝”“出悌”字样，表现了客家人敬祖睦邻、崇文尚武的传统和经国济世的才略。宗祠分为前庭、中堂、后殿三个部分，风格、布局古朴气派。在这里，时间和空间被浓缩成一本本散发着油墨清香的族谱和一块块姓氏源流牌。客家人根在中原，裔播四海，宗法观念浓厚，他们每到一地新开基业，都要建立宗祠，缅怀祖先，也以此维持宗族的团结。客家人热衷修族谱，甚至规定每年农历六月初六为晒族谱日。作为民族世系志书出现的族谱在我国的历史源远流长，它不仅是一个宗族的历史，还是世界史、国家史、民族史以及地方志、社会学、历史学、经济学、人口学、民俗学、教育学不可缺少的基础资料和参考资料。客家宗祠中堂展厅两边的封闭式玻璃柜里陈列的正是这样的族谱。古老的线装书、新印的精装版本、工整隽秀的小楷、色彩绚丽的照片，这些族谱尽管形制不一、修成年代各异，但那一行行、一排排的汉字后面无一例外都是真实鲜活的人物和血肉丰满的故事，是祖先生命原始而客观的记载，是客家人尊崇的纸上故乡。那些看似枯燥的文字里凝结了无数的爱恨情仇、悲欢离合。他们的故事朴实如泥土般；有的比江河更为宕荡，丰富多彩、引人入胜，是前人留给后人不可多得的宝贵文化遗产。

在中堂、后殿之间的回廊上，按新百家姓顺序逆时针方向挂了159块姓氏源流牌，展示客家百姓的源流分布和发展情况。规整的木牌、简要的说明，并没有任何出奇之处，但是却有一股幽远之情扑面而来。“我是谁”“从哪里来”这些不再是深奥难解的哲学命题，每一个客家人都能从中找到自己千年前的根，甚至能看见人类以几何级数递增时产生的美丽的树枝形图案。穿过庭院来到谒祖堂，迎面看见后殿中堂供奉的炎黄帝坐像，坐像高达3.6米，用实心椴木雕刻而成，明亮的金箔使这位传说中的祖先显得高贵典雅，于千年万年的沉寂中熠熠生辉。坐像两旁供奉着160个姓的祖牌，华盖宝顶、镂空龙饰，姓氏木牌像一个个俯瞰苍海的智者端坐其上，多少金戈铁马、多少世事更迭，全都风流散，中华民族五千年的姓氏历史沉淀至今，融合出一个伟大的坚强的民族，可谓华夏一体、百姓一家。人们在这里寄托那份永存心中、绵绵不尽的情怀的同时，也体会到祖国历史的悠久和文化的博大精深。

在客家文化城东南部、太极广场的左边，有五根青灰色的石雕艺术柱，分别记述了客家历史上五次大规模南迁的经历。南迁柱由低到高排列，寓意着客家人每一次迁徙都使自己得到进一步的繁荣。每根柱子用简洁、抽象的图案，通过浮雕、浅雕等方式简练地将五次南迁的背景、意义体现出来。柱基座上镌刻着铭文，内容为叙述客家南迁历史的四言诗。阳光下，南迁柱如同利剑直刺青天，又仿佛列队持戟的忠诚卫士，护卫着客家这个生命力旺盛的民系。而南迁柱中间的济和塔，塔身虽然不高也欠雄伟，寓义却极为深长，中间的象征着客家人不断迁徙、不断发展、不断进步、和衷共济、共谋发展，永远追求和平与幸福的信念和决心。

客家宗祠旁边，是一座纪念“江西形势派”创造人、风水大师杨筠松的杨公祠。杨公祠精雕细刻、形制唯美，与对面的杨仙岭遥相呼应。相传五代卢光稠称霸虔城时，杨筠松帮助卢光稠筑城，特意去海边搬运石头，回来的路上用仙术把山石变成一群精壮的黑猪赶着它们一路行来。偶尔有掉队、被凡人识破的“黑猪”遗落人间化为山峰，看人世的沧海浮云，杨仙岭据说就是由杨公故意遗留下的山石幻化而成的。苍茫的杨仙岭看过秦时明月汉时关山，目睹了改革开放后赣县的巨变，如今面对拔地而起的客家文化城，是否也暗中动容、感叹好风水不如好时代呢？

离开杨公祠，步入翠竹掩映的九曲桥，桥中的“合一亭”飞檐叠瓦，古意盎然，仿佛一只硕大的喇叭，默默诉说着九九归一、天下客家一脉同根的情思。九曲桥下那对交颈而歌的石鹅和一只振翅的小鹅在碧水中缠绵起舞，相传这对石鹅曾经伴随着江南宰相钟绍京一起在兴国的鹅湖吟诗诵词。钟绍京，字可大，唐睿宗朝宰相，历史上杰出的园林艺术家，著名书法家，有《灵飞经》传世，是赣南先民中的杰出代表。灵飞池的碧水正如后人对他的思念，经年累月闪动着倾慕的波光。

客家文化城中这种纪念历朝当地名人的景物还有濂池和心源亭。濂池缅怀的是北宋时期著名的文学家、教育家、宋明理学的开创者周敦颐。他一生酷爱莲花，著有脍炙人口的名篇《爱莲说》。客家文化城之所以留这口濂池来纪念他，盖因赣县县政府所在的梅林镇之名实源于周敦颐先生的雅好。据赣县县志记载："梅林，在初唐之季有凤凰来仪，宋周敦颐先生植梅数百株于其畔，因此得名。"据载周敦颐在赣县曾在梅林结庐，并构思了千年不朽的"爱莲说"，至于他是否结庐在现今的濂池边上就不得而知了。如今的濂池虽说暂时无莲，但那一泓清水照出恬淡的天光云彩，与莲之不染、香远清溢有异曲同工之妙。心源亭纪念的是明朝正德年间在赣州当巡抚的王阳明。相传当年王阳明为完成心学研究，四处追寻周敦颐及程颐、程颢在赣南的足迹。有一回他来瞻仰杨仙岭的风采，歇脚在现今这口濂池边上。当他听说这口塘与周敦颐有关时，忙命随行士兵就地休息，并将捕获的猎物全部放生。后人为了纪念这位伟大的思想家，便在王阳明歇脚的地方建了一座凉亭。凉亭几度兴废，王阳明却仍在梅林的客家儿女中占有一席之地。先生九泉有知，是否会为梅林的巨变而欣喜呢？

在客家文化城，还有两个地方是游人必去的。其一是那座形似福建永定振成楼的圆形围屋——客家博物馆。博物馆由院坪、古戏台、上下两层走马廊构成，置身其间，于圆融中感受到一种历史的沧桑。沿走马廊一遭，客家的形成发展尽收眼底，客家人昨天的丰硕辉煌与继往开来的今天得到全方位的展示，独特的民俗风情从那些图片、实物中扑面而来，如果游客本是客家人，这熟悉的气息定会让他陶醉；来人若是对客家感到陌生，博物馆的小驻将使他对客家人的生活历史略有了解，也算不虚此行了。

出了客家博物馆，抬眼看见波光潋滟的天泉池，还有那座古朴雅致、风格独特的建筑——风雨桥。这条长达 100 米的桥状长廊中有堵艺术墙，对外的一面是客家诗墙，荟萃了历代名贤咏赣南的诗文，或工整或虬劲的笔画蕴含着万千气象，或清丽或豪放的诗词释放出不变的情怀，可谓集千古文雅于一廊，让人看后思如潮涌、感叹不已。艺术墙的另一面绘有近百幅精美的图画，黑色的大理石上浅浅的白色线条曼妙无穷，烧孔明塔的孩子、哭嫁的村姑、劳作的农人、纺织的妇女，生动得呼之欲出，时间在这里凝固，好奇的目光在这里聚焦，这一幅幅绘制精美、雕工细腻、栩栩如生的图画长卷形象地再现了客家的传统生活、生产场景，刹那间空间的距离消失了，游人融化在艺术的美感中，浓郁的生活气息渗透进了每一个毛孔，客家文化城就这样突如其来地让人沉醉。

除此之外，客家文化城还有充满情趣的生肖园，让人寻觅到几许久违的童真；灯笼高挂、酒旗翻飞，洋溢着浓浓祥瑞之气的客家风情街仿佛古龙小说中的典型场景，每一扇窗户都可能产生一个震撼人心的传奇；而濂池边上那两棵千年古榕则如巨伞，为勤劳、勇敢的客家儿女遮风挡雨，同时坚韧地见证着客家人迁徙、发展的光辉历程；而贡江边上的客家风情园则融生态休闲和防洪功能于一体，浮桥木舟、沙滩碧水，石雕如群星散落、鲜花四季盛开，好一派迷人风光！

站在贡江边上回望客家文化城，那样一片古朴典雅的灰色建筑、沉郁厚实、坚固挺拔，无声胜有声，仿佛一颗坚强的心脏，不断地搏动出神奇与梦想，这，不正是客家精神的写照吗？

（作者系中国作家协会会员、江西广播电台编审）

走进南康公园

黄普云

南康是中国橙乡之一,“无中生有”的家具业名闻遐迩,一江两岸的城市格局已经形成。交通发达,高楼林立;商业繁华,民生富足。市政广场、文化广场的修建丰富了市民的文化生活。东山公园、旭山公园、南山森林公园更是人们休闲旅游的好去处。这里山虽不高,却有大山的秀美,山体起伏,小径通幽,树影婆娑,山水相连;亭台楼阁,错落有致,让游人乐中有趣,流连忘返。

这天,我们首先来到东山公园。一座高大雄伟的牌坊矗立在面前,费孝通题写的“东山公园”四个大字遒劲有力,格外醒目。牌坊的四面雕梁画栋,古色古香。上面绘有各式各样的彩色图案,有“东坡访友”“田辟隐居”的南康典故;有“渔家归来”“中山人家”的生活写照;有“人间仙境”“丹凤朝阳”的美好诉求;有“八仙过海”“牛郎织女”的神话传说。

拾级而上,经“双思亭”,过“从桂亭”,登文峰塔。塔高九层,飞檐斗拱;清风微拂,风铃作响,登高望远,全城景象尽收眼底:章江穿城而过,两岸高楼栉比鳞次,街道宽阔,树木葱茏,车水马龙,人头攒动,一派繁华景象。塔下“天女撒花”的雕塑吸人眼球,仙女身段婀娜,左手持花篮,右手撒花瓣,一片片鲜花洒向人间。

景区的中央停有一架锃亮的“歼六飞机”,这是南康籍原空军副政委黄新中将捐赠的一架退役飞机,意在对青少年进行爱国主义教育。

我们继续朝公园最高处“观澜亭”攀登，小径旁，有几尊巨大的恐龙雕塑隐藏在茂林深处，藏头露尾，神态各异，形象逼真。登上观澜亭，极目远眺。真是：入园探幽尽解峰回路转诗中趣，登塔揽胜能观霞蔚云遮画外天。

中午，我们游览了隔江相望的“旭山公园”，园内有座山酷似鲤鱼，山上有座塔，故名鲤山塔，这是公园主要景点之一。古塔建于明代天启年间，塔高七层，与东山文峰塔隔江并峙，后毁于文革时期。当今盛世，政通人和，百废俱兴，鲤山塔于2007年重建，竣工于2009年。新塔由塔座、塔身、塔刹三部分组成，总高69.6米，呈八边形，按八面九层十八级形制设计，各层飞檐递进内收，外部轮廓现卷收状。塔体为砼结构，砌仿古青砖，外观主色为青、灰、黛、白、朱、黄五色配成。塔座栏杆石板刻有180余首唐诗宋词，让游客登塔的同时感受到中华文化的灿烂。宝塔重光，流光溢彩，熠熠生辉，为南康又添一景。

此外，公园内还保存了许多革命历史文物，有抗日名将赖传湘墓，工人领袖陈赞贤墓。还有一座革命烈士纪念碑，碑的一旁矗立着一组南康名人雕像群：赖传湘、陈赞贤、郭大力、罗贵波、黄祖炎、曹光琳、巫金锋、衷渊、曹德连、曹丹辉、曹传赞等。他们中有早期革命者、共和国将军和著名经济学家。

下午，我们来到了南山省级森林公园，该公园汇集了“佛教、姓氏、休闲”三大文化功能，规划总面积约8050亩。园内主峰海拔346米。南山多奇树、怪石、瑶草、石洞，可谓峰、石、云、林兼胜。既是旅游观光、避暑度假胜地，又是科考、野营的理想场所。园内“杜鹃映月”“红颜醉机”“栎拷点景”“松元梦泉”的奇观实为罕见。主要景点有大南山、小南山、生佛寺、园慧洞、和谐城等。

大、小南山：大南山有三个天然岩洞。小南山石头奇特，犹如鬼斧神工，神态逼真，栩栩如生。

生佛寺：内有雄伟壮观的大雄宝殿及藏经阁、舍利塔、天王殿、钟鼓楼、山门等佛教精湛建筑。寺内“净土人间”一碑额为原全国政协副主席赵朴初之手迹。

圆慧洞：明朝时有一大师，法名圆慧，在此洞中圆寂，几百年肉身不烂，一直保存到文革初才被毁。

和谐城：占地面积为470亩，总投资约7000万元，中轴线立坤山艮向。和谐城分为三部分，其一是以“中华民族姓氏文化”为主题的和谐堂，总建筑面积为

12999平方米。由仿明清古建风格的乾坤殿、始祖殿、熙和殿三大殿和108间百家姓祠堂组成。每殿长26米，宽16米，高16米；108间宗祠，分三排，与外循环路形成国字格局，寓"国泰民安"。其二是恢宏宽广的百家姓广场，占地22680平方米；风景秀丽、文明生态的园林广场，占地5万余平方米；其三是挹翠湖，碧波荡漾、波光滟潋，把和谐城映衬得尤其秀丽。

另有六幅总长312平方米的大型艺术石雕墙，诠释了中华姓氏的根源和由来，镶在殿前大台阶中间的"和谐城大印""九龙石雕""和谐城颂"三幅石雕，是和谐城的点睛之景；大殿内安放的盘古、伏羲、炎帝、尧、舜六尊铜像，雍容庄重。整个和谐堂飞檐斗拱，气势恢宏，青墙黄瓦，金碧辉煌。

从2008年筹建开始，历时三年，百家姓和谐城成为独树一帜的寻根问祖、启迪后人的传统文化教育基地，对弘扬姓氏文化，展示姓氏古今风云人物，理清姓氏渊源和名人轶事，都有积极的承前启后作用。

待到夜幕降临，华灯初上，章江两岸，流光溢彩，宛如两条巨大的火龙俯卧江边。隔江并峙的文峰塔、鲤山塔灯光闪烁、绮丽缤纷，犹如两座珠塔，交相辉映。塔顶的光柱直射广袤的天际，似乎要与天上的月亮接吻。两岸高楼景观灯或蓝光点点，或黄灯闪烁，座座高楼犹如琉璃宫殿，熠熠生辉。东山桥、芙蓉桥的灯饰连成线型，红、黄、蓝、绿各种颜色井然有序，流畅自然。两岸的景观倒映在黛色的江水里，化为一层层五彩涟漪，随波飘荡。南康之夜，宁静而瑰丽，在悠悠江水的映衬下，宛如一幅璀璨的画卷，给人无尽的美感。

（作者供职于南康市龙回中学）

玉带桥轶事

朱　璇

“伤古怀远几时穷,玉带锁山腰。平添思绪涌泉来,更东南,飞絮蒙蒙。锁链加身,跪拜募捐,何处认郎踪?三摺水湍流绝壁,天险变通途。龙驾远波神泽福,巧工匠,彩虹弯月。沉湎细思,不如凤歧,犹解金石开。”

父亲的这首《一丛花·漫步玉带桥》,描述的正是清朝善人余凤歧倾家竭财,身背锁链,四方募捐筹建虎山河玉带桥的动人故事。

山水固然是美妙的俦侣,而一座奇特而又宛如彩虹的古桥,确也令人备感亲切。更何况,它还有着那么凄美励志的传说呢?

那天,我与父亲再次前往虎山乡,共赏美景。山间野花灿烂,清新空气中夹杂着甜丝丝的味道,鹅卵石铺就的小道一直延伸。

顺手摘得一朵野花, 我问父亲:“那位余凤岐为何要倾家竭财去建造这座桥呢?”父亲告诉我说:“古时的虎山河三摺水只有一个简朴的渡口,仅靠一张木筏引渡。而此处又是商旅脚夫往来广东兴宁、和平的必经之路,每遇山洪暴发,河水猛涨,水流湍急,摆渡就十分危险。因此,常有翻筏落水,山洪吞噬等危险之事发生。当地富翁余凤岐看到两岸的人来往不便,决心筑桥造福于民。”

“那他为何要颈挂铁链出门呢?”我不解地问道。

“因为,建桥工程浩大,余凤歧虽是虎山首富,然与老妻估量了全部家产,要建一座石拱桥尚差一大截。他左思右想，决定出门化缘募集资金。”

我闻着手中的野花香味，不禁感叹：“这位善人的壮举确实令人钦佩！”

“谁说不是呢，他告别老妻，颈挂铁链出行，发誓不完成善缘，决不解链。一路上，历尽千辛万苦，翻山越岭，走村串户，磨破了鞋底，受尽了白眼。后来遇到了虎山脚下古城庄的刘天任，说明缘由后便长跪不起。刘天任也是一位古道热肠、乐善好施的好人，他为余善人的壮举所感动，就捐了一大桶青钱资助建桥。余善人答谢之后，火速回家召集能工巧匠商议建桥事项。”

“那后来呢？”带着钦佩之心，我听得津津有味。

“清乾隆五年（公元 1740 年）的一天早晨，年过半百的余凤歧带领工匠们来到了三摺渡口择基，只等吉时良辰一到，就燃放鞭炮动工兴建。说来也怪，天气本来风和日丽，碧空如洗，可到了选定的时辰，却突然风云猛骤，细雨霏霏，从天上飞下一群大雁，在河面上排成了圆弧月牙形状，宛如一根玉带，久不离去。”

“有这等事？”

“是呵，余凤岐和工匠们见状又惊又喜。稍顷，余凤岐醒悟过来，大叫一声“雁来吉祥，天助我也！”旋即吩咐工匠按照雁群排成的形状位置，放炮动工。刹那间，喜炮声、打石声、欢呼声，响彻河道山谷。从那天起，工匠们齐心协力，精雕细琢，历时六年，一座状若玉带的二墩三孔楼式石拱桥终于横跨在虎山河三摺水的渡口上。从此，南来北往的商旅脚夫才免遭山洪吞噬的危险。”

说话间，我们就到了玉带桥头。我驻足远视，只见这座传说中的桥梁气势恢宏，古朴典雅，状若玉带漂浮水中。桥墩高 5.7 米，拱跨 14.3 米，桥身弧长 81.45 米，弦长 74.44 米。桥面宽 3.8 米，全用条石、卵石砌铺，并建有高 3.2 米的重檐廊屋，边沿两旁砌有高 1.2 米的矮墙护栏。廊屋分 23 段，木石结构，瓦檐飞翘，青石柱挑出木梁，修成高 2.1 米的瓦檐，覆盖桥沿。桥面中有距桥沿 0.75 米高的 24 对排列两行的砖柱支撑廊屋屋顶，形成重檐，覆盖桥身。廊屋中还建有凉亭、神庙，分为前厅和后殿，供人休憩和祭祀。走到亭前，投入眼帘的是两块横匾，分书“神泽汪洋”“龙驾远波”字样。亭内竖立青石条柱一对，雕刻“海阔江深登岸不须舟和楫；功高德大固桥是赖圣偕神”的正楷对联。后殿置有神位，廊屋南北两端各建有 4.2 米高的瓦房式桥头堡，堡端嵌有阴文石刻“玉带桥”横额。结构之奇特真乃古今之奇观。曾有诗云:“远近闻名玉带桥,两岸峻峰入云霄,奔腾河水泻千里,玉带飞锁两山腰。”

我与父亲从桥的这头,走到桥的那头。两边廊柱雕龙画凤,美不胜收,头顶石瓦覆盖,避风挡雨,这桥着实让我大开眼界。父亲告诉我说:“由于桥梁年久失修,政府曾多次拨款依照原样进行维修,玉带桥对研究桥梁建筑史和艺术风格颇有价值,现已列为省级保护文物。前两年我县红土地作家郭晨还带领摄制组在此桥拍摄过电影《红小鬼》,我还有幸当了回群众演员呢。”说完,还眉飞色舞地讲起了拍摄花絮和趣事,听得我捧腹大笑。

尔后,我们登上筑有 149 级石阶直达桥门对立山腰中的凉亭,再次深深地凝望远处这座美丽又壮观的玉带桥。

(作者供职于信丰县旅游局)

丫山印象

大余县旅游局

早就听说大余丫山的灵山秀水，险峻神奇。常听人讲——佛家说：这里是至善福地！道家说：这里是人间仙境！儒家说：这里是养心天堂！一直想去领略，带着期待与好奇，我向丫山进发了。

丫山最高峰称为双秀峰，是宋代南安知军黄铎所取，山尖两峰削如马耳，故自古称其丫山。据说，丫山历史悠远，古时即以宗教活动和游览胜地闻名遐迩，南唐始建的江南名刹灵岩古寺坐落山中，真君降龙的道家典故盛传民间，历史文化名人、官府政要的活动踪迹遍布丫山……千年古寺香火鼎盛，“灵感三千届，岩藏五百僧”是它的真实写照；许真君在此修行悟道，斩蛟擒妖，“真君洞”与“布道台”历经风霜至今乃深藏山中，蕴涵了翔实的道教文化；张九龄、苏东坡、周敦颐、程颢、程颐、张九成、朱熹、王明阳等名人大家都在此流连忘返，创出佳作，镌于此山。理学宗师周敦颐在这里感悟了“无极而太极”的理学至理，书就《太极图说》和《通书》，为理学创立奠定了理论基础；“东方莎士比亚”汤显祖丫山追梦，于千年古寺中探寻府衙小姐杜丽娘焚香求神的传说，缔造了“人为情死、人为情生”这感天动地的忠贞爱情故事原型，成就传世名剧《牡丹亭》。章江之水在丫山脚下蜿蜒而过，“海上丝绸之路”在此千年穿越，承载了多少中原的优秀文化、名优特产和外域文明与科技的穿梭，“零丁洋里叹零丁”的文天祥似乎背影依旧，民族英雄戚继光的足迹也在岁月间斑驳。理性与真情两种思想在此交会,中国古代两条文化主线在此糅和。这么深厚的文化,让我不禁想更加亲近丫山。

丫山脚下,溪流汇聚而成的石门平湖,水天一色。平湖两侧群山耸峙,竹海涛涛。谷雨时节,观竹笋破土;春夏之交,览翠竹拔节,真是别有一番情趣。

一转弯,山腰上一片青翠,高山茶园的美色尽收眼底,一垅垅、一层层,宛如漂浮在山间的绿色飘带。阵阵茶香随微风拂来,沁人心脾。导游随手摘了一片绿绿的叶子,告诉我那是丫山盛产的藤婆茶,藤婆茶在药圣李时珍《本草纲目》中有记载:藤婆茶"茶苦而寒,最能降火。火为百病,火降则上清矣。"指此茶具有清暑解热、消滞疏导、生津止渴、安神明目、滋补身体的功效。相传,1875年间,光绪皇帝的老师陈子贺贡献光绪帝一包藤婆茶,皇帝试尝,甘甜味长、咽清心爽,赐为"天子白茶"。漫步在散发着淡淡茶香的绿色世界里,心旷神怡。

放眼丫山,苍翠欲滴,国家级保护树种红豆杉、罗汉松、竹柏等随处可见。漫步山中,甜美的花香回荡在树的海洋里,绚烂的颜色交融在绿的底色中。红的杜鹃,把大山打扮成了新娘;粉的荷花,让一池碧水羞红了脸颊;黄的野菊,似锦缎般铺开在山脚;新芽吐绿的高山茶园,雨后滴翠的休闲竹林,为大山披上了嫩绿的薄纱;更有白的含笑,如静静的处子般在山谷里暗香浮动……红、绿、黄三原色在丫山轻轻地绽放,织成了绚烂、迷人的彩虹。美丽的颜色一直延伸,中间便是那最美的卧龙谷。

卧龙谷位于丫山西侧。相传,晋朝丫山聂姓少年,误食龙蛋,变成龙身,常兴风作浪,危害百姓,并扬言要把江西变成汪洋大海,时许逊(道号许真君)拜吴猛为师,并经梨山老母点化收度成仙,将孽龙降服,使其乖乖卧于山谷,卧龙谷由此而得名。卧龙谷中,白玉般的瀑布镶嵌在翠绿的山谷里,是丫山最靓丽的一笔,最灵动的一曲,如同形态各异的音乐符号,在山谷中跳跃。大小20余处瀑布,有的形似丫字,有的如同白凤飞翔,有的跌宕起伏,有的飞流直下,形态万千,水雾蒙蒙;或轻声吟唱,或轰鸣山间,伴随着鸟儿的唧喳、树叶的沙沙,和着远处古寺里飘来的佛号,好似一曲清润悠扬的古筝,在山间回荡开来,仿佛把人带进了烟花三月;又牵着你的思绪徜徉在湖畔茶田……大诗人张祜所描绘"夜风生碧柱,春水咽红弦"的意境在这里油然而生,把大自然最美的乐章赠给了我们。拾级而上,飞瀑轰鸣,泉水叮咚，一派江南山林水乡的清秀妩媚，可谓是览景和怡情冶性的好去处。

卧龙谷顶奔流的丫山最大的瀑布——仙公瀑。未见其景，先闻其声。近处观瀑，形似太白仙公飘崖而下；水拍击石，犹似雷劈山崩，如临万马奔腾之阵；令人惊心动魄；远观如银链纷垂，恰似悬挂山崖中的琵琶，实属丫山瀑布群最雄浑瑰丽的乐章。相传太白仙公从天而降，在此护佑一方百姓。

临近中午，我们来到了两山间的一块空地。这里，是丫山农家美食集中地，是别墅式度假木屋所在处。一路行来，有些疲惫，导游捧来一碗凉茶冻，清凉可口，满身困乏立即烟消云散。更有各式小吃，真是解了我的馋。农家婆婆说，这里所有的食材都源自丫山，都是原生态健康食品，不由分说，我当即打包美味小吃，带回给朋友们品尝。

丫山腹地有一座千年古刹——灵岩寺。导游说灵岩寺与广东南华寺一脉相承，始建于南唐。古寺坐北朝南，依山势呈台阶式布局，具有明代建筑风格的砖木结构建筑群落。寺前台阶左右雕有青石狮一对，寺门楣上刻有“灵岩古寺”大型木刻烫金匾额一块，殿堂布局巧夺天工。丫山灵岩寺，历越千年，佛法大兴，声名远播。“灵感三千届，岩藏五百僧”印照着丫山灵岩寺的恢宏气势，丫山灵岩寺是“江西有数，赣南为盛”的佛门圣地。寺院内有两株千年铁树，或许是前人所为，或是大自然的造化，两株铁树竟呈丫山二字，这一神奇之景吸引着所有来寺院的香客游人驻足凝思。除此之外，孽龙悟道、罗汉参禅、许逊真人追赶降伏孽龙留下的巨人脚印均包藏着未知的玄妙，静静地等待着游人的解读。

游完灵岩寺，我踏上了归途。赏树赏瀑赏奇石，听韵听道听传奇。丫山的神韵，让我恋恋不舍。一首“终日看山不见山，青山总在白云间，丫山问我何时来，我问丫山何日闲。”在耳边响起，回望丫山，雾霭袅袅，渐渐模糊。

（大余县旅游局供稿）

陡水湖掠影

赖秀冬

有人说，去千岛湖可以听得见成群的鸟儿在四季滴翠的湖面上歌唱；有人说，在九寨沟可以看得到结伴的鱼阵在永远透明的流水里漫游。其实，不用走这么远，在我们的身边，在江南宋城的西部一隅，便有一湾像千岛湖翠绿、似九寨沟透明的湖水，蜿蜒流转在山里林间，成为赣南一道奇妙而充满魅力的风景，这就是国家森林公园、省级风景名胜区——陡水湖。

陡水湖水域面积3100万平方米，湖岸峰峦起伏，茂林修竹，长达264公里蜿蜒曲折的湖岸线呵护着这湾碧波。湖内427个湖湾和42个湖心岛，仿若散落在湖区的珍珠，把陡水湖装点得熠熠生辉。挑个假期，邀三五好友，觅一份闲暇，驾一叶扁舟，置身于这片养眼怡心的湖中，徜徉在如绸如缎的湖面上，便可尽情地享受青山绿水赐予的这份恬静、安逸。偶尔微风徐徐，碧波荡漾，圈圈涟漪向远处散开，令人心旷神怡。向湖的深处划去，湖面宽阔处纵横500米以上，视野宽广，波平如镜；狭窄处不足10米，仅容一舟通行。忽而开阔，忽而狭窄，极尽曲径通幽之能事，令你不由感叹造物主的神奇。

走近陡水湖，感悟到的是水韵灵动。这里的水是清澈的、透明的，如绸如缎，静谧的湖水在阳光的照射下，变幻出不同的颜色，浅绿、深绿、浅蓝，不一而足。若选一个雨天游湖，远处云雾缭绕，水天相连，近处青山锁在云雾中，连绵起伏直到云雾深处，恰是“水光潋滟晴方好，山色空蒙雨亦奇”，活脱脱一幅水墨山水画。

走进陡水湖，触碰到的是绵延青山。湖中之山，山顶林茂婆娑，绿意可掬，清风徐徐，摇曳的倩影倒映在温柔的碧波里；湖岸青山，轻姿倩影，墨绿葱葱，纵深群山，山脊黛绿，连绵逶迤。雨后看山，青山如洗，绿得滋润而醒目；月夜看山，大山沐浴在一片银辉下，薄雾悄起树梢，似轻纱笼罩的梦；宁静的空间里，偶尔飘来几声夜莺的啼鸣，悠长而宛转。山环湖，湖映山，倒影随波闪动，山、水、林、天巧妙相融。

乘着游船前行半小时，便可到达有着“江南植物基因库”“亚热带植物王国”之称的赣南树木园。这是一座天然的植物博物馆，岛上有 1700 多种木本植物，采集有近万份植物标本，生长着 52 种世界珍稀濒危的保护植物。这里可以呼吸到溶解了最高达 6.3 万个 /cm^3 负离子的清新空气，享受到天然的“森林浴”。

这里是树的世界，花的海洋，又是极好的自然科普场所，目前已被列为全国科普教育基地和江西省青少年科技示范教育基地。漫步在园林小道上，穿行在花草和林木间，只见树林浓密，清风扶枝，绿叶招展，空气中弥漫着阵阵草木清香，是游人亲近自然的好去处。

乘着游船往陡水湖更深处前进，会发现湖内有一片宽阔的水域，处于过埠河、营前河、九曲河交汇之处，历史上称“三江口”。据传，北宋大文豪苏轼，曾应南赣乡贤阳孝本之邀，结伴游经上犹江时，倍加赞赏，赋诗曰：“长河流水碧潺潺，一百湾兮少一湾。造化自知太元巧，不留足数与人看”。宋代名将李纲巡视上犹县，乘舟经过狮象把水口时，仰望天险，挥毫泼墨，留下了“回首渐觉长安近，有志终会瀚海清”的名句。斗转星移，随着上犹江水电站的建成，壁立千仞的擒龙峡谷已沉寂水中，而千百年的绿林码头安静地泊在湖边，狮山与象山依然如故，仿佛在向游人诉说曾经的热闹和辉煌，抑或是证实一段远去的历史和记忆。

陡水湖景区人文旅游资源特色鲜明，富有底蕴。陡水湖周围居民都为客家人，保留着浓郁的客家文化传统。这里的民房多为“四扇三间”“双五头”，有保存至今几百年的“扇形屋坊”“九厅十八井”等大屋大厅，有时还可见到农家同宗祭祖，吃连台席、喝百家酒，大家划拳行令、醉酒对歌，而后披戴月色、举着火把、划舟入湖、撒网捕捞，直到晨曦初露，载歌而归。

从赣州市区去陡水湖，乘坐森林小火车是最合适不过的方式。这是一段上世纪 60 年代留下的轨迹，全长 87 公里，轨距仅 762 毫米，被德国蒸汽机专家称之为“目前世界上保存最完好的小蒸汽机车和窄轨线路之一”。坐在“吭哧吭哧”前行的小火车上，既可游览沿途田园风光，也可享受一次穿越时空的怀旧之旅。

挑个阳光晴好的天气，暂且离开纷乱的都市，停下脚步，让时光驻足陡水湖，让光影记录下你生活里饱满的笑容。这里的山，这里的水，这里的森林和空气，这里淳厚的客家风土人情，定会成为引发你无限思绪的源泉。

梦栖诗画里，心泊陡水湖。

（作者供职于陡水湖景区管理局）

阳岭的山水依恋你

杨清华

地处赣、粤、湘三省交界处的崇义县，扼三省要冲，吸天地之灵气，纳天地之精华，孕育出一方迷人的山、迷人的水……

在距离崇义县城三四公里的东南方向，便是国家4A级旅游景区——阳岭国家森林公园。阳岭，古谓之观音山，后因享誉海内外的明朝理学家、军事家王阳明先生剿匪立县，为纪念王阳明，后人才称之为阳岭。

阳岭方圆十五平方公里，有秀峰三十多座，湖光山色、古木参天，飞瀑流泉，胜景如画。倘若你是第一次到崇义来，那雄伟秀丽的阳岭，一定会激起你想去亲近她的欲望！她是一本神秘莫测的书，一位勾人魂魄的美少女，一处朦胧迷离的神仙福地，等待着你去解读，去拥抱，去探索……

别急，先让你听听这首婉转悠扬的崇义县县歌《好山好水好依恋》吧：

“迷人的山，迷人的水，这山这水好秀美；崇义的山，崇义的水，那山那水好明媚。山似阳刚豁达，水似柔情依偎。依山得山精灵，恋水得水风魅。走过了多少山和水，这方山水惹人醉……”

的确，崇义的山，崇义的水，“灵山多秀色，空水共氤氲”。而崇义山水胜景之精髓，莫不荟萃于阳岭那一方好山，那一湾好水……

眺望阳岭诸峰，巍峨壮美，层峦叠嶂，绵延起伏。宛如一条条巨龙盘踞在县城的东南方向，又犹如一道道屏障把县城拥偎在怀抱。每当风起云涌，云蒸霞蔚，那山便仪态万方，多姿多彩，恍若仙阁蓬莱！

驱车入山，阳明湖自然来不及细看，直奔阳明湖往上的兰溪沟谷雨林来了。这是与肇庆、西双版纳齐名的全国三大沟谷雨林之一，其中兰溪瀑布空气负离子达19万个/cm^3，2004年9月被上海大世界基尼斯总部评为“空气负离子浓度值最高的风景旅游区”，有“天然大氧吧”的美誉。这里风光旖旎，空气清新，是游人休闲赏景的最好去处。

在兰溪沟谷雨林中穿行，你定会被那含烟凝翠的飞瀑流泉、郁郁葱葱的参天古木所倾倒，更会被那清远寂寥的空山鸟语、沁人心脾的幽幽花香所折服。涧深谷幽、天光一线，林荫斑驳、飘逸神奇。

雨后的山尤为迷人，浓绿直逼你的眼，苍翠欲滴。没来得及散尽的雾气像羽衣像丝绸，笼罩在半山腰上，朦胧虚幻，煞是迷人。缕缕阳光扫过参差的树杈，把露珠霎时变成了玲珑剔透的珍珠，微风拂过，便是“大珠小珠落玉盘”的胜景了！

猛然间，许多镌刻在峭壁上的血红的岩画和谶符刺入你的眼帘，那极难辨识的图文，是何等的诡异深邃，叫你半天也揣摩不透！据说，这是先民们留下的一些平安符，用来保佑一方水土。沟谷内有一处峭壁上还刻有一个高度达18.98米的篆体“寿”字，据传，是浙江安吉县吴昌硕先生游玩时所题，也许是给游人的一份祝福吧。

漫步谷雨林中，让肺部尽情地扩张，大口呼吸充满负离子的清新空气，贪婪地享受着大自然的恩赐！那一山一水，这一树一叶，仿佛通了灵性，没有一丝吝啬，任你尽情享受！此时的你，犹如在品诗，却又能够领略到一种画的风情；犹如在赏画，却又能在感触到一种诗的意境。

如果把这里的山比作是一幅鲜活透亮而又充满神秘色彩的水墨画的话，那么这里的水就更像是一幅清丽恬静而又饱含柔情蜜意的锦绣。

兰溪的水，清澈见底，晶莹透亮。聆听泉水叮咚作响，凝望溪水潺潺流淌。卷起裤脚，踏入溪中，捋起袖子，掬起溪水，你会觉得兰溪的水特别清凉，特别甘甜。众多的游客，扶老携幼，或在溪中戏水，或在岸边静坐，惬意无比。

溪水从色彩斑斓的树丛里蜿蜒而下，淙淙舒缓，低声吟唱，犹如吴侬软语，当你蹲坐在石阶小憩时，定能神凝气定，几入梦乡。而急流涌进，飞花溅玉，宛如奋进号角的，定是气势磅礴的飞流瀑布了。

兰溪沟谷雨林瀑布众多，最有气势的，当属兰溪瀑布。她虽没有“飞流直下三千尺，疑是银河落九天”的壮观，却也有非同凡响的雄伟。兰溪瀑布落差将近三十米，丰雨季节，溪水排山倒海般地从山上冲下来，在数里之外，就能听到雷霆般的轰响，震耳欲聋，似战马奔腾，更似万鼓齐鸣。飞瀑中喷溅出来的水珠，化作烟尘，在空气中弥漫，置身这天然氧吧，通身彻体被空气负离子簇拥着，令人神清气爽，如沐春风！

兰溪瀑布处，亭台轩榭，九曲回廊，红墙绿瓦掩映其中，煞是迷人。雨后初霁之时，烟雨朦胧，给苍翠的林木和黛色的群山披上了一层薄薄的轻纱，凭栏观望，只叹：不是仙境，胜似仙境！

兰溪一路欢歌，一路笑语，跨险滩、越深潭，将澄澈和凝碧最后汇聚在阳明湖的湖水中。在雨林中漫步的游人，也自然顺着兰溪或半山腰上的石阶，回到了阳明湖。此时，你就可以尽情地领略阳明湖的美景了！

阳明湖的湖水，在蔚蓝的天空掩映下，像少女的双眸，晶莹而又纯净。蓝天白云，青砖绿瓦，都在湖中留下水灵灵的印迹。还有那蓊蓊郁郁的青山，苍翠挺拔的大树，又都在湖中投下生动的倒影。微风过处，碧波荡漾，涟漪朵朵，令人心旷神怡！

通常，湖边会有几个垂钓的老者，一整天也钓不上几条鱼，但是他们那“钓胜于鱼”的神态，那自得其乐的惬意，定会让你驻足沉思：是什么让这些老者有如此的耐性？是什么让这些老者的内心能如此的空灵？……

纵有千言万语，也道不尽那山的魅力，那水的灵性。阳岭的云海、阳岭的杜鹃、阳岭的竹海，更是风情万种！亲爱的朋友，当你沉醉于这青山绿水之间的时候，我相信你已经默默地爱上了这片钟灵毓秀、人杰地灵的土地，阳岭的山山水水、一草一木定会带给你无尽的依恋和悠悠的思念……

(作者供职于崇义县教育局)

情牵三百山

唐进昌　何善泉

在一个美丽的季节，我们走进三百山，走进东江源。在青山秀水、奇峰异石、清溪幽谷、云趣瀑影间流恋徜徉……

绿色的波涛在风中起伏，一眼望不到头的繁茂是葱葱林野，展示着无限的勃勃生机，如屏障般地簇拥着一座座四季如春的峰峦，犹如男子汉伟岸雄姿。看群山巍峨，云雾缭绕，参天古木，摇曳出万种风情。

清爽的山风偕着幽幽的花香扑面而来，微闭眼睛深深地吸上一口，你会感到心眼鼻耳都鲜活灵敏起来，身子好像也变得轻飘飘的，有如让奇云金光托着在这广袤的天地间升腾。一切显得宁静而生动。

魅力无边的三百山啊，以其大自然的种种姿态和暗语，向我传递着亘古的景致和奥秘；用心倾听，隐约感到有一首舒缓多情的大山交响乐在巨大的苍穹里悠然奏响，融化着我们所有的感激和热爱。

偶尔传来的几声清脆的鸟语，在绿色的林中自由飞扬，更映衬出山谷的幽静空灵，仿佛与世隔绝的仙界。这里是珍奇怪兽的天堂，神奇的大自然书写了生命所拥有的篇章。

天上忽然飘起细雨，这时的三百山，犹如一位披着薄纱的秀女，展露着她空灵和秀美，在萦回曲折中不停变换着逶迤的身姿，给人一种朦胧的神秘美感。举目岩峰竞秀，怪石峥嵘，低头泉水淙淙，音律美妙。

大山的皱褶里挤满了寻幽探秘的都市人。都市摩天大楼永远替代不了自然美景在人们心目中的地位。好像怕惊醒了这沉睡的山林，我们这些游人轻声交换着自己的感受，深深地呼吸着新鲜的空气，用惊奇的眼睛和闪光的镜头摄下这美妙的风景，希望这一刻能成为永恒。

走进三百山，怎能不去领略“东江第一瀑”的壮美？仰望瀑布，一柱白色水流疾驰而下，似一条飞舞的银龙。湍流飞瀑，如跳跃的音符，在耳畔回荡，如雷的响亮，衬托三百山宏伟的气势，洒脱与自由一起在空谷中飞翔，挂在云端任凭游人尽情的欣赏。

瀑布冲击在岩石上，化作一团水雾飘洒，烟雨靡靡。瀑布边“东江源”三字最为醒目，那是叶选平的题字，苍劲的笔锋更衬显了“东江第一瀑”的宏大气势。我们站在观景台，仰看或俯视着瀑布，让她洗涤我们的心灵，拂面的山风徐徐吹来，真让人心旷神怡。

走进三百山，感受大山的气息，听那深壑的溪水硠硠。徒步九曲十八滩蜿蜒曲径，走在青青藤萝呼拥的幽巷，山路两旁，绿树繁茂，苍松翠竹，郁郁葱葱，如一簇簇翡翠宝玉凝成灵动的诗行，好一幅生机盎然的版画。

潺潺溪水，跳跃山谷。走在这天然的氧吧里，呼吸是那么地顺畅，脚步是那么地轻盈。缓缓流淌的溪流清澈见底，映出山峦那美丽的倩影。水中，有游鱼在山石旁来回穿梭、嬉戏。阳光隔着薄雾从遥远的天穹照射下来，碧波粼粼的水面，瞬时流光溢彩，碾翠熔碧。掬起一捧泉水喝下，一股甘甜滋润喉咙，沁入肺腑，顿觉神清气爽。

密林深处有一个形如竖琴的巨大石屏，石屏两侧各有一瀑布，竖琴与瀑布音律交融，这就是知音泉，以双瀑齐鸣而闻名。北侧的瀑布三坎三曲；南侧的瀑布直泻而下，落差百余米。高低大小不同的两个瀑布从石屏两侧相向汇入石屏前的深潭。潭水清澈如镜，潭的四周峭壁突兀，丛菁密林，藤结箩障。双瀑齐鸣，如闻天籁……

一位山民向我们讲述了关于知音泉的一个传说——古时候，有个仙女思凡携琴来到人间寻觅知音。仙女心灵手巧，善于弹琴。每当琴声响起，满山百鸟翩翩起舞,条条河鱼欢腾跳跃。一位姓陈的落魄书生爱听琴音,结识了仙女,跟她练调弦、练指法、练弹奏,心领神会,不久就能弹出一曲曲优美动听的音乐。仙女得知音,眷恋书生,这对情投意合的情侣对着明月在三百山山盟海誓,不料惊动了土地山神,上报玉帝。玉帝听了,暴跳如雷,派天兵天将前来拆散鸳鸯。仙女不愿离开人间,天兵天将大怒,把仙女手中的瑶琴强夺过来,插在他俩之间,并将瑶琴化成石琴,把他俩隔开。仙女和书生便化成两股纯清的溪水,汇合在石琴下的深潭中,日夜不息地奔泻飞溅,声音如琴、如歌、如细语,这声音好像在向人们诉说他俩真挚、永恒的爱情。

据说,这里的水不但清如玉液,甘如琼浆,而且喝过之后,找不到知音的人很快就能找到知音,所以人们把她取名为“知音泉”。

沉浸九曲十八滩的美景,感动知音泉倾诉的儿女情长。这个美丽动人的故事,灵性了这片山水。

名山出秀水,最美的地方总是山水不离,山载着水,水绕着山,山是水的舞台,水在为山歌唱,山刚毅,水柔美,两者完美的结合,水因山含情,山因水含韵,山水的温柔与魅力,构成了三百山美妙的风光画卷。

三百山因东江源头而闻名遐迩。这里是香港同胞饮水思源的地方。在这如诗如画的风景里,在这如痴如醉的溪水间,我们仿佛听到了一曲曲深情的恋歌,仿佛听到了香江船笛的鸣响。

三百山,东江的源头,香港同胞饮用水的发源地,多年以来,是淳朴勤劳、崇尚自然的安远人民保护了这一方奇山秀水。

就要告别三百山了,也许等到脐橙飘香的季节,我们还会再走进三百山,去看那漫山遍野绽放的笑脸;去听那九龙嶂传来采茶戏悠扬的曲调,去品味中国楹联之乡深厚的文化底蕴,体会客家围屋的百年沧桑。

我们知道,这片怡情益性的红土地已经化成我们心中不解的情结,正是她的绿意盈野、远离喧嚣的自然纯净,帮我们找回了在都市中失去的某种生命的怡悦。

此时,我们仿佛聆听到一种和谐的声音,安远人正怀着更多的责任与梦想,放飞豪迈的情怀,去迎接天边那缕灿烂的曙光。

诗意人生　妙曼栗园

徐　成　廖颖娴

漫步栗园围，杨柳依依，水波漾漾，仿佛漫步一个江南小村落，粉墙黛瓦是她娇好的容颜，杨柳翠竹是她曼妙的衣裙，而那一汪清漪的池水，便是她嘴角隐隐的笑靥。这样一位清纯美妙的女子，带给人的是身心的舒适，而你会想着，要是能醉倒在她的温柔乡，便是此生无憾了……

栗园围是赣南面积最大的一座围屋，占地近 68 亩。她的东边，是以纪缙祖祠为核心的建筑群，西边则是水井、池塘、晒场和少量的房屋。一实一虚、一张一弛、一动一静之间显示了设计者巧妙的心思。谁说不是呢，栗园围的东侧，在纪缙祖祠的左右两侧，建有三座厅厦。其余 400 余间大小民房依照八卦运行规律建成，逶迤成群，错落有致。房屋之间，是八八六十四条小巷，小巷有死巷和活巷之分，入活巷则由巷道遍通全围，入死巷则处处碰壁，往返无功。八卦巷虽然弯弯曲曲，但水沟相连，水流通畅。围内人员最鼎盛之时，聚居着李氏家族申甫公六世孙大纪、大缙两大房后裔 190 多户人家。千余人聚居在这围内，身心舒坦，安居乐业，和睦相处，彰显着一个大家族生生不息的绵延与繁荣。

取名栗园，相传是因为这里原有一大片茂盛的栗树园。随着岁月的流逝，栗树园已经消失，但关于栗园围的传说却在一代又一代的李氏子孙传颂中历久弥新，栗园人讲起这些传说，总是一脸的恭敬与骄傲。

纪缙祖祠属三大门三进府第式建筑，中厅高悬“橘瑞堂”巨匾，相传开基祖李申甫是山西文水县人，奉命赴广东省海丰县知县，途经龙南县里仁镇横岭下时，其母突然发病，一筹莫展，随从从山上摘了几颗野生橘子，李母吃完后，气畅神怡，病体痊愈，母子二人觉得旅途漫漫，而这橘子又给自家带来了瑞气，就决定，在此安家落户，把祖祠定名为橘瑞堂。

注视着围屋的每一块砖、每一片瓦，仿佛走进了500年的画卷中。这画卷浸透了无上的荣光和悠悠的情怀，浸透着轰轰烈烈的家族传奇，也浸透着安静平和的年年岁岁。正是这种浓于水浓于血的情怀，积淀了围屋人血脉相通、精魂相通的精神特质。他们曾经有着共同的祖先，而如今依然守着一方家园，承载着先人的荣光，继承着客家人的文化。每一代人，都创造了属于自己的故事与功业，在后人的传说中，永世长存。

漫步栗园围，不时有围屋人家纳入我们的视线。有女人在小院里静静地织着毛线，对我们这些外来的闯入者淡定地瞥一眼，继续自己的手中的活计；有老人在西门的门楼摆着小摊，卖些板栗、花生等土特产；还有人在池塘边的翠竹下拉着二胡，琴声在水里漾起一圈圈涟漪；橘瑞堂里，则是一群快乐的女人，她们打着腰鼓，跳着欢快的舞蹈。只有西门旁的栗园幼儿园，因为假日，锁了门，成了这围屋中一道最安静的风景。

（作者供职于龙南县旅游局）

活着的围屋——雅凤围

王　隽

“雅溪”——只听这名字就觉得很美。而雅溪也的确是座美丽的村庄。

雅溪村地处江西省全南县龙源坝镇。也许是村中有多条清溪穿流而过，因而得名“雅溪”。当然，雅溪出名不在这些极为朴素的小溪，而是这里的围屋。

雅溪村坐落着两座围屋、一座宗祠，都有一两百年的历史。其中一座无名土围居于村西，宗祠居于村东，两座古建筑之间矗立着一座造型精美、保存完好的石围，三者之间相距仅百米之遥，形成了一个独具客家风韵的古建筑群。而最具特色的要数居中的石围，名曰“雅凤围”。

在赣南，围屋并不稀奇，也看过龙南“关西围”“燕翼围”等客家“名围”，但我以为都不如“雅凤围”这般有魅力。

雅凤围建于清光绪乙酉年，坐落在山间水溪之畔，屋后的凤凰山终年浓荫蔽日、四季常青。围屋外墙完全由山石和青砖垒砌而成。围屋天际线中间如一字平伸着展开，两端如鸟之羽翅翘指云端。花岗岩制的大门门楣处凸雕四个大字“鸟革翚飞”，意为羽毛华丽的鸟展翅飞翔，这大概正是“雅凤围”的来由。阳春三月，桃树绽着红、柳树吐着绿，听着溪水潺潺，鸟儿啾啾，影影绰绰的围屋好似一只巨大的凤鸟刚从寒冬中苏醒，梳理梳理羽毛，舒展舒展筋骨，随时预备在这满眼的春色中振翅高飞。

隐藏在大山深处的雅凤围坐北朝南，从进入围屋的任何一个入口观瞻，这大鸟总是直指北方，展翅欲飞！从中原大地南迁而来的客家人，漂泊，流离，拓荒，定居……在漫长的岁月里，在迎战种种难以想象的生存困境的经历中，仍不忘遥远的故土，当初，雅凤围的建造者正是以这样的方式寄托着思乡的情愫，赋予了雅凤围缕缕不绝的对故土的怀念之情。

雅凤围内是“回”字形构造，为长宽约20米的正方形建筑。完全由实木搭建的屋廊有四层，高12米，每层建有大小房屋13间。据考证，这样的高层石围在赣南500多座围屋中独一无二。雅凤围占地仅400多平方米，面积虽不大，却构造巧妙，典雅精致。因为“小”，仰首四顾即可一览围屋之全貌。因为“精致”，便可细细品味，久久玩赏亦不觉眼涩心烦。精致小巧的雅凤围，各处木雕、石雕大约有三十多处，有梅、兰、桃、竹，有喜鹊、蝙蝠、石狮、石猴，还有一些民间故事，无不精雕细琢、栩栩如生。围屋内，还有一口麻石围砌的古井，井水清澈见底，游客们常常忍不住用井边木制的吊桶打上一桶，品尝它的甘洌和清凉。

据围屋里的居民说，这口井与雅凤围同龄，自有井以来无论寒暑旱涝，从来没有干涸过，而且是这里的居民祖祖辈辈直到今天都饮用的水源。关于这古井还有着一段动人的故事。

传说当年有一位叫阿九的美丽女子，17岁因家境贫寒被父亲卖到附近一家财主恶霸家当丫头。第二年，恶霸家五少爷染疾死去，恶霸要阿九自尽去给五少爷配阴亲。阿九连夜逃到雅凤围，看到古井悲从心生，投入井中。不想井水转瞬溢满，将阿九冲回了地面。此时，围屋主人从梦中惊醒将阿九救起，并派出家丁抵挡追兵，从此阿九就住在了雅凤围，并在这里成家生子。

在雅溪陈氏族人的眼里，雅凤围就像一只神鸟一样，用她宽大厚实的羽翼庇佑围屋里的居民。而在这里繁衍生息的一代代人们也精心呵护着雅凤的一砖一瓦，才使她历经百年沧桑仍风华不减。

在这里，围屋虽然年代久远，但是仍然留下了许多可以触摸的痕迹。看雅凤围规整的布局，完善的设施，高耸的雕楼，墙体上的炮眼弹痕，那油亮发黑的老樟木的门屏上栩栩如生的鸟兽虫鱼、祖厅前昂首瞠目的石狮子、冬暖夏凉的古井……我们都不难体会到，在那个逝去不久的农耕时代，在那战火频繁、盗贼蜂起的动荡不安的岁月里，围屋里的祖辈们是如何聚族而居，友爱互助，精诚团结，抵御外敌。而那些斑驳的墙面，光溜溜的石桥和鹅卵石路面，又似乎在提醒我们，雅凤围，它是一个流传久远的传奇，一曲吟唱了一百多年的老歌。

人类在生存繁衍的进程中，曾修建过多少堪称精品的屋宇？完好保存至今的又有几何？雅凤围是幸运的，一百多年来她一直保留着原来的模样。看过的古民居、古建筑不在少数，但多半十室九空，坍塌残破，衰败凋零。而雅凤围的景象却迥然不同，斗门下，晒坪上，屋前屋后，都能看见村民往来进出，洗衣做饭，聊天娱乐，一派生机，至今围屋中还住有十多位陈氏族人。

是的，雅凤围是一座活的围屋，而非寂静的建筑标本。

从清代光绪乙酉年建成至今，雅凤围从不曾断过烟火。欧义妹阿婆今年已 82 岁，见到阿婆，她正弓腰打扫着屋内的长廊，这是阿婆住进围屋后每天都要做的家务。阿婆不是本地人，而是地道的香港人，故居香港油麻地，原名欧阳丽芳。看到客人来，阿婆总会热情地打个招呼，爬满皱纹的脸上满是慈爱淳朴的笑容。游客也会友善地向阿婆挥挥手，问声好。但却很少有人了解这围屋里的香港女人的心底铭刻着怎样一段辛酸和屈辱。

阿婆十五岁那年，日寇侵略香港的炮声湮没了校园里的读书声，惊慌的人流冲脱了与老师紧紧拉着的手。生死关头，欧阳丽芳在震耳欲聋的爆炸声中冲突躲闪，从同学们的一具具尸体上跨过，不顾一切地逃奔。

“跑了好远好远，到了关口，还是遇上日本人，凡是过关口的女人都给打了一种毒针，好毒的针哦！我全身黄肿，不能走路。”阿婆至今回忆起那段往事仍浑身颤抖，眼噙泪水。后来，她听人说，那是一种“绝育针”，阿婆婚后八次流产，直到三十四岁才生子开怀，应该与此有关。被注射了“毒针”后，欧阳丽芳行动艰难，又遭人贩子多次辗转贩卖，过了两年多颠沛流离的生活，最终重病缠身的欧阳丽芳被卖到全南县城一刘姓木匠家做了童养媳。在刘家的照顾下，欧阳丽芳身体逐渐好转，好心的刘木匠转认欧阳丽芳为自己的女儿并改名欧义妹，1947 年刘木匠把欧义妹许配给了龙源坝雅溪村一陈姓人家，住进了雅凤围。

改革开放后，阿婆又与香港的表兄取得了联系，得知自己最亲的爷爷、奶奶、父母早已死在日寇的枪炮之下，阿婆整整哭了一夜。

现在,阿婆的丈夫已去世多年,子女已不在身边,围屋里属于自己的几间房只剩下丈夫的一张照片和一部老电视。“香港回归那天,我看了一天的直播,好想回香港去看看。”老人一边打扫着围屋,一边絮叨着……

在欧义妹阿婆向我们讲述自己的故事的时候,住在围屋里的另一个阿婆——阿曾婆告诉我:“这雅凤围,有 52 扇门,每一扇门里呀都有说不完的故事……”本想再细听,却因天色已晚,没能详知。

这时,围屋外已是夜幕徐降,蛙虫轻鸣,从天井透进的一线光和从屋内几盏橙黄的灯光照着不大的围屋,一线光正好斜射在祖厅前的石狮上,我忽然觉得这狮子活了,那门楣上精雕细刻的鸟兽活了,这屋里的砖、瓦、石、木活了,整个雅凤围都活了!

谁说往事如烟? 这不都凝固在了这围屋里的一砖一瓦一石一木中了吗!

(作者供职于全南县广播电视台)

竹林,山水,绿世界

佚　名

仁者乐山,智者乐水,自古以来,依山伴水一直就是人们的梦想,山水养生的休闲方式也逐渐成了现代人养生休闲的主题,人们越来越渴望走出水泥建筑森林般的城市,亲近自然,寄情山水。

从深圳沿赣粤高速北行约 4 个小时,便可来到位于江西省定南县九曲河畔的定南九曲度假村。定南九曲度假村原生态保健社区依九曲河而建,是国家 AAAA 级旅游风景区,这里有万亩竹林,3000 亩原生林木。凭栏远眺,九曲河碧波荡漾,沿河边九曲相思径漫步,令人流连忘返。

来到度假村的游客,不禁为这里的"绿"而惊叹。低头俯瞰湖岸边,树绿得鲜活,水绿得澄澈,抬头仰视山那头,满眼收入无尽绵延的绿意。"九曲发展跨骏马,漫山遍野披彩霞;青山倒映下东江,两岸胜景美如画。"游客在饱览了美景之后,情不自禁地写下了这样的诗句。

山水中,掩隐着用竹子搭建的竹楼,这些简简单单、清清爽爽的竹楼,都是供人们来九曲养身养老居住所用。用竹子搭建竹楼也是就地取材,九曲的竹子特别多,简直就是竹的世界,竹的海洋。穿行于随风摇曳的竹林之中,我想,这样的设计也更能与大自然的原生态融为一体,让人们返璞归真,在物质奢华的重压下超然宁静片刻。

登上度假村最高的建筑物“钟楼”,放眼望去,九曲度假村的全景尽收眼底,美不胜收——美得水灵,美得深沉,美得层层叠叠,美得静静谧谧。

度假村内风味独特的“客家菜”“农家菜”,原汁原味,绿色环保,清新爽口。在客家风格的清风饭庄中就餐,喝着客家人自己酿制的米酒,吃着菜园子里随手摘下的瓜果蔬菜,脱离了尘世的喧嚣,是难得的享受。

宜人的景色叫人陶醉,而丰富的节目则为旅程平添了许多乐趣。白天泛舟观景,游玩水上运动,晚上,大型休闲娱乐中心则会举办各色精彩的文艺演出。度假村还为老年人的健康着想,专门准备了适合老年朋友玩乐的运动。

“人民公社”就更别具风味,这里的房子是按照上世纪六七十年代的模式建造的,处处红旗飘飘,革命标语遍布田野山冈,山顶有个大喇叭时时播放着当年歌颂党和毛主席的激昂的红歌。这里原来是一片荒山野岭,现在漫山遍野栽满了果树,有脐橙、板栗、南枣、桑葚、枇杷等。累了,便坐在山脚下的凉棚里歇息,穿绿军衣的姑娘便及时送上鲜美瓜果……

美丽淳朴的九曲度假村,有着世外桃源般怡人的风光,这里四季蔬果鲜美,处处鸟语花香,群山竞秀,河水依依,是都市人纵情山水,怡悦心情,清心润肺的天然大氧吧。一位游客曾赋诗赞美道:“青山绿水九曲秀,度假养生定南优。颐神添寿乐晚年,赢得信誉满神州。”

堪舆圣地　魅力三僚

练力源

三僚，古称寮溪，是江西省赣州市兴国县梅窖镇的一个行政村，距兴国县城60多公里，现有人口4600余，村民为曾、廖两姓。因其独树一帜的风水文化，被海内外易学界誉为“中国风水文化第一村”“中国风水文化的发祥地”。

三僚风水文化起源于风水祖师杨筠松。相传，杨筠松晚年，正值黄巢大乱，为避战乱，偷携宫廷堪舆秘籍，带着曾文辿、廖瑀两个徒弟，四处物色安身之处，以便将扶危济困的风水奇术传承下去。当师徒三人经过寮溪时，杨筠松环视四周，眼前不禁为之一亮，此地群山环抱，水口密闭，明堂开阔，正是风水术士理想的安居之所。他指点弟子说：这里山环水抱，天圆地方，村前有罗经吸石，村后有包裹随身，天生一个罗经形状，是我们堪舆人的世居之地。安居于此，子孙世代必挟罗盘包裹行术天下。

在这位风水大师的眼里，整个盆地就是一个硕大的罗盘，盆地中间的长条形石峰酷似罗盘的指针，而松树和巨石则是风水先生随身携带的雨伞和包裹。杨筠松和曾文辿、廖瑀在盆地中间各搭茅棚住下，茅棚为“寮”，故称“三寮”(现在为“三僚”)。从此，杨筠松就在这里授徒著书，创立和传播他的堪舆理论。三僚则因为杨筠松而成为中国客家风水文化的发祥地。

三僚景区的第一个景点，就是建在曾氏砂手(砂手，是一个堪舆术中的专用名词,指风水建筑两边的侧翼,堪舆术中常说的“左青龙右白虎”,就是指左右砂手。砂手既可能是两道山梁,也可能是人工堆砌的一座土堆,三僚曾氏的下方砂手,就是一座人工堆砌的山梁,以便用来屏护着三僚水口,以贮财聚气。)竹林里的三公茅屋,这也是“三僚”二字的由来。当年杨筠松携弟子曾文辿、廖瑀来此著书立说、授徒讲学,建了三个草寮,并在此繁衍生息,才造就了今天的三僚风水古村落。如今的三个草寮,已成为各地游客必到的一个具有代表性的景点。

再往前走,就是曾氏砂手及太监墓,相传当时三僚村不止曾、廖两姓,故有“先有陈留沈,后有高曾廖”之说,曾、廖两姓当时势单力薄,屡被其他姓氏欺负,故远在京城的风水国师曾从政便上奏皇帝要在家乡修一道河堤, 以护佑村间田地,因曾从政客死于京城,皇帝就派两名太监护送其遗体回乡并督建砂手工程,其中一位黄姓太监病故于三僚,村民为纪念其督造砂手之功,便把他安葬在砂手之上。六百年漫长岁月,太监墓及曾氏砂手依旧完好无损地昭示着这段历史。

景区内有一块十分醒目的石碑,这就是镌刻“中国风水文化第一村”的石质锦旗,这是 2006 年国际周易联合会为三僚颁发的。景区内还陈列了大量的风水祖师杨筠松及其弟子曾文辿、廖瑀的风水著作,如《青囊奥语》《无字天书》等,这些著作给后代的风水先生留下了宝贵的财富。

风水大观园及十二生肖则是景区内另一道独特的风景线。那里有各种风水吉祥物,每一种吉祥物都从风水学的角度上介绍了其在家中摆放的方位及使用的方法。

在游览线路的中段,一座奇特的祠堂展现在我们眼前,这是一座在风水学上体现房份轻重的典型的阳宅作品。该祠堂原名承志堂,其整体构造完全是按照蛇形来设计的,故又名蛇形祠。这个祠堂之所以独特,是因为祠堂的左侧外墙面是弧形状,正面的墙角不对称,祠堂的前面所做的照壁过高,祠外池塘过深。祠内天井四周内壁不齐,且祠内陈放有两个香炉。这一切与一般祠堂的格局完全不同。这是该房女主人的弟弟,也就是当时享誉四方的风水大师廖炳为扬四房抑二房所运用的风水法术,海内外风水爱好者及游客纷纷前来考究其中的奥秘。

衍庆堂是又一个具有代表性的风水建筑,它的整个构造完全是按照狗的特征设计的,故又名狗形祠,它的门窗分别代表狗的嘴巴和鼻孔,因狗耳纳气,故后门建在祠堂南侧。祠堂正前方有一口深井,是为狗食盆,是为避虎害所建。

三僚景区至今还保存了大量的风水作品,如龟蛇相会、虎形墓、七星池、旌表牌坊、九尾杉、古墓群等,每一件风水作品都成为了蕴涵高深玄机和神奇故事的风水文化景点。漫步三僚,我们看到的不仅是一座文化古村,还领略到了中国传统文化中的堪舆文化的魅力。

2007 年,三僚风水文化景区荣获了"全国农业旅游示范点"和"江西旅游示范点"荣誉称号。2008 年 6 月,三僚风水文化正式列入江西省非物质文化遗产名录,2011 年三僚景区顺利通过了国家 AAAA 级旅游景区的评定。神秘三僚是古代风水国师的故里,是堪舆文化的圣地,我们真诚地欢迎您前来观光考察,来感受这个天远地偏的古老山村给您带来的传奇和惊喜。

(作者供职于兴国县旅游局)

节日的宁都

刘 华

我因一位摄影家五彩缤纷的眼神而向往节日的宁都。他连年在节日里造访宁都,他的眼里尽是关于民俗事相的影像。

节日的宁都是什么样子?从一些摄影作品里,一些片断的介绍里,我捕捉着它的神韵,它的气息。

节日的宁都是隆重的。它被缠绕在一根根竹篙上,是林立的鞭炮;被填充在一杆杆鸟铳里,是喜庆的轰鸣;被粘贴在一只只彩灯上,是精巧的剪纸;或者,它端坐在一抬抬花轿里,是形形色色的戏剧人物。

节日的宁都是乡土的。它在一座座祠堂里听戏,笑得前仰后合;它在山路上、河堰上庄严地游走,神圣的步履惊醒了冬眠着的土地;它在夜色笼罩的田野上狂欢,灯火长龙的舞蹈映红了所有的脸、所有的心。

我在平日里多次到过的地方,竟让我如此陌生。看来,结识一方土地,需要抵达它的节日,抵达它的内心,抵达乡村每个盛大典仪的现场。庄严的神情,是探问它的来路的方向标;欢乐的氛围,是了解它的性格的说明书。我好奇地走近节日的宁都。

第一次,我虽没有进入,却距离它很近很近了,就在中秋节的前夕。我看见一条细瘦的小溪,用自己浅浅的流水,在洗刷一座村庄。一河的板凳竹椅八仙桌,一河的桶盆砧板和床架。一河的老人和孩子,在清洗一河平凡的日子,清洗生活的每个旮旯。平常的风俗习惯，因为满河的喜气，宏大的场面，而充满了富有魅力的仪式感。

这个场面一下子唤醒了我的记忆。把一个家搬到河边、井边，甚至拆下门板，洗刷一遍，用清洁的心情来迎接皎洁的月圆时分，曾是随处可见的景象。少年时，我就曾在所有门板被洗得刷白的长街上，看十五的月亮怎样把店铺里的月饼抢购一空。如今，这种纯朴的风俗习惯，恐怕在别处乡村已难得一见了。

没想到，传统习俗依然顽强地生长在宁都民间，且风姿不减。最是动人的当属中秋之夜。月圆时分的宁都，是聚集在祠堂前的壮汉，他们高举着的一竿竿竹篙火龍上，生长着一簇簇耀眼的火苗；是追逐着月光的孩子，他们手持的芋荷梗子上，插满了祷祝平安的线香；是浑身弥散着擂茶芳香的妇女，正以皎洁的心情“迎月光姊姊”。

我因此而惊奇大约算不上矫情的。于是，去岁，我忍不住走进了正月的宁都。

虽然是临时动议，宁都的朋友很轻易地就把我的行程给安排得满满的——正月十三到达，晚上去黄石镇听宁都采茶戏；正月十四，上午访问竹笮乡的宁都道情，下午是石上村的“割鸡”仪式，晚上有江背村的“扛灯”；十五那天有一些选项，比如，上午可看黄石中村的傩戏或田头镇的“妆古史”游村，下午再赴石上村看鞭炮燃放仪式，傍晚是该村的担灯游村，这个元宵之夜最是精彩纷呈，形形色色的灯会遍布山野间，可惜，一年太长，一夜太短，我们只能就近去观赏增坊村的桥梆灯表演。

宁都让我大饱眼福。好比正月间不怕来客，酒菜都是现成的，喜庆的民俗活动也是现成的，即便茫无目标地游走在乡间，或许也能碰上十分新鲜的活动。

我乘车前往田头镇的路上，就听得连绵的丘陵间传来一阵吹打、几声响铳，留意车窗外，只见一群孩子站在山包上呐喊，赶紧停车看个究竟。原来这是一支抬菩萨游村的队伍，专为去年所建的新房驱邪祈福。

队伍来到一幢新居门前。端坐于一抬抬神轿上的菩萨，在鞭炮中受用着屋主人的膜拜。其中有两尊菩萨被抬进厅堂，一问，他们是“汉公”“汉婆”，想来，守在门外的就是汉高祖的各位将军了。游历赣南乡村，时常可见汉帝庙。汉帝庙祀汉高祖刘邦及张良、樊哙、萧何、韩信等，这是因为刘邦重农抑商、减轻刑法、轻徭薄赋、释放奴隶，深得民心，故被尊为“米谷神”。尽管清代官府曾下令不宜祀奉汉高祖，但赣南的汉帝崇拜至今流风不绝，除了天高皇帝远，恐怕也渗透了客家人对中原故里的万般缱绻吧？

抬菩萨游村的队伍，让我想起先前听说的“送甑盖”“谢甑盖”“打甑盖”等独特的婚俗礼仪。所谓“送甑盖”，是指人们给头年娶亲的人家送礼的道贺形式，它的礼品是特定的，有红漆的饭勺、筷子等，其中无疑蕴涵着生子添丁、儿孙满堂的祝福；“谢甑盖”则是收受方的答谢礼仪；而“打甑盖”却是道贺的赞颂礼仪。有意思的是，为了给新人道喜唱赞，正月的宁都乡间居然活跃着一支支甑盖队，他们记住了去年邻近村庄那些结婚的人家，于正月初四出动，走村串户登门道贺。甑盖队的成员有手提甑盖的喝彩师，专管鸣放鞭炮、接受红包的总管人，还有六位吹鼓乐师。想想看，奔走在田野村舍间的这支喜气洋洋的队伍，又是多么滑稽的队伍。

甑盖队进门前先给东家放一挂炮竹，然后，由一手拿甑盖、一手拿一扎红漆筷子的喝彩师高颂赞语，同时以筷子敲打甑盖，众人应和：

甑盖到你大门边——好啊，一对石狮笑连连哪——有啊，石狮开口迎甑盖哋——好啊，荣华富贵万万年——有啊。

甑盖队接着到厅堂、厨房去喝彩，然后，把甑盖举到新郎、新娘、其父母以及其他直系长辈头上敲打。敲打之间，也伴有唱彩，彩词内容都是即兴创作的吉利话。其时，屋里挤满看热闹的村人，他们跟着唱彩齐声吆喝：好啊，有啊。

显然，筷子寓意“早生贵子”，至于饭甑的甑盖如何也成了道具，就不得而知了。大概是因地制宜吧？其实，在民俗活动中，很平凡的生活器具常被人们顺手拈来。我在相邻的于都县，看过村民表演“甑筅舞”，人们手持甑筅环绕成圈，舞之蹈之，队列逐渐收拢，拥作一团，随着一阵吆喝，举过头顶的甑筅一起发出哗哗的响声。所谓甑筅，就是用竹筒剖成的刷把。

田头镇的“妆古史”却是讲究。我赶到那里的时候，城隍庙前已是人头攒动。在一支鼓乐队洋鼓洋号的引领下，一抬抬披红挂彩的木轿挤进人群，停放在城隍庙与对面的戏台之间。木轿以红布遮顶，正面装饰得五光十色，富丽堂皇，剪纸、扎花、贴画，有各种纹饰，还有人物、珍禽等图案。每抬木轿都贴有不同的剧目名称，如《天官赐福》《刘玄德招亲》《女驸马》《朱砂印》《错路缘》《三请梨花》等。一些男孩女孩分别化装为各个故事的主角，听任大人们把自己“装”进历史里，有的委屈得哭了。

装入“古史”的木轿，待到高跷队化装完毕，随一阵鞭炮炸响出发了。依然是鼓乐队在前，接着是神旗、高跷、木轿，殿后的是旱船、蚌壳和乌龟。踩高跷的八个演员分别扮作《西游记》《八仙过海》等故事中的人物，有的年纪已经很大了，我在取景框里仰望着他们的气喘吁吁。藏在蚌壳和龟甲里的，是两个年轻女子，蚌壳里的女子很是得意，老是敞开自己任由人们拍照，扮乌龟的却一直别扭着，我始终没有看到她的脸。

队伍在熙熙攘攘的人群中穿行。队伍要在偌大的镇上游走一圈再回到城隍庙。为了让高跷演员休息，半路上准备了农用车，坐在车斗上稍憩即可，不必卸去高跷。最悠闲惬意的，该是坐在木轿里的五六岁的孩子，那些刘玄德、樊梨花们。但他们一个个表情懵懂，或有疑惑不安，似乎在为自己的装束、为今天的热闹而纳闷，好在都有自己的父母守护在四抬木轿边。

田头镇的"妆古史"，让我联想起头天夜晚看到的江背"扛灯"。那是一种大型花灯，用竹篾做成五层骨架，装裱着吉祥寓意的剪纸、贴图以及灯谜、联语、诗词等，花灯的上面各层有门楼，额书戏名，内中装置微型的戏剧人物，并用头发系着人物，巧妙利用每层灯火的热动力，使人物旋转起来。听说，如今江背村中只有一位老人会做这种"扛灯"了，为做当晚用于游村的九只花灯，竟耗费了老人半年的时间。时间证明着工序的繁缛和技艺的精细。

回想那些旋转在花灯中的戏剧人物，我忽然觉得，这"扛灯"何尝不是一种"妆古史"呢？

宁都乡间乃至整个赣南客家对"古史"的迷恋，非常生动地展示了一个地域的文化风貌和精神气质。我以为，诸如"妆古史"之类的民俗活动，既是人们寓教于乐的一种教化手段，更是祈福纳吉的一种仪式。"古史"中的主角，被尊崇着、供奉着，人们像抬菩萨游村似的，把附着于这些形象的祥瑞之气播撒到每个人的心隅，很显然，这些戏剧人物已经成为人们心目中的神灵。而且，由于他们所象征的仁义忠信等品德，正是民间理想中道德诉求的反映，因此，他们成了人们最可亲近的神灵。

他们端坐在木轿里，张望着狂欢的人间，天真的眼睛里半是好奇半是诧异；他们行走在高跷上，如行走在天地之间，小心翼翼的步履迈过了人生的坎坷。

节日的宁都人神同宴乐，节日的宁都心灯相映红。是夜，正是元宵之夜，宁都又被装置在形形色色的灯笼里，是绽放在灯笼中的灯花，是装裱在灯笼上的剪纸。所有的村庄都有穿梭的灯火，所有的水面都有荡漾的灯影。

暮色苍茫中，我随着石上村的担灯队伍出村，走过河堰，走上山冈。头天下午，我看过这里的"割鸡"仪式。所谓"割鸡"，其实是石上村李氏为庆贺添丁所举行的独有的集体典仪。

我巧遇该村六十年来添丁最多的一年，漫步于街巷之中，听得人们在美滋滋地反复叨念一个数字——四十八。四十八种婴啼，该让一所妇产医院忙得不可开交了吧？四十八个学童，该令乡村小学多建一间校舍了吧？四十八位小伙子，长成了，该是另一个村庄吧？

满街人头攒动，满街鞭炮林立。红彤彤的鸡冠，红彤彤的烛台，红彤彤的竹篙。四十八声响铳，震撼了山水田园和村庄；四十八对扑扇的翅膀，惊醒了冥冥中的神灵；四十八行新鲜的血迹，铺成了一条啼血的生命之旅。

而到次日傍晚，添丁户又提着、抬着担灯汇聚在元宵之夜。客家话里，“丁”与“灯”同音，所以，在赣南的乡俗中，灯是人们最心仪的一种道具。当我的思想不由自主地跻身担灯的队伍时，我恍惚觉得，这些灯火颠沛流离，辗转千里，来自遥远的历史。灯是人们前仆后继的希望和力量，灯是人们生生不息的祈愿和意志。是的，走进民俗，是我们认知自己民族生存发展历史的一条途径。

于是，我紧接着走向增坊村的桥梆灯。那是一条浩浩荡荡的灯火长龙，它由二十多条大长凳连接而成，每条长凳置十余只方形灯笼，灯笼分红白二色，白色的上贴红色剪纸花样。问起来，说法不一致，一说红色象征婚育人家，一说红色乃头年添丁户所赠。

究竟若何，当这条灯火长龙在田野里狂舞起来，也就顾不得追问了。

寒夜里的禾田是这条长龙的舞台。龙的舞蹈，其实是身体的游戏，身体的狂欢。打头的长凳就是龙首，殿后的则是龙尾，一夜的闹灯要到龙首咬住龙尾方告结束，而龙尾岂肯轻易就范？于是，扛着桥梆灯的汉子们追逐着、躲闪着，长长的桥梆灯在满是禾蔸的田里盘旋翻腾。难怪有人说，要桥梆灯需要武术步伐功底，不然难以支撑胜任。想来也是，在现场就不时有人被甩得踉踉跄跄。

龙首总是咬不住龙尾。元宵之夜因此而漫长无涯。人们好像沉浸在节日里、陶醉在自己的祈愿里不肯出来。

节日的宁都，尽情享受着自己的节日。

（作者为中国作家协会会员，江西省文联主席）

信步罗田岩

杨小丽　王月华

罗田岩，又名善山，取“相观而善”之意，是一处发育较好的丹霞地貌景区。位于江西省于都县县城贡江南岸楂林村323国道旁，距县城约1公里。

此处群峰环抱，悬崖耸立，古柏参天，翠竹森森。远远望去，古色古香、气势宏伟的牌楼让人眼睛一亮。拾级而上再回首，盘山公路犹如一条白色的丝带萦绕在幽幽山林之间。景区内岩深谷邃，丹崖绝壁，有大小山峰二十余座，均在海拔200～300米之间，似圆鼓、似奔马，或蜿蜒曲折、或伸展横列；绿林深处，小道陡折，曲径通幽，不时传来悠扬的钟声。昔时古人作文赞美罗田岩：翠壁有泉山应响，丹崖无暑日来迟。

沿路右折，苍翠的林木间折射出七色的光芒，令人目眩。寺岩入口处，一座巍然矗立的石崖上刻着“雩阳一览”四个字，顺着一级级蜿蜒向上的石阶，千年古刹——古罗田岩寺赫然出现在眼前。千百年来，文官武将，骚人墨客，游客信士，都曾慕名前来揽胜观景。“古罗田岩”以洞为室，依山傍岩而建，洞穴坐南朝北。玲珑别致，洞洞相连，各具特色。古寺系砖木结构，壁间有风火墙，飞檐斗拱。中为观音阁，穹顶正壁刻有“居然仙境”四个字，是出自宋朝理学家朱熹老夫子的手笔。殿右过道间有一泉水自崖巅沿石隙顺流而下，常年飞珠溅沫，凌空飘洒，名曰“飞泉”。右为“玄帝殿”今称“南禅古寺”，内设三宝殿，穹顶刻有僧佛浮雕，若言若行，栩栩如生;左为“西竺禅林”,系后来扩建,然与原古罗田岩毗邻相连,浑然一体。再往左边就是“功德院”了,而在其左边后侧,一座古朴典雅的新“观音阁”拔地而起。站在阁顶鸟瞰远眺,但见群山起伏,村舍毗连,滔滔贡江飘然西去,城廓亭轩尽收眼底。

历代文人墨客,为罗田岩留下诸多遗址和典故,漏米岩、于阳一览、帝监亭、卧云阁、高山仰止亭、居然亭、望需亭等不一而足,宛如明珠散落在青山绿水间,和周边的官才寨、通心岩遥相呼应。

在溪水萦绕,群山环抱的罗田岩盆地中,正南半壁间有一排别具一格的石窟洞穴。穴深广如屋,高不过五尺,长宽约一丈,洞中有七个窝,传说是昔日和尚们打坐的地方。

古罗田岩寺的右侧为“濂溪书院”,其前身为“濂溪阁”,是南宋嘉熙四年(公元1240年)邑令周颂为纪念周敦颐罗田岩之游而建,明嘉靖三十七年(公元1558年)知府邢珣续建。明代以“濂溪阁”设“濂溪书院”,明儒理学家何廷仁、黄宏纲及罗洪先常讲学于此。始祀周敦颐及其二弟子明道(程颢)和伊川(程颐)以及岳飞、王阳明五先生,后增祀邑人理学家袁庆麟、何春、何廷仁及管登四先生。

古色古香的古罗田岩寺让人流连忘返,饱经风霜的摩崖石刻则让人感慨万千。位于古罗田岩寺东侧方圆2.5公里的悬崖峭壁上,镌刻有自唐宋以来周敦颐、王阳明、岳飞、文天祥、朱熹、八大山人、王懋德、罗洪先等历代名人题刻100余品,专为罗田岩而作的诗文就有80余件。

罗田岩石刻内容丰富、形式多样,有诗词、匾额、佛龛像记,姓名等,字体有楷书、行书、草书、隶书、篆书,其中以正楷和行书为多,早在1957年就被江西省人民政府列为全省第一批文物保护单位。罗田岩摩崖石刻不仅是研究我国书法石刻艺术的实物资料,也是研究赣南政治、经济、文化等不可多得的珍贵资料。据中国科学院考古学家张教授认定,罗田岩的摩崖石刻比赣州通天岩的还多,居赣南诸县之首。

摩崖石刻主要分布在观善岩悬崖和寺东悬崖。观善岩题刻分布集中,名人题刻众多,现有题刻27品。岩壁中部的一首七言绝句《游罗田岩》,为北宋哲学家时任虔州通判周敦颐所题:“闻有山岩即去寻,亦路云外入松阳,虽然未是洞中境,且异人间名利心。”嘉祐八年(公元1063年)正月初七,周通判邀同僚余杭(属浙江省）钱建侯、于都知县四明（今浙江宁波）沈希颜、于都处士王鸿游罗田岩，赋诗刻石而归。同年，周敦颐作《爱莲说》，由县令沈希颜书，五抟篆额，钱拓上石，惜此石刻未能存留。周敦颐题刻开创了罗田岩名人题刻先河，自此，罗田岩声名远播，到此揽胜观景，瞻仰唱和者，历代不衰。

右侧最醒目的一品，为民族英雄文天祥所题。南宋景炎二年（公元 1299 年），文天祥率军在于都抗击元兵，大捷后，登游罗田岩写下了《集句大书罗田岩石壁》——“岂弟君子，民之父母。靖共尔位，正直是与。无贰无虞，上帝临汝。”表达了其忠贞不屈的坚强意志和高尚情操。

观善岩悬崖向右延伸就是寺东悬崖，寺东悬崖上能分辨的题刻有 15 品，宋代石刻最多。目前发现最早的石刻宋皇祐三年（公元 1051 年）石刻就在此处。悬崖上端最醒目的石刻，为宋代民统英雄岳飞的“天子万年”题刻。关于此题刻还有一个广为人知的传说：南宋绍兴三年（公元 1133 年），岳飞奉命“征剿”农民起义军来到于都，他首先往罗田岩拜访住持黄龙禅师，预卜凶吉，黄龙禅师直言：“岳家军这次出兵必败。”岳飞听后不悦，自恃岳家军所向披靡，未把黄龙禅师的话放心上，后来不出所料，骁勇善战的岳家军吃了败仗。至此岳飞折服，重往罗田岩再访黄龙禅师，黄龙禅师早有预料，便交代寺内僧徒：“若岳将军再来，可说为师不在。”言毕脱下袈裟披在座椅上，走了。岳飞第二次拜访罗田岩，远远地似乎看见一只猛虎蹲在寺内，待来到寺中，询问起黄龙禅师，僧徒纷纷说不在，也不知何时能归来。黄龙禅师没有出现，但华岩禅院的僧侣在岳飞就要下山之际，在黄龙禅师的居所备下文房四宝，请岳飞留墨。面对弥漫在山岩间的岚雾，和满山在飒飒秋风中波涛般起伏、翻滚的青松，想到访黄龙而未遇，想到农民军的无奈，想到民间怨声四起，岳飞备感惆怅，蘸墨作七绝诗《罗田岩访黄龙禅师留题》，并写下了严谨雄浑的四个楷书大字：“天子万年。”

“田岩九曲至今传，始信名山别有天。邀得忠良增胜概，竹丛泉畔几流连。”韶光悠悠，然而，罗田岩这座历经千年风雨而不衰的古寺却巍然屹立，并以其独特的魅力，吸引四面八方的游客纷至沓来。

（作者供职于于都县旅游局）

永远的红都

钟俊诚

都城，历为当时的政治、经济、文化中心。

在中国历史上，曾经建都的地方很多，至今留下了西安、开封、洛阳、南京等多朝古都。尽管这些都城曾左右或影响过中国历史的走向，至今仍因其厚重的历史人文而发出绚烂的光华，但一个不容否认的事实是，这些古都又全为家天下的都城，为所谓"劳心者治人，劳力者治于人"的都城，在其绚烂的光华后，又浸染过无数的血腥、残酷、无奈与辛酸。

于是，它们被称做夏都、商都、唐都等，打上了皇权和专制的烙印，而且，都摆脱不了一个魔咒：兴，百姓苦，亡，百姓苦。

当历史的脚步踏入 20 世纪 20 年代末 30 年代初时，期盼了五千年的中国百姓终于在中国南方、在武夷山南部西麓的一个山区边城——瑞金，盼来了属于自己的都城。

经历了大革命的失败，年轻的中国共产党在付出了血的代价后，终于认识到枪杆子里面出政权，在"八一"南昌起义的枪声中创建了自己的军队。自 1930 年 10 月至 1931 年 9 月，毛泽东、朱德率领红军以"横扫千军如卷席"的英雄气概，粉碎了国民党军队对红军的三次"围剿"，将赣南、闽西革命根据地连成一片，创建了以瑞金为中心的中央苏区。

中国革命的航船终于驶入了赣江的源支——绵江，停泊在瑞金一个叫叶坪的码头。

历史将永远铭记 1931 年 11 月 7 日，这天，“中华苏维埃第一次全国代表大会”（简称“一苏大”）在瑞金叶坪隆重举行。大会历时 14 天，向全世界宣告了中华苏维埃共和国临时中央政府的成立，定都瑞金，并将瑞金更名为瑞京（1949 年复名瑞金）。

从此，中国共产党人撕开南天一角，开始了治党、治国、治军的伟大预演！

从此，中国历史上有了第一个工农群众自己当家做主的国家。千年瑞金，终于堂而皇之地走进中国的史书，以崭新的红色意象走进共和国的首页并被永远的定格。

从那时直到现在，苏维埃共和国被称为“红色中国”，瑞金则被称为“红都”。

红色，是七彩中的首色，象征着热烈、阳光、希望，也寓意着不屈、吉祥和喜庆。

红色，是中国人最喜爱的颜色，红红的中国结、红红的大灯笼、红红的迎宾毯，红红的墙砖、红红的对联，还有小孩子红红的肚兜、新娘红红的嫁衣……

红色，是血液里流动的颜色。

那时，瑞金的天是红的。都说比海洋更宽广的是天空、比天空更宽广的是人的心胸。历史上，国人都把皇朝比做天朝，把皇帝比做天子，但他们都不是老百姓自己的政府，难得有一两个好官也被百姓比做“青天”，盼了五千年，终于盼来了自己当家做主的“朝代”，盼来中国历史上第一个红色政权。红色政权下的人民心红了，这天必然是红的，因为，中国有句古话——心比天高。

那时，瑞金的地是红的。当时的瑞金，放眼是红。党旗和军旗叫红旗，瑞金是处处风展红旗如画；党和人民的军队叫红军，并且红军的军帽上镶嵌红五星，衣领上镶嵌红领章；儿童团员胸前系着红领巾，他们手中的武器叫红缨枪。

那时，瑞金的山水也是红的。红军长征后，国民党对瑞金叫嚷“房屋过火，石头过刀”，无数的共产党人、革命志士、红军伤员、红军家属倒在敌人的刀枪下，一时间，先烈的鲜血染红了瑞金的青山绿水，清澈的绵江也呈现出惨淡的暗红。

那时，瑞金人民对革命的情感也是红火如血。作为中华苏维埃共和国都城、作为中央直属县的瑞金，当时只有 24 万人口，却一共有 11.3 万人参军参战，5 万多人为革命捐躯,可以说是家家有红军,村村有烈士。有名有姓的烈士达17166名,长征路上就牺牲了1.08万人,几乎每一公里多一点的长征路上,就倒下了一名瑞金的子弟。瑞金沙洲坝的杨荣显老人,八个儿子全部参加红军,而且八个儿子全部壮烈牺牲。被誉为共和国第一军嫂的陈发姑,在新婚的第二天,便把自己的丈夫送去参加红军,没想到这一走再也没回来,倔犟的陈发姑不相信自己的丈夫"光荣"了,从红军长征后的那天开始盼着丈夫回来,从新娘盼成少妇、盼成老妪,这一盼就是70多年,直到她自己去世……除了人力上的支持,瑞金人民还在当时极端困难的情况下,认购革命战争公债和经济建设公债共78万元,支援谷子25万担,捐献战争费用22万元,捐献金银器皿22万两,一度成为至解放后几年内全国罕见的"无银县",奉献中华苏维埃国家银行瑞金支行存款2600万元。

瑞金人民用鲜血和生命在支撑和捍卫着自己的国家、自己的都城。

瑞金,成为名副其实的红都,成为红色中国的心脏;红色,成为革命的象征,成为照亮中国最闪光的颜色。

那时的瑞金,可说是见红就亲、见红就喜。不仅天地山水和人心鲜红,而且不少事项、物件也赋予"红色"的内涵。如中共临时中央机关报称为《红色中华》,红军总政治部报纸称为《红星报》,红军家属叫做"红属",宣传、动员人参军也叫"扩红",就是当时苏维埃国家政治保卫局清除敌特分子的机构也叫做"红色锄奸队"。

有人曾精辟地总结说:"上海建党,开天辟地;南昌建军,惊天动地;瑞金建政,翻天覆地;北京建国,改天换地。"充分肯定了瑞金在共和国历史上崇高的源头地位。

从瑞金到北京,直线距离两千多公里,可从1931年11月7日到1949年10月1日,中国共产党领导中国人民走了整整18年!

这是战火硝烟的18年,这是岁岁流金的18年,这是激越奋进的18年!这路程岂止理论上的几千公里,因为它把从瑞金带出的红色种子播植到人们的心中,它走进了人心,它不仅走进了中华民族的当下,更走进了中华民族的未来!

当年叶坪谢家宗祠"一苏大"会上代表们的呐喊,终于成为毛泽东在北京天安门上向全世界庄严宣告中华人民共和国成立的浓厚湘音;当年瑞金人民庆祝"一苏大”会的万人提灯晚会上的灯火，终于变成天安门上照亮神州的鲜红礼花。

人民共和国，正是从瑞金走出来的！

红都瑞金，今天已成为红色文化的重要发祥地，成为红色文华的内核，并随着时代的发展不断赋予新的内涵。

作为红色文化的内核聚集地，瑞金至今保留着180多处革命旧址，成为红色文化的历史见证。红军战斗过的山叫“红军山”，走过的桥叫“红军桥”。当年召开“一苏大”会的谢家宗祠叫“红色宗祠”，就连当年毛泽东同志带领战士和群众挖的井也叫做“红井”。现在，每年来瑞金进行红色寻根的参观者络绎不绝，中央相关部委在瑞金也相应建立了近60个革命传统、爱国主义教育基地。红都瑞金，又为人们坚定信仰、追求理想提供不竭的精神支撑。

文化的传承和弘扬既可表现为传说、建筑，也可表现为地名。今日瑞金城的街道，有很多都是以红色文化为内容命名的，如苏维埃广场、红军广场，苏维埃大道、红都大道、长征大道、京里大街等等，还有毛泽覃、曾拔英、邓希平等烈士牺牲的地方，现分别以烈士的名字命为泽覃乡、拔英乡、希平村，他们的名字与他们的精神将作为红色文化的主核永远地和这块土地连在一起！

青山依旧在，几度夕阳红。朝代可以更替，都城可以迁移，但文化的传承却是亘古的、永恒的，从这个意义上说，瑞金，是永远的红都。

（作者系江西省作协会员、赣州市作协常务理事、赣州市小说学会副秘书长、赣州市散文学会会员、宁都县作协名誉主席，瑞金市作协主席）

汉仙岩探幽

文会春

会昌县城南去一百里许,位于筠门岭镇东部,湘江源头的羊角水,有一座绝崖峭壁、鬼斧神工的天然石头山,古时称之为“汉溪岩”。相传汉朝时,有一位长相奇异、身长八尺有余的大将钟离权,奉圣旨攻打“南蛮”时吃了败仗。他担心回朝后会连累家人,便看破红尘,在此出家修炼。说起这员汉朝大将钟离权,他不但武功高强,而且精通医术,为当地百姓做了不少好事。后来,钟离权经仙人点化而得道成仙,成为民间传说“八仙”之一的汉钟离。当地民众为了纪念钟离权,便把“汉溪岩”改名为“汉仙岩”。

今年仲春,笔者欣闻汉仙岩成功创建为国家AAAA级景区,还荣获了“江西省优秀新旅游景区”的称号,心中充满无限的喜悦。虽说家乡的旅游胜地汉仙岩,笔者已经游历了多次,但每一次游玩,其奇特的自然景观和如入仙境的感受,都会在我的心中引起极大的震撼,并产生不同的感悟。

汉仙岩不愧为享有“虔南第一山”的美誉。人至景区,如进入了千奇百怪的石头世界。徐徐前行,层出不穷的奇峰异石,有的如牛头马面、魔鬼夜叉,使人身心肃然,望而却步;有的如九天仙女下凡尘,亭亭玉立,含情脉脉,让人赏心悦目,流连忘返;有的如烈马腾空,志在千里;有的如大鹏展翅,长空搏击,给人以坚贞的信念,伟大的力量,无尽的遐思,悠远的向往。稍向右旋,又有千回百转的石街石巷呈现在眼前，顿觉凉风徐来，清爽宜人。好一个神仙洞府！这真是“古洞天开尘外想，满目胜景藏禅机”。宋末民族英雄文天祥率军自梅州北上，击溃驻会昌的元军后，面对此情此景，慨然挥笔手书“天子万年”于绝壁之上，至今墨宝石刻熠熠生辉！清朝进士赖泽霖览胜至汉仙岩时，则诗兴大发，吟出了“游人莫说乾坤小，到此方知日月长”的佳句。岩中景致，有说三十六景，有说七十二奇，可谓景中有景，景景有传奇。数百年来，流传着许多别具情趣、优美动人的神话传说故事：

“白莲池”——白莲池池水清冽、终年不涸。相传“八仙”之一的何仙姑，常常来此洗濯沐浴。为遮挡好色之徒偷窥的邪目，她在池里亲手种上了白莲花。荷叶田田，莲花艳艳，仙女戏波，香风飘溢，好一幅优美而又浪漫的画图。据说以前民间还流传着这样的习俗，凡丈夫早逝而年轻守寡的妇人，每年除夕这天，都要到“白莲池”洗浴净身，以何仙姑手植白莲花“出淤泥而不染、濯清涟而不妖”和“藕虽有孔、胸中不染纤尘”的高洁情操，以表达自己的操守和气节。

“廻烟径”“仙人弈乐”“汉钟离得道处”——在两峰相夹间一条直如城市街巷的石径，被称为“廻烟径”，直通“仙人弈乐”“汉钟离得道处”的洞天福地。那里巨石横空，形成三十余平方米的天然石屋，棋盘石凳，巧置其间。游人至此，自然忍不住要坐于石凳，仙人似的对弈一局。“仙人此弈乐，弈乐如仙人”，虽然汉钟离得道仙迹难于寻觅，但入此“人间仙境”，确使人生出超凡脱俗之感。

“升天台”——一座石桥斜架在两座石峰之间，名曰“仙人桥”，传说是神仙度人成仙的桥。在紫烟缥缈时，人过此桥，便可成仙。石桥长七尺，宽六寸，桥下即是万丈深渊，非胆大之人不敢过桥。清嘉庆进士赖泽霖就曾望而却步，写诗感叹“竟道明圆咒石开，梯云更上雨花台。石桥只许仙人过，俯瞰悬崖却步回。”

“僧帽石和罗汉石”——有一石自然呈三角形，宛如僧帽，在它的旁边又有一石好似打坐的罗汉，两石并排而立，相映成趣，酷似一幅形态生动的“和尚背尼姑”。传说，有一和尚耐不住七情六欲的冲动，经常约山下尼姑来此幽会，后被天神知道了，罚他俩变成石头，留在人间，永世不得超生。这位和尚不愿连累自己心爱的女人因他而受苦，就拿自己头上的僧帽将尼姑罩住，用“金蝉脱壳”之计，瞒过了天神，使自己的心上人得以脱身，而他自己却永远留在了此地。

“鞠躬门”——有一巨石横架二石之上，人过需低头躬腰。传说上古时，玉皇大帝的义女白鼠精长得非常妖艳淫荡。因她时有绯闻搅得天宫不得清静，玉皇大帝就把她打入了冷宫。而白鼠精不甘寂寞，以色贿通监官后，又私下凡间，迷倒了当地十几个身强力壮的年轻后生，一方风俗因之颓废。玉皇大帝闻讯大发雷霆，派二郎神下界火速捉拿妖女归案，其他案犯就地处置。二郎神得令，急忙带领天兵天将下界降妖，并就地设下审案大堂，将十几个年轻后生逐一过堂定罪。因涉案人员众多，拖延了时间，一晃天将破晓，二郎神来不及拆除“大堂”，只得将其变成“石衙门”遗留人间，自己则急急忙忙押着白鼠精回天宫缴令去了。

杨文广兄妹打鳗鱼精的遗址——传说北宋期间，有一条修炼千年的鳗鱼成精后，投胎转世做了武夷山的山大王。他仗着自己练就了一身好武艺，而后又得异人传授，学会了一套变化莫测的法术，就不自量力，扯起造反大旗，攻州掠县，残害百姓。不上一个月，鳗鱼精就从福建武夷山打到了江西狼口洞——汉仙岩。宋朝皇帝闻报大惊，钦点杨文广为“征南大元帅”，令他的妹妹杨金花为“正先锋”，领兵十万南下征讨反贼。两军对垒后，只见鳗鱼精从身上取出一个锦囊，向空中一抛，口中念念有词。顿时，铺天盖地的黄蜂从四面八方没头没脑地向杨文广的阵中袭来。杨文广遭此突变，阵脚大乱，急忙下令退兵。刚撤回营中，忽报正先锋杨金花在退兵时诈降鳗鱼精，她巧施美人计，伺机毁了鳗鱼精的锦囊，却被鳗鱼精一剑劈死于洞口。

杨文广闻报悲愤至极，单骑直取鳗鱼精。鳗鱼精失了法宝，心下着慌，不敢恋战，纵身跳入山下的深潭里躲了起来。杨文广不识水性，只能在岸上干守着。这时，鳗鱼精从水中探出头来，阴险地说：“我千年不出！”杨文广在岸上石洞口气愤地答道：“我万年不走！”于是，杨文广就变了个自己的替身像安放在壁缝中。鳗鱼精在深潭里无法明辨真相，以为杨文广还一直坐镇岸上，从此再也不敢出来为害人间了。杨文广班师回朝后，奏明皇上，在距离会昌县城不远的楼梯崇建了一座“贞烈祠”，以褒奖杨金花和死难中的将士们。

经过后人不断发掘，这里还有“九曲登山道”“石罅泉”“合掌门”“会仙台”“壁立万仞”“震龙桥”“问天台”“神龙峰”“神虎峰”“神龙峡”“天门”等近二百处自然景观，它们都有各自的传说。此外，历代骚人墨客留在汉仙岩绝壁上的诗文题咏，也令人回味无穷，使景观因诗文题咏而增色，诗文题咏以景观而传世。岩中石刻，也颇具艺术观赏价值和历史研究价值。现保存较为完整的有“天子万年”、“虔南第一山”(据史料记载:系王廷臣题、吴之章书)、“壁立万仞”“石罅泉”“龙洞”“一线天”“问天台”等二十几处宋、元、明、清时期的摩崖石刻,为研究会昌的人文景观、客家风情提供了弥足珍贵的史料依据。

(作者系江西省民间文艺家协会、江西诗词学会、赣州市作家协会会员)

青龙岩游踪

王世洪

暮春，早起微雨，云雾弥漫，天色浓郁，我们离城前往仰慕已久的青龙岩。青龙岩系寻乌八景之首，远近闻名，地处县城南 25 公里处。我们赶到青龙村时，雨歇住了，雾散开来。

我们停车徒步，匆匆踏上进山的小径。行进间，隐约可闻远村的犬吠；路边小溪潺潺，溪水活脱迸跳，引人顿生雀跃之心；怒放的映山红露珠晶莹剔透、鲜艳欲滴，惹人喜爱。极目眺望，远山轮廓模糊，宛如轻纱遮面。声声鞭炮响起，循声而去，青龙岩已立在面前。

悬崖绝壁下的几间瓦房就是青龙岩寺庙。它建在岩穴之下，潭水之上，真是“幽径云边转，清溪寺下流”，“人在窟中站，仿佛入画中”。在人去不了、鸟立不稳的悬崖壁上，有鬼斧神工的石刻。

踏进寺庙，映入眼帘的是回廊、殿堂、经院、僧房。殿堂中供一尊大佛像。从殿堂边侧拱门进去，走完过道，只见靠墙架着扶梯，扶梯作直角曲折。举首仰望曲折升空的扶梯，真叫人目眩心惊腿软。那盘旋曲折的石径，印满苔藓，鲜绿点点。踩着潮湿腻滑的石阶，我们小心翼翼，拾级而上。相传，青龙石窟有三百尺。站在阶梯顶端四望，但见天气渐朗，空中浮着云气，一片茫然。极目远眺，群山重叠，模模糊糊，俯视岩腹，游人如织，熙熙攘攘。忽然，传来一少女的惊呼，只见花伞滑脱，坠落深谷，顿时上鸣下应，在雨后清新的春色中，应答声、召唤声、溪流声汇成一曲奇妙的交响乐。

上来不易，下去更难。每下一层都觉头昏眼花，又欲罢不能，好不容易我们出了最后一层拱门。坐在台阶休憩，仰望石壁，原来壁上全是题刻，龙飞凤舞。刚才挤在游人中急于攀援，摩肩接踵，竟不曾留意。据说题刻是明清两朝乡试中举者所为，以示他们的显荣和雅兴。

青龙岩南面，有一清晰可见的出米槽；北端有一出油窍。相传如来佛祖为游人备足了米油，来多少人，出多少米流多少油。然炊事和尚贪心，凿大米槽和油窍，偷卖仙米仙油，不料事与愿违，流出的竟是稗谷与污水。后来米槽停出米，油窍流出清凉甘甜的泉水，掬一捧入口中，沁人心脾。

寺庙附近有口钟潭，潭上有明月坡。中午，云开雾散，阳光四射，我们躺在坡上，欣赏那珠光散彩的美景。潭正中有一游鱼石，其上游有立功碑，下游是匾嘴岩，都随水涨落。游客太多，游鱼石受惊，潜伏水中，或隐或现。两岸花草，水气润泽，甚为滋荣。另有一石被仙人踏出脚印两只，称“仙人迹”。游人踏着“仙人迹”，沾一点仙气，求一世平安，得一份情趣，游兴大增。

青龙岩随水上两公里的溪东岸，便是林石背村。这里有形态逼真的奇形怪石。传说土地爷令乞丐烧火七天七夜（这个传说莫名其妙），水煮开了，田螺、虾公、鲤鱼、螃蟹都煮死了，乞丐想吃它们的肉。谁知它们变成了怪石，土地爷唯恐乞丐不老实，给他戴上笠，立地成石。那水煮沸之地，现在成了温泉，供人们洗澡之用。

从青龙岩往西行，经青龙渡口，过平坦石板路，蜿蜒一公里光景，便是两公里长的“一线天”石洞。站在洞内翘首上望，只有一线天日。还有许多大小不等的石窟，奇沟峡谷，弯曲迂回，幽美阴凉，格外别致。

夕阳西沉，回望仙迹，心中舒朗。奇岩绝壁，巍然屹立，几间瓦房，幽清灵秀，水抵两岸，悉皆怪石，欹嵌盘屈，不可名状。远离了，青龙岩，你那汩汩的溪水滤过我们的心田，冲走污垢，留下深情一片。

补记：

青龙岩（又名龙岩仙迹）由寺庙、岩洞、山水组成，气势磅礴、风景幽美，是古时寻乌八景之首。位于南桥乡青龙村境内的寻乌河东岸的一座高达百丈、峭壁凌空的大石山半麓，上接蓝天，下临深渊，整个石山，笄然壁立，缀有大小岩洞百余穴，由11个大岩洞组成的青龙岩最为著名，宇庙古朴，岩殿相辅。底层建有寨门，是进入青龙岩的唯一通道，入门后，直线向上攀登20米，穿过三层岩洞，然后向北约30度斜坡向上排列着8个大岩洞，洞与洞之间，或凿孔连接，或人工建造悬桥相通，共有木雕菩萨100尊。隔河相望，也是悬崖峭壁，岩洞星星点点、大小相间、约800多穴，既像人工构筑，却是自然生成，隐隐约约地辨认，宛如“福如东海”四个大字。

青龙岩，历来香火炽盛，游人不绝，引来众多文人学士，讴歌咏颂，青龙岩始建年代待考，据传已有800余年。历经多次修理，1976年，青龙岩下游200米处，筑坝建了南龙水电站，岩下已被水库淹没，唯一通道只有乘船而入。

立体的大畲

刘　敏

在中国最美莲乡、赣江源头的石城县，有数不清的秀美乡村，大畲村无疑是最美的。

大畲的神韵来自他的历史。离石城县城不过几公里的大畲，距离闽西宁化县境也仅有几里地，是巍巍武夷山最低的几个隘口之一。虽然山路崎岖，但在勤劳的客家人看来，山路并不算什么，从中原往南，一路都是用脚一步一步丈量过来的。千家百姓或者在石城安身，繁衍家族，或者在石城停留后，趁着天下略定，告别最后一座后稷庙，翻过武夷，去开拓新的生活。

石城自古便是闽粤通衢。本地丰裕的物产源源不断地通过水路入长江进中原，或通过大畲隘口，越武夷过汀州下南洋，于是商人挑夫云游人等，一路逶迤，汗水洒在高高低低的鹅卵石台阶路上，在大畲作离开江西的最后一站停留。

从石城到石壁，是一路的茶亭。一座尺把宽两尺长麻条石砌成的茶亭，是从善绅士百姓用心血浇灌垒而成，几百年来，亭子里的茶水一年四季飘着清香。茶亭在一代代人的修补中，也看着一代代人长大。只要看看尹氏宗祠前面那些记载历代士子功名的桅杆石便知道，只要看看建于康熙年间的尹氏“丹山祠”门额上俊秀飘逸的题字就知道，从康熙到乾隆，从满清到民国，所谓人杰地灵，所谓人才辈出实实在在地写在古村人的脸上。

这座“南庐屋”是典型的客家大院。门额上的落款表明，南庐屋建于清乾隆癸亥年蒲月，也就是1783年的农历五月。那几年，石城人黄声远从生意的低谷里翻身，他只想趁着大清王朝正当盛世的时节努力赚钱。虽然他在前江已经有了一所大宅子，但或许是冥冥之中的缘分，他看中了这儿，并投入巨资买下位于通天岩下的这块地皮，在这座仙山脚下立起一座属于自己的“纪念碑”。当然，他更想不到的是，他的“纪念碑”在数百年后成为了所有人的财富。

“开荒南野际，守拙归园田”“结庐在人境，而无车马喧”——“南庐”二字淋漓尽致的表达出了主人的闲情逸致和人生追求。

环着美丽的池塘，他叫自己的七个儿子每人种下了一棵柏树。在他看来，长寿的柏树自然能够保佑自己的儿孙们天长地久，人丁兴旺。神秘的是，其中两个儿子没有留下后代，而属于他们的那两棵柏树也渐渐枯萎了。

进入二十世纪，某个夏日，伴着淡淡荷香，一队人簇拥着两个高大的身影走进这座大宅，他们纪律严明率先垂范，没有惊动群众。朱德睡了仅有的一个床铺，毛主席便在楼下的长板凳上将就了一夜。是辈分年纪的谦让结果还是地位尊卑的自然分配，大畲人一直有着争议。

如今，在远远近近高高低低的灰黄泥坯房掩映下，南庐屋把庞大的身躯和深邃的历史静静地藏在常人所不见的山脚下。远处是荒无人烟的群山，无人远眺；近处，是一圈默然的围墙，无从窥视。即使走到院内，你也不会想到这座屋子会有什么与众不同的地方。除非是学过风水之术的大师——大师当然不会注意杂草石头，让他们眼前一亮的是那恰如元宝般凹凸有致的远山，和屋前清清池塘里倒影着的后山，那颇类朝笏的大地之阳。面对他们嘴巴嘟囔着的青龙白虎玄武朱雀，愕然的倒是我们这些凡夫俗子了。

我们这群凡夫俗子走进大屋，感受到的是夏天清凉的滋味和冬天浓浓的暖意。客家人的聪明才智在建筑上发挥得淋漓尽致。据说大院一共有99间半，一色的青砖青瓦砌就，地面是鹅卵石或者青石板，飞檐翘角的风火山墙下是精美的挑檐斗角和花雕窗棂，还有栩栩如生的各类彩画彩绘和雕刻，曲径通幽的回廊上是颤巍巍的走马楼。在常人眼里的穷乡僻壤竟然隐藏着这样一处古朴大方、典雅别致的客家大院，让人难以想象。

大畲的魅力与高大巍峨的通天寨是密不可分的。南庐屋的背后是久负盛名的丹霞地貌风景区通天寨，因寨上主岩外如两指相箝，内若两掌半合，仰视苍穹通天而得名。石笋干霄、通天岩、净土岩、试剑石、万人坑、船舷崖、仙人犁田、黄蜂吊薮等景点争奇斗美。通天寨茶历经数百年不衰，曾为朝廷贡品，名噪远近，取寨上泉水冲泡，茶色碧绿，清香四溢。历朝文人墨客更是在此观景饮茶，题诗作对，留下了很多佳作。

作为闽赣间的要道，自宋代始，这里就是一个重要的战略要塞，成了兵家必争之地，残墙废垒处处可见。猴子城、万人坑、主簿寨、长庚门……战争留下的痕迹至今仍在。在冷兵器的时代，数百米高的峰峦需要的体力消耗，攀援悬崖峭壁的危险性与可能收获的战利品之间的对比，都会让流寇再三斟酌。通天寨凭着自己得天独厚的地理环境，遂成为人们避乱求安的佳处。据记载，元末天下大乱时候，石城的不少历史文献资料便是藏在通天寨上的净土岩上才得以保存的。有了这样一座天然的堡垒，大畲人，乃至于石城人，便在与时间的博弈里艰难地壮大家族，等待下一个安定的轮回。

如今的大畲越发美丽了，尤其是在烈日当空的七月，因为有荷花。荷花是美丽的，从“小荷才露尖尖角”到“留得残荷听雨声”，大畲的荷花以它独特的魅力吸引了一批又一批的游人。红的是荷，粉的是荷，白的还是荷——花大色艳，清香远溢。几乎任何一个夏日的清晨，都可以看到摄影家们流连莲间的身影。他们赶着早，表现晨露滋润下荷花的娇艳欲滴，等待第一缕阳光照耀下荷花荷叶的朝气蓬勃和无穷意蕴；他们也安然等待夕阳西下，记录斜阳荷花的浓郁色彩，升华人与自然的和谐相处。

其实，每到夏日，大畲的热闹远不止是摄影家的——咔咔咔是摄影人日升日落前后的捕光追影，嗡嗡嗡是蜜蜂清晨在荷花上辛勤采蜜的轻舞飞扬，哞哞哞是牛群此起彼伏的相互呼唤；咯咯的轻语浅笑，或许是三三两两的邻家女孩在田间捉迷藏，而喁喁的情深意长，自然是恋人们在夜深无人轻语了。这些疏疏落落的声音与丝丝缕缕的沁人清香，加上凌波翠盖的荷塘，古朴典雅的南庐屋以及巍然静穆的通天寨，便一起构成一幅意境深远的立体画。而络绎不绝的游客呢？当然就是这幅画里灵动的主角了。

宜 春 Yichun

诗意明月山

曾福龙

宜春中心城南三十公里处有座巍峨的高山，高山有个充满诗情画意的名字——明月山，国家AAAA级旅游景区，景区内竹海茫茫，苍松莽莽，怪石嶙峋，飞瀑流泉，雾霭如烟，繁花似锦，飞禽走兽，气象万千。

明月山之得名，一说“山上石多，如月圆满，光照数里。故名。”（见《武功山志》）。又一说明月山脚下的夏云姑、宋孝宗赵昚的正宫皇后小名叫明月，村人为纪念她而将此山叫为明月山。还有一说，明月山五座山峰中间高、两边低地并立，远看犹如半轮明月，（应该是中间低，两边高才像半轮明月吧。应该是指升起的明月才会中间高、两边低）所以叫明月山。但不管山名源于何说，都与明月结下了不解之缘。

游明月山景点，自然要先去明月广场，广场上立有十二生肖的雕塑：神猴揽月、雄鸡啼月、天狗守月、童猪拱月、锦鼠避月、牯牛沐月、猛虎啸月、玉兔望月、虬龙舞月、银蛇盘月、骏马奔月、吉羊仰月，十二生肖全与月亮有了干系。广场中心耸立的“云姑沐月”造型很别致：月如弯钩，婀娜的云姑面向大山张开双臂，背影柔美，像是要拥抱月亮，又像是和月亮媲美，含蓄内敛，令人遐想。

再看“荷塘月色”。“江南可采莲，莲叶何田田”，荷确实很美：满塘皆是绿色的“小伞”，风过时，沙沙作响，如窃窃私语。朱自清先生有著名散文《荷塘月色》，倘“月出于东山之上，徘徊于斗牛之间”，月下荷塘之美，将是朱先生散文意境之重现。

转至“咏月碑林”，这里镌刻着历代文人墨客歌吟月亮之诗文。吟月之作，浩如烟海。当然最出色的当属苏轼的《水调歌头·中秋》，“明月几时有，把酒问青天”。千古之问，一下子就将人带入玄想幽思的哲学意境。最后结句：“但愿人长久，千里共婵娟。”将一种美好的祝福洒向人间。如此经典之作，怪不得流传千古。

欣赏过碑林咏月之作，来看“竹林月影”。据称有九千九百九十九根翠竹，象征着爱情的坚贞和永久。竹林有方竹，罗汉竹，凤尾竹，鸳鸯竹，毛竹等二十多个品种，让人大开眼界。欧阳修在《生查子》一词中有描写情人相会的“月上柳梢头，人约黄昏后”的名句，如果来个移花接木，将“柳”换成“竹”，当金乌西沉，月兔东升时来到此处，不是可以好好体验一下“月上竹梢头，人约黄昏后”的意境么？两个心仪已久的恋人，在竹林间并肩而行，或走或停，或依或靠，彼此喁喁地互诉相思之情，那种浪漫，那种甜蜜不比朦胧柳影下的幽会更让人心情摇曳么？还有“晃月桥”，人走在桥上一晃一晃，像新娘子坐在轿中。桥上两边的铁索由五千九百九十九个小铁环连环而成，寓意相恋要永久。俯瞰桥下流水淙淙，举目桥头青山环绕，仰望四周，瀑布飞溅。难怪桥头不远处立有一个牌坊，上书“圣境”。看来这是明月山最佳景点之一。

晃过了“晃月桥”，来到“抱月亭”。亭子正门柱子上的对联很有意思：“山月有情抱知己；竹风无声搂古亭”。这是爱情旅途中的一个驿站，一路跋涉的人们在此做短暂停留，相濡以沫，相互支撑，当然是一件甜蜜的事儿。

攀登之间，仰首张望，“云谷飞瀑”赫然在目，瀑高数十丈，泻珠溅玉，气势非凡。李白的“飞流直下三千尺，疑是银河落九天”用来形容此瀑布，也是很恰当的。作为古老的宜春八景之一，云谷飞瀑声名远播。现石壁上所刻“云谷飞瀑”四个大字，乃国中书法名宿，前全国书法协会主席沈鹏先生手泽。

还有一个很奇妙的景观，人们把它称为月下老人，但见月下老人端坐在石壁上，发髻高挽，长须飘飘，慈眉善目，头靠一轮圆月，双手笼袖，沉思不语，似在思索人间的姻缘。老人左右各有一块石头，左边“阳石”，右边“阴石”，对应了男为阳、女为阴，岂非天成。老人对面的两棵桂花树，相依相偎，俨如一对鸳鸯树，树上系满了红丝线，是游客为感谢月老为自己配了一份美满姻缘而系的。

关于月下老人和这两块石头，有一个神奇的传说。唐朝时，少年韦固看到一位白发老人坐在路边，拿着两块石头，看着一本厚书，身边一个装满红绳的袋子，就问老人拿的什么石，看的什么书，袋里装的什么绳。老人说，石是阴阳石，书是姻缘书，绳是姻缘绳，若被绳系住，就能成姻缘。这时，迎面走来一位妇人，手抱三岁女孩，老人指着那女孩，说将来就是韦固的妻子。韦固想，那女孩要是死了不就成不了我的妻子么？于是派家奴去行刺。不料家奴不忍，随便在女孩眉间刺了一下就跑了。许多年后，韦固娶一位刺史的女儿为妻，婚礼上揭去红盖头，见妻子眉间一道疤痕，细细一问，果真是当年那女孩。从此月下老人的故事就流传开来。

再往前就是狮子峰，狮子峰背靠主峰太平峰，前俯逶迤群山，傲然挺立。峰顶有拜月坛。东面一块长方形屏风，中间一个象征着明月的圆孔，孔外松枝横斜，好像月中桂树；"明月"两边刻着"但愿人长久，千里共婵娟"和"在天愿为比翼鸟，在地愿为连理枝"的千古名句。"明月"下方一个祭案，上面放着香炉和烛台。祭案左前方卧着一个大石，上刻朱红"山盟"二字。拜月坛四周青松挺立，松顶平整如盖。在此立誓，苍天大山均可见证。

爱情的誓言亘古就有，最有名的恐属汉乐府《上邪》了："上邪！我欲与君相知，长命无绝衰。山无棱，江水为竭，冬雷震震夏雨雪，天地合，乃敢与君绝！"俗气一点的誓言民间也有，譬如："鸡长牙齿马长角，铁树开花水倒流，阎王勾簿才敢丢"之类。

登山自此如果累了，不妨坐坐缆车，可达梦月山庄。梦月山庄是建在明月山上最高处的一座星级酒店。但见一个碧波盈盈的梦月湖像一块巨大的玻璃嵌在山顶，发出耀眼的光芒。沿着湖边错落有致地建了诸多房子，有楼房，有别墅，其布局借鉴了中国传统的坐山观水的建筑布局方式。沿湖的景观游步道设置在休息、垂钓、赏景的景观节点上。梦月湖边还有游艇码头，人造沙滩，充满了活力和异域风情。

出山庄向南数十米，是青云栈道。原来此处主峰壁立千仞，直上直下。欲细看风景，近距离接近主峰，非栈道不可，于是，在半壁之上，悬在空中，修了一圈栈道，如给大山围了一条腰带。一边是万丈深渊，白云在脚下缭绕，一边是千丈石壁，陡峭如削。“山从人石立,云傍马头生”,这两句诗就是这里的写照。有人说,游明月山,不走一走青云栈道,算只游了一半,确实是。行走在半空栈道之上,凭虚凌风,吹云捉月,人生幸事,遏胜于此。

明月山,有如此美景,又有如此诗意的名字,那么她就是一座诗意的山,明月山诗意是曼妙的,犹抱琵琶半遮面的的诗意。它是闲适的,宜于休闲与小憩;它是温柔的,给人抚慰与安宁;它是多情的,充满爱意与悲悯;它是生态的,与大自然相融相依。

钟灵毓秀入阁来
——道教圣地阁皂山游记

樟树市旅游局

“阁山烟雨接虚无，碧嶂清江翡翠铺”，追随诗人秀丽的笔墨，我们走近了心中神往之地——阁皂山。

阁皂山位处江西省樟树市东郊 18 公里处，雄峙赣江东岸，逶迤 200 余里，史称“清江碧嶂”。因其“形如阁，色如皂”而得名。宋代以来，即有“天下名山，道教福地，神仙之馆”的美誉。

阁皂山不仅风光秀丽，名胜遍布，还是樟树获“药都”之名的根源。相传东汉著名道学家葛玄曾在此悟道修真、采药炼丹，得以“升仙”，被后人尊崇为“太极仙翁”。于是，大批的道学家、丹术家接踵而至，使阁皂山名于天下，成为道教胜地。

从樟树市区出发，车行 20 分钟左右，渐近阁皂山。极目四望，黛绿色的青山，绵延起伏。满眼的绿，点燃了大家的激情，车厢内一阵欢呼。

行至山门前，经过一座石拱桥，此桥名为“接仙桥”。相传，当年葛玄在阁皂山修炼时，常在桥头迎接来山的各路仙人。我们探头车外，只见桥下溪流澄澈，卵石历历可数。桥四周峰峦迭翠，茂林修竹，岚霭蒸腾。“仙桥重会几百载，云庵一卧三千春”，走在接仙桥上的我们，有了种超凡脱俗之感，莫不是沾染了“仙气”吧？

过桥，来到山门下。阁皂山的山门，颇有仙风道骨之味。山门不算大，四柱三空，飞檐翘角，正中上方金书“阁皂山”三字，柱上刻有对联：“道教名山，碧嶂清江钟秀异;医宗圣地,灵丹妙药萃珍奇。”道出了阁皂山的道药特色。山门背面横书“神仙之府”,中柱楹联为:“阁形佳境环山,望东腾太极,南耸凌云,北踞骆驼,西迎五老;皂色珍丛入药,趁春采辛夷,夏锄玉竹,秋攀桔梗,冬掘茯苓。”仰视山门,我们心生向往,进山的心情分外迫切了。

过山门,左拐入一条林间小道。浓荫深处,掩映着一座门字形的青石牌坊。导游告诉我们,这里是古人上山朝拜的必经之路。相传朱熹第一次登阁皂山讲学,曾在此歇息,见两旁高山挺秀,古木参天,有“一夫当关,万夫莫开”之势,叹曰“此真乃一‘天门’也!”嗣后捐银建“一天门”石坊。现存石坊为清光绪二年(公元1876年)重建,正面书“一天门”,背面镌刻“三十三福地”五字,“三十三福地”是唐高宗对阁皂山的赐封。1957年,此石坊列为省级文物,加以保护。

走在山门下面的通道上,这条北宋徽宗曾敕修的“御修路”,经千年的风吹雨打,脚踏车磨,路面虽斑驳缺损,仍可见当年之风采,引人发思古之幽情。

穿过“一天门”,拾级而上,两面的绿意扑压而来,让人感觉到阁皂山的深沉厚重。山高树密,古木参天。苍松,劲柏,秀竹,奇俊秀挺。山风一来,松涛阵阵。林间,鸟啼声不断,婉转动听。山风凉,吹着我们汗湿的脸庞,顿觉神清气爽。

忽听得哗哗的水流声,忍不住奔了过去,沿着清幽的石道溯流而上。瀑布泉边,泉水玉珠乱溅,捧一捧洗脸,顿感清凉透底。鸣水台亭中的石碑上,拓刻着朱熹游览阁皂山后手书诗句:“回首名山我旧游,曾将风袂挹浮丘。如今不及台边水,长向山前山后流。”

近旁一座石砌单孔半月形桥,就是鸣水桥了。鸣水桥建于北宋政和元年(公元1111年),历经900多年风雨仍保存完好。桥因上游的葛憩源、九龙泉两水汇穿桥孔,跌岩击石,响若雷鸣而得名,有“鸣扬万壑,水击千岩”“水流激石如飞雪,树影连山欲化云”等佳句留传。鸣水桥是古建筑的宝贵遗产,是江西省两座宋代石桥之一,与庐山的观音桥并称为姐妹桥,2006年被评为全国重点文物保护单位。

过“鸣水桥”不远,前方百多米右拐,又见一座小桥——“梅花桥”。传说常有各路仙人入山,与葛仙翁论医辩道,采药炼丹。一天有位跛脚大仙采药归来因桥石光滑,不慎摔倒,葛玄忙从溪边手捧清泉,提气运功,含水喷石,桥面即成梅花痕迹,至今仿佛犹有梅花幽香。

出“梅花桥”转左，但见一排擎天松树巍然屹立，甚为壮观。这便是“照门松”。相传东晋真人丁令威初次入山礼朝，忘带香烛，为表虔诚，折了些松枝插在灵仙馆(现大万寿崇真宫)前，形如一行香烛，遥对宫门。后来，这些松枝奇迹般地长成了参天大树，给阁皂山平添了一股仙气。后人有诗记述：“礼朝折枝虔意浓，化作碧嶂傲苍穹。真人仙迹今何在，遥看宫前照门松。”

过了照门松，走上小半里，大万寿崇真宫赫然在目，宫门上方“敕封”二字清晰可见。宫观为1991年重建，由正殿、厢房和庭院组成，坐北朝南，飞檐高脊，彩壁丹栋，红墙琉瓦，青环翠绕，显得清幽恬静。这个宫观的前身就是葛玄入山时所结的卧云庵，隋为灵仙宫，唐宋先后赐名为阁皂观、玄都观、景德观、崇真宫、万寿崇真宫。唐高宗(公元676~678年)赐阁皂山为“天下第三十三福地”，宋理宗(公元1246年)赐名“大万寿崇真宫”，与金陵(南京)茅山、广信(贵溪)龙虎山并称三大道教传箓圣地。宋朝时期的阁皂山，道教盛况空前，山上宫观达一千五百间，道士有五百多人。文人墨客为之作记题词，难以胜计。

怀揣着对阁皂山的膜拜之心，我们进到正殿中，烧香敬拜了葛仙翁、张天师、许真君三位道师。

在宫前的古松下，我们稍作休息，立即向着紫阳书院出发。紫阳书院被浓稠的绿遮了大半，露出一线黛瓦红墙。朱熹两次在这里讲学，因其别号紫阳，故称此为“紫阳书院”。庭院门额上“紫阳书院”四个苍劲的枯笔字，是朱熹手书的拓刻。

走进书院，进门的左边有棵高大的银杏树，气冲霄汉、郁郁葱葱，要几个人才能合围，此树乃朱熹手植，算来也有800多年了，先贤遗泽，令人感怀。庭院内古木参天，枝繁叶茂。四株金桂、银桂、四季桂都已有七八百岁的高龄，自东向西排植于庭院中间。金秋季节飘香十里，所以明代又称此处为“桂苑宫”，并有碑刻存于庭院内。

出了书院，我们去访了丹井和百草园。丹井青砖罗圈，井台铺着青石，井深数丈。丹井和门前的丹灶，就是当年葛玄为修炼九转金丹掘井汲水、筑灶炼丹的地方。

百草园为“八卦图”式，植有阁皂山地道中草药材。传说葛仙翁当年遍采山中珍稀药种，植于园内，用“神农尝百草”之意，取名“百草园”。当年葛玄在山上布道炼丹，来此地从学、求医、问药者络绎不绝，葛玄便在百草园传授草药知识，造福百姓。在百草园里漫步，处处弥散出阵阵清香的草药气息，沁人心脾。

日近中午，我们恋恋不舍地下山来。一路回首，一路咀嚼着阁皂山的秀美风光和色彩斑斓的故事。我们津津乐道葛仙翁的传说，而他制药行医的善行，药物养生的理念，更是一笔留于后人的宝贵财富。樟树成为药都，无疑得益于葛玄及这“灵芝百草、信手可得”的阁皂山，这大概就是今天人们崇尚、朝觐阁皂山的缘由吧。

（樟树市旅游局供稿）

神游大罗山

徐谷子

晴空万里，惠风煦畅，我和几位诗朋文友结伴拜谒仰慕已久位于崇仁、乐安、丰城三县市交界处的大罗山。一位地方名士主动作了我们的向导。

驱车刚刚进入丰城市铁路镇地界，从窗口远远望去，罗山群峰环抱，茫茫苍苍，活似一条蜿蜒横卧的绿色巨龙，遮挡着人们的视野。西南主峰有一天然岩石孤傲地伸探蓝天，向导指点着说那就是以美、奇、秀、神闻名天下的“秀谷飞岩”。众人被他的绘声绘色所诱惑，决定来个“擒贼先擒王”，先上主峰吧！

山道弯弯，曲水漾漾；石径两旁，翠竹依依。置身于如诗如画的苍山丛林，不禁心旷神怡，一路上引颈高歌，谈笑风生，不知不觉来到大山深处。越往上攀，越显清静沉寂，唯有青松鸣禽，罕见耕影人迹，客人的欢闹声难以打破大山深处寂静。

登上罗山主峰老仙岭，一个个都累得汗流浃背、气喘吁吁。但谁也顾不上透口气，就一下子被秀谷飞岩的奇观异景所吸引。年龄最小的“小诗仙”靖雯一马当先，捷足登上不足10平方米的岩顶后，再俯身把我们逐个拉了上去。大家小心翼翼地挤在岩顶上，极目远眺，山间田园阡陌历历在目，临川、崇仁、乐安、丰城、樟树城乡的模糊轮廓，如海市蜃楼尽收眼底。忽然一阵风过，山岚云雾顿生，时聚时散，阳光依稀透过，山色虚无缥缈，我们置身其中，宛若传说中的漂海八仙，小憩仙境。

稍作休整后，随向导下山绕到山的中部背面。穿过郁郁密林，下得级级石阶，行过小溪茶场，轰鸣不止的“飞瀑三叠”景点便呈现在人们眼前。此处原名跌水槽，是一天然瀑布，好事者更为今名，似乎更有诗意。但见十条深涧溪流从悬崖陡壁直泻，落差六七十米，从天而降，仿佛银河坠落、玉龙飞临，势如奔马、声若雷鸣，蔚为壮观。三叠分为上、中、下，相互接力，飞流千尺，水雾弥天，凉爽无比。传说是两千年前的孽龙精窜来罗山寻仇被许真君击落，痛得遍地翻滚时留下的奇观。导游介绍说，似如此奇观异景，在罗山处处可见，如杳公台、婆子小峰、仙人厨、殿上、茶泉乐、九曲流涧、芳径连天、隐溪通幽等等，可谓千态百状无奇不有。

时至晌午，大家早已累得精疲力竭，却还没有到达此游的主要目的地，情绪不由得急躁起来。向导虽善解人意，却仍不急不慢地继续带领队伍穿山越林，绕到山的东部。一阵悠扬的钟声，把大家的视线引向了山腰悬崖掩映在郁郁葱葱、层层叠叠竹林中的古寺老庙。

“到了，到了，这就是青云寺谌母殿。”向导如释重负地指着悬崖上的古寺飞檐说。一听终于抵达了此行的目的地，人人立即愁眉舒展，游兴盎然。都知道，自已足下踏着的这片土地，就是闻名遐迩的净明道发祥地。向导兴致勃勃、绘声绘色地讲起了西晋许逊真君为降孽龙，治水济世来到大罗山谌母殿拜师学道、求得宝剑神马、仙法符诀降伏孽龙的故事。对于享誉史册的青云寺、谌母殿和欧石岩我们一行人都多少有些见识，但对向导所言的野史轶闻仍听得津津有味。

来到矗立在大殿前的山门前，欧阳修楷体横书的“青云寺”三个大字立即映入眼帘。山门有前、后两副门联，前联是：“岩里白云岩外月；寺上青石寺下泉。”后联为：“晨钟暮鼓，惊醒世间名利客；经声道号，唤回苦海迷梦人。”字及联语均为欧阳修撰写，苍劲浑厚，入木三分，意寓青云寺道、佛、儒三教合一，所谓儒教治世、佛道治心，殊途同归也。

步入山门数丈，便是古今闻名的谌母殿，门联也是由欧阳公所题，曰“谌母传道源斯处，药仙济世步此宫。”殿宇并非宏伟、也不壮观，丝毫没有哗众取宠的渲染，但那副流芳千古的门联却道出了庙寺非凡的历史渊源和绝世的至高身价，联曰：“元君度真君，传宝剑，斩蛟龙，次此西江除灾害；闽省迁豫省，慈黎民，保赤子，亦同南海布恩波。”当年许真君就是跪伏殿前拜元君为师，才修成正果，成就千秋伟业，成为我国历史上继大禹之后的又一位治水英雄和净明道的开山鼻祖，罗山也便成为道家圣地，香火鼎盛，吐纳无限。除元君诸仙外，罗山声名远播，还源于唐宋八大家之一的欧阳修。对于“大勇若怯，大智若愚”的欧阳君，大家从故纸堆中多有了解，无不耳熟能详，佩服得五体投地，今日亲眼目睹他留在青云寺的诗魂墨宝，又多生出几分敬意。在此处盘桓良久，向导继续引领大家拜谒大殿东侧的“仙人洞”。

洞生岩壁，洞门被荆棘遮掩，深三丈六，宽三丈，高丈八，呈圆形，地面平坦，可容百人，据说谌母、许逊、吴猛、甘战、吴彩鸾、雷焕、文箫等等多位仙家先贤都曾在洞内打坐，修成道骨仙风，因而得名“仙人洞”。为何又叫欧石岩？这还得从欧阳大师说起。

北宋庆历年间，欧阳修因“庆历党争”被指为范仲淹的“朋党”，降职贬逐“归伏闾里”，借隐在这个仙人洞中治学，采集《新唐书》史料，为日后惊世巨著《新唐书》的编撰作了大量的准备工作。入洞初夜，他心潮澎湃，久不能眠，便披衣步出岩洞寄情大山夜月。此时，“星月皎洁，明河在天，四无人声，声在树间”，更加增添几分愁烦，想到百姓潦倒、自己失意落魄时不由得心头一酸，潸然泪下，转身返回山洞，松明烛光，饱蘸书墨，挥就洞岩这幅“欧阳修与百姓同乐；范仲淹以天下为忧”，横批为“殊途同归”的铭志警世名联，成为罗山另一文化招魂的始端。十数年复出后，他在《新唐书》中分别为罗山开宗鼻祖罗文通和另外两位尊师重教的普通地方官员立传。因人因联，岩洞名气陡增，慕名拜谒者纷沓而至，给深山带来另一番繁华景象。因此，罗山之盛名，并非仅仅是这里的奇山秀水，而更主要的是对先贤的尊重与崇敬。

日坠西山，幽谷暮色渐增，文友们却毫无去意。也许在想，古时文人在窘境困惑时尚存如此报国忧民之志，而我们这些衣食无忧者，又能为后人留下些什么？身处此洞，让人顿生超凡脱俗之感，同时也多出了几分使命感与责任心。

（作者供职于丰城市旅游局）

放飞三爪仑

靖安县旅游局

靖安三爪仑，可谓名声在外，国家AAAA级旅游景区，都市人旅游休闲的后花园。何谓三爪仑？说法不一。《靖安县志》载：因三爪仑景区内三座山脉的走向呈“爪”字形，故名三爪仑。但查看靖安县地形图，并无呈“爪”字形之山脉。而民间则另有一说：三爪仑源于一个叫山锁岭的地名。说是20世纪50年代初地名普查时，普查登记者是个北方人，听不懂靖安当地的老俵口音，将山锁岭误写为“三爪仑”，从此以讹传讹。不管何种说法，均无神话色彩，时下将景区之名附以神话传说的比比皆是，然而并不一定出彩，何如就据实道来为好，足见靖安人之诚实厚道。

车子在依山傍水的公路上从容地行驶。车子的右下方是条碧波粼粼的河流，名叫北河；河中成串地漂着一只只皮筏艇，艇上的游人身着橘黄色救生衣，摇着桨，或尖叫，或欢笑，或相互打着水仗。河的两岸群山对峙，逶迤绵延，满目葱绿，越往里走山势越巍峨，好像巨大的绿色火车昂奋地爬着山坡，又像一排排汹涌的海浪一浪高一浪地向天边涌去。

七月游三爪仑，槽崖漂流是不可或缺的节目，可人太多了！候游处成了人头攒动的集市，按照先来后到的顺序排队，文明旅游，别无他法。导游善解人意，取了漂流顺序号后，买来几副扑克牌，叫我们打打牌，聊聊天，拍拍照，就近自由游览游览。于是，有人打牌，有人拍照，也有一些好事者心怀叵测地到摊子上买了水枪、水炮，准备漂流时发动侵略战争。

这里的空气真清新，我深深地吸一口，慢慢地吞下，双目微闭，细细地品味，只觉一丝淡淡的甜味从口中渐渐渗入心扉。据说，这里的森林覆盖率达 95.7%，空气中的负离子高达 6.9 万个 /cm³，而世界卫生组织规定的清新空气中负离子含量为 1000 ~ 1500 个 /cm³，怪不得这儿被称为天然氧吧。

似乎并没有过多久，导游召集大家上船漂流。大家像战士听到了冲锋号，争相涌进更衣室更衣后，领了皮筏艇，连跑带跳地冲向河边。

几位年轻气盛的好战分子一下水就挑起事端，操起水枪、水炮，长点射、短点射，水柱像箭一般地射向旁边艇上的游人。对方也不示弱，以牙还牙，以水还水，舀满一勺水猛泼过去；不料“殃及池鱼”，祸及旁人，引起第三方参战。很快，战争升级，形成“军阀混战”局面。

我和妻子默契地划着浆，尽力保持着皮筏艇的平衡，小心翼翼地避开“战火硝烟”。看着清澈见底的河水，望着两岸郁郁葱葱的青山，我忽然想起电影《闪闪的红星》中潘冬子乘竹排的情景，不禁唱起“小小竹排江中游，巍巍青山两岸走”的歌儿。当然，虽然都是游于青山绿水中，但潘冬子是“红星闪闪亮，照我去战斗”，而我则纯粹是游山玩水，放飞心情，目的和境界都无可比性，不觉莞尔。

一会，河床高抬又下跌，形成一股急流，河水立即变浅，浅的地方石头裸露，皮筏艇随时有搁浅触礁甚至倾覆的危险。那些战得昏天黑地的勇士不得不暂停战火，小心谨慎地驾着战船。我乘坐的皮筏艇在急速下滑时，不慎碰到一个圆墩似的石头，咚的一声，皮筏艇翻了个个儿，我和妻子掉进了水里；脚下是一个连一个的圆滑的石头，无法立足，几次想站起来都摔倒了，只得磕磕碰碰，连滚带爬地跟着皮筏艇往下漂，到了水势平缓处才勉强站起来，翻过皮筏艇，重新坐上去。虽然手脚被石头磕得有点痛，但是那种惊险和刺激，却是一种不可多得的体验。

过了险滩，又到了水势相对平缓的河段。水边翠竹丛丛，山花簇簇，煞是赏心悦目。那些好战分子又重新开战。开怀的嬉笑声，俏皮的打闹声，夸张的惊叫声，像河中的水浪，一浪高一浪。

河水载着我们的笑声，和着我们的歌声，时急时缓地流着；山风吻着我们的脸庞，抚着我们的头发，或轻或重地吹着；小鸟看着我们的英姿，听着我们的喧哗，声高声低地唱着;野花吸着我们的眼球,熨着我们的心扉,如火如荼地开着;太阳照着我们的航程,燃着我们的激情,无声无息地坠着。两个小时的漂流结束了,真是意犹未尽啊。

晚上,一轮明月缓缓升起,皎洁的月辉撒满大地。推开窗户,静静地观赏着窗外梦境般的夜景:一束乳色的光柱柔柔地从窗外注入我们入住的太平山庄的小木屋,屋内月影斑驳;大梓河对岸山上古木森森,清晰可辨;大梓河中银光闪耀,涛声吟哦;夜,静静的;风,悠悠的;蝉,咿咿叫;蛙,咕咕响。“哇——”的一声,一只夜游鸟划空而过,留下一串悠长的哨音。

夜渐渐地深了,昆虫、鸟兽以及游玩了一天的人们,在月亮仙子无形大手的轻轻拍打下,渐渐地酣然入睡了。我望着从房顶上漏下的缕缕月光,听着大梓河哗哗的水声,突然产生了幻觉——身子轻轻地飘了起来,像只幸福的小鸟,闪动双翅,飘出小木屋,在这青山绿水间飞啊,飞啊,飞向那浩瀚的夜空……

(靖安县旅游局供稿)

春天的百丈山

邓达芳

江南三月，草长莺飞，禅林圣地百丈山的春天也格外明媚。青峰抱翠伫立，峰峦白云缠绵，绿竹婆娑相依，新叶如花绽放，一树树明艳的春梅，一簇簇跃动的杜鹃，点缀着漫山的青翠，而那佛国的声声钟磬，更使百丈山清新脱俗、超凡离世，诗人贺敬之赞美桂林说："云中的神啊雾中的仙，神姿仙态桂林的山"，我想说，百丈山之美绝不亚于桂林的神姿仙态。

在一个春光明媚的日子，我们乘车去游百丈山。

汽车刚进山腰，眼前忽然一亮，心头为之一振，只见一条白水从山上呼啸而下，似银龙，似长虹，落拓不羁，一往无前，从巍峨山顶，从密林深处，从千岩万壑中奔泻而出，那种洒脱，那种欢快，那种勇猛，使人顿生快慰。春天，在百丈山上，一路走来，随处可见这种势若奔雷的山涧飞瀑。

进入百丈山，纤尘不染，清新异常，空气中飘来山花与新叶的气息。环视四周，山峦起伏，那伟岸峭拔的松树，那似海如涛的竹林，那蓄水如镜的梯田，那新花新叶妆扮的大山，让人仿佛进入了美妙的画境，此时的百丈山如仙子出浴，又如新生儿乍醒，新鲜水润，欣欣向荣，充满了生机。

百丈山之所以闻名，得之于山中古刹。寺以山名，曰百丈寺。提起百丈寺，那可是声名显赫。南禅五宗，三宗出于宜春，故宜春有禅宗祖庭之誉。而百丈寺在南禅的发展史上，更具有里程碑式的意义。百丈寺千余年来，几经兴废，眼前的百丈寺，乃近年新建，去年方告竣工。新建的百丈寺雄伟壮观，翘角重檐气派豪迈。自古至今，百丈寺引来无数名公巨卿、高僧大德驻足此地。公元784年，一代禅宗大师怀海留驻奉新，创建了百丈禅寺，并在百丈寺创制了“诏天下僧悉依此而行”的禅门宗规，后人称为“百丈清规”，从此百丈寺法缘殊胜，福慧广开，高僧辈出。1200多年来，怀海大师灵光独耀，照耀着禅学天空，神佑百丈虽经劫难，但佛力加倍，衰能再兴，慧灯常燃。

百丈寺后有一条石径，如一架天梯直达山顶，此时你会由衷地感叹：常恨通幽无捷径，且喜登极有天梯。沿着石径拾级而上，凉爽的山风迎面吹来，像拂堤杨柳柔柔地轻拂着脸颊；放眼四周，修长的青竹在摇曳，绽放的山花在欢笑，戏闹的小鸟在林间飞舞；最有趣的要数那漫山遍野的春笋，一个个顶着毛茸茸的脑袋从土里钻出来，大的冲天而立，小的笨拙健壮，滑稽地瞧着游人，这一切跟轻风流水应和着，跟小鸟嘹亮的歌声交融着，一切是那么和谐，那么美妙。

四下睃巡，就见一块长着青苔的石上现出“真源”二字。传说唐宣宗李忱在百丈寺当沙弥时，十分赞赏百丈怀海倡导的农禅禅风，经常参加劳动，曾凿石引泉，并在源头刻下“真源”二字。再往上，就是一块斧削如镜的巨石，上书“天下清规”四个大字，字体骨力遒健，结构劲紧，据考证为唐代著名书法家柳公权所书，巨石旁另有一石，状如扁额，上书32字：灵光独耀。迥脱根尘。体露真常。不拘文字。心性无染。本自圆成。但离妄缘。即如如佛。稍上则是一龙盘石，当年怀海大师天天打坐于此参禅悟道。来访者无不登临观赏，感叹时光流转，古人不见今时月，今月曾经照古人，如今，这经历与见证了千年风雨沧桑的石刻依然向人们清晰地倾诉着百丈山与怀海大师的故事。

百丈之景多与禅佛关联，蕴含深厚的禅文化底蕴，如灵境亭、野狐岩、皇娘墓、祖师塔、黄犬坟、龙蟠石、仙人旧馆、老僧看经，每一个景点都包含了一个动人的故事和传说。历代名公如黄庭坚、周敦颐、柳公权、汤显祖都曾在此驻足留连，题诗吟咏，留下名篇佳作。黄庭坚百丈行写有《灵境御题》：“老夫高卧灵境台，拄杖夜撞青天开。撒落星辰满平野，山僧尽道佛灯来。”

循着诗人的脚步，我曾有幸在晚上登临百丈山，果如诗人所描绘，星星撒落于人间，闪烁于山野平川，如佛灯高悬，此时百丈寺的梵乐袅袅飘来，使人恍若进入了茫茫宇空，不知天上还是人间。

百丈寺西北十几里处，有山中最有名的犀牛潭瀑布。终年飞瀑垂川，高悬白练，春天水量丰富更是气势磅礴，实可与闻名遐迩的庐山瀑布媲美。瀑布下为犀牛潭，汪汪一碧，深不可测，绿得迷人。传说唐宣宗在气势磅礴的犀牛潭瀑布前遇见了黄檗禅师，禅师见了宣宗出了一上联："千岩万壑不辞劳，远看方知出处高"；暗点了宣宗不凡的出身，宣宗应声答曰："溪涧岂能留得住，终归大海作波涛"。表达了自己胸怀天下的龙廷之志。这副对联不仅对得有趣，而且借瀑流的特点，表达了自己要说的另一层深意，成为名联对答史上的一段佳话，为许多名联集萃所收藏。

春天的百丈山天气多变，昨日阳光灿烂，今日却细雨霏霏，雨天的百丈山烟雨朦胧，看上去，庙在山中，山在云中，云在风中，好一番如梦如幻的仙人境界。想来，天下名山僧占多，有百丈山，方有百丈寺。山以寺名，寺以山胜，岂非相得益彰。但我以为，百丈寺所蕴含的禅宗文化才是此山之魂灵，它让百丈山的美景平添了许多耐人咀嚼的回味。山，不仅仅是山，见山是佛，见性成佛，善哉！

（作者供职于奉新县民族宗教局）

爱此华林幽

胡海萍

“灵岫摩天空，鸟道入云际”，这是明正德《瑞州府志》对江南古郡高安西北部华林山的描述。第一次看到此诗句，我心倏地蹿入云端，似置于一幅云烟萦绕，峰峦如画的幽境，竟不知身处何方胜地？

春分刚过，笔者和几位文友一道，沐浴着暖暖的阳光，裹挟着醉人的春风，走进国家AAA级旅游景区“华林寨——上游湖”采风。“爱此华林幽，穴居聊避世”，面对唐宣宗李忱游历华林山的慨叹，骚客们一颠一跛一帘景，一程一语一声吟。也许是被他们的情绪感染，也许是自我陶醉，平素不好舞文弄墨的我，也不由发出“苏轼一墨甘露亭，华林四幽凡间径”的感慨。

幽香不过华林纸

“2009年度中国十大考古新发现——高安华林造纸作坊”撩纱面世，华林胡氏古村——浮邱岭，这方幽静僻远的处女地，千年睡梦被惊醒，幽香破尘，飘溢四海。

这日，借着晨曦，循迹纸香。

车驰高伍公路，经景区东入口伍桥，上蔡溪湖坝，绕湖尾库叉，越湖中大桥，约三十公里至上宅村头。

这里是枫窝岭自然保护区的核心地带。一条古驿道依稀可见，周边翠林寂静，偶闻鸟鸣！顺着近七华里的斑驳幽径西上浮邱岭。

公元410年，华林胡氏始祖胡藩受封豫章之西，因慕西汉儒生浮邱伯之名而至浮邱岭，见山形若凤鸟，遂卜地为家，“华林世家”盖由此来。尔后，华林胡氏开枝散叶，人口逾千万，有“中华胡氏贵华林，华林胡氏源邱岭”之谚。

村前有约两公里的驿道伴溪，溪边驿道叉路口残洞苍樟踞道。拐过古樟，眼前，千余平方米的绿顶钢棚静静地安躺，只有哗啦哗啦的流泉不倦和韵。这里就是华林造纸遗址公园——福纸庙，宋、元、明层叠造纸遗址发掘现场，棚内有大大小小的土坑，至今还散发着夹带泥土的幽幽纸香。

导游说，这一遗址的发掘源于2004年首届高安市华林胡氏文化研讨会。当时160余名海内外华林胡氏后裔来到这里朝谒，发现溪旁散落水碓、石坑等石器，这些竟成了打开华林造纸作坊的神秘钥匙。

逆溪而上，至村前三水归聚的古石堰坝，有一处复原后的古代手工造纸作坊，可以让您完美体验《天工开物》中的造纸工序！闻着沤竹麻坑中的竹皮青香，望着流泉驱动的木水轮上飘溢的白练花，厚重的两柄木棰交替槌打在古石碓内，响起千年回声。跟着师傅走进槽纸房，一勺一勺勾兑弦丝，捧起木筛在纸浆中抄甩，一张湿漉漉的浅黄纸立时显现，这就是华林瑰宝。

青山不语，文蕴藏香。造纸作坊遗址、唐代“潜园”石刻、胡氏宗祠、感恩寺、罗武二仙庙、丫口石……抹不去的还是那股幽纸香！

幽险不过华林寨

驱车盘山绕至西南向的华林寨。

这里是华林山的最高峰，高安海拔的最高点。也曾是兵家必争之险地，多次农民起义军的总营盘，有记载的农民起义达四次之多。明正德四年（公元1509年）胡雪二的华林起义军斩杀江西按察副使周宪曾震撼王朝，使之威名远播，留下“北有梁山泊，南有华林寨”之说。

寨前，阳光下的斩将石已不见昔日的刀光血影，黝黑的石上爬满着青苔。旁边的万人坑，四周树木幽深，透着一股阴森森的寒气。

走进寨内，烽烟已不复见，只有莽莽青山、嶙嶙怪石坚守！步入山寨正中已修复的聚义厅，胡雪二、陈福一等英雄豪杰大碗喝酒、大块吃肉的壮景又跃然眼前。

攀上峰顶，只见北面峭壁，东西两面沟壑万丈，一峰秀立，易守难攻。天晴时，东南远眺高安城，西北可望宜丰和奉新二城，瞭望台乃天赐哨所。这里还是观丫口石日出奇观的最佳地。我曾参与拍摄《爱此华林幽》风光片，适时春夏交替，山花烂漫。是夜，戴月披星赶至。然，太阳刚过丫口石中间，躲入云层。沮丧席地，依栏婉叹。些许，栏后一束红光，牵着我的眼球抬头东望，太阳又像刚睡醒的孩童，探出个头，红彤彤的，美艳绝伦，瞬间又一奇景凝为经典。

现在，游客多喜欢徒步从东南面体验华林寨古道登山之险。记得我第一次探险，天下着毛毛细雨，摸索残断古道，趟过石上流泉，穿越沟壑密林，约摸三刻，落汤鸡般上到一处。只见沟壑两边矗立数丈高的天然石门，其上古松犹如当年门将，威风凛然，再看其下古道，真是“一夫当关，万夫莫开”。抬望山道的千年石龟，“天堑当道英雄泪，龟佑瞰壑几时休”的感叹不知谁与？

正午，下至山南华林古镇用餐。西汉陈夫乞设祭的高胡坛、北京香山似的四尖峰、层层叠叠的云梯田从窗外掠过……

幽奇不过八百洞

午后，往东南进入李家岭中的八白洞大。相传这里是李八百修炼成仙之所。李八百号紫阳真君，湖边留有个淌滴着甘泉的紫葫芦。也不知是中午喝华林水酒贪杯还是这里的仙气灌顶，走在外婆桥上，我的脚似穿上了李八百升天时从空中不慎跌落的仙人靴，飘飘欲仙。几个人摇过竹林小道，争论着瀑布旁那似马、似象、似猴、又似仙的紫藤树挂。

山脚下立有一“中华一绝，华林奇洞”的木牌。

捧着仙，拈着奇，颠过一段陡峭的石级，前方兀然凸现一垅花岗岩倒石堆，一直向上掩埋在原始密林之中。这就是我国目前罕见的千米石堆洞。

游人可走游步道上山，也可从洞里爬到山顶。

我们择“迷宫洞”入。洞中，忽明忽暗，时而漆黑一片，时而洞窗天开；石洞宽时似房，窄时仅一线天；洞内阴凉寒透，甚至刺心入骨；洞内不见流水，但却能听到叮叮咚咚的泉水声韵。藤蔓时而洞中游走，时而依岩小憩，找不到头，看不到尾。洞内四通八达，如不按路标行走，很快就会迷失方向。

借助石壁上的螺纹马钉和洞内的树藤，手脚并用，艰难攀爬，总算出了洞。放弃连环洞，借着酒劲，从游步道晃过仙人关。

一棵倾倒的古藤，绿叶稀稀，张开树丫，横空缠在几十棵树上，似一把巨伞，遮阳避雨，可谓：藤莽醉卧舒筋骨，留与乡间作天庭。左边深壑中挺立一鲜活巨石笋，以“壑中石笋才尖露，鳌头欲霸夕阳天”之势，朝西涌向山顶石巅上的千年迎客松。

或许这里以前真有八百个洞，或许李八百真的活了八百岁，或许李八百真的能日行八百里！走进李八百修炼石室，檀香萦绕……

幽静不过上游湖

下午四点，车在上游湖坝行驶，窗前是寂静的湖光和渺远的华林山色。湖面缀有几道用黄色硬塑浮漂球间隔而成的航道，隐约可见挥臂舞桨的皮划艇体育健儿的矫健身姿。

上游湖水静到极至，是江西省水上训练基地，也是我国最佳皮划艇训练场。景区内网球场、足球场等设施齐全，既可运动健身，又可荡舟湖上，每年都有很多游客慕名而至。奥运冠军孟关良、杨文军就是从这里蛟龙出海，扬威世界。其教练加拿大马克称赞这里是“最美的湖，冠军的湖”，自此这里又有“冠军湖”的美誉。

登船，绕东山嘴，缓缓驶入小东山岛的一个航道。野鸭哗哗啦啦地打水助翔，飞鹰惊扇双翅噼噼啪啪地窜飞，顿时宁静的湖面开始噪动……

船小心翼翼地绕过凤凰岛，驶向北边的洪城渔村。刚巧两叶小舟并行张网，透过雾影，如蝶展翅。望着村西头静静的湖面，淹于湖底的西晋崇阳观让我不由生出一丝酸楚。

过铜鼓岛西行，入一峡口，疑是湖岸，没有想到湖面又豁然开阔。船在堤坝形观鹭岛停靠，对面岛中树梢上一只只白色的精灵，或嬉戏、或跳跃、或飞翔……

堤旁螺形庙的晚钟响起，我们依恋地回穿鸬鹚群岛，返程……

九峰山和它的桥

曾福龙

早就听说上高县九峰省级森林公园古木参天，风景秀丽，有很深的历史文化底蕴，是个旅游的好去处。此番得暇来游，果真名不虚传，那里的奇峰峻岭、清水幽泉、古树修篁，让我徜徉其中，流连忘返。然而，兴奋之余，又不免生出一丝惆怅，发出一声轻轻的叹息。

九峰山因有香炉、天竺、芙蓉、云末、峨嵋、清流、翠霞、苍玉、飞云九座奇特俊秀的山峰而名，峰峦起伏，磅礴绵亘10余公里，最高峰峨嵋峰海拔802米。

我们从曹下村后面的神台山驱车而行，驶过香炉峰，穿过一片茂密的楠木林，来到天竺峰脚下。天竺峰海拔208米，不很高，但在平缓的山麓突兀一峰，一柱擎天，还是显得峻峭挺拔，颇有气势。因其形状如同照明蜡烛，当地老百姓习惯称它为“照天烛”或“天烛峰”。古代诗人蒋之奇登上此峰后曾赋诗一首：“擎天一柱万山低，九朵奇葩秀一枝。多少好山僧占住，空王曾会范围基。”

天竺峰脚下有个黄家岭村，村西头是唐代僧尼了然曾建立的定林禅院的遗址。遗址不大，约二十来亩地，但古木森森，十分幽静。参天古树中，多为香樟树和枫树，也有一些稀少珍贵的树种，如：黄连树，红豆杉，豹皮樟，牛筋树，香果树等等，且都是千年古树。遗址南面是个锅形地貌，半圈古树半圈竹，“锅底”种满青绿蔬菜。“锅底”的南边一角的牛筋树下，一泓清泉，是当年尼僧们喝水的水井，尽管时隔千年，但井中流水不断，且清澈冰凉。遗址门口，立着一块大石，叫夜合石，据说，当年和宜丰洞山的夜合石一样，晚上合拢，白天开启。随着定林禅院的消失，夜合石的“开关”也失灵了，现在整天开着，再也关不拢了。

黄家岭村东面两华里，有个号称“清凉世界”“人间仙境”的千年古泉观音泉。传说观音娘娘常常来此饮水故而得名。泉水从一个岩石洞里流出，十分清冽。人们在离泉眼十来米处用水泥浇铸了一道水坝，形成一个长方形的水池。水池中的凉气漫散开来，周围近百平方米都凉嗖嗖的，一走近观音泉，身上的汗流立即消失。观音泉边一个两层的观音亭，亭子四周长满青青方竹，亭外遍布参天古树，像一把把巨大的遮阳伞，将太阳彻底挡在了“伞”顶上。观音泉边的树长得很有特色，有“树抱石”“石抱树”“七女同胞树”之类名目，“树抱石”就是一棵古树的树根像骑马一样骑在一块两米多高的形如元宝的大石上；“石抱树”就是一块巨石将一棵古树的树兜完全含住，好像那树是从石头缝里蹦出来的；“七女同胞树”乃七棵古树共着一个树兜。这样的树确实难得一见。

说来也怪，我在观音亭一楼时身上很是凉爽，可一上到二楼，就像来到了蒸笼边，热烘烘的。一楼的凉爽大约全是因着观音泉水的凉气。因此，也有人叫这个地方为“阴阳两界”。

那边，有几个游客用矿泉水瓶子从观音泉边灌水，一个游客一边灌水还一边嚷嚷：“男人喝了补肾壮阳，女人喝了滋阴养颜，可别错过机会哟。”是否果真那么神奇？我想倒不一定，但那水一定可以直接饮用，且味道肯定不错，因为是从石头缝里流出来的，别说含有多少矿物质，起码没有污染。于是，我也倒掉瓶中小半瓶纯净水，灌上一瓶观音泉水，喝一口，凉凉的，吞下去以后，喉咙中有一丝丝甜甜的感觉。怪不得观音娘娘经常来这里饮水，原来这水味道如此美妙。

喝过观音泉水，我们驱车前往九峰寺。

九峰寺又名崇福寺，位于九峰山北面的云末峰脚下，香炉峰正对面。此寺建于唐昭宗年间（公元 889 ~ 904 年），是佛教曹洞宗大寺庙之一。唐乾宁年间（公元 894~898 年），镇南节度使南平王钟传捐房舍为寺庙，洞山良价法嗣普满禅师来此开山授徒。该寺原为前后两进，两侧厢房，占地两千多平方米。唐昭宗赐额为“宏济”，天复年间（公元 901~904 年）又改额为“崇福禅林”。清朝初年，一把大火将该寺化为灰烬。现存寺庙乃本世纪所建，规模远不如前，只有前殿。据说，此寺将要重建，扩大规模。

九峰寺前，三棵高度相差无几的柏树，好像插在寺前的三炷香，昭示着该寺香火不断。沿着九峰寺往东走，穿过一片果实累累的梨树林，面前出现一片洼地，地上两排土墙建筑坍塌败落，屋顶上爬满藤蔓。导游杨先生说，那是上个世纪 70 年代生产大队的养猪场。养猪场旁边的湿地原来是条小河，河上有座唐代的桥，现在已经淤塞，桥被埋到地下去了。不过，再往东走两百多米，还能看见一座唐代的桥，桥上刻有蜈蚣，叫“蜈蚣桥”。于是，我们继续东行。

不一会儿，来到一条浅浅的山谷，谷中长满茂盛的芭茅草，在芭茅丛中，有一块长条形的石板，两头的泥土和石面平齐。杨先生说，这就是蜈蚣桥。这里原来也是一条河，现在也已经淤塞了。照此下去，此桥也将沉埋地下。

说到桥，我想起宜春被列为国家重点文物保护单位的“鸣水桥”，是江西省两座名桥之一，建于北宋政和元年(公元 1111 年)。而这里的两座桥都建于唐代，却一座不见天日，一座隐于芭茅丛中。如此宝贵的历史遗迹，却“养在深闺人未识”，不能不让人叹息。试想，唐代之桥，尚存至今，能有几何。而九峰山就有两座，然未加发掘，以至湮没无闻！不禁想到：倘主事者对此详加考证，挖掘修缮，使其重现世间，那么九峰山将以桥贵，其人文价值非今日可比。

洞山揽胜

漆跃庆

洞山，位于江西省宜春市宜丰县同安乡洞山村，是中国佛教禅宗五宗之一——曹洞宗的发祥地，素有“洞天佛国，释家祖庭”盛誉，与同在宜丰县境内的临济宗祖庭黄檗山自古被尊为天下禅宗曹洞、临济两大祖庭。

唐大中年十三年(公元859年)，高僧良价云游四方，得云岩昙晟衣钵，一天，来到宜丰境内，及至洞水岸边，见水中身影而顿悟。从此，良介终止了云游，择洞山建立广福寺(后改称普利寺)，在此宣讲禅宗新法，一时四方僧侣云集，从学者最盛时达八百人之多；良价弟子本寂得良价心传后，辗转江西宜黄县的曹山建道场，广扬良价禅法，遂成一代宗风，因此，后世将良价首创、本寂弘扬的这种禅法称之为“曹洞宗”，成为中国佛教禅宗五大派之一。自宋代以来，随着宗风远播，海内外凡曹洞宗徒俱尊洞山为祖庭，尊良价为祖师，尊良价塔为祖塔。宋代真宗、仁宗两位皇帝，先后为洞山赐书；唐宋八大家之一的苏辙也慕名游于此，留下“古寺依山占几峰，精庐仿佛类天宫”的佳句。

从宜丰县城循洞山旅游专线公路往洞山，行程二十一公里，一路风光旖旎，竹篁夹道掩拥。蜿蜒崇山峻岭间，春天，杜鹃簇簇，艳人眼目；秋日，红枫点点，惹人心醉。及至洞山入口，一座精美辉煌的大牌坊上，前中国佛教协会会长，学者书法家赵朴初先生题写的“洞山禅林”四个猷劲大字赫然在目，平添佛教圣地之历史厚重感。

洞山景如其名，清幽如洞，石径依山就势而上，古木修篁，掩荫笼翠，原生态参天大树，枝叶互攀织成深邃的绿色浓荫，抬头不见天日；合抱之粗的千年古枫上，盘缠蔓生着无数碗口般粗的古藤，宛似条条巨蟒悬于林间，藤树相缠，一时让游人分不清是藤缠树还是树缠藤。深谷里，溪水的轰响时高时低；浓荫处，新蝉的嘶鸣或断或续，石径两侧，暗香浮动，醉人心扉，那是洞山四季兰花飘出的禅之香。这一切，愈使古老的森林更添几分幽静。

游人一路循径徐行，山腰有“逢渠”桥可歇足。逢渠桥是座单拱券石桥，也是江西省至今保存完整的三座北宋古桥之一，为北宋时洞山女信徒雷十三娘与儿子裕禧辛苦捡稻穗积钱所捐建，意在纪念高僧良价临水睹影逢渠悟道。逢渠桥下，奇石叠迭，溪流淙淙，野花星绽。越溪而上，有斜径延入山林，林中古樟下，横卧着一块巨石，形似念经的木鱼，故称“木鱼石”。传说良价与吕洞宾斗法时，将手中木鱼掷之而化为此石。试敲石之顶部，果然“剥剥”作响，佛音宏笃，甚似木鱼之声。凡游人心有所祈，多到此敲三下木鱼，称可遂愿。

从“木鱼石”折回原路依然拾级而上，忽闻水声哗然，有如松涛吼、暴雨骤。急趋十数步，始见前面直立一石壁，溪水从其上倾泻而下，形如漫张的白练。水落处，但见碎银纷撒，雾气蒸腾，激起珠玑无数——这便是“银瀑飞练”。时值正午，阳光透过茂密树木的空隙投射到瀑面，形成一道七色的彩虹，俨然“佛光”再现。瀑下有一潭，旁边崖壁上刻有“考功泉”三字，泉水清如镜，传说游人临泉照影，可辨善恶，也可察朝廷命官之功过。古时历任知县上任，必到洞山凭吊礼佛，为官清廉正直者倘身临此泉，其影像清晰明澈，反之则模糊混沌。

瀑布左边，当道悬着一块奇石，中间一劈为二，据清康熙年间县志所载，这是新昌八景之一的“夜合灵迹”。新昌是宜丰县历史上的曾经名。宜丰县其实是最古的县名，早在三国时就设立了宜丰县，后几立几废，唐代宜丰并入高安县。北宋时，宜丰再次立县，此时县名改为新昌县，新昌县名一直沿用到民国初年，1914 年因与浙江新昌县重名，所以再次恢复宜丰县古名。

作为古代新昌八景之一的“夜合灵迹”，传说中曾是洞山关山石。今一开为二，临岩一侧是弥足珍贵的名人摩崖石刻，上书古诗一首，游人若援壁伏石审视落款，可见“眉山苏子由题”，这就是苏辙的轶诗《次李朝散游洞山韵》。据史书记载，苏辙在北宋元丰年间，因得罪王安石被贬谪到筠州（即今高安）任酒税监，期间曾慕名访洞山，留有诗题二首，此石刻为其一。“夜合灵迹”来源于一个民间神奇传说：以前的石关会自动开合，清晨听见鸡鸣就自动打开，太阳下山就自动关闭，所以叫“夜合石”；石关前有两个圆形浅坑，分别是“油井”和“盐井”，洞山僧众不管上千人还是数十人用膳，每天到这里汲取油盐，寺里需要用多少，就出多少油盐，多取不出，不足自溢，不多不少刚好够用。后来，寺里有一奸僧动了私心，在天亮前假装鸡叫骗开石门，盗取油盐谋利。从此，夜合石不再显开合之灵，油盐井也因此干涸了。

顺夜合石傍山径而进，来到夜合山“佛塔林”。佛塔林正中为“普同塔”，左右次第排列着历代名僧塔大小共十座，前有拜台，后砌罗围，罗围上镌前清碑文数款。环首四顾，只见古木参差，森森然投下幢幢阴影，几缕辉光，透过树冠闪闪烁烁地撒在青幽的古塔上，显现着一派稀疏斑驳的幻像。这里分外静谧，没有花香，没有鸟语，风过处但闻涛声潇潇，给“佛塔林”平添几分古刹的神秘气氛，更唤起人们怀古的幽思和礼佛的虔诚。

从“佛塔林”折回是“七仙桥”，桥面由七条巨石铺成，据传说，桥的来历，和良价、吕洞宾斗法有关，是斗法故事的一个尾声：吕洞宾被良价打败后，逃之夭夭，众神仙知此事后，认为是吕洞宾不对，搅扰了佛门的清静，于是商议替洞山修个桥，也作为对良价的赔礼道歉，于是每个神仙扛块大石条放在葛溪上搭成桥。吕洞宾不好意思见良价，八仙中就他没来，结果只有七条石板，所以后来这桥就叫“七仙桥”。

身行洞山密林间，但闻梵钟，不见寺宇，茂林修竹似无穷尽，颇有山重水复疑无路之感。然而，跨过七仙桥后，却是柳暗花明又一村，一如陶渊明《桃花源记》所述相同：“山有小口，仿佛若有光……复行数十步，豁然开朗，土地平旷”，寺宇俨然，精舍巍峨。今天的洞山，在著名国学大师南怀瑾先生的主持修复下，再现了“精庐仿佛类天宫”的唐宋风貌，祖庭中兴之盛，使洞山成为天下曹洞宗禅修中心。

在复建的普利寺后面，是古藏经阁，也称后法堂。古阁前映巍峨殿堂，后衬层峦迭嶂，看上去颇似一幅穿越千年时空的珍贵古画，也是祖庭历史的千年见证，尤其是法堂匾额上“佛在性中”几个苍劲大字，似乎仍在向后人昭示良价禅师“见性成佛”的禅宗旨意。游人一行登上藏经楼顶，凭栏眺望，洞山风光尽收眼底，同行者有人止不住慨叹曰：“精庐几椽，良田数亩，悠悠然处之足矣！”是啊，面临此情此景，人与自然的和谐尽得其中，人生有享如此清境足矣。

沿藏经阁后山小径百余米而上，幽林中立着一座大佛塔，其正面下端镌有“己丑敕建慧觉塔”字样，这就是曹洞宗创立者良价禅师安奉舍利之墓塔，俗称“价祖塔”。

自达摩到东土以后，禅宗在中国得以发展，其中以南宗为盛。南宗后形成五派，其中“曹洞宗”“临济宗”两派均发祥于江西宜丰，临、曹二派乃成为中国禅宗的主流，并渐传播到海外，故世有“临天下、曹半边”之说，今曹洞宗徒在日本拥有千万之众。而游人面前这座由唐代懿宗皇帝敕建的“慧觉宝塔”，就是当今被全世界曹洞宗僧徒顶礼膜拜的曹洞宗开山祖师良价塔，在中国禅宗史上具有极重要的历史地位和价值。

悠悠的梵钟在洞山响起，林中的氤氲雾气渐渐漫了开来，不知不觉已是天暮时分了。夕阳从松树的叶缝中投进最后一抹余晖，天地间一片安宁的静寂。今天的洞山，不仅是国家 A 级旅游景区和省级风景名胜区，更是中外禅文化交流的纽带及禅修中心，宜春禅宗文化深厚积淀的见证。这一份丰厚的历史遗产，必将长存在这一片净土上。

（作者供职于宜丰县文联）

神秘天柱峰

铜鼓县旅游局

碧波荡漾的九龙湖偎依在群山环抱中，笑容可掬的湖面将太阳的万道金光揉碎，洇成一片片橘红。一艘艘快艇飞驶在湖面，犁出一条条深深的浪沟，翻滚的浪花像巨鸟拍打着长长的翅膀，颇为壮观。我本想乘坐快艇，体验一下那离弦之箭的刺激，可一想到得慢慢地品味一下迷人的九龙湖和神秘的天柱峰，便改乘慢悠悠的游船。游船摇摇晃晃，像儿时坐在母亲摇动的摇篮里，舒坦极了，要不是有青山秀水的诱惑，我真会酣然入睡。

“喂，你看，那天柱峰真像人的脑袋。”一位游客指着远处的天柱峰说。

山貌石像全凭人的想象，你觉得它像什么就像什么。我凝视着那一柱擎天的“修江第一峰”天柱峰，仔细端详，的确，那天柱峰还真是很像人头，那硕大的头颅天庭极高，头发稀少，眉须飘然，脸色朱赤，俨然一鹤发童颜老者。可随着游船的前移，慢慢地又变得不像人头了，竟有点像一个高耸的发髻或一只巨大的石螺。对，像石螺更符合它的起源传说。

据《铜鼓县志》载，天柱峰有一个神奇的传说。相传，八仙之一的张果老路过此地，在观音娘娘的“晒鞋尖”前栓驴解囊时，不慎将随身携带的仙螺宝石失落草丛中。说来也怪，仙螺坠地还俗，竟见风增高，以“一日长一千，十日撑破天”之势，骤然陡长。南海观音旋即上奏玉帝：“凡尘怪石，日长千倍，若不制伏，数日后即将冲破南天门。”玉帝大惊，即差雷神下凡征服。是日，风起云涌，天昏地暗，大雨滂沱，火蛇飞舞，霹雳一声，灵石腹部被迅雷劈出一个大洞，遂停止长大。后人在石洞中建立“灵石庵”。

诚然，此乃传说，人们不必按图索骥、追根寻源对其进行考证，但它确实给天柱峰蒙上了一层神秘的面纱。想到此，我再看那天柱峰，似在仰天长啸，是控诉玉帝的无情？还是诅咒雷神的狠毒？或是责怪张果老的不慎？

走下游船，登上山体，又是一番感受。山中竹树深幽，凉风习习，野花点点，鸟唱虫鸣。来到半山腰，一栋黑瓦白墙、红廊柱、硬山顶的建筑横在面前，门楣上方书有红底金字“灵石庵”。进得门去，踏上两层数十级石阶，一个长方形豁大的洞口赫然在目。这就是“灵石庵”。看着那大张的洞口，觉得它就是天柱峰那颗巨人脑袋的大嘴，无声地向世人吐露着那不可泄露的天机。

灵石庵通往天柱峰山顶的路上，有一个简易牌坊，上书“天柱峰”，左右的对联颇是耐人寻味。上联曰：“奇乃有因原本仙螺成石柱；”下联曰：“高而无欲甘为勇士作天梯。”说的就是天柱峰的来历和甘为人梯的牺牲精神。

通往峰顶的路很陡，人工开凿的石阶嵌在峰脊上，约呈七十度的角度上扬，脚踏上去，膝盖几乎顶到胸口，真有点攀登天梯的感觉；山体赭黑，光不溜秋，长着少许苔藓。返头一望，峰陡如柱，岩削千仞，头晕目眩，两腿颤抖。没有十分勇气还真不敢往上攀登。几位同去的游客抬头望望峰顶和石阶，摇摇头，停住脚步，说：“我等害怕，勇士上吧。”

好不容易来到半山腰，不登到峰顶真有点不甘，便给自己鼓劲：不到长城非好汉，做一回勇士吧！于是，右手提相机，左手扶栏杆，吭哧吭哧地三步一停留、五步一喘气地向峰顶登去。

终于，登上了峰顶！我站稳脚跟，让呼吸缓缓地均匀下来，举目远眺，豁然开朗。“会当凌绝顶，一览众山小”，杜甫这诗说得真好，但见群山逶迤，峰峦奔涌，遥接天际，像一个漫无边际的黛色果盒，盒中摩肩接踵地堆着如岭似峰的翡翠；脚下赭色的天柱峰像挺立于盒中的竹笋，我等就立于笋尖；酡红的夕阳像个燃烧着的车轮，缓缓西沉。因时值深秋，九龙湖水面下跌，湖中群山裸露出一圈曾被湖水吻过的几米高的印痕，红红的，像翠盘上镶了一道金边。九龙湖水港汊相连，七弯八绕，枝枝蔓蔓，蜿蜿蜒蜒，纵横交错，宛如群龙在嬉戏遨游。

我旁边几位青年男女又蹦又跳，又喊又叫，其中一位戴眼镜的男子，双手举过头顶，诗人般的一声惊呼：啊！地到无边天作界，山登绝顶我为峰！我被这伙年轻人的激情感染了，举起相机，选好景点，咔嚓咔嚓拍下十几张精美的照片。

太阳朝西沉去，我们不得不恋恋不舍地返程。下了游船，站在九龙湖大堤坝上，举目望去，只见晚霞铺满湖面，罩满群山，天柱峰通体暗赤；远处山口衔着半轮红日，湖面水底浸着半轮红日，西边漫天绯红，湖中亦满湖绯红，天水一色，一同燃烧，一时间，晨昏莫辨，不知这是朝霞还是夕晖？

湖北武当山有天柱峰，福建武夷山有天柱峰，安徽黄山也有天柱峰。它们都很美，很神奇。但此刻我觉得还是铜鼓之天柱峰最美，最神奇。你若不信，他日有闲，不妨一游。

（铜鼓县旅游局供稿）

神奇竹山洞

曾福龙

万载有个竹山洞，以其洞奇、水秀、石怪、色艳而闻名遐迩，是一个富有传奇色彩的古洞。

洞门竹木扶疏，像少女刘海飘然垂挂，一股清清溪流从洞中款款而出；洞顶石壁上“竹山洞”三个朱红篆体大字赫然显目。一入洞口，凉风习习，淋漓大汗顿时消失。

竹山洞是江西最古老、最长、最美的地下长河型溶洞，全长三千九百八十五米，洞内有大小自然景观三百多处。该洞在一千年前就被人们发现，是江西发现最早的溶洞之一。洞中暗流滚滚，终年不绝，可通小舟，是江西最长的地下长河。洞中冬暖夏凉，恒温18摄氏度，不说观光，仅驱寒避暑就够吸引人的，何况它还有国家AA级旅游景区、江西十大特色美景、华东第一地下长河等殊荣，能不使游人趋之若鹜？

洞中潺潺流水的小河边一条弯弯曲曲的游步道，道面镶嵌着鹅卵石；五颜六色的灯光照在千姿百态的钟乳石上，色彩斑斓，油光闪亮；河水波光潋滟，洞顶美轮美奂的景观倒映水中，闪闪烁烁。徜徉在这深幽的洞府，犹如置身于如梦如幻的海底龙宫。不用详看各类景观，那种乍入仙境的感受已经让人觉得不虚此行了。

噫，耄耋老人也兴致勃勃地游览竹山洞来了？迎面一位身材伟岸的谢顶老人，左手捧着一个硕大的桃子，右手拄着龙头拐杖，眉开眼笑地望着我。他前额突出，白眉高挑，下巴银须飘飘，精神矍铄，好一副仙风道骨。急忙走近一看，却是个钟乳石，旁边有一块小牌，写着“寿星指路”。原来是寿星仙翁，想不到他竟跑到这里当起免费导游来了。世人都晓神仙好，谁知神仙竞往凡间跑！有此仙翁为我等指点迷津，想必今后人生的路上会一帆风顺吧。

我看过许多溶洞，可从来没见过洞中长树的。竹山洞中竟然长着一棵参天大树。那树长在小河边，树干粗约两围，斜向河边，枝桠飘逸，针叶繁茂，极像黄山的迎客松。它伸出巨大的手掌，欢迎游人的到来，一阵风吹过，枝叶沙沙作响，似乎大树在轻轻鼓掌，说着“欢迎欢迎”。导游说，这就是竹山洞的“迎客松”。奇石如此俨然神似，真让人瞠目结舌。

既有仙翁指路，又有古树欢迎，竹山洞真是好客。

我走过“迎客松”，回首见路面比较开阔，想留个影，可一看，哪还有什么“迎客松”，替代它的竟是一对身穿礼服的新人，男的西装笔挺，女的婚纱飘然；男的脑袋歪向新娘，女的下颚微抬，樱桃小嘴羞涩地努向新郎嘴唇，一对明亮的眸子闪出火辣辣的青春光芒。据说，这是东海龙王五太子与七仙女在此幽会，被王母娘娘用魔法镇住，幻化成石头，留下了这永恒的美好瞬间。为了一时的愉悦，付出终生的代价，值么？从他们脸上荡漾着的幸福看，他们丝毫没有悔意。看来，爱，真是伟大，不但凡夫俗子离不开它，就连仙界也回响着歌咏它的千古绝唱。

奇怪，洞中有水无草，怎么有牛跑到这里来了？这是谁家的牛啊，竟然躺在这河边小路上，牛主人此刻不知急成什么样呢，它却在此悠闲自得地反刍。两耳高竖，双眼圆瞪，歪着脑袋，悠然地看着游人。我走到“牛”边一摸，冷冰冰，硬邦邦，竟也是一块钟乳石，名叫“金牛回首”。导游说，只要用手摸一下牛头，就会牛气冲天，特别是炒股的朋友可千万不要错过这个良机。于是，人们纷纷抚摸着牛头，我不炒股，可也希望牛气冲天，双手在牛头上摩挲好半天。

不知走了多久，导游指着一块石头说，你们用手摸一摸，闻闻有什么味道。我摸了摸，放到鼻子边一闻，一股浓烈的樟脑气味。我询问缘由，导游也说不出一个所以然来。真是奇怪，为什么洞中的石头会有樟脑味。或许，这就是竹山洞的神奇之处？

万载盛产百合,有五百多年的百合种植历史,是久负盛名的百合之乡。百合有润肺止咳、宁心安神、补中益气、延年益寿以及抗癌等功效,是明清两朝万载进献给朝廷的贡品。可眼下这个“百合”堪称世界百合之王,我估计它的重量不会少于10吨。它悬挂在洞壁,在灯光的照耀下,晶莹剔透,熠熠闪光,浑圆如球,瓣叶清晰,瓣尖滴着透明的乳汁,好像刚刚洗过,又好像挂在屋外沾上了一层露珠,显得新鲜无比。这个景点叫“百合王”,据说正在申报世界吉尼斯纪录。

跨过一座九曲桥,来到一个开阔处,突然洞中灯光一闪,全部熄灭,眼前一片漆黑。真不凑巧,竟然停电,我吓得半步都不敢移动,生怕一动就掉到水中去了。导游叫我们不要慌,站在原地不动。突然,“啪——”的一声,一道闪电将黑洞撕开了一道大大的口子,接着,“轰隆隆”雷声大作,雨声哗哗,随着音乐声起,一个洪亮的声音在洞中回鸣:“亿万年前……”原来,这是通过声、电、光的作用,演绎着“开天辟地”的故事。我悬着的心回到了原处,嘿,虚惊一场!

竹山洞真不愧是“华东第一地下长河”,我脚底走得隐隐发麻,还没有走到尽头。洞中步移景换,变幻莫测:一会窄得人过要侧身,一会宽得可容千人聚会;洞壁景观一个挨一个,令人目不暇接;洞顶吊石多像飞鸟,时而展翅,时而俯冲,时而栖息枝头,时而扶摇直上;洞底溪水时而汩汩,时而淙淙。当走过“乱石关”“米筛关”“令尺关”时,导游向我们讲述了一个凄美的故事《龙眼道士攻打竹山洞》,听得人们欷歔不已。

话说古时洞内藏着一条能呼风唤雨的蛟龙。有一年大旱,灾民求蛟龙发水,可它不予理睬。龙眼道士率一百位后生攻进洞去,和蛟龙展开恶战。蛟龙喷出一口大水,顿时洞内波涛滚滚。龙眼道士先请山神用乱石筑坝,大水却漫过坝顶;又将“米筛”抛向大水,大水稍有缓解后却又滚滚而来;再将“令尺”丢出,可“咔嚓”一声,断成两节,扎入洞底。眼看一百位后生要被洪水淹死,龙眼道士只得将他们变成一百条鱼儿,自己变成一只鹭鸶,一起被大水冲到龙河下游。“鹭鸶”将“鱼”一条一条衔上岸,让“鱼”晒晒太阳变回人形。可“鹭鸶”衔上九十九条“鱼”后筋疲力尽,饥饿难忍,最后一条竟被“鹭鸶”咕噜一下吞进肚子,那位后生再也没有回到人间;于是,竹山洞就有了“乱石关”“米筛关”“令尺关”等景点。

竹山洞的神奇之处不仅在洞内,而且洞外也别有洞天。洞顶部布满千姿百态的嶙峋怪石,石林面积达四千亩。石林边缘雄踞一只大猫,双目圆瞪,紧盯着洞口出处,随时都准备扑腾过去。因为它只见鹭鸶衔出了九十九条鱼,它不知道还有一条鱼被鹭鸶吞下肚子了,它在耐心地等待第一百条鱼的出现,决心抓住这最后的机会,美餐一顿。它更没有想到,第一百条鱼被鹭鸶吞下后,消化不了,鹭鸶飞到寨下村村部背后排泄出来,死鱼竟然见光猛长,幻化成一个四千余米长的卧佛。卧佛前额宽阔,眉骨隆起,鼻子挺直,嘴唇微合,下颌端正,颈部下凹,胸腹丰满,下肢微抬,全身线条流畅,清晰可辨,令人惊叹。看神态,卧佛正做美梦,梦见当年大战蛟龙的情景,看他那迅速抬起下肢的样子,似乎正想一个鹞子翻身,扑杀过去呢。我在心里轻轻地对卧佛说:睡吧,好好地睡吧,蛟龙早已降服,旱魔逃无踪影,你们的殊死搏斗,换来了今天的风调雨顺,物阜民安;当年的战场,如今已是游人如织的旅游景区了。

上饶 Shangrao

告诉茅家岭

石红许

树木蓊郁，青松簇拥，掩映翠绿丛中的塔顶在阳光的照耀下，如时刻准备着发射的火箭，直指苍穹，特别的醒目。在上饶城，择一高点，向汪家园以南眺望，一座不高的丘陵耸立着这尊不朽的塔，那就是上饶集中营革命烈士纪念碑，那丘陵就是不平凡的茅家岭雷公山，在中国革命史上留下了悲壮而又厚重的一笔。

去过茅家岭多少回，已经数不胜数了。

每次迈进茅家岭，迈进昔日的上饶集中营，我的脚步都放得很轻很轻，生怕惊扰了永远躺在这片热土上的烈士的梦。而我的心情则很重很重，默默念诵："千古奇冤，江南一叶。同室操戈，相煎何急?！"

关于"上饶集中营"这个词的使用，我心纠结似一块垒难消。对外交往中，每每提起上饶，这个城市被人记住的往往是因为"上饶集中营"。作为一个名词，"上饶集中营"是一座监狱是一个暴力工具。给我一把铁锤，就算砸烂它一万遍，也不解恨。在许多场合，我总是固执地一次一次纠正：那应该是"茅家岭革命烈士陵园"，那才是真正屹立在我们心中的丰碑。我以为，只有这样才对得起无数在狱中抗争而死去的新四军战士和进步人士。

风风雨雨七十年了，茅家岭依然挺立在上饶南郊。从皖南到上饶，茅家岭见证了 20 世纪 40 年代初中国历史上最残酷的一页。血染青山，雷公山掩埋的罪恶，而今一一昭然天下,是暴动的枪声告诉我们的,是七峰岩的松涛告诉我们的,是黄钟大吕的正义声音告诉我们的。郭沫若的诗词《途次上饶》,如今读来仍振聋发聩:“内战内行纪上饶,江南一叶愤难消。茅家岭上英雄血,染遍红旗万代飘。”

说实在话,假如不是陪友人瞻仰,我越来越不想去茅家岭,我只是不愿去阅读新四军以 9000 对 80000 的惨烈一面,不愿去阅读革命志士为了民族的解放事业反遭迫害,不愿去阅读他们的吃苦受难,当然,不要因此而怀疑我的爱国情操,我非常明白流血牺牲的伟大意义。

每每伫立纪念碑后两座垂立式护坡墙面前,凝视着两幅大型浮雕,我久久不愿离去。那就是当年发生在茅家岭的震惊南京的一幕,即茅家岭暴动、赤石暴动,如同给了敌人两记干净利落的耳光,举枪射击、紧握手榴弹、举石猛砸、冲破牢笼……英雄壮举栩栩如生地刻在石壁上,刻进了中国革命的史册。

茅家岭监狱旧址是茅家岭暴动的策源地,其侧门西北方向有一座凉亭和一座小石桥,那是奔向幸福的凉亭、奔向光明的小石桥,溪水清澈可鉴,当年参加茅家岭暴动的革命志士冲出监狱后就经过这座凉亭和这座小石桥,奔向武夷山,去寻找闽北游击队,重返革命队伍。

望着弯弯曲曲的小路延伸在广袤的田野上,我的心飞到了七十年前那场惊心动魄的一刻……茅家岭暴动,就像一把熊熊燃烧的火炬。那火种,来自对胜利的信心,对腐朽势力的洞穿。屈辱与血泪,是它一触即发的引子;激情与愤怒,是它漫大的烈焰。那火种,在黑暗中照亮了光明,在进行艰苦卓绝的斗争中形成燎原之势,烧红了江南半边天,烧得敌人胆战心惊。

深秋的一天,我再次走进茅家岭。和以前一样,我都会选择去瞻仰中国的“丹娘”施奇的塑像,瞻仰子芳亭,瞻仰冯达飞等革命烈士纪念亭。当我徜徉在革命烈士纪念馆大厅内,眼前总会浮现想象中的一幕幕峥嵘岁月的画面,一种强烈的感动在撞击我的心扉。慢慢地走过纪念馆的展厅,有一张照片深深刺痛了我、窒息了我:锈迹斑斑的镣铐锁着手脚,我真想透过纸背亲手去砸开枷锁,还其自由。而更让人揪心的是,有的人连张照片也没有留下,望着悬挂着的花环和空洞洞的名字,想到还有多少无名志士曝尸荒野,我的眼睛早已潮湿。

有一位老同志,是茅家岭暴动的军事指挥,曾留下遗嘱,死后骨灰葬在茅家岭，陪伴长眠在这里的战友们，不让他们孤单。如今老同志已如愿以偿。面对简易坟茔，我投去了深情和敬仰的目光。

我的影子虔诚地匍匐在茅家岭，在岁月的风尘里打捞起永不磨灭的记忆，告诉我一个一个真实的故事，张正坤、李子芳、施奇……面对刑讯逼供，面对敌人的枪口，毫无畏惧，英勇就义。

我一直在寻找茅家岭精神，蓦然间，"坚定信念，争取胜利"八个字跳跃脑海，这应该就是茅家岭的精神。叶挺军长囚禁李村监狱时在墙壁上题写的正气歌正诠释了茅家岭精神："富贵不能淫，威武不能屈！正气压邪气，不变应万变！坐牢三个月，胜读十年书！"

是啊，茅家岭承载了太多太多的苦难与不幸，而今，明媚替代了阴霾，壮丽替代了苍凉，让我来告诉茅家岭，有一幅美好图画正徐徐展开：在丰溪南北，在信江两岸，一座熠熠生辉的宜居宜业宜游的现代化区域中心城市正在建成。

虽然我总说不想去茅家岭，可我依然有许多个机会走进茅家岭，而每去一次，我就会静静地坐在某一棵树下，唠唠叨叨把日新月异、把欣欣向荣，把幸福快乐，把许许多多的故事告诉茅家岭。我还会告诉茅家岭，人民永远不会忘记你这个响亮的名字。

（作者供职于上饶市文联）

灵山访贤

夏　磊

当我又一次凝视灵山时，依然觉得灵山不仅活着，而且看起来还是那么年轻。是的，它与缓缓流淌的信江一起环抱着这块土地，滋养着赣鄱大地上的一方百姓。它孕育了古朴丰润的饶信文化，它呼吸吐纳的灵气完全和这里的人们息息相关。面对如此博大鲜明的生命属性，谁还能怀疑它的生生不息？

因此，当我怀着敬意要去探访的时候，感到那么亲切，亲切得就像是去看望一位友人。而我想要记录的也正是灵山的那几个人，或许正是这些人使得灵山与不远处的黄山、三清山那么的不一样，才使得灵山充满了灵气。

我想说的第一个人是石人公，一个石头人，他虽然不是真正血肉之躯，但他最值得仰视，他在人们心中的地位甚至超过了这座山上所有的神明，他是天地造化，他代表了自然的神奇和伟大，他是可以与天地同生的。山脚下有个乡叫望仙，多好的一个名字。

石人公所在的峰叫石人峰，石人峰是灵山的镇山之峰，是一座高达三十六丈的人形石峰。如果从地质学来说，在所有的地貌里边，灵山的环状花岗岩峰林地貌是世上十分罕见的，这也正是灵山七十二奇峰的成因，也是它山势宛如龙蟠四面皆景的原因；而山上众多的如石人峰这样的圆润巨石则又是这种地貌里少见的。所以，当灵山无数奇峰异石撞进眼帘，当它的钟灵毓秀拂走了我们的凡尘俗气的时候,我们有理由为这鬼斧神工而感叹。

是啊,当人类在面对自然而无能为力的时候,总是期望能有神仙来帮助。再一想,这座石人峰亿万年以来要经过多少个万年不遇的巧合才能站立在人类面前,如果要说神奇,又有哪位神仙能比得上他呢?据说灵山曾经吸引了道教祖师东晋的葛洪来结庐修道,又传这被尊为“天下第三十三福地”的地方曾建有九十九座宫观。道教是我们民族土生土长的宗教,葛洪架炉炼丹也是希望能让自己拥有和自然一样的属性从而永生,也就是说我们土生土长的神仙从一开始就是敬畏自然的。在那个暴戾的年代,这座石人公被人破坏,而之后又被无数的善民一点一点垒起,如今他依旧巍然伫立在群山之巅,昭示着人与自然和谐相处的多少玄机和宿命!

山风徐来,看看山顶的石人,再看看山腰的道观以及山下的阡陌人家,忽然明白了这位石人为何能够这么深地留在世人的心里。当我们匆匆离开这个世界以后,这位石人还会站在这里俯瞰苍生红尘,自然是永恒的,石人是永恒的,那么,对自然和对这位石人的敬畏也该是永恒的吧。

如果赶上了每年九月灵山脚下石人殿的石人庙会,那么,从来自几个省的数万人的口中就会听到一个名字——李德胜,这个被百姓供奉了千年的信州刺史是最值得感念的,这一点似乎胜过了其他几位位列仙班的真人。

在说李德胜之前,我不能不先说说灵山上更早的一位神仙,他就是与诸葛亮同时代的也是字孔明的胡昭。胡昭是汉代大智者,同时也是一位大隐士,曹操曾求贤若渴而终不得。论智慧他不输于诸葛亮,而作为隐者,他又为中国历史上大大小小的隐者争得了不少名节和骨气,他值得尊敬并值得后人在灵山上去寻觅他的草庐和仙踪。

本来,任何一座山拥有了胡昭都是一大幸事,然而当我在闻名遐迩的石人殿驻足时,却发现这座本来只供奉胡昭的大殿却同时供奉着李德胜。稍加了解,明显觉得人们对这位后来的李老真君更有感情,而宋代和明代的几位皇帝赐封的也大都是他。原因似乎不难找,比起一位隐士的才华和气节,百姓更需要的是一个能给他们带来福祉的贵人,而李刺史恰恰就是这样的人。

石人殿是一个庞大的建筑群,有牌坊有碑亭,还有门前的旗墩,可以想见当年的气派了。相传,唐贞观元年(公元 627 年),天大旱,信州刺史李德胜来此赈灾祈雨,上天被感动遂普降甘霖,李刺史也因功德圆满而羽化登仙。

其实这里还有许多古迹述说着这位好官在赈灾过程中的点点滴滴,灵山脚下的很多村庄都有这位李老真君的行宫,据说都是他做过好事落过脚的地方,朴素的百姓谁不希望有这样一位高邻呢?正如大殿中明代宰相夏言的对联里所写:“秀水奇山信郡无双福地;佑民护国江南第一名神。”

在石人乡朋友的引领下我们开始登山,这是一条石板铺就的古道,远处的石人宛如立在云端。号称江南最长的看不到头的石人源瀑布漫过花岗岩石壁,跌落在丛林灌木之中,然后又从另一个峡口飘洒而出,最后汇成溪流从我们的脚下汩汩淌过。在清风亭休息时朋友告诉我,他和同事们时常来这里,因为这里能让人心静,有些烦恼的事在这里会变得简单,也更能想得明白。我在感动的同时不禁生出几许羡慕。他们爱这座山就仿佛是爱一位亲人,而灵山回馈的正是这满山的灵气,也许人只有在最贴近自然的时候才更有力量更有智慧,如此的山明水净带给人的又何止是神清气爽?

下山时已是薄暮时分,夕阳把山顶染成金色,而山谷则呈现一层神秘的黛色,山脚下就是远近闻名的明清一条街,这个时刻,它显得安详、幽静。走马楼式的木屋沿着鹅卵石街道慢慢延伸着,李老真君的行宫掺杂在古旧的民居之中宛若邻居,斑驳的骑楼木墙上几十年前的标语依然醒目。驻足在当年王安石走过的“王安石桥”,轻抚五百年前宰相夏言手植的高大银杏,轻吟辛弃疾写给灵山的“烟水蒙蒙”的诗句,禁不住浮想联翩。是啊,有哪条街能够用两百米的距离串起那么多的年代?

漫步在暮色里的小街,不经意看到这样两句诗:“木屋小店转弯处,卖烛姑娘迎面来。”好温馨的句子啊。走在这条街上即便没有买烛敬香,那些无处不在的神灵也一定知道我此刻的思绪并赐福予我吧!

(作者系中国作家协会会员、江西省作家协会常务理事)

铜钹山的鸣唱

陈世旭

从小就听人说“泰山归来不朝岳，黄山归来不看山”，一直深信不疑。长大之后，去了泰山，又去了黄山，以及别的许多山，不觉对那句老话有了疑虑。

“岳”当然指“五岳”，就是五座山，有限度的。因为有几个皇帝上去过，历朝历代又有无数趋炎附势的官僚以登泰山来祈求自己的发达，使泰山成为“五岳之尊”。“五岳”是人封的，更大的程度上是权势的象征。朝拜了顶级的那个，其他的当然可以偷懒。“泰山归来不朝岳”，似乎不足为怪。而“黄山归来不看山”就显然有些感情用事了。天下的山何其多。这话能在多大程度上令人信服？这其实是一个很容易发生的疑问，但向来并没有人探究。盖因为黄山确实蔚为大观。上去过的人除了讨厌那个无线电塔台及其广告之外（这应该是近年的事情），决不会因为听信过那句话而失望。而且，人们也决不会真的信了那句话就再不去“看山”。

人在表达激情的时候，都喜欢走极端的。爱一个人就说“爱得要死”“你是我的唯一”；爱一处风景就说“甲天下”“人间天堂”之类。如果仅止于一种表达，而不是一种结论，那是无可厚非的。问题是，人的认识有时候很容易被遮蔽。我自己就常常陷入这样的误区，到了张家界，就认定天下再无比这更好的山；到了九寨沟，就认定天下再无比这更好的水。而且这念头非常顽固，以为天下风光，尽收眼底，天下之大，已经走到了尽头。然而最近的一次旅行，却给了我一个大大的教训。

事情的发生很偶然。省作协组织了一个小说笔会,开会的地方说是在一个正在开发的山区,叫“铜钹山”。这地名我没有听过,对所谓的“开发”也不抱希望。这年头,有一片林子就说是“森林公园”、有几块像猫像狗的石头就说是“世界奇观”的“旅游开发”听得太多了,因其言过其实而常使人不免索然。

进入铜钹山的当天住在一个水库中央的岛上,是原木和茅草搭的简易的房子。是夜,千顷无波,环山俨然,月明中天。万籁俱寂中听乡干部讲一步一个山头的大脚山神(有人见过脚印),讲数百年前的官兵围剿,讲乡民中间的种种灵异故事,不觉森然。尽管这样,铜钹山给我的印象仍不过是一处普通的山村罢了。三天后我才知道,这不过是刚刚踏上铜钹山的一个小小的门槛。

在随后的两天时间里,热心的乡领导带着我们一干人翻山越岭。我们起初颇不以为然,等到了深处,才发现一步一重天,步步都让人叹为观止。所有人都筋疲力尽,所有人又都心甘情愿。

这至少可以说是我在国内见到过的最好的风景区之一。无边的云海,漫山的古松,高悬的飞瀑,神奇的巨峰,宏阔的石林,以及由深谷中的数百里长河连接起来的一个又一个高峡湖和数万亩有着成片成林的活化石红豆杉的原始森林,集黄山的壮伟,张家界的奇特,阳朔的妩媚于一方水土。我们走过的还只是叫作“九仙山”的很小的一部分。整个铜钹山区三百多平方公里的范围内,类似的绝胜处不计其数。

铜钹山的乡址离其所属的江西上饶市广丰县不过四十公里,但多年来铜钹山的惊世之美却鲜为人知。此间的一切几乎都处在原始状态:高隘口的古道边关,绝壁上的绿林营寨,岩洞中的寺庙道观,走几十里才能见到的寥落村舍,几缕炊烟,榨油和酿酒保持着千年以前的方式。究其缘故,乃是因为此地为赣浙闽三省的交点,不便管理,故从唐朝开始便成为封禁地。虽然使得当地的经济社会发展受到影响,却也免受了许多的蹂躏和污染,成为现代生活中的一块难得的处女地。

铜钹山的处女面纱一旦被世人撩开,其名声必然大哗于天下。唯愿这对于铜钹山只有福没有祸。相信人们已经有了足够的理智和聪明。

铜钹山给我的教训是:永远也不要说自己看到了最好的风景。庄子说:天地有大美而不言。世上正不知有多少铜钹山这样的处女在不为人知的大地深处随日月的起落和春秋的代序径自无声地鸣唱呢。

不过最早认定“黄山归来不看山”的那位先生还是可爱的。非要等到爬完了所有的山再来说出这一类的话，那么世上的好山好水依然在，而名言名句就会少多了。对世界来说，那也会是一种遗憾。

（作者系中国作家协会会员、中国作协主席团委员，
曾任江西省作家协会主席、江西省文联主席）

怀玉情思

冯慎鑫

怀玉山，一个烁古灼今的名字，一个让人情牵梦萦的地方。

它是我的家乡——江西玉山县境内一座饮誉江南的母亲山。

这座绵亘300余里，横跨闽浙赣三省，华东地区最大的高山盆地，以山幽、水阔、林秀、物丰、民纯而驰名。趣妙横生，绰约多姿、亦幻亦真的飞瀑流泉，奇峰怪石、古松幽竹、洞天奇观，构成一幅幅浑然天成的山水画卷，天人合一的生态家园。成为千百年不衰的胜迹，令历代文人墨客叹为观止，吟诵怀玉山的诗文不绝如缕，这些诗文或清新优美，或生动明快，或音韵铿锵，或雄阔豪放，成为弥足珍贵的文化遗产。

我每每上怀玉山，沉醉于如诗如画的美景，都会有一种刻骨铭心的感动，澹澹情思横穿于思维的空间，绵绵情愫激起我对怀玉山的万般眷恋。

踏上怀玉山这块神奇秀美的土地，映入眼帘的是一幅勾魂摄魄的美景，远望山峦隐隐，近视晴川历历，那山山岭岭，沟沟壑壑，涌动着的是一股灵秀之气和无穷的活力。那依山傍水恬静的写意，如波涛般层层起伏的深绿，掩映在山麓水畔，点缀于幽篁之间的粉墙黛瓦、小桥流水，天地契合，天人合一，古韵今风，相映成趣，洋溢着独有的人文气质和迥然不同的风韵，犹如超凡入俗的真如世界。

翠连黛接的大山，阻隔了外界尘世的纷扰，如同世外桃源，一方净土。这块美丽的土地，这灵山秀水，没有了尘世里如烟的叹息与清愁，没有了世俗里延续不止的纷争与倾轧，成为历代儒佛名家、名宦隐士游山赏水、寻诗歇梦的绝佳之处。留有朱熹、王安石、杨亿等先贤们的履迹，一代词宗托迹，千秋雅韵流芳。而沿袭了八百余年的怀玉书院，更赋予这座文化名山特有的内蕴。

怀玉形胜，自然秀美。让我情有独钟的还有被誉为“省花”的杜鹃花。每当春季，满山满垄，灿然怒放，幽香袭人，那般恣意，那般壮观，那说不尽的清雅之趣、难以笔摹描的气质，呈现出一种清明崇高的境界，让人顿生浩然正气。每逢花期，必赴芳约，流连于花丛，怡然间，纷扰的心绪爽然如月下闲庭，变得如许明空、清澈。山民们说，杜鹃花是当年在怀玉山牺牲的烈士们精血的化身，我信然。

怀玉山是一座红色的山，它特有的历史蕴含感动着每一个人。1935 年 1 月，隆冬的怀玉山区莽莽荒野，冰天雪地，受命于危难之时的方志敏，率领红十军团北上抗日先遣队撤返赣东北，途中，被 7 倍之敌围困在这里。1 月 20 日，在怀玉山八际，衣着单薄而又饥肠辘辘的 800 多名红军战士与数千之敌血战一天，终因寡不敌众，500 多名战士不幸阵亡，200 多名被捕。八际山下的龙潭瀑布被染成了褐红色，充斥着血腥味。

物换星移，时过境迁，那沉重而又悲壮的一幕永远不会重现，先烈们长眠于山上的白骨忠魂，永远深藏在怀玉山人民的心中，成为挥之不去的红色记忆。在纪念方志敏蒙难 70 周年纪念日里落成的清贫碑、方志敏清贫事迹陈列馆、北上抗日先遣队纪念碑，犹如一面面高扬的旗帜，巍然屹立在怀玉山上。让慕名而来的人们走近方志敏、解读方志敏，领略那跨越时空的高尚，追忆生命的传奇，接受神圣的洗礼。

一座丰碑，就是一部极好的历史教科书。凡来读它的人，无不肃然起敬。如今，我们站在这高高的纪念碑前，眺望那巍巍青山，潺潺流水，已全然没有了当年硝烟弥漫、悲风萧萧之感，有的只是日新月异，气象万千之概。方志敏爱国、清贫、奉献的伟大精神，已成为不朽的民族之魂和灿烂的文化瑰宝，深深地定格在人们的记忆里，化为永远的追思，追思一种时空隔不断的伟大精神。

（作者供职于玉山县委组织部）

横峰印象

程施臻

印象一：油茶

从老家调来横峰工作之前，就听说那里是我省商品油生产基地。在这里工作了十多年，本人经常喜欢看秋天的横峰，气候十分温暖。有一次下乡，从车窗望出去，稻田金黄，山坡葱茏，其中，茂盛的油茶林不时从眼前闪过，绵延数十里。下乡来的正是时候，赶上了油茶的花期，一朵一朵的花儿在枝头微笑颤栗，像蝴蝶，像美玉，泛着洁白的光芒。在我的老家山上也有油茶，但没有这样大规模的栽种，大部分为农户自产自食。而横峰县虽面积不大，但在政府的宏观引导下，油茶林面积达 30 余万亩，难怪有“绿色油库”之称。蓝天、白云，黛色山脉、绿油油的茶树、洁白的茶花，这一切，使横峰看上去像一位娇俏可人的小家碧玉。葛源是油茶之乡，村前屋后，漫山遍野都栽有油茶树，因此盛产油茶。

印象二：“葛三宝”——葛佬、葛粉和葛根

如果你来横峰的话，朋友请客，在宴席上，大家都有机会喝到一种叫做葛佬的饮料，初入口，感觉清甜醇厚，隐隐透出中草药的幽香。早就听闻过葛根的大名，它既是一味草药，又可以做饮料，可以透疹止泻、治伤寒、除热消烦。但没想到，横峰正是中国的葛根之乡。其生产研制的葛系列产品——葛佬凉茶、速溶葛粉、葛根降

压解毒片，走绿色品牌化道路，已畅销省内外，是当地政府主要扶持、大力发展的龙头产业。同为凉茶，我不由想到目前风头正劲的王老吉，由于广告做得好，如今已家喻户晓，市场占有率十分可观。相比之下，横峰的葛佬作为凉茶市场的后起之秀，为大多数人所陌生。我想，葛佬的口感与药用价值都不输于王老吉，如果厂家能够在产品的设计与包装、广告宣传与销售的力度上多下功夫，葛佬走向全国，赶超王老吉并不是梦想。可喜的是横峰新一届政府正在提倡大力种葛，发展葛系列产品加工企业生产。抓住中石油挂点横峰15年的历史，把葛佬销售网点扩大到中国整个加油站。这样的布局将会给横峰老百姓种葛致富带来福音。

早就听说横峰葛源盛产葛粉，据说，葛源就是祖先们从葛藤遍野的地方开发出来的。这有《横峰县志》为证："隋末唐初，苏冯二姓定居于盛产野葛的溪水源头，故名。"葛源素有"葛之源头""中国葛之乡""中国葛根原产地"的美誉，葛的种植已有1800多年历史。葛是药食两用植物，具有生长周期短、易繁殖、生长快、抗逆性强等特点。葛全身是宝，有"南葛北参"之誉，葛粉是清凉滋补佳品，葛花是上好醒酒药，葛藤是难得的天然纤维原料，开发利用市场前景广阔。早在隋末唐初，葛源就有加工葛粉的历史，在明、清两朝，葛源葛粉被作为贡品进献朝廷。抓一包葛粉，用凉开水稀释，或用滚开水冲熟，清澈透明；放入白糖或蜂蜜，味甘可口，冷却便成上等饮料、消暑佳品。葛粉也可药用，凡因上火引起的牙痛、咽喉痛、热咳，食用一两次葛粉，均能显见疗效。葛根饱含淀粉，可以生吃；晒干了，切片可泡葛茶，清凉解热；还可以制葛粉。听老一辈人说，这葛粉对革命作出过巨大贡献。土地革命时期，方志敏、黄道、粟裕等革命先驱领导的红军游击队在山上打游击，受到敌人的严密封锁，饿了便就地掏葛根。葛根曾帮助红军渡过饥饿的难关。我虽然不是葛源人，但是对"葛三宝"情有独钟，人家喝酒我喝葛佬凉茶，既可口又清爽，葛源的水喝不上，葛源的葛粉却是常备着。去年暑假母亲病重，我就经常带葛粉回老家泡给老娘吃，老娘临终前夕我都喂葛粉给她吃，她还张口咽下。我觉得这世上，任什么冰茶、饮料，都不如泡葛粉的味道真、味道浓。

印象三：葛源豆腐

横峰"绿色、健康、生态"的餐饮文化非常有特色，葛源豆腐、横峰狗肉、港边鹅也是横峰特色菜肴。说起豆腐,人家会提起余干黄金埠豆腐好吃,但我觉得横峰葛源豆腐挺不错。在横峰工作多年,在餐桌上我最喜欢吃的一道菜就是——葛源豆腐,因为它洋溢着葛源山里头特有的风味。葛源的豆腐,纯白,鲜嫩,那种白,雪也似的,纯得没有一丁点杂质,似乎流动着一股灵气,四方方、白花花、诱人馋、惹人爱。那嫩呢?湿溜溜,嫩得出水,捧在掌上,滑滑地晃动,就像一碰就要瘫软,就要破碎,让人心瓣儿就会揪得紧紧的,那嫩,还嫩得娇柔,嫩得叫人心疼。记得去年5月份陪省旅游规划考察组到葛源,晚宴是丰盛的,七碗八盘,足足有十五个菜,可这诸多菜肴无论多么奇特,尽是豆腐,而其花色式样却又不尽相同。既有油炸豆腐泡、五香豆腐干、又有豆腐乳、豆腐皮、板豆腐;既有荤炒、素煮、又有清炖、冷拌。那餐晚宴,我顶喜欢吃的是素煮豆腐,满满的一大碗煮豆腐,撒了一把葱丝,一青二白;浇了一层辣油,红白相间;上面蒸腾着薄薄的热气,散发着诱人的香味,看着就使人嘴馋,那味道一尝,顿时使人胃口大开,滑溜溜的,麻辣辣、热喷喷;怎不让人吃得有滋有味。听一位上了年纪的老人说,葛源的豆腐,原本同别的地方一样,并不出名,传说北宋建贞四年,不知是哪路神仙,化装成游方道士,化缘到葛源,一位住在葛源源头的农民,正好在做过年豆腐,就用刚出箱的豆腐招待他,道士毫不客气,美滋滋地吃了一箱三十六块,主人又打开另一箱由他吃,那道士深受感动,于是在葛源源头,用禅杖鼓捣了七七四十九下,喷出汩汩不息的山泉。自此,这位农民用山泉做出的豆腐,白而嫩,四乡八路出了名,也因此发了大财。这虽是神话传说,但葛源确实有好水,正是这含有某种矿物质的矿泉水,才能做出这样好的豆腐来。故葛源豆腐更是以其传统、独特的制作工艺,优质的水质,让品尝者赞不绝口,难以忘怀,被誉为"葛源一绝"。

印象四:提线木偶

横峰提线木偶、串堂和灯彩以及五里铺纺车、草鞋是横峰民俗文化的一大亮点。来横峰工作十六年,我最喜欢看横峰提线木偶,它又称傀儡戏、悬丝木偶,是用7至14根丝线拉动木偶的身体各个部位,配以表演者的唱词进行表演的一种传统戏剧种类,多在喜庆节日上演,以祈求神灵保佑百姓平安,祖宗庇护家族兴旺,来年风调雨顺。横峰提线木偶在解放前曾兴盛一时,不仅本县乡村逢年过节要请木偶戏班表演,邻县铅山、弋阳、上饶、乐平、贵溪一带都要请戏班演出,最远到达皖南山区表演。文化大革命以后,横峰提线木偶走向衰弱,几至绝迹。2006 年 4 月,横峰县在非物质文化遗产普查时发现,该县还有 3 位 70 岁以上的老人能表演提线木偶。该县立即采取措施进行抢救和保护,对老人能表演的 80 多个剧目进行影音资料保存,拨出专款维修添置提线木偶表演服装和道具,请老人收徒传艺,并积极申报国家非物质文化遗产名录,让这一古老的艺术形式重放异彩。横峰县传统戏剧提线木偶通过省专家评定,被列入江西省非物质文化遗产名录,并将由省里申报国家级非物质文化遗产名录。

(作者供职于横峰县旅游局)

怀念弋阳腔

涂新华

从小我听到的戏曲便是高亢激扬而又柔情万种的弋阳腔。那时，没什么电视节目，即使有电影看，也一放就是一个星期地重复，看一遍足够了，值得看第二遍的电影凤毛麟角，唯有家乡的弋阳腔，那腔那调，竟让人百听不厌。

小时候，我家就住在弋阳腔剧团隔壁，那激亢而婉转的弋阳声腔，早晚不时从门缝里飘出来，这经过数个世纪千锤百炼的古老声腔，让人听起来一点也不觉烦，反而让人心动。

其实，弋阳腔更多的不是在县城剧团里演唱，而是在民间。乡间的喜庆，丰收的喜悦，都要借助于弋阳腔助兴。我的祖父母和外祖父母均在弋阳乡间，我的寒暑假大多是在那里度过的。乡间的戏班子演出比在县城台上的戏演得野一些，更原始一些，因而也更耐看一些。

在弋阳农村，几乎每个村庄都有一座古戏台，没有古戏台的村子是会让别的村所看不起的。古戏台上，两盏明晃晃的汽灯高高悬挂在舞台两旁，开戏之前，那串堂锣鼓一声紧似一声，招得四村八邻的百姓纷至沓来，仿佛被勾了魂般地涌到台前。

弋阳腔由南戏繁衍而来，经民间艺人的加工改造，并神奇地结合当地的道教音乐和地方小曲，演变为人人喜爱的弋阳腔。几百年来，一代又一代的弋阳人都能在自家的门口听弋阳腔。丰收之后,或春节前后,村村以能请来戏班子唱大戏为荣,一旦村里请了戏班子,村民们个个喜上眉梢,男人都会请上亲朋好友,女人会请来娘家人,叙旧听戏,其乐融融。这时,村里的人都很忙,杀鸡宰猪,各家凑粮凑菜,款待戏班子和亲朋好友。最开心的当属孩子们了,孩子们听不懂戏台上唱的什么故事,他们图的是热闹的气氛。这时的大人似乎和平日判若两人,对孩子都很宽容,随他们去高兴、去放肆、去撒野——有大戏看谁还愿意去生气呢?

被请来看戏的客人可以算得上是真正的客人了,他们被安排在最好的位置上,一边抽烟喝茶吃点心,一边为武戏功夫叫好喝采、为文戏剧情流泪同情,尽情地欣赏看台上的生、旦、净、末、丑的表演。戏暂告一段落后,便又坐在了飘着谷酒和米酒香味的客席上,享受着美味佳肴。当然,这戏也不会白看的,逢到他们村唱大戏的时候,他们也同样会邀请亲朋好友来做客的,如此礼尚往来,乡情、友情、亲情在这传统习惯中日渐加深。

戏散了,村子的名气也传了出去,谁谁村里唱了几天几夜的大戏的消息不胫而走,方圆百里的人很快就会知道。而村子里的人也会因为本村唱了大戏,自豪无比,光彩无比。

弋阳一代又一代的人在弋阳腔亢烈的声腔浸染中长大,人人都会哼上几句,碰到台上需要一个不十分重要的角色时,也能穿上戏装救救场,在台上吆喝几句也是有板有眼像模像样的。有本村的人随同戏班子同台唱戏,无疑是一件值得骄傲的事,传为佳话。旧时的戏子身份低微,在弋阳这个戏曲之乡却恰恰相反,对这些弋阳戏子,爱戏如命的百姓们是十分看重的,哪里还会有半点歧视?

弋阳民间就流传着这样的话:"看了弋阳班,房门都不晓得关。"因为人的魂都被戏勾去了,只是一门心思想着台上的戏,耳朵时时充满了那"锵锵"的锣鼓声,哪还顾得上去关自家的门防盗,再说在这锣鼓声声的时刻,谁又会去悄然入室做那不耻之事呢?

弋阳百姓可谓个个都是"追星族",口里争相传诵着某某名旦、名角,并以一睹他(她)们的风采芳容为荣。名角的名气也代代相传,"听了杨桂仙,人人都发癫"。杨桂仙就是解放前赣东北弋阳班的名气很大的旦角,至今七八十岁的老人还念念不忘。弄得年轻人总觉得生不逢时,错过了一睹昔日赣东北西施般美人的风采。

戏散了，没有十天半个月，村里是静不下来的，村民们三五成群在一起，议论最多的话题便是戏班如何如何，那个旦角小生如何如何，有点类似现在的文艺评论家评头论足。光说不过瘾，有人还会在田间地头学上几句。这弋阳腔也真是神奇，只要哼上几句，一身的辛劳就像被一阵清风带到了九霄云外。

现在，弋阳腔已鲜有在城市的舞台上演出，但仍在弋阳民间传唱不息。弋阳腔粗犷而细腻，表现古战场的金戈铁马，表现人生亘古不变的悲欢离合，在乡民们的心目中，也只有大开大阖、大起大落的弋阳腔才担当得起。

（作者供职于弋阳县文化广播电视局）

雾涌峰浮三清山

叶　辛

去三清山那一天，上海的梅雨季节还没过去。

下楼上车时，天正下着雨。车驶进沪杭高速的时候，雨下大了。淅淅沥沥的雨点骤然变成了倾盆大雨。车子不使雨刮器，已难得看清前方的路。

从上海到浙西，雨势一直保持在中到大雨状态。心中不由担忧，难得一次的三清山之行，看来得泡在雨中了。同行的一位作家说，上次雨中去三清山，雾茫茫的，什么也看不见。没想到这次再去，又遇上了雨，语调充满了沮丧。

车过常山，雨停了。驶进江西的玉山，空气虽是潮湿的，意外地发现，这里却是多云天。

从道口上车来带路的仇虹姑娘带点兴奋地告诉我，我们这里一天都没下雨，又不出太阳，是游览三清山的最佳时节。快看啊，前方就进入三清山景区了。

透过车窗，首先进入我眼帘的，是波平似镜的三清湖。映着周围群山的湖水静静地温顺地躺在山脚下。湖面上飘浮着淡淡的雾纱，呈现一股恬静幽雅的境界，宛如一幅浓淡相宜意境悠远的风景画。

故而，三清山给我的第一印象，不是山，而是水，是蜿蜒傍着青山的湖水在黄昏里展现的美。

以后的三天时间里，畅游三清山，在明媚阳光的照耀下，在飘飘洒洒的细雨中,在乌沉沉的阴天里,在时雨时晴的山道上,在风声飒飒的岭巅,我看到了三清山变幻莫测的多种美景。屈指数来,只觉得三清山的山美、石美、峰美、水美、泉美、瀑美、花美、树美、林美、风美、云也美……在一篇短短的文字中,我不可能将一系列的美一一道来,我只能就三清山的雾岚,写下一点我的观感。

三清山的雾是多情的。看吧,那淡淡的、柔柔的、飘飘悠悠的雾气,时而像美貌少女蒙面的薄纱,把千姿百态的山峰笼住了,把绿荫遍布的岭腰揽住了,把一座座挺拔的山托起来了。有风从峡谷里吹来,白色的雾纱被吹散了,顺着山势,掠过树梢,升腾着,徐徐地飘忽着,如梦似幻地把花啊、树啊、林啊、雀鸟的鸣啼啊,全都掩映在雾色里,让人恍然觉得这不是在山上,而是步入了仙境。

三清山的雾是多彩的。看嘛,往峡谷深处居高临下地俯视,只见那雾球雾团慢悠悠地无休止地滚滚而出,随着雾霭的冉冉上升,逐渐地弥散开来,扩展而去,越往高处雾色越薄,轻柔的,色彩也由峡谷里的浓白,渐渐变为米汤白、淡白,当升腾到云端高处时,它又轻柔地像一种好看的透着蓝似的莹白了。

三清山的雾是多姿的。瞧啊,雨中的雾和太阳下的雾是不一样的,晴天的雾和阴天的雾是不一样的,奔腾着的雾和静凝不动的雾是不一样的,岭腰里看到的雾和峰巅上的雾是不一样的,黄昏的雾和清晨的雾是不一样的,夜色里的雾和正午的雾更是不一样的。攀上禹皇顶,极目远眺,弥漫在千山万谷之间的,有时候似玉兔腾空,有时候又如洁白的羊群在奔跑,飘涌交错,争先恐后,那真是个雾岚的百般风流,千姿百态,看得我目瞪口呆。

三清山的雾是多韵的。静心地观,从山脚下往山顶上看,三清山的雾色里满是诗情画意。从峰巅上往山下看,时时会觉得有一种腾云驾雾、飘飘欲仙之感。站在半山腰间看,那雾气变幻出万千风情,尤其是行走在长长的西海岸栈道上,浩浩茫茫的迷雾似乎把山谷全填满了,让人觉得什么也看不见,什么也给恼人的雾遮住了。但是且慢,耐心地等一下,风吹来了,雾飘起来了,就在那雾浓之中,一棵青松兀然屹立,展现出它的雄姿,那真叫妙绝。如果有心情,不妨站在树林里,透过叶缝往外看那雾缎缱绻的山头,看那羞涩地露出脸来的仙女峰,哦,飘然若仙的司春女神,会令人浮想连连的。再由远处往三清湖上看一看吧,雾纱缥缈、隐隐约约从清澈的湖面上缓缓升起,恰似一匝巨幅的细柔透明的翼纱轻舞在湖上。

面对三清山的雾景，我不由吟出四句：

一景一景又一景，
看了再看看不尽，
层峦叠翠在眼前，
千峰万谷展豪情。

不敢说这是诗，只能说是我当时当地的真切感受。

这篇短文完成的时候，从广播里传来消息，在刚刚召开的第32届世界遗产大会上，由独特而丰富的花岗岩造型石和多种植被形成的三清山，被正式列入《世界遗产名录》。

那真是可喜可贺。就让三清山的巍巍青山和幽幽碧水，在雾色里变得愈加令人神往吧。

（作者系中国作家协会会员、中国作家协会副主席、上海市作家协会副主席）

鸟瞰婺源

胡兆保

有人说是天公造化给了婺源这么多优美的景观，有人说是媒体和摄影家的宠爱使婺源仿佛一夜之间名声鹊起。谁也没想到，这里的乡村旅游一问世便哗哗掌声一片，摄影家们将这里称为“中国最美的乡村”，有人则亲昵地称这里是“梦里老家”。

那年凤凰电视台拍婺源系列风光片，用直升飞机低空拍摄婺源，为游人提供了一个新的浏览婺源的视角。空中鸟瞰婺源，确有不一般的感觉。婺源是个“八分半山一分田，半分水路与庄园”的山区，随着拍摄镜头的升高，婺源藏奇纳秀的座座山峰似乎成了绿色的波浪，连绵百里，随风起伏；村庄时隐时现，河流弯弯似带。

掠过岩峣磅礴的大鄣山，卧龙谷景区奇观尽收眼底。难以想象，这一带森林覆盖率竟达 90.7%，植物种类有 1000 多种，负离子含量 10 万个 /cm^3。近些年，来这里享受“森林浴”的游人多了，沐浴在林木峡谷之中，在林荫下静卧、散步、小憩，做深长舒缓的呼吸，吸收充足的负离子和种种具有药理效果的气息，身心放松，性情愉悦，这是何等的安适、惬意？难怪游人说卧龙谷是“峡谷森林氧吧”，纷纷走进这绿荫蔽天岩石裸露的峡谷山野中，感受回归自然的乐趣。

源出鄣公山的婺水，路经清华、武口汇合东北方向的浙源与段莘水汇合流向星江河，接着绕县城老护城河，像飘带似的向南蜿蜒而去。网络似的溪河之上，横卧着众多各具特色的桥梁。一座座青石砌成的单拱或双拱的古桥，点缀于青山秀水之间，建筑美和自然美相得益彰，恰如古人对婺源古桥的景观赞叹："半规浮水半规沉，试上青山瞰碧浔；游客不知桥倒影，只疑明月浸溪心。"婺源现存这样的古桥 320 座之多，一座座古桥，一道道景观。木板桥也是婺源的特色，三五块七八块杉木板，十来个几十个人字架连成一道道横跨溪流的木桥。桥下是清碧的溪水，桥上不时有村姑农妇提篮走过，山光水色与木板桥融为一体，显出别有韵味的田园情调。不过，最让人叫绝的还是清华的彩虹桥。从空中俯瞰这古色古香的廊桥，长约 140 多米，11 座廊亭高低错落，4 座桥墩"燕嘴"在碧波中荡漾，显得分外古朴壮观。

一处处粉墙黛瓦的村落在眼前闪过。前面那竹林隐映的村落，便是清代儒商庄园思溪、延村了。明清时期，婺源商人足迹遍布全国，商人致富后不惜重金在家乡修祠堂建楼院，且相互攀比炫耀，建筑形式和规模都表现出乡土村落少见的富贵之气。眼下这些民居，正是晚清婺源村落建筑鼎盛时期的缩影。看，这里的民居造型多考究，黑压压鳞次栉比的屋顶、戕角如马头昂立的粉墙，木雕精致规模庞大的堂屋。稍细看，可见不少住宅的墙体是幢幢相连的，倘若遇上雨雪天气，只要走进一家堂屋，便能一户户随意穿越，从村头到村尾衣衫不湿。村中小巷幽深修长，街巷全是青石板铺墁。

再往东线看，李坑、汪口、江湾、晓起、庆源，也是清代建筑保存较完整的村落。李坑小河旁的"丁余堂""大夫第""铜绿坊"都是商宅。"大夫第"是清代漂广东发了财的一位茶商建造的宅第，这老板花钱捐了个五品奉直大夫的官衔，房屋建筑就堂皇多了，不仅木雕繁复精美，还有"小姐楼""跑马楼"、官厅、客馆，并且可以在门楣上冠冕堂皇地挂上"大夫第"三个大字，这可是耀祖光宗啊！

"古树高低屋，斜阳远近山；林梢烟似带，村外水如环。"这是清代一位著名诗人描写婺源村落的诗句。晓起便是诗人意境中的这种村落。婺源民间有载种珍贵树木点缀村头水口的习俗，晓起村口樟、楮、槐等古木参天，后龙山 200 多棵千年枫树枝繁叶茂，郁郁葱葱。婺源人把村头水口的林木视作村庄的命脉一样严加保护，对肆意砍伐破坏林木者，村规民约有杀猪封山等严厉的惩罚措施。清光绪三十年间，晓镛乡大潋村一曹姓村民，擅自砍了水口林木两株，村民激愤，罚其杀猪封山，惩处之后又勒石立碑公布于世，告诫子子孙孙须爱护林木。不少地方的禁约还借助官府的权威颁布实施。乾隆年间，汪口村民制定的关于几处山场“不准盗砍挖掘葬厝”的禁约，就是族长俞奎茂等人报请婺源知县批准，把应禁的各条款刻成石碑示禁，并宣称如有故违该约，将赴县报告，“以凭拿究”。

古代盛行的风水观念，也使村民对山水有功能价值以外的特殊认识。晓起河边至今仍保存着的“养生河”禁碑，便是婺源祖祖辈辈维护自然生态的一种举措。所谓“养生河”，即村庄附近的溪河严禁毒鱼、捕鱼、垂钓，为溪流清冽、水生物自由繁衍生息创造好的环境。游人经常发问，为什么婺源处处是景，村村如画？为什么这里能造就如此迷人的生态环境？答案也许就在这些民约和禁碑之中吧。

秋天鸟瞰婺源，还可以看到乡村“晒秋”的景象。婺源的秋，最早出现在农家的屋顶上。你看，层层依山错落的民居，一个个伸出屋外的高高的晒台，上面摆满了大大小小的圆圆的竹盘，竹盘内晾晒着五颜六色的果实。红红的辣椒壳，切成一圈又一圈的南瓜片，还有那些经过加工制作黝黑油亮的茄子干，一看就叫人眼馋。婺源人自古俭朴成风，秋季菜蔬往往要晒干储存，留待青黄不接时食用。如今有了大棚蔬菜，但干菜仍是农家喜爱的佳肴。“晒秋”风俗也成了乡村旅游的景观，成了摄影家屡屡聚焦且频频获奖的题材。

婺源还有许多古朴的民俗和天然的景致。对了，婺源还是“中国四大油菜花海”“国内九大最美枫叶地”之一，暮春时江岭景区油菜花铺天盖地，秋色则把石城景区演绎成多彩的海洋，高大的红枫与粉墙黛瓦晨曦云雾交相辉映，令人流连忘返，美得窒息。如果您热爱旅游，喜爱观赏乡村民俗，那就去古朴而绚丽的婺源吧！

大美黄岗山

傅荣华

天地有大美而不言。

每次走近黄岗山，我都被这兀立武夷的华东第一峰所蕴涵的天地大美所折服。云飘绿野千秋雪，风挂枝叶万木秀。黄岗山以一种静态不张扬的姿势，傲立在华夏东南，亿万年如斯。更多的时候，它可能被武夷山的名声给遮掩了，犹如一块尚未撩开尘埃的璞玉，把它的瑰丽和珍贵深藏。其实，黄岗山是武夷山的主峰，更是江西省武夷山国家级自然保护区的核心部分。

这里地势高低悬殊极大，在面积556.7平方公里的小范围内，地势最低海拔300米，最高海拔2157.8米，形成十公里长的垂直带谱。核心区山深林密，终年云雾弥漫。16000公倾的原始森林天长地久地滋养着亿万生灵，大量古老、珍稀的物种在这里发源、栖息、繁衍，品位极高，被人们誉为“植物的王国、动物的乐园、鸟类的天堂、生物模式标本产地”。

更具观赏价值的是，随着山势的陡增，气候的骤变，植物种类呈现明显的垂直带状分布。自桐木关往上，常绿阔叶林带、针阔叶混交林带、针叶林带、中山矮曲林带、中山草甸带五个森林植被带界限分明地布局于黄岗山的各个高度。而且这种对于自然的微妙观赏，并不需要带有专家的眼光，黄岗山那片绿的海洋，在形态和色彩上就给予游客直接的享受……

因而驱车上黄岗山与其说是高度的征服，不如说是一种亲近自然的亲密接触。从山脚往上，目光所及，是无边无垠的原生态的绿，它晕染着大自然最纯真和舒爽的笑容，它染绿了你的眼睛你的呼吸你的肺部甚至你的灵魂。往上，往上，再往上，几经盘旋，景色流变，那种空间的开阔感在迅速扩展，那种高度的冲击力在持续增强。尤其是登临山顶的一刹那，群山退去，云雾穿越，环顾四周，一片寂静，只留下心灵和宇宙的呼应，一种强烈的震撼如同穿透云层的光柱从寰宇天穹中倾泻而来，这就是高度的美妙体验。

与一路的险峻陡峭不同，黄岗山顶地势平缓，草甸厚密，黄花遍布。极顶处竖有巨碑一方，上书“武夷第一峰黄岗山”，笔锋遒劲，系我国已故书法名家钱君陶先生手迹。

站在绝顶俯视峰下，只见万峰匍匐。云雾翻滚，变幻无穷，如人间仙境。群峰犹如云海中的岛屿。在山顶经常可以看到山的一边灰雾蒙蒙，不辨天日；而另一边则是蓝天白云，草绿山青。站在这里，居然可以一山观两景。山风吹来，云飞雾走，远处山峦，近处草甸，在云雾中忽隐忽现，漫山遍野黄花点缀，景致更加绝妙奇秀。

而月夜登黄岗山，则有一种别样的感觉。我曾有过一次月夜登黄岗山的经历。时值中秋佳节，皓月当空。登上主峰黄岗山绝顶，放眼望去，风清月白，山色爽朗。一轮玉盘悬于湛蓝的天空之上；低头俯瞰，万壑千山尽收眼底。东面数峰青碧缥缈如海市蜃楼；西面连绵群峦好似酣睡的美人。天边漂浮着缕缕山岚雾霭，经月光照射，恰似一袭轻纱，掩映住美人的梦境，又如一顶白羽冠冕，罩住那掩在天际的柔发。山色与天幕连为一体。山风徐来，寒气袭人。使人有一种恍若置身广寒宫的美妙感觉。

同行的人都深深地陶醉于这美妙的月色，有生以来，我也是第一次与浩瀚无垠的夜空如此接近，与如冰轮般圣洁的月亮如此贴近。在这寂静、超凡脱尘的群山之巅，一任心驰宇宙、神游八极，让思绪在天上、人间、过往和未来间飞翔。

“浩瀚明月生，天涯共此时。”

绝顶之上的月亮是何其的圆润，何其的饱满！而月色下的黄岗山又是何其的神秘，何其的美丽！一时只觉时空浩瀚，苍穹无垠，作为个体的人渺小得无以复加，而天地之大美又无法形容。

（作者供职于铅山县电视台）

精彩神农宫

蔡阳启

神农宫是一个充满神奇色彩的地下溶洞，系万年神农源风景区的一个重要景点之一。

万年神农源风景区由仙人洞遗址、神农宫、梦幻石林和玉狮洞探险四个景点组成。四个景点都非常精彩，但是，相比之下，我更喜欢神农宫。我那些天南地北的游览过神农宫的朋友几乎人人都会说：万年神农宫，不仅精彩，而且神奇，不可不去！

游神农宫，这是美妙的大自然对我们的邀请，是一种诗意和美的邀请，也是亿万年漫长历史的邀请。走进洞中，就仿佛走进了梦境，走进了另一个世界，会产生一种被艺术陶醉的奇妙感，一种与宇宙间巨大的力量和大自然的美丽相汇聚的神圣感。

神农宫是一处富有激情的生命体，连洞中的岩石也模仿着生命的形式生长着。神农宫里的岩石饱含着水分，有人说它是一株被水滋养着的水仙。水从岩层间渗透进来，带着溶解在里面的各种矿物质，从洞顶一滴一滴地滴落下来，矿物质在洞顶凝固、结晶，生长出垂悬的钟乳石；从钟乳石滴落下来的水又把矿物质浇结，堆积在洞底，生长出节节向上的石笋；石笋和钟乳石又两相衔接生长成石柱。

俗话说水滴石穿，而神农宫却恰恰相反，偏偏水滴石长。神农宫里岩石的生长实际上就是生命的生长——壮观地从洞顶哗啦啦抖落下来的宽大的石瀑是这样生长的;温柔地在洞底一圈圈荡漾开去的石涟漪是这样生长的;一束一束缀满水珠的石花、一朵一朵娇嫩欲滴的石灵芝是这样生长的,或敲或弹时发出奇妙乐音的石编钟,成片成片相接相连的石林是这样生长的;娇容可掬的少女,伫立沉思的哲人,如故事、如神话的雕塑群全都是这样生长的。这是生命韧性和顽强的例证,是世界上最优美最生动的造型。

在这里,你可以见到世界上最大的平安钟,虽是钟乳石,但比任何一处的平安钟造型都美,颜色都鲜亮。你可以欣赏到"莽莽雪原",一大片一大片的钟乳石上覆盖着一层层如雪的洁白,酷似北国冬季绵绵的雪海,四周围还有一排排冰凌悬挂。你还可以领略"蓝天彩霞""众星捧月""仙女沐浴""瀑布飞泻"等数不清的大小景点。

在一个叫"神农造田""犀牛望月"的地方,有一个绝妙的去处。站远了看,上空一排细雨,似烟非烟,似雾非雾,朦朦胧胧;几片花瓣从空中垂下,似锦非锦,似霞非霞,美丽如画,看得人如醉如痴。走近了,几潭池水,一碧见底,水光倒影,内里绿树红花,湖光山色,胜似三潭印月,更像海市蜃楼。说不清有多少游客在这里留念拍照,流连忘返。

神农宫最美最精彩之处还是它的地下河。这条河安祥恬静,绸缎一般平滑,几百米行程,有春天的烂漫,有夏季的雷雨,有秋日的果实,有冬大的冰雪,四季精彩风光全在河中。而且,这里终年恒温 21 摄氏度左右,冬季温暖如春,夏季凉爽宜人。泛舟河上,头顶深若夜空,石幔上的磷光闪若繁星;岸边的石笋、石花、石幔,有如罗汉迎宾、双龙戏水、天女散花,让人目不暇接。偶一低头,河中一片彩云飞舞,再看自己的倒影,犹如人入画中。此时,再烦心的事也会忘却,再浮躁的心也会宁静。假如运气好的话,你还能见到河中悠游着的一种美丽的盲鱼,盲鱼无鳞,通体透明。因为没有光,鱼类一生都睁着眼睛。在这地下河水涨落之间,在完全没有光明的世界里,它们是怎样生长和繁衍的?

什么叫纳山川之秀,什么是集天地之灵?神农宫地下河当是最好的注解了。她没有理由不被中外专家学者誉为中国最美的地下长河。

往深里去,是玉狮洞洞穴原生态旅游探险,它是神农宫的精彩延伸。这是英国著名探险家布鲁士先生的伟大作品，在我们国家是开天辟地第一家天然洞穴探险旅游项目，是罕见的最原始最真实的自然景观。

玉狮洞探险景区全长 1000 余米，离地面 300 多米。300 多米深的地心深处，这是一个什么概念？这是一个连原子能的光辐射和冲击波都无可奈何的安全地带。这里没有辐射，没有电磁波，没有噪音，没有一丝一毫的污染，连水都是过滤了好多次的。

这里，有地下瀑布从几十米高的地方飞流而下，轰然作响，披金散玉；由瀑布冲击而成的水潭，深不可测，神秘撩人。

这里静得出奇，静得你能听得见自己的心跳，还仿佛能感觉到地球的脉搏跳动，这可是一种超越生命和时空的美妙感受啊！

这里没有一丁点自然光源，只有无穷的黑暗在身前身后蔓延。但这种黑暗比光明还美，它让人向往，给人刺激，让人留恋。生命在黑暗中是最真实的，爱情在黑暗中是最浪漫的。

但是，如果你打开手电筒，光柱下的溶洞奇观和钟乳石精品又会让你叹为观止。尤其是这头银狮，它通体银光闪烁，剔透晶莹，昂首长啸。其形象在国内外以钟乳石景观为主的溶洞中独一无二，是神农宫的镇洞之宝，被称为“银狮神灵”。

神农宫给我们以美和诗意的启示，使我们生发出对岁月和大自然的无限感叹。

古战场漫话

张永峰　江朝栋

康山,又名康郎山,鄱阳湖中最大的湖心岛,现为余干县的一个乡。近年来,前来旅游的人日渐增多。是什么力量,吸引着上海、南昌等大都市乃至海外的游客纷至沓来? 前来领略八百里鄱湖骄人的气势者有之,久居都市者前来观看翩翩起舞的候鸟者有之,但我认为前来寻觅古战场遗踪者更有之。

这里曾是明太祖朱元璋与汉王陈友谅大战鄱阳湖时的中心战场。至今仍保留着纪念那次惊天地、泣鬼神的战争的锣鼓山、插旗洲、忠臣庙等众多古迹。

据《明史》记载,元至正二十三年(公元1364年)四月,陈友谅举大兵围洪都(今南昌),七月,朱元璋亲自率兵二十万前往解围。陈友谅闻讯,放弃围洪都,掉头与朱元璋决战。两军相遇于康郎山。当时,陈友谅的人马号称六十万之众。“联巨舟为阵,楼橹高十余丈,绵亘数十里,旌旗戈盾,望之如山。”两军兵力相差悬殊,朱元璋初战失利,后采用刘基建议,组织敢死士分乘七只渔船,装满火药隐蔽在芦苇荡里,待陈友谅船至,点着火,直冲过去。是时,“风烈火炽,烟焰涨天,湖水尽赤”,陈友谅联舟巨舰尾大不掉,六十万水师顿时大乱。此时,朱元璋挥师而上,“斩首二千余级,焚溺死者无算”。陈友谅仓皇出逃,至南湖嘴,被伏兵一击,转而北逃,船至泾江口,陈被乱箭射死。这一仗,陈友谅六十万大军全军覆没。这就是历史上有名的水上大战——鄱阳湖大战,也是我国历史上一次著名的以少胜多的战例。鄱阳湖一战，朱元璋击败了与他争雄的劲敌，为建立大明王朝奠定了基础。

战争是残酷的，战场是恐怖的。六百多年前那场战争的硝烟和当年的血雨腥风仍弥漫在眼前，人们漫步在康山大堤，发古之幽思，追寻战争胜负原因。

鄱阳湖历来是兵家必争之地。早在三国时期，东吴大将周瑜囤兵柴桑（今九江），就在鄱阳湖操练水师。太平天国大将石达开在这里与清军展开激战。北伐战争、八一起义、抗日战争及后来的解放战争，这里曾都是硝烟弥漫的战场。

这里，今天又是商家必争之地。省委省政府提出建立鄱阳湖生态经济区战略构想，康山又成了生态经济中心区域。这里有着辽阔的不用饲料喂养的野生水产品养殖场，这里盛产着都市餐桌上的美味佳肴野黎蒿、“枫树”辣椒以及野生甲鱼、银鱼、鳜鱼、乌鱼等名贵水产品。鄱阳湖南岸的生态经济园遍地开花，大量绿色食品、有机蔬菜源源不断送往大都市。

这里，还是驴友首选地。久居都市的人来这里观看气势磅礴的鄱阳湖风情，别有一番滋味。一年四季，景致各不相同。每当春夏之交，大雨顷盆，赣、抚、信、修、饶五河倾注鄱阳湖，此时，鄱阳湖有如大海般汹涌。此刻，你站在长达八十华里的康山大堤，八百里鄱阳湖奔涌而来，惊涛拍岸，让你惊心动魄。也正是此时，浩浩荡荡的鄱阳湖的气势才充分显示出来。而洪水退去的秋冬季节，鄱阳湖候鸟翔集，芦花飞扬。白天鹅、大雁、野鸭等越冬候鸟翩翩起舞，煞是壮观。这里的候鸟，无论是种类还是数量堪称全国之最。这里拥有全国最大的候鸟观察站。每当此时，四面八方游客云集这里观候鸟、拍景致。每当夜幕垂空，鄱阳湖之夜，景色更是迷人。夜航的商船，繁忙的机动船，嘟嘟嘟往来穿梭，此时湖面渔火点点，渔鼓声啷啷，渔歌互答，此乐何及！这境界并不逊色于范仲淹笔下的洞庭湖。范仲淹并没有去过岳州，倒是他在写《岳阳楼记》之前任过鄱阳湖滨的饶州知府。我想，他当年描绘的洞庭湖气势莫非就是鄱阳湖？漫步在康山大堤，读着范仲淹的美文，别有一番意趣！

（作者均为江西省作家协会会员）

移民圣地——鄱阳瓦屑坝

陈世旭

立秋,我们来到鄱阳湖畔的瓦屑坝。

瓦屑坝在鄱阳县城西十公里的莲湖乡。这里曾是古代鄱阳湖地区水运交通枢纽,加上优良的土质资源,制陶工场规模宏大。这里的陶瓦曾销往全国各地乃至京都皇宫。与瓦屑坝近在咫尺的莲华山西寺,曾经是沿湖十几个县市的善男信女顶礼膜拜的佛门圣地,两朝皇帝巡幸过的朱家“环楼”折射出瓦屑坝历史文化的光辉。

古代的瓦屑坝是渡口码头, 也是豪门望族的居住之地。当时的扁子港上曾经帆樯林立,筷子街上行人摩肩接踵,至今“乱甓颓垣,绿杨衰草,久与汉寝唐陵……”可见其文化底蕴的源远流长。宋元之后,随着全国经济重点的南移,江西成为全国首富,人口之众也是首屈一指。元末的残酷战争,造成了鄂皖豫川大片土地荒芜,成了百里无人烟的“宽乡”。江西则相对安宁,成了地少人多的“窄乡”。为了恢复经济,明清两代从江西等地移民,瓦屑坝这个壮阔汗漫的古老渡口,成为首选的移民集散地。

在“江西填湖广,湖广填四川”长达四百多年的大迁徙中,曾有数百万江西移民按“四口留一,六口留二,八口留三”移民律法,背井离乡,一批又一批来瓦屑坝集中,又在此乘船驶入茫茫湖水,驶入滔滔长江,忍受着难以想象的牵挂与迷惘,走向鄂豫皖，走向未知的地方。后世史家称之为“北有山西大槐树，南有江西瓦屑坝”，瓦屑坝与“大槐树”并列成为中国八大移民圣地之首。

瓦屑坝堆积的陶片，古渡的风帆，永远地留在移民的记忆里，作为一种传说代代在异乡的子孙中流传。

最早研究当地明初移民的史料是《瓦屑坝考》，目前已无法找到其内容。《新洲县志》中收录了《瓦屑坝续考》，作者史珥，字师戬，号汇东，鄱阳镇人，生卒年不详，乾隆十二年（公元 1747 年）举人。《四库全书》收有其所著《鄱郡史事考》《胡忠烈公遗事》。

近年来，鄱阳当地热心文史研究的作家汪填金、陈先贤对叩开瓦屑坝之门做了许多有价值的开创性工作，引起全国诸多有关专家学者的注意。在我国古代移民研究领域颇有建树的曹树基、葛剑雄两位教授在关于瓦屑坝移民的研究中动情地写道：

“遥想当年，饶州府属各县的外迁人口沿昌江、乐安河及其众多的支流顺流而下，出饶州府城后，在鄱阳湖边的瓦屑坝集中，然后登舟北上……或顺长江而下……二三十年间瓦屑坝至少输出了 30 万饶州人。”

“虽然瓦屑坝只是一个移民的集散地，对绝大多数移民来说，还不是他们真正的故乡，但……当他们历经艰辛在他乡定居后，留给后代的记忆只是他们的出发地瓦屑坝。”

“移民地名，是一个时代的遗迹，是活着的历史。所有的移民地名都是曾经或者现在仍然存在的……这些地名演化成移民后裔关于故乡的全部概念。”

瓦屑坝是这些移民们对于故乡陆地的最后记忆，对于丧失了家谱和祖先记忆的移民后代来说，江西鄱阳瓦屑坝就是他们的根。

近年来，到瓦屑坝寻根问祖的移民后裔纷至沓来，寻找先辈的足迹，寻找历史在这片土地上发生过的惊心动魄的一幕。

据可靠文献，移民子孙繁衍至今已近两亿人，移民后裔中举人、进士、宰相、将军、民族英雄、文学家、科学家、银行家、企业家……如群星璀璨。他们没有忘记祖宗曾经付出的代价，在众多的史料、名人笔记、谱牒中都记载了祖宗来自江西瓦屑坝。且口口相授，代代相传。

瓦屑坝是他们灵魂的归宿。

值得一提的是，随着鄱阳湖生态环境的优化，与移民后裔同时“回归”的还有许多很久不见或从来未见过的候鸟，如世界一级保护珍禽东方白鹳，成了格外引人注目的湖中“天使”。作为世界闻名的湿地公园和候鸟保护区的一部分，荡荡饶河派生出来的瓦屑坝溪湾港汊，不仅是移民心中最温暖的角落，也是百鸟来仪的极乐天堂。

恢复具有古陶和移民圣地双重文化价值的瓦屑坝遗址，再现人类生存独特的迁徙图景，不仅是对移民“血浓于水”的历史与故乡情结的报偿，也是鄱阳“湖城”建设的新亮点。

吉 安 Jian

白鹭洲书院写意

刘英敏

一

吾乃庐陵老表，结庐白鹭洲旁。

某一天，又一次凝视《中国地图》，惊悟：江西是中国的“腹部”，为神州输送养分。吉安是中国的“丹田”，为华夏贡献精神。

“丹田”深处，有一座白鹭洲书院。

“人生自古谁无死，留取丹心照汗青。”仅仅因这句话是这个书院的学生说的，并且是这样做的，这个书院就与历史同在。

二

江右庐陵，吉安之古称。庐者，房舍也，多么温馨的字眼；陵，小山丘陵也，山水田地花鸟虫鱼皆有，乃生物多样化之处。庐陵——予人温暖、温饱、安康、安乐的一个地名。

在吉安市河东案山古文化遗址，叮当之声仿佛依稀可闻——五千多年前，庐陵先民在此敲击“新石器”。公元前 221 年，秦置庐陵县，东汉末设庐陵郡，隋初废庐陵郡设吉州。后立废更迭，辖区时变。唐时复名吉州，宋又称庐陵，元为吉安路，明初改吉安府。公元 2000 年撤地设市。

吉安现有馆藏文物三万多件，文物遗迹近二千处，占全省文物遗迹总量的六分之一以上。古庐陵乡邦文献几乎涵盖了文化科学的所有领域，《四库全书总目》著录吉安人著述381种6168卷……庐陵，有着灿烂的“庐陵文化”：与中原文化比肩的新干的青铜文化，禅宗青原派的宗教文化，吉州窑的陶瓷文化，钓源、渼陂、卢家洲等古民居文化，根深叶茂的稻作文化……最著名的是以白鹭洲书院为代表的书院文化！

三

“庐陵文化”，突出表现在“吉安进士冠华夏”。

华夏科举选官时，西方尚在黑暗的中世纪。科举制选出的官员曾经管理世界一流的国度。举人、进士读儒家书，儒家是东方文明的“管家”。“孔子学院”倾倒世界许多都城。科举制以来，全国出进士十万左右，出举人百万左右。庐陵一郡就有约三千进士，为全国之冠。其中状元18位（仅次于苏州）、榜眼16位、探花14位。明建文二年（公元1401）庚辰科和永乐二年（公元1404年）甲申科，鼎甲3人均为庐陵俊杰，此“团体双连冠”在中国科举史上绝无仅有。“隔河两宰相，五里三状元”乃庐陵寻常景观。

吉安，当之无愧的“中华进士之乡”。

文风鼎盛、名胜遍布、名人荟萃，在广泛的时空构造了享誉中华、光耀千秋的“庐陵文化”——具有突出成就的地方性文化。其人才之盛难以备述。“唐宋八大家”之一欧阳修，民族英雄文天祥，爱国诗人杨万里，《永乐大典》主编解缙，爱国名臣胡铨，南宋名相、文学家周必大，辛派词人刘过，天文学家曾民瞻，农学家曾安止，地理学家罗洪先，理学大师罗钦顺，理财名臣周忱……群星闪耀中华历史星空。

四

这一切，源于吉安白鹭洲书院。

千里赣江浩荡北去，流到赣中名城吉安，二水中分一绿洲：长三里、宽一里，其上茂林修竹、百鸟栖息，古庐陵一批又一批学子乘舟来此读书。它就是771年来累经毁兴闻名遐迩的白鹭洲书院。

今天，这片中流砥石的绿洲，已有大桥相连，让繁华的城市拥抱，四周浪花飞溅、舟楫往来。东边，隔岸是佛教名山——青原山，苍茫叠翠。洲头北部的古树丛中隐约两座重檐杰阁、岿然耸立的古楼——风月楼和云章阁。

“三山半落青天外，二水中分白鹭洲”。白鹭洲的得名，渊源于李白的名句。该洲屹立浩阔赣江，双水夹流，情景正与李白诗句相合，故用作洲名。北宋宣和年，吉州通判徐俯有“空看白鹭洲”诗句。南宋初年，尹直卿送周必大诗有“我公不向庐陵住，羞杀青原白鹭洲”一句。元代买思永为重修白鹭洲书院作记：“谓洲在二水间，取唐人诗句以白鹭名其洲，因以名书院。”清代吉安知府林逢春的诗句：“庐陵文物照江天，院寺钦崇自昔年。水占芳名分白鹭，诗题古壁效青莲。”白描般地写出白鹭洲书院的形与神。

五

南宋淳祐元年（公元1241年），新任吉州知府江万里是一位著名忠烈之士，文学造诣很深的学者，官至宰相，后来元兵南下攻陷江西，他坚贞不屈，投水自尽。他看见赣江中这一绿洲上，花木扶疏，青翠雅静，心生欢喜，令筑精舍，创“白鹭洲书院”。院内，立文宣王庙、棂星门、云章阁、道心堂、万竹堂、风月楼、浴沂亭、斋舍，后增建“六君子祠”，祀程颐、程颢、周敦颐、张载、邵雍、朱熹六人。

江万里自任山长（校长），讲学其中，“载色载笑，从容于水竹间，忘其为守”。本郡才俊在此求学，如沐春雨、坐春风。其影响之大，盛极一时：庐陵“制科飙举，名硕云蒸，几当宇内之半。”春秋闱，科甲捷报震四乡。宋宝祐四年（公元1256年），金榜601名进士，吉州占44名，且多为白鹭洲书院学子，为全国之最。21岁的学子文天祥独占鳌头，理宗皇帝曰：“此天之祥，及宋之瑞也！”御笔题写“白鹭洲书院”匾额。从此，该书院名扬海内，与庐山白鹿洞书院，铅山鹅湖书院并称江西三大书院。

庐陵学子的表现没有让上至皇帝，下至百姓失望。国难当头之际，文天祥作《正气歌》，使中国史书再也绕不开白鹭洲书院。

后来，庐陵郡州内外竞相仿效白鹭洲书院，无数书院相继建立，士子科举成名、仕宦成群、学者成林、作家成派、著述成山、志士成仁。由此，庐陵文化千年昌盛,为江右文化重心。后人访谒白鹭洲书院,感慨道:"自昔庐陵地,名贤史册香。文章宗永叔,节义重天祥。滟滟清波漾,振振白鹭翔。江公风范在,千古仰遗芳。"

六

白鹭洲书院创建以来至清末,累经修建——庐陵人义无反顾地坚守着这一"浩荡文脉"。

元至元十九年,洪水冲毁书院,吉安路总管李珏修复。红巾军起义,书院大部被烧毁,至正十五年恢复旧观。明嘉靖五年,吉安知府黄宗明重修。嘉靖二十一年,书院迁离城南仁寿寺址另建新院舍。隆庆六年,书院改为庐陵县学,建于城北郊。万历二十年,重新迁回白鹭洲上,增筑吉台,开鹭池,立桥池上,扩建斋舍百间,其余堂、阁、楼、亭均重修。清代,书院又多次毁于水灾和战争,九次重修或重建。

这块文风鼎盛的江右教育圣地,现为省重点中学——白鹭洲中学,桃李满天下。文化泰斗郭沫若 1965 年到吉安,纵览此洲,欣然命笔:"面对白鹭洲,葱茏林木稠。无心寻古迹,有意浴中流……"胡锦涛同志 1993 年健步走进白鹭洲中学教室,畅谈科教兴国。

丹田——读书的地方,仁义礼智信的家园。

(作者供职于吉安市吉州区文联)

美丽乡村渼陂行

胡刚毅

沿着“中国历史文化名村”渼陂村曲曲折折的幽深古巷漫步寻访，你会惊讶这里的一砖一石都渗透着东方古文化的智慧、中国哲学的韵味和庐陵文化博大精深的内涵。在这里，灿若繁星的古民居、古宗祠、古书院、古街道、古店铺等无不折射出中华民族迷人的文化光芒。

“庐陵文化第一村”

渼陂村有着独具一格的考古、旅游价值。首先，村落保存完整。鹅卵石道路、青石板街巷、拱型桥梁基本保存了明代纵横相通的格局，珍藏了大量清代的铜香炉、镂雕牙轿、寿匾、香桌、灵牌、太师椅、象牙床等艺术价值高的文物。其次，以儒行商、以商助儒、商儒合一。一方面他们尊师重教，修建了养源、明新、敬德、振翰等书院、学舍；另一方面用儒家传统的格言、警句、对联装饰住宅，教育后人，一直保持“村镇合一、村市合一”的历史格局。另外，旅游价值高。它丰富的文化内涵具有显著的代表性。省级公路穿村而过，距京九铁路仅 30 公里，与著名古迹吉州窑、青原山净居寺、富田文天祥陵园不足一小时路程，发展旅游的区位优势明显。

渼陂村人文历史源远流长，南宋初年就有人居住，已有 1000 年历史。是一个以明清建筑为基础，融庐陵文化、书院文化、祠堂文化、宗教文化、红色文化和明清雕刻艺术为一体的古村落。古民居中大多数门檐有精美木雕、雕屏和描金佳言，还有大量隽秀的石刻工艺。那些造型古朴、风格别致的古屋，仿佛一位位饱经风霜的历史老人，静静地倾诉着昔日的繁华和荣耀。

“古色”“红色”交相辉映

来到“梁氏宗祠”前，抬眼望，只见芗峰东立、象岭西护、瑶山南耸、富水北流，山抱水环，天然形胜，美不可言。“梁氏宗祠”是渼陂村的总祠。开基不久后即构建，元末毁于兵祸。1519年重建，以后又多次扩建重修，是一栋雕梁画栋、飞檐翘角的宏大宗祠。四个黑底黄字的“梁氏宗祠”横匾悬挂于大门正中，夺人双目。祠堂门口两侧默立两尊张牙裂眦的石狮，可是为守护千年苦苦寻觅的一帘幽梦？两旁各有一侧门，门前两根大石柱支撑起一个气宇轩昂、金碧辉煌的屋檐，展开的两扇檐翼如凤凰展翅。下有“翰林第”匾牌，赤底黄字，底部写有“红四军军部”五个白底黑字。1930年，红四军在毛主席、朱德军长的带领下来到渼陂，留下许多“当年鏖战急、分田分地真忙”的脍炙人口的故事，至今古村中尚能辨认的红色标语达83条之多。当年，这祠堂是红四军将领们运筹帷幄、决胜千里之外的中枢。“古色”“红色”交相辉映，革命历史为“梁氏家祠”烙下了光荣的印记。

走进总祠，映入眼帘的是一根根褐红色的石柱，共有37根。每根石柱上均镌刻一副对联。令人惊异的是所有对联的上、下联开头都是同一的“嵌头字”——“永慕”。原来这里就是大名鼎鼎的“永慕堂”。相传当地过年时，村里族长为考考谁的才学高，令每家推一人来写对联，优胜者的对联雕刻在石柱上，光耀门庭。故当地文风鼎盛，代代延续……

踏着一块块洁净溜滑、油光可鉴的青石板，穿过一条条曲折幽深的安谧小巷，来到了曾山旧居。曾山，老一辈无产阶级革命家，曾任赣西南苏维埃政府主席，中央红军长征时，接任中共江西省委代理书记。1930年“二七”会议期间，曾山在这里工作、生活了一个多月，在赣西南第一次代表大会上，被选为中共赣西南特委委员，江西省苏维埃政府主席。

“毛主席旧居离这儿不远！”向导提醒说。我们三步并作两步来到毛主席故居，这是一个叫“名教乐地”的书斋。当年战争环境异常恶劣，毛主席选择一个书斋住下，他嗜书如命可见一斑！书斋厅堂内的一副对联很对毛主席当时的心境：“万里风云三尺剑；一庭花草半床书。”据说，毛主席夜晚常与村里一位老秀才论古道今、谈诗数典、下棋品茶……如今，这里唯余一片寂静，偶尔有几声犬吠鸡鸣。

顺着小巷，绕几个弯，“二七”会议旧址就在眼前。旧址由一幢一厅四室砖木结构的民房改建的，总面积116.6平方米。该旧址是渼陂红色历史的集中体现。1930年2月6日至9日，毛泽东在这里主持召开了红四军前委、赣西、赣南特委、五、六军军委联席会议，即著名的“二七”会议。会议决定扩大红四军前委为总前委，作为四、五、六军，赣西南、闽南等红色区域的领导机关。毛泽东当选为总前委书记。“二七”会议解决了党内的争执，确定了党的中心任务与策略，挽救了赣西南党的危急，是江西的土地革命运动的一个重要转折。

“将军村”“电影村”名不虚传

来到渼陂，别忘了去瞻仰梁兴初、梁必业、梁仁芥、梁必骎四位将军的故居。四位将军均是1930年参加红军的。辈分最高的梁兴初中将，生于1913年，曾任38军军长，中国人民志愿军二十兵团代司令员，成都军区司令员，他指挥了著名的黑山阻击战。梁必业中将生于1916年，曾任38军政委，中国人民志愿军副政委兼政治部主任，总政治部副主任兼组织部长。梁必业将军曾率部参加了四平保卫战及解放锦州、沈阳的战役。梁仁芥少将生于1912年，曾任一野三军七师政委、甘肃军区政委、兰州军区副政委。从枪林弹雨中闯出来的四位将军是渼陂村人的骄傲。一位历史学家曾说：“抗美援朝是中国与世界最强大的美国直接交战，打出了军威、国威！令美军闻之心惊胆战的38军将领梁必业、梁兴初，不仅是吉安人民的骄傲，更是中华民族的骄傲！他们是当之无愧的民族英雄！”一个村子出这么多将军，在全国也属罕见，故渼陂有“将军村”之美名。

也有人称渼陂为“电影村”。《山重水复》《决裂》《闪闪的红星》《井冈山》《井冈英魂》《共和国摇篮》《看山棚》等电影的外景大多取材于此。

古街，依稀可见昔日的繁华。

来到古街，站在街头望不到街尾，这条近千米长的古街呈S形，像流水那般柔美地弯过去再折过来。整个村庄布局错落有致，八卦巷道，卵石路面，每条小巷均无笔直的，这不禁让我们回味其中曲径通幽的奥秘：做文处世何尝不是这样？“文贵曲、贵含蓄”“刚则断，柔克刚”……

古街长800余米，宽4.5米，两旁的民居大都为砖瓦房木板门，现有100多户人家。据说鼎盛时期这里多达200个店铺。徜徉古街，眼前隐约浮现昔日人流熙熙攘攘、商贾云集、挥袖成荫的情景。

没走多远，一座八角楼吸引了人们的目光。它就是“文昌阁”。1882年兴建。楼为平面近正方形的垂檐歇山式建筑，砖木结构，顶高15.75米。可惜这座清代遗迹早已衰朽，亟待维修。不远处是“义仓”，它是当初庐陵县纯化乡七十六都的慈善建筑，三进的砖木建筑，山墙青灰瓦，器宇轩昂、高大古朴。

“这是万寿宫旧址，是过去有钱人休闲的地方。”向导指着一堵断壁残垣说。早听说，过去万寿宫好生风光，每当夜幕降临，街上路灯常明，常有戏班演出。前院两侧拱门上的“天不夜”和“月常明”字匾就是当时渼陂街兴旺繁华的生动写照。如今，残墙上一道道纵横交错的裂缝有如老人额头的皱纹，向人们展示着岁月的沧桑。

走近古槐第，斑驳的墙壁上，“多留余地”四个遒劲有力的字体格外引人注目，驻足凝想，书写“多留余地”的人一定是一位历经沧桑的哲人，其中的哲理耐人寻味——“余出方寸地，留给子孙耕”，“退一步海阔天空，让三分风平浪静”。

蓦然回首，一幢幢明清建筑如一幅幅韵味无穷的民俗古画，又似一篇篇含义深邃隽永的古典散文，无不昭示着这个美丽乡村昔日的辉煌！

（作者供职于吉安市青原区教育体育局）

和你相约

褚 兢

一

井冈山的雄奇、博大、深邃、秀美，曾经倾倒无数世人。

我无数次走进它，走进它起伏绵延的皱褶，走进它鲜活感人的故事。

这是一座神圣的山，一座神奇的山，也是一座神秘的山。

井冈山的红色记忆早已写入了新中国的编年史，硝烟已逝，战旗如画，那一段威武雄阔、浩歌悲壮的岁月滋养出一种精神，一股豪情，向世人宣告一种无可辩驳的真理和无可战胜的力量。

然而，博大深邃的井冈山，并不只有红色的浪漫、红色的骄傲，它的天幕上，辉映着五彩的光芒。

清新的山野、幽深的峡谷、喧豗的瀑布、蜿蜒的河流，还有漫天飘荡的流云、长满杂花的老树、青葱欲滴的翠竹、攀援缠绕的苍藤……都在告诉你，井冈山，它的秀雅与婉约，它的抒情与柔丽，它的温馨与宁静，让人读之不尽，品有余芳。

踩着炎夏的尾梢，我又一次登上井冈山。这次，我拜访的不是扬名四海的黄洋界和八角楼，也不是醉人心扉的龙潭与水口，而是一个全新的境域杜鹃山。

二

沿着新修的柏油路，汽车盘旋前行，灼热的阳光哗哗地击打在车窗玻璃上，溅起刺目的光芒。远处的水田如反射强烈的镜子，明亮耀眼，白炽的夏季风卷起一股一股热浪，在辽阔的天地间任意穿行而过，让人望一眼，汗水便涔涔而下。好在，汽车驶入了一条山谷。满眼的绿色如潮水般扑面而来，瞬间，便将你的心绪淹蔽在一片清凉的感觉中。

这儿的绿是浓稠的、鲜亮的、深邃的，同时也是生动活泼、生机盎然的。它层层叠叠、起起伏伏、浩浩荡荡，从山谷的最低处一直朝高远的天空伸展，把你的目光牵引到无边无际的前方，直至魂魄也随着目光如风筝般飘荡起来。

小车停住了。打开车门，一阵微风拂过，吹在肌肤上是那样清新凉爽，暑热的气息消退，季节仿佛于悠然之间翻过了新的一页……

来之前，我查阅了杜鹃山的一些相关资料。杜鹃山是井冈山主要森林植被分布区，这里保存着全球同纬度唯一幸存的次原始亚热带阔叶林，分布有大量珍稀、濒危及特有野生动植物，具有极高的保护和观赏价值。这块最后的处女林，对爱好自然的人来说，它的魅惑是无法抗拒的。

蓊郁的树丛、摇曳的竹林，我们从一条植被茂密、幽深险峻的小径攀援而上。这条小径年代久远，仿佛从岁月的深处铺展至今。其间有早先的猎人和砍柴人走的路，茅草高处齐人眉眼，泥泞湿滑不见天日，偶尔还会踏上不知哪个朝代修建的驿路，由卵石和青石片铺就，早已断断续续、残缺毁圮，只留下斑斑藓迹和兽踪。

一只巨大的林鸟被突然惊起，扑腾腾展翅飞向空中，我们的眼前豁然开朗，一道绵延的山脊耸立在我们面前，朝两头横亘延展。这条山脊西起五指峰，东至岩鹰石，全长十余里，共有山峰 13 座，其中著名山峰七座，分别为：古柏峰、望指峰、石猴峰、扬眉峰、观岛峰、石笋峰和孔雀峰。

山顶的阳光那样灿烂明澈，但浩漫的山风在岗峦间起舞雀跃，将阳光吹落在广袤的绿野间，如珠玉散落，似金箔四溅……

三

井冈山的地质特征形成久远，它属于西太平洋华南板块北缘。在燕山期的陆内造山运动期间因板块间的反复冲撞挤压而成。方圆五百里的井冈山原本低平的地貌，被大陆板块挤压出一道道起伏的皱褶，隆起部分为山峦山峰，凹陷部分为山谷山坳。无限风光无穷诗意无尽画卷，就隐藏在这一大片绿意盎然的土地上。

作为井冈山核心自然保护区的杜鹃山，如游龙般蜿蜒十余里，人的目力难以穷尽。杜鹃山海拔高度在1000米至1400米之间，与其遥遥相对的是井冈山主峰五指峰。杜鹃山与五指峰之间，是一条名叫河西垅的大峡谷，其深达600多米，俯瞰下去，让人顿觉头晕目眩。这样险要的去处，实不多见，对于探险览胜者来说，它的意义更是非同一般。

然而，千万年来，这里却几乎没有人迹。水在静寂地流，花在落寞地开，风在纵情地吹，云在自由地飘……

河西垅谷底有一条河，叫井冈河。80年前，国民党发动对井冈山根据地的第三次“会剿”，留守井冈山的红军第五军战斗失利，彭德怀元帅将余下的1000多名官兵收拢，沿着这条河撤出井冈山，这是一次悲壮的旅程。

20多年前，《诗刊》原主编邹荻帆来井冈山，他听说了杜鹃山的秀美姿容，为杜鹃山写下了属于它的第一首诗章：

山漾绿云，
花扶小径。
十里杜鹃长廊，
万顷松竹画屏。
飞瀑溅银雨，
鸣泉弄金筝……

杜鹃山开始渐渐为世人所知。

四

作为地球同一纬度唯一保持完整的原始次森林，杜鹃山植被的丰富让你难以想象，它比油画画布上的颜料更为粘稠与厚重。这里分布的珍贵、稀有和濒危植物达140多种,其中最为引人注目的有杜鹃和松柏。

杜鹃山1000多米的海拔，正处于气象学所说的云雾线之上。玄武岩层碎块多,土层瘠薄,土壤偏酸性,劲峭的四季风沿着杜鹃山两边的峡谷直侵陡峭的山崖和暴露的山脊,带来由湿润气流组成的云团雾气,恰恰适宜松柏与杜鹃的生长。长达十余里山脊两侧,全部长满密密层层的杜鹃,间有福建柏和黄山松蓊然耸立,实在是世间罕见之景观。

然,处处是山,处处是崖,绝壁千尺,榛莽满地,砍柴人和猎人走的路到此早已断绝,闻名遐迩的十里杜鹃林,如何能身临其境?好在一条长度达5000多米的空中栈道已经修成,栈道紧贴着悬崖绝壁,穿行于蓊郁的林木之间。栈道的入口处,即见一种暗褐色枝干遒劲的常绿树木,密集地占据着山岭上和悬崖间的每一寸土地。

一位正在从事栈道扫尾工程的民工告诉我,这是猴头杜鹃。

印象中的杜鹃都是低矮的灌木,可眼前的杜鹃树相互拥挤、纠缠、竞相朝阳光灿烂的空中生长,其高度均有数米,最高的竟有7米。显然,这种杜鹃已非灌木丛,而属于乔木林了。

井冈山的杜鹃种类有多种,如红毛杜鹃、紫背杜鹃、云锦杜鹃、马龈花杜鹃、长蕊杜鹃、江西杜鹃……然以猴头杜鹃为胜。

密密层层的杜鹃,无穷无尽地朝前延伸,像绿色的海潮,像挺进的桅杆,像一支不屈不挠的浩荡军团。

它们的枝干不知遭遇过多少场剧烈山风的摇撼,不知经历过多少回炎日焦灼的烘烤,不知承受过多少次严冬冰挂的欺凌,看上去如铁一般坚硬,用手摸去,粗糙硌手、质感强烈。

栈道不时穿过密集的杜鹃枝叶搭成的天棚,顿时,阳光被完全遮挡,只余下一片阴翳;时而,一株粗硕的杜鹃树横在路前,仔细看,原来它生生将一块岩石挤裂挤开。看过松树崩裂岩石傲然而生,没曾想杜鹃竟也有此天生神力,不由对杜鹃平添了一份敬意。

十里栈道,十里杜鹃,当我终于“检阅”完这支绿色的军团,心中的情感蓄积也达到了一个喷发点!

我在想：如果花期正盛时来这里会看见一副怎样的景象？那千山飞红、万花叠彩，霞帔烂漫，锦屏俏丽的风物画图，能不让我迷醉忘返？

我在想：如果在初春的时令来到这里又会看见一副怎样的景象？那云瀑飞卷，雾气环身，峰岛飘浮，亦真亦幻的情貌气象，能不让我逍遥欲仙？

十里云天，十里花海，它无尽的美丽，在诱惑你，呼唤你，等待着你下一次再来！

五

是的，一次巡游，无法将杜鹃山和杜鹃林全部的美尽揽入怀，正像到过一次井冈山，不可能将井冈山全部的壮阔雄奇尽观在眼一样。

那么，和它相约，相约在下一个春季，来看杜鹃；相约在下一个夏季，来看云海：相约在下一个秋季，来看枫林，相约在下一个冬季，来看雾凇……

四季井冈，五彩井冈，你读过它的神圣和神秘，便能真正体会到什么是神奇。

（作者系中国作家协会会员）

品味吉州窑

吴子怡

吉州窑遗址是世界规模最大、保存最完整的古窑遗址群。和吉州窑遗址有生以来的缘分，以及多年来对古窑感觉的渐渐发酵，使我愈来愈品味到国宝吉州窑独特的厚实温婉、甘醇优雅。

童年的记忆最是难忘。我上小学走的那条窑间小道，是用黄褐色的细碎窑瓦铺砌而成，密密匝匝、井然有序，如今尚在。中间高两侧低的窑瓦路穿过窑包、村庄，横过田野，深入山林。遇上下雨天也不会沾脏鞋面，更不会打滑，因为路面有缝隙，疏水干净。这厚实悠长的窑瓦路，在窑与窑、街与街、村与村、屋与屋之间穿行，也成了我们小毛孩玩耍的地方。

小学离吉州窑不足百米远。午睡的时候，一些顽皮的孩子偷偷溜出教室，潜入瓷窑，总想从那儿捡几块陶瓷残片，偶尔运气好点，还能捡到被人遗弃的半成品，如乌鸡壶，花瓶，仿木叶天目盏等等。然后，跳到陶坑水塘里，潜一会儿水，真爽快！待到玩得时间差不多了，再悄悄溜回学校上课。

前人留给我们的陶瓷遗产，即便是陶瓷碎片，都是珍贵的，既能铺路，又可把玩。更何况那些埋在窑包里完整的、有瑕疵的、有标记的器皿呢？如今藏在国家、省、市、县博物馆中的以及漂泊英美、东洋、南洋等异国他乡的各种等级的宝贝，还有巍巍壮观的 24 个完整的窑包群遗址，再加上唐本觉寺塔、清都观，宋街、古码头等，对于研究我国古代陶瓷文化的价值是不可估量的。1965 年郭沫若来吉安访问时，特别关心吉州窑遗址的状态。他说："南有吉州，北有磁州，还有景德，古窑瓷片在国际上都很可贵，要妥当保存，这是我国古代文明历史的见证。"

据专家考证，仅 24 个窑包遗址，就至少堆积了 72.6 万立方米的陶片。仅烧制的陶瓷碎片就遗留下了这么多，而销往海内外的陶瓷件该是数倍于废品，那是多么巨大的数量。1975 年，在东京博物馆举办中国陶瓷展览，吉州窑的兔毫斑、鹧鸪斑和玳瑁斑成为传世珍品，日本国珍藏的剪纸贴花盏被誉为国宝。1976 年，在新安海域发现一艘开往朝鲜、日本的中国元代沉船，从沉船中打捞出 1.5 万余件中国的古陶瓷，不少属吉州窑烧制。韩国中央博物馆陈列的 42 件吉州窑瓷器被视为稀世珍品。英国国家博物馆收藏的大批中国文物中，称道："吉州凤首白瓷瓶最为杰出……堪称瓷中尤物。"木叶天目盏则被列为国宝。

据考，吉州窑约在公元 900 年到 960 年间的唐代开始创烧，南宋到了高峰，元代开始衰落，明朝中后期，约公元 1500 年停烧，前后延续了 600 多年。据《永和镇志》载，吉州窑兴旺时，窑工不下 3 万人。其镇的规模不亚于一个县城。传说永和"三市六街"，有东昌 15 景和 72 条花街。这六街便是销售陶瓷的瓷器街、水塘旁的莲池街、出售燃料的茅草街、莺歌燕舞的鸳鸯街、出售粮油的米行街、经营用具的锡器街。其格局，已具备了古代都市的雏形。正如《景德镇陶录》所云："江西窑器，唐在洪州，宋出吉州""先有吉州，后有饶州（景德镇）""今景德镇陶工故多永和人"。

吉州窑的温婉优雅，不是我们现代人所能真正体会得到的。吉州窑黑釉瓷尤其是黑釉盏的流行，与两宋时期风行饮茶和斗茶关系极为密切。宋代，上至皇帝公卿，下至贩夫走卒，均好饮茶，茶楼、茶馆、茶室、茶亭纷纷兴起。宋人玩茶，茶具也跟着争奇斗艳，并带动制瓷业的兴盛，就不足为奇了。黑釉窑变结晶纹备受好斗茶的宋人的推崇，宋徽宗有"盏以青黑为贵，兔毫为上"的御赐，黄庭坚有"研膏溅乳，金缕鹧鸪斑"的咏叹，苏轼游历吉州窑后写下了"道人晓出南屏山，来试点茶三味手。忽惊午盏兔毫斑，打出春瓮鹅儿酒"一诗。文人们提到的"兔毫斑""鹧鸪斑"都是指黑釉瓷上形成的窑变结晶。

自古以来，凡路过庐陵的名人雅士都会到吉州窑访古探胜，有的还留下墨宝。

如宋代杨万里、胡铨、刘辰翁，明代王阳明、解缙等。文天祥祖居永和，小时候经常在这儿玩耍，周必大、欧阳守道也是地地道道的永和人。而传诵最广的则是苏东坡的故事。苏东坡被贬往海南岛，几年后朝廷召回，入江西顺赣江而下至永和，下船在吉州窑逗留。时任泰和县令的黄庭坚陪同前来。传说他俩从赣江丹沙渡登岸，苏不小心踩偏了道，陷进泥沼，鞋子被粘脱了。他笑道：此处土粘，掘井便有水。人们便在此打了一口井，叫“东坡井”。苏东坡赋诗曰：“泉、泉、泉，一道银河下九天。钝斧斫开顽石髓，金钩刻出老龙涎。”

春节回家，我和几位好友重游吉州窑。也学着古人的样子，在此处徜徉，就差斗茶吟诗了。来到仿古陶瓷厂观摩，那一道道工序，琳琅满目的花色品种，会让你不由得联想当年宋人制陶的情景。兴之所至，你还可以亲自动手，玩玩泥巴，捏捏陶坯。接待人员把水往黑釉瓷木叶天目盏里一倒，碗里烧制的树叶就仿佛会漂浮起来，那种立体感妙不可言。来到窑包下，走在曲径田埂上，一片片碎瓷依稀可见，周围 24 座用断瓦残瓷堆积而成的小窑包，如今成了庐陵子民怀念祖先昔日光华的遗迹。水塘一个连一个，山光水色青于蓝，这是当年陶工取土遗留下来的，现在已经成了一幅别致的风景。

品味吉州窑，越品越有味。据说有关部门已投数亿巨资，开工建设吉州窑遗址保护暨永和省级示范镇项目，包括吉州窑遗址博物馆、文化广场、吉州窑遗址公园、宋街环境整治等，努力打造中国历史文化名镇、国家级考古遗址公园、国家 4A 级景区，并将正式申报世界文化遗产。

一个既古老又崭新的吉州窑遗址新景观即将新鲜出炉，呈现在世人面前。

（作者供职于吉安县旅游局）

青铜古韵

周敏艳

每每徜徉在你曾沉睡数千载的土地上，品味你那惊动世界的众多文物，特别是以伏鸟双尾青铜虎为代表的青铜器，总是令我思潮翻滚……

你的梦醒时分是那么富有传奇色彩。记得那天是 1989 年 9 月 20 日，新干县大洋洲镇程家村村民在涝背沙洲取土修护赣江大堤过程中，意外地发现了一件古色斑驳的青铜鼎，一个震惊世界的发现，就此拉开序幕。一把锄头碰醒了你酣睡的梦。

经科学发掘，当你向世人敞开你未遭盗掘的胸襟时，那琳琅满目的地下珍宝令人惊叹不已：青铜器 486 件，玉器 754 件，陶器 139 件。特别是青铜器的数量之多、造型之奇、品类之全、纹饰之美、铸技之高，江南独见。你的重见天日，让我们无比惊奇地看到：被视为“荒蛮之地”的赣江——鄱阳湖流域，早在三千多年前就存在着非常发达的青铜文明！

在你出土的众多文物中，部分青铜器、玉器的造型和纹饰与中原殷商文化相近或相同，揭示着中原商王朝与地处江西新干的方国之间的交通早已开辟，有力地促进了长江与黄河两大河流域经济文化的交流、发展和中华民族的形成。

在你身上，我们还惊喜地看到浓厚的地方特色。

你向人们展现了北方商墓中前所未见的瓒、提梁方卣、异形剑、柳叶矛、手斧、犁铧等兵器和生产工具。特别是青铜犁的发现,将我国犁耕的历史从西周向前推到了商代。

你的器物组合中,绝大多数是烹饪器具,酒器只占了很小的比例,并且只有盛酒器和注酒器,看不见中原地区常见的爵、觚等饮酒器。据说当年周武王灭“重酒”的商朝之后,即下令全国禁酒,但北方与南方依然延续各自古老的传统:北方人不醉不休,南方人则多是以茶代酒。

你以器物表面普遍具有的独特的带状燕尾纹等纹饰,吸引了考古专家们探秘的眼光。特别是礼器上的动物形装饰附件,有虎、鸟、鹿、羊诸多种类,以虎形装饰附件数为最多。虎或以立体的形式出现在青铜容器的耳部,或简化为虎头兽面纹饰于器物腹部,或变形为虎足支撑铜鼎。器物附件上具有强烈写实色彩的虎形雕塑,让你在商代青铜文化中独树一帜。

伏鸟双尾青铜虎,堪称你最具代表性的青铜杰作。那是一只呈匍匐状、腹底不连、内空的老虎,长 53.5 厘米、高 25.5 厘米,重 6.2 千克。老虎身上遍布一种形状古朴而怪异的几何图案,它有两条平行并列的卷曲着的尾巴,张着嘴,眼珠凸起,双耳直竖。奇特的是老虎背上居然卧着一只短尾小鸟,尖喙圆睛,昂首瞻顾。它以虎背落鸟的构思巧妙引发了人们对古代生活的无限遐想,至于它的作用至今仍是一个谜。

在你众多的青铜文物中,既有体硕雄伟者,也不乏小巧玲珑者。那通高 1 米有余的“中华甗王”——兽面纹鹿耳四足青铜甗,体型巨大,气势雄浑;仅高 10 至 13.5 公分的双竖耳鬲假腹豆和扁兽足方鼎等,则纹饰瑰丽。每一件青铜文物都是那么的精美绝伦,无不体现了本土青铜范铸工艺的杰出成就。

面对你,青铜文化研究权威、上海博物馆馆长马承源曾说:大洋洲青铜文物,其价值与意义怎么评价都不过分!

你以无可辩驳的事实证明:远在 3000 多年前,以吴城文化为代表的南方地区已有高度发达的青铜文化,它是相对独立于中原殷商青铜文化之外的另一个青铜文化中心,堪称南方的青铜王国。修正了“商文化不过江”的错误观点,确立了吴城文化在考古学界的地位。

如今,创新实干,勇争一流的新干人民已在你被发掘的原址上建成了一座占地 300 亩、投资千余万元的大洋洲商代青铜博物馆。那伏鸟双尾虎蹲坐在博物馆主建筑的四角大力柱端，正虎踞四方，向人们讲述着“青铜王国”灿烂的昨天、腾飞的今天、辉煌的明天！

（作者供职于新干县旅游局）

大仙岩溶洞探奇

聂永清

赣中山区永丰县陶唐乡的大仙岩溶洞，是永丰国家森林公园的重要旅游景区。相传“八仙”云游四海，曾在此洞相会，故此得名为“大仙岩”。洞内扑朔迷离，曲折幽深，游程面积3万平方米，游程3公里，景点30多个，分上、中、下三层通道，是江西最大的溶洞之一。

我们顶着盛夏骄阳，从永丰县城出发，驱车50公里，便来到了大仙岩。走过通往大仙岩的引桥，映入眼帘的是高大巍峨的洞口。据导游介绍，引桥俗称“阴阳界”，盛夏，洞外酷热难耐，洞内凉爽如春，众人啧啧称奇。此时正是盛夏，我们站在洞外，汗流浃背，鱼贯而入时，一股凉飕飕的冷风呼啸而来，恍如进入装着强力制冷系统的“冷冻库”，暑气全消，验证了“阴阳两重天”的说法。这洞常年气温18摄氏度，是夏日避暑的好场所。沿着“嗒嗒”滴水的逶迤通道步入洞内，洞室高大，宽敞，没有丝毫的压抑感。通道一旁每隔一段便置一盏彩灯，柔柔的，如黑夜点点星火。灯光照耀之下，可见巨石之下清泉外流，各段深浅不一，却均清冽见底，卵石棋布。借着灯光，我们上下凝眸，左右顾盼，如同进了古代神话故事中的魔宫，天然石钟乳、石笋、石莲、石塔、石幔叠生密长，千姿百态，蔚为奇观，因内含微量元素的差异，呈观出红、黄、蓝、紫、黑、白等不同的色泽，在灯光的折射下，五彩缤纷，炫人眼目。我们一路观瞻，一路浮想联翩。一处平坦顶岩上倒挂着无数指头般粗的小石乳，玲珑剔透，晶莹璀璨，与人工布设的电珠争放异彩，这叫“群珠争辉”。有一块石钟乳，与女性乳房极为相似，丰满圆润，极具艺术美感，名为“哺育大地”。据传，当地妇女对“哺育大地”敬若神明，每有烦心事只要到此触摸“哺育大地”，便会母性大增，身心释然，将一切烦心事抛之脑后。“哺育大地”也意味着辛勤耕耘和大地丰收，男人触摸“哺育大地”后，会增加对社会和家庭的创业感，从中汲取创业的灵感与激情。当然，这些说法仅仅反映了人们的美好愿望和追求。

越是往前走兴致越浓，脑海中忽然闪出“鬼斧神工”这个词来，用这个词来形容这里绝妙的“创作”，是再恰当不过的了。在这里，大自然充分发挥了自己的“艺术匠心”，向我们展现出了一件件“艺术作品”，令人惊叹，教人倾慕。不论是“鸟、兽、虫、鱼”，还是“花、草、树、木”，或是“人物山水”，不仅具有雕塑作品的造型美，又具有写意画的韵味。其中有些还是堪称“杰作”的。你看这个“千佛洞”，一座山头上端坐一佛，如聚神讲经状，在左右圆形石台上，众多罗汉正齐集在倾听。再看这座“千年仙龟”“塑像”，龟身有一米见方，龟头有碗口大，正憨头憨脑地在水中缓慢地爬行，真是惟妙惟肖。还有这张“神仙床”，一块奇石，上部平坦如床，栩栩如生的石钟乳如蚊帐倒挂，一边悠悠勾起，一边轻轻垂落。相传古时“八仙”赴大仙岩圣会，这石床便是他们歇息的“神仙床”。据说，游客就此小憩，可得仙人指点造化，保佑一生鸿运高照。迷人的传说使“神仙床”显得仙气氤氲。同伴中有人想爬上去躺一躺，尝尝当“神仙”的滋味，沾沾仙气，可惜石上太潮湿，无法体验飘飘欲仙的感觉。

这些形态逼真的“艺术作品”，竟是出自大自然无意识的“创造”，真叫人难以置信！而这些“艺术作品”，竟是通过雨水的“雕凿”“创造”出来的。前些年，江西省地质考古专家对大仙岩作了考察，初步断定这里石灰岩层的形成已经历了一亿多年的历史。据考证，原先这里是一段地下河道，后来地壳上升，便形成了石灰岩溶洞。雨水沿着岩顶裂缝渗入洞内，溶解洞中的碳酸盐类石块，在洞顶凝结而成石钟乳，在地面堆积成石笋，石乳与石笋对接成为石柱，石柱相聚成石幔、石墙。这确是一场韧性的战斗，一丝一毫，一点一滴，年复一年，无休无止。大自然就舍得下这个功夫。

大仙岩溶洞自 2003 年正式开放以来，许多游人接踵而至。随着溶洞资源的进一步开发和各种配套设施的逐渐完善，将会有更多的游客纷至沓来。

玉笥山漫记

肖仁威

中国的国粹之一是道教，道教的精髓之一是洞天福地。位于峡江新县城西南2公里处、方圆108平方公里的玉笥山，既是第十七洞天——大秀法乐洞天，又是第八福地——郁木福地。一山兼揽洞天福地，天下罕见。我对其神往已久，今有幸遂愿。

重檐高耸，粉墙金瓦，雕甍画梁，巨柱格窗，这是玉笥山大门。入门而西。水碧如玉，微波不兴，青山倒立，白云沉底，这是法乐湖。溯湖源而上。条石裸垒，毫无砂浆，虽历经千年，犹坚固如初，这是百花桥。桥之北，山势嵚崟，树木葱茏，藤萝缠络，这是元阳峰。峰南麓，殿宇轩敞，布局严谨，环境幽雅，香客络绎不绝，这是云腾飔驭祠。唐玄宗敕建，宋真宗题额。前为小殿，殿中有眉开眼笑、大腹便便的弥勒菩萨，两侧有神态各异的十八罗汉。后为正殿，殿中有“顶日月冠，剑履圭佩，一如王者”的吴云储塑像，两侧有魁梧的四大天王，隔扇后有凤冠霞帔的玉珍道姑塑像。左为梦楼，楼分两层。上供陈抟，陈抟形容清癯，欹首酣睡，俗称“梦老爷”，明代罗洪先祈梦中状元的事即发生于此。下奉王母，王母雍容而坐，体态丰腴，侍立金童玉女。右为观音堂，观音身披红袍，神态安详，旁有如来、地藏和韦驮。祠对面，有一山坳，前山对峙如门，后山延展似屏，野草芃芃，山花灼灼，鸟鸣啾啾，这是郁木坑。南梁皇室萧子云曾结庐隐居于此。内长碧茸草，相传，汉朝梅福食之永寿。坑东北，有一巨岩，岩上一井。井水甘甜如饴，清冽似冰。饮之治百病，因称“仙水”。人近之，有泡串串上跳，汩汩作声。相传，汉武帝曾饮水于此井，不慎衣上一金帛掉入井中，久久不沉，使人打捞，倏沉井底。武帝捋须道：“毋庸捞之，算朕所付水钱罢”，这是汉帝金井。循涧而上。一带涧流，萦纡而来，叮咚不息，泠泠成韵。虾悠游于水底，蟹安憩于石上。两壁山峦，连绵不断，嵽嵲难攀，争奇叠翠。树木弥望，枝繁叶茂。鸟引吭于上，兽欢跃于下。杜鹃花绽放，红艳夺目，宛如火烧半天。油桐花盛开，洁白耀眼，仿佛满树积雪。蝴蝶翩翩，荡着芭蕾舞。蜜蜂嘤嘤，哼着闹春词。这是九曲十八井生态游步道。茶树纵横整齐，叶胜翡翠，清香馥郁，沁人心脾，这是游步道边的肖真茶园。山路蜿蜒而伸，俨然游龙走蛇。跨过九座各具特色的桥，穿过一凉亭，登上百余阶梯，到了候仙台。台上之树，或偃卧、或挺立、或斜倚，或负势竞上、或越涧横逸、或虬枝四散，俱生机盎然。四条长椅左右摆开，以资游客歇乏、纳凉、赏景之用。

由台西北入幽嶰。山愈来愈巉刻，道愈来愈狭窄，花草愈来愈秾秀，清风习习，流水潺潺，古木参天，绿荫匝地。时见野兔东奔西窜、松鼠蹿来跳去。偶闻猕猴长啸短啼、画眉低吟高哢。踩过小石墩，晃过独木桥，钻过丛林，跳过小涧，来到一处缓坡。坡上有高大的板栗树、油茶树、李树和桃树，屋基、石阶和柱础历历可见，这些古树和遗迹折射出此山昔日的繁华。是的，《玉笥实录》有载，“兴唐以来，远近士民祈祷之盛，海内少见”。山内最盛时有一池、一阁、二宫、二祠、二桥、三园、三庵、六宅、九亭、十二台、二十一观、三十六坛，有五百道士在此修行，唐宋时香火颇旺。

涧尽而南。有一巨石，中有裂罅，一边若龙伏，一边类虎眠，俗谓“龙虎抱”。绕过“龙虎抱”，爬上九仙峰。此峰耸立，高出云表，轻岚拂身飘过，红日益发近人。纵目四望，方圆百里尽收眼底，真有点“登东山而小鲁”的意味。其余三十座山峰皆青翠、秀气，各展神姿。清代峡江知县张九钺“三十二朵青芙蓉”诗句的意韵，我领略到了。此山原名“群玉山”，不错，三十二座山峰，可谓之“群”，峰峰四时苍翠，不愧称“玉”。这些山峰排布成一矩形，恰似一箱，箱即笥，这大概是今名之来由罢。但乡民口传，元封五年，汉武帝携带一班文武来到群玉山，大臣东方朔禀告：“明天午时，西王母亲赐‘上清箓’于陛下”。武帝莞尔，即令侍从在太白峰连夜筑起降经坛。翌日授符箓时，忽然天上飘下一玉笥。武帝惊愕，不知主何征兆。东方朔解释：“玉有君子之德，笥乃盛万物之器，预示陛下盛世万载，帝业永存。”武帝闻之，龙颜大悦，遂改今名。九仙峰上有九仙台，为何峰名“九仙”，台亦名“九仙”？据传，秦初，孔丘明、何紫霄等十人不堪骊山修墓之苦，逃匿玉笥山修道。孔丘明等九人潜心修炼，到汉景帝时，九人功成道就，在此峰升天。黄庭坚的“九仙乘诏上龙湖，尽是骊山所送徒”诗句即指此事。

踅入何君村，房舍栉然，古樟笼盖。村中有六石，皆石灰溶岩。泰石，占地数亩，石峰雄峙；温涧石，石下泉水淙淙，冬暖夏凉；龟石，犹如拱背探头的神龟；鹤石，酷似昂首翘尾的仙鹤；紫霄石，又名尖石，宛若破土而出的春笋；仙人石，石上有仙人桥和环玉阁。环玉阁，红墙黛瓦，三重飞檐，宋时建筑，初名“大成阁”，张九钺因四周怪石环立而改今名。门上有对联，“环阁奇石福地起；玉井仙水洞天生”。登阁临风，心旷神怡。

村民皆姓吴，为何村名“何君”？九仙升天时，何紫霄因怠于修行，在外游荡，未及时赶到，追何到九仙峰时，地上只留下一箱霞衣。何恼悔地抓起霞衣，一脚把箱子踢翻到远处狮子峰上，该峰遂易名为覆箱峰，今有紫霄化院（实为一楼）矗立其巅，楼高三层，飞檐翘角，回廊格栏。登楼远眺，林海茫茫，起伏有致。何紫霄痛改前非，刻苦修炼，终成地仙。其修行之处，即今吴氏村庄，为纪念他，而名“何君”。

夕阳西坠，夜幕渐起，还有大秀宫、承天宫等未及游览。大秀宫，南朝萧梁天监年间，杜昙永偕其弟子钱文泳始建此宫，后几经兴废，是大秀法乐洞天之处。承天宫即郁木福地之宫，在三会峰下，玉涧水上，初名“玉梁观”。相传，西汉初年天坠玉梁于涧，东汉建安元年八月，曹操挟天子迁都许昌，大兴土木，遣人取梁，使者至此，玉梁化白龙飞逝，建观遂号“玉梁”。因梅福曾遁迹于此，故又名“梅仙观”。

元代大诗人揭傒斯有语：“天下称名山，大江之西有三，曰匡庐、曰阁皂、曰玉笥，而玉笥尤为天下绝境。”

（作者供职于峡江县旅游局）

燕坊遗韵

江　子

江西吉安，古称庐陵，是中国古代著名的人才基地和诗歌故乡。这里依次走出了欧阳修、杨万里、解缙等中国古代文学史上占有重要地位的诗人，以及众多的英才俊杰。仅仅在吉水，就哺育出600多名进士，创造过“一门三进士、五里三状元”的人文奇迹。

商仕报国，耕读传家，成就了庐陵的千古风流。在保存完好的吉水金滩镇燕坊古村中，我们很容易发现吉安这块土地何以如此诗意盎然文采飞扬的答案和密码。走进燕坊，就是走进古庐陵的诗意民间，就是走进吉安浪漫的文化心灵深处……

燕坊，位于吉水金滩镇西面，与吉安城郊接壤。这里古樟遮日，鸟语呢喃。一千多棵古樟从村头延至村尾，十多口水塘宛如众星伴月。村庄四周常见古树婆娑，更有柚子树、柑橘树无数，使村子一年四季弥漫着一种植物和果实的清香。燕坊先人与自然和谐相处，天人合一，风水流传。原生态的美景，让人流连忘返。

早在800多年前的南宋时期，燕坊有胡、张、李三姓在此立基，尔后王、鄢、饶、肖、夏、黄等姓人氏也居于此地。他们在这块温润的厚土上，繁衍生息，和睦相处，宛如一家人。

到了清代，精明的燕坊人靠在家门口的赣江里淘金致富，然后用挖到的第一桶金，顺着赣江这条黄金水路，携手闯荡江湖，远走湖广、四川等地，开设商行或钱庄。他们以仁义诚信之心，赚下千金万银。在燕坊，用赚下的钱财以宗族为中心，随着地势高低变化，起屋造舍，于是有了这三平方公里画舫一般的庄园，被后人珍视的世居天堂！至今，村庄保存完好的明清建筑100余处，宗祠、书院、门楼、牌坊、民居、古井、古塘、古墓等建筑，汇成世代燕坊人拥抱的美学空间，汇成诠释庐陵文化的经典之作。八百多年，燕坊人在这里敬畏天地，供奉祖先，在阳光与雨水中播种收获，在书画和雕刻的文化气息中留连驻足。

至今遗存的十三座富丽堂皇的门坊，宛如燕坊古村最为体面的门脸。这些门坊，或自成一体，或与院落依偎相连。那是以红石和青石为材质雕琢而成的集精美的书法和雕刻于一体的艺术架构，是至今失传的民间艺人高超的技艺。"字水潆洄"，表达的是燕坊人子孙繁衍人丁兴旺的愿望，"水木清华"，竟然与中国著名高等学府清华大学同样的题字，而且字体酷似。是巧合，还是有某种必然关联？至今不得而知。那些精雕细刻的、寄寓了先人美好理想和审美趣味的人物故事、吉祥动物、名贵花草、珍禽异兽，数百年来令村庄沉浸在一片古典的诗意之中。

100多座明清古建筑，构成巨大的庐陵民居博物馆。从这些具有浓郁的古庐陵特色的建筑中，我们可以探测出庐陵民居类型的建筑风格和文化心态。那是辉煌的古庐陵依然活着的历史和不朽的文明！

向天而立的高高的马头墙，门楣上层层叠叠的飞檐翘角，正是燕坊人跃马扬鞭和展翅飞翔的文化寓示。

这座名为"三槐第"的王氏宗祠是燕坊最大的祠堂。祠堂庄严而神圣，两侧书写的"鸾翔""凤翥"四个大字，更是将燕坊人渴望高飞的心态袒露无遗。祠堂前用来驱邪聚财的照壁，长22米，高9米，规模之大，江南第一。

大夫第、资政第、州司马第等建筑，这是燕坊人用财富赢得的荣誉，那大夫第门坊顶部的莲花砌法，是来自佛家的因缘，隐藏着无法道破的天机和心际。

那每栋民居藻井中刻就的蝙蝠和"寿字"，寓意五福临门与寿比天高。天眼，那是古庐陵的先祖与天地对话的神秘之门。借着每座建筑入门上方的天眼，燕坊人与日月天光交谈，与冥冥中的神灵息息相通。

在每一座民居的正厅内，均高悬着如小碗状的古老之物，里面经常放置用于避邪的茶叶、米和天师符，当地人称为海涵坛。燕坊人以此祈求上苍和先祖护佑吉祥，消灾避祸，老少平安。

雕刻和书法刻写在每座古民宅的每一个空间。那些题写在柱子上的镏金楹联，字体娟秀端庄，一笔一画，都饱含着中华五千年文化的刚柔精气。而在建筑物的天花、门扇、供桌、墙板、窗棂、梁枋、柱础、眠床各个地方，都雕刻和彩绘了精致入微、富美之极的画作。雕刻分浮雕、镂雕、砖雕和木雕，或金粉修饰，或原色示人。雕刻内容，多有典故。在那些画匠雕刀和笔触创造的凹凸有致的细小缝隙里，美在不动声色地铺展，光影在时光波转中聚散。在岁月的更替中流传的美，孕育营养着世世代代的燕坊人，造就了燕坊人善良、诗意和温暖的人性。

那张长寿床，分三层镂雕，上层为寓意长命百岁的松枝，二层为大富大贵的牡丹，三层为祈愿儿孙满堂的累累硕果。人生所愿，尽在一床之中。在这样精雕细刻的床榻上安眠，那是怎样的至美享受？

雕刻精致的八幅睡眠图，神态各异，造型精绝传神，令人宛如听见冲天的呼噜之声。做至情率性的大地之子，在天地时光中清风明月间仰天大睡，那是燕坊人的哲学，也是古庐陵千百年形成的文化性格。这种性格，与欧阳修、杨万里、文天祥、解缙等庐陵文化名人浪漫无拘的心性一脉相承。

世世代代的燕坊人，爱习南拳和打凳，爱做花灯和剪纸、爱闹元宵和耍龙灯、爱唱三角班。年俗里这些好看的花灯、剪纸、是燕坊人数百年来绘就的心灵图腾，隐藏了燕坊人对幸福生活的渴盼。

燕坊独特的文化和审美价值得到了许多专家和学者的充分肯定。2003 年，燕坊村被省政府命名为“江西省历史文化名村”，2007 年被评为“中国历史文化名村”。

如今燕坊古村吸引了越来越多的关注目光。无数游人纷至沓来，在祖传的文化中流连忘返。

古樟参天的燕坊，至美的雕刻和书画镇守的燕坊，就像一部厚重的文集，记载了中国南方农耕文明史。

燕坊，那是一个矗立了八百多年至今依然生机盎然的村庄，一个在时代的喧嚣中依然坚守灿烂文明的村庄。我们不妨亲临燕坊，一睹庐陵古村的风采。

（作者系中国作家协会会员、江西省作家协会副主席、《星火》杂志主编）

爵誉古村印象

康序今

在泰和县众多的古村中，螺溪镇爵誉村是文化厚重、人才辈出的典型代表。爵誉村是一个始建于南唐时的千年古村，村名是由皇帝御赐，古村先贤既有忠臣良将，又不乏文人义士。堪称“文章节义之邦”。

爵誉村四周地势平坦开阔，沃野千顷。村旁有条牛吼江，江水清澈见底，四季长流。在大树荫庇下的爵誉古村，错落有序的民居同凝聚着古代建筑风格的祠堂相互映衬，村中分布着好些大小不一的池塘。鹅卵石铺就的一条条幽深的巷道引导着我去探寻千年古村尘封的历史。

始建于宋朝的爵誉康氏宗祠经历代维修至今保存完好，高耸的门楼气势雄伟，斗拱重叠，飞檐翘角。当高大厚重的木门在深沉的挤压声中敞开后，迎面“冯翼孝德之堂”的牌匾高悬中堂之上，每字一米见方，赫然夺目。前厅横梁上的“参军第”牌匾是表彰康氏二世祖南唐私户参军子行公功绩的匾额；墙壁上详列着爵誉十进士、一门五贡士的名单。大门口一对汉白玉抱鼓石浮雕着麒麟图案，彰显着豪门望族的威严。抱鼓石这种在古代“非贵即富”的门第符号，是要有相应身份的家族才配享有的。据说这对抱鼓石是明朝庐陵状元、兵部尚书肖时中送给康氏家族的礼物。祠堂院内有一棵树龄500年以上的桂花树，高大挺拔，每年花开两次，香飘数里，成为一大奇观。康氏宗祠前后有四栋，后两栋为藏书楼和读书楼。一代代爵誉人坚守千百年的文化传统，以入仕进爵为人生理想和目标。从唐代起直至清代，历代都有股肱之臣。

建于明朝的康氏宝浩堂前的相国坊是为褒扬明朝成化年间，官拜靖江王府长史、奉正大夫康奎所建。康奎为官清正廉洁，为学著作颇丰。辅佐皇室49年后经皇帝恩准告老还乡。他带回来的皇帝敕封诰命夫人的圣旨和古琴、古床保留至今，为后辈族人所珍藏。

爵誉村另一大家族周姓始祖周炬曾任金陵监察御史。为避唐末之乱，于天成末年随女婿，吉州刺史杨大中徙居泰和。他寓居农村，体察民情，倾其毕生积蓄兴修水利，拦水筑坝创建槎滩、碉石二陂。使经常受旱歉收的薄田变成旱涝保收的良田，福泽乡里。当年南迁的周家先民虽然是落魄的逃难者，但举手投足仍存有贵族气质，祠堂楼舍极显气派。他们千方百计地保持着昔日的气势，试图有朝一日东山再起，也格外重视教育，盼望儿孙能科举中第，封官授爵，光宗耀祖。后人果然不负先辈，封官授爵者甚多，到了宋朝，人才鹊起、科第蝉联。

宋仁宗天圣二年(公元1024年)，周中和二十八岁考中进士，从政四十多年爱民有德政，提升为朝奉大夫。在周中和考取进士18年后的庆历二年(公元1042年)，有其兄周伦、周僭，侄子周烈三人同科荣登进士榜，与周中和并列朝班。泰和周家在当时可谓享誉朝野，一门同科三进士、叔侄同朝佐皇家。宋仁宗因此称赞泰和周家“爵崇誉隆”，“儒学”世家之荣誉。泰和周家故里从此更名为爵誉。

周中和告老还乡后，仍手不释卷，每日与爵誉子弟讲读。他念先祖周矩创筑槎滩、碉石二陂之艰难，撰文立碑写下《槎滩碉石二陂山田记》，立下槎滩陂日后的管理规矩，槎滩碉石二陂虽为周氏祖先创建，但不得专利于一家，周氏子孙宁待食德之报，而不必食田之获。从此，加强了陂事管理，使陂渠得以保全两千多年，至今仍在引水灌溉农田。如今，刻于宋皇祐四年(公元1052年)的《槎滩碉石二陂山田记》仍作为历史见证镶嵌在周氏宗祠“久大堂”的墙壁上。

周中和毕生以德修身，以仁为本，其出则福国泽民，处而奉先迪后，公而忘私，情操高尚。黄庭坚在泰和当县令时，亲自为爵誉新建的“儒学坊”书写牌匾，并写诗称赞周中和：“公仕归来特恩里，儿童灯下读书斋，西昌惟有周中和，盖世功名百世佳。”

在周中和之后的周氏子孙中，周是修同样是一位值得大家敬仰的文人和英雄。建文帝年间，周是修为翰林纂修。建文四年（公元1402年）燕王朱棣篡位，周是修本着忠臣不事二君的理念，决心以身殉帝。他留言给家里，同其乡友杨士奇告别后自缢于尊经阁，年仅四十九岁。留有《诗谱》《家训》《进思集》等多部著作。世人称其："节足以励世，文足以传后。"

爵誉周氏的宗祠宏伟壮观，远远望去白墙灰瓦，大门前两只石狮怒目而视，威严地守卫在周氏族人心目中最神圣的地方。祠堂内部的结构布局和爵誉大多数祠堂一样，有厅堂、天井、回廊，梁上悬匾彰显前辈的功绩，廊柱引经据典书满楹联，他们忠实地记录着古村的辉煌，凝结着昔日的兴盛与风华，也尘封着久远的灿烂与往事……

在爵誉周氏祠堂里炫耀着前辈骄傲的"名宦乡贤""两省文宗""国师大夫""忠勤殚职""二京部台"等众多匾额已经挂了成百上千年，宗祠外黄庭坚手书的"儒学坊"向世人昭示着爵誉二字所蕴涵的深意。

爵誉自古交通便利，是商贾云集、商贸繁盛之地。村后两公里长的牛吼江就设有三个渡口。村中街道纵横，店铺林立。如今，普济药店和经营百货的永茂字号、亨记等店铺犹存。

在那些造型古朴、风格别致的古屋中，所有的木质门窗都雕有龙凤、麒麟、花朵等精美的图案，门檐和大厅板墙上方绘刻的花鸟虫鱼、山水风光和人物典故等图案惟妙惟肖。那些各式各样、风格迥异、栩栩如生的雕刻，饱经沧桑却仍然金碧辉煌。

漫步在那深幽狭窄的鹅卵石巷道中，高大的古屋，虚掩的木门，袅袅的炊烟，几声犬吠，几声鸡鸣，时光好像在这里凝滞。这一切显得那么的温馨祥和。没有浮躁，宁静得如一缕清风，一弯素月。远远看去，整个古村犹如一幅古朴典雅的图画。

（作者供职于泰和县电视台）

古城墙抒怀

郭志锋

阳春三月，正是细雨飘飞、诗情激荡的季节。沿着一江春水，我踏浪而来，靠近万安，靠近这位出身江南的小家碧玉，试图走进那一段令人魂牵梦萦的宋代古城墙。在烟雨迷蒙中，触摸她那沧桑却又情怀依然的历史余韵，握住她那飘逸千年、深情款款的一缕芳魂。

雨丝缠绵，缠不住我前行的脚步。登上那一级级青苔环绕的石阶，胸襟在攀登中逐步放大、升华。我的目光在墙缝的野草中逡巡、在斑驳的墙体间徘徊，寻找着那一段段镶嵌其中的历史往事，阅读着那一页页尘封已久的古老史书。立于高大雄伟的城墙顶上，手扶着冰冷厚重的灰色城砖，望远方，青山逶迤，无限空旷；俯视脚下，江水浩荡，一路往北，奔流不息。此时此刻，我仿佛看到宋代元丰年间万安知县朱俊民从水中悠然飘起，他峨冠博带，意气风发，身后是举锄荷担的建筑大军。接着又有绍兴年间的知县赵成之、元至正年间知县彭九皋，更有明正德年间知县桑翘，一个接一个，指挥若定，气势雄壮。再看那筑城工地，人山人海，一片热火朝天。朝代更替，筑城不辍，终于形成了一座长 2380 米，高 7.3 米，垛口 950 个的古城墙。城墙上筑城楼 6 座，设置 6 门，东有威远门，南有表忠门、观澜门，西有五云门、芙蓉门，北有通都门。城墙建成后，全城百姓载歌载舞，以示庆贺。这一伟大的工程，使百姓免遭了多少次洪水的冲击，免遭了多少次战争的祸害。

漫步城墙上,隐约飘来一阵阵迷人的芬芳,我看见墙边生长着一丛丛的野花,花朵殷红,随风摇曳,惹人喜爱。这种花因为花色如血,又和城墙相依为命,被当地一些老人称为“天祥草”。相传,当年文天祥为抵抗元军,率兵渡过赣江,越过城墙下的“惶恐滩”,在此浴血奋战。他们依托城墙,杀退了元军十多次进攻。但元军兵多将广,文天祥势单力薄,最终兵败,将士们的鲜血染红了城墙,染红了城墙上盛开的野花。后来,文天祥也不幸被捕。他愤慨之余,挥笔写下著名诗篇:“惶恐滩头说惶恐,零丁洋里叹零丁。人生自古谁无死,留取丹心照汗青。”

收起伞,弯下腰,我采摘下一朵小小的红花,捧在胸前。透过这晶亮的红,我似乎看到文天祥再次挺立于惶恐滩头,凝视着这列城池,双目炯炯有神,好像能够穿越这千年的厚度。透过这鲜艳的红,我似乎又听到了 1928 年“万安暴动“隆隆的枪炮声。那一年,数万农军在革命先驱曾天宇、张世熙、刘光万等人的率领下,分别从东南西北四个城门,浩浩荡荡地攻入县城。经过激烈的战斗,鲜艳的红旗终于插在了古老的城墙上,江西省第一个县级苏维埃政府随即宣告成立。

岁月流逝,风雨剥蚀,城墙或倒或塌,到解放初期,已是残垣断壁,破败不堪。后又因建设新县城之需,大段被拆除。到最后只剩下一千多米,仅存两个城门——观澜门和芙蓉门。

“青山遮不住,毕竟东流去”,历史的潮流滚滚向前。2006 年,万安县投巨资对古城墙进行保护性维修,铲除墙上的杂草、灌木,迁走了城墙下数户居民,并对倒塌的部分本着“修旧如旧”原则进行了修补。至此,曾经满目疮痍的古城墙终于旧貌换新颜,向着人们绽开了她美丽的笑容。

缓步走下高高的城墙,又穿过了拱形的观澜门,眼前豁然一亮。一棵巨大的古榕树跃入我的眼帘。好大的古榕树,主干可能得要七八个壮汉才能合抱。虽然她历经了百朝百代,但依然枝繁叶茂,充满着生机。在我眼里,古城墙、古榕树就像一对好姐妹。不信,你瞧,那静静的古城墙忠实地护卫着古榕树,而古榕树更是情深意长,将她那绿色的臂膀伸得老长,亲昵地搭在了城墙上。

立在城墙下,仰望着这一段连绵起伏的历史,我的眼睛好像钻进了历史的深处。再摸摸那一块块青灰色的砖石,我的思绪蓦然飞得很远很远。这儿的每一块砖石都是一本古书,注释着古老城墙的喜怒哀乐,这段长达一千多米的城墙,装点着万安古城,彰显着它深厚的文化底蕴和不凡的精神气质!

(作者系江西省作家协会会员、江西省杂文学会会员)

“白水仙”山飞龙泉

彭石生

有人说，井冈飞瀑溅玉掷银，姿态豪放，可与闻名中外的庐山瀑布竞相媲美；依我看，流泻于遂川密林翠竹间的“白水仙”明泉，不仅有“飞流直下三千尺”的奇伟壮观，更有“映云藏山片复重”的扑朔迷离。

“白水仙”是江西省风景名胜区，地处遂川县碧州镇的崇山峻岭之间。这里因地僻而古朴，因水幽而清雅，奇山异树随处可见，尤以明泉、飞瀑、秀石最为引人入胜。

“白水仙”岩泉明净而清纯。它像一抹抹饱含生命之音的浓绿，处处可觅其倩影，可闻其芳音。当你走近那条长约数百米，人称“一线天”的巨大山槽，隐隐可闻槽内岩泉悬空飞落，发出珠玉入盘的铮响；人入槽底，仰望上空，森森危岩天留一线，缕缕白云逾隙飘飞……冷不防，从岩壁渗下几粒晶莹的泉珠，于是，脚下如墨的潭水便跳跃出几圈涟漪，几许音符……

“白水仙”的流泉婉约而多姿，在葱茏的竹林中变幻着万千奇美形态。环绕古风依旧的“白水仙”庙，就有一道山泉从密林间逸出，于烟岚浮动的峭壁上倾泻而下，形成三叠冲级，水石相激，轰然有声。第一道瀑布名叫“仙水瀑”，落差百米，宽逾数丈，远远望去，宛如婀娜多姿的白衣仙女舒袖伫立，形神毕肖；第二道瀑布又称“珍珠瀑”，瀑高 80 余米，泉水碎如珍珠，遮天蔽地，恍如仙境；第三道瀑布人曰

“登仙瀑”，瀑泉顺岩曲飞，造化成一级级石阶形状，给人以无限的遐思……三道瀑布首尾相衔，若隐若现，恰似一根线条柔和的玉带，上挽蔚蓝深邃的天际，下系山色空蒙的谷底，水白林翠，妙不可言。

水秀石亦奇。“白水仙”山的奇岩怪石在清泉的映衬下，格外多了几分鲜活，添了许多灵性。离“仙女瀑”不远便有一石，其状酷似山鹰，当地人称“鹰嘴岩”。此岩色如青铜，嘴尖如钩，目光凌厉而有神，流露出桀骜不驯的野性，它与对面“仙女瀑”仅一山之隔，从早到晚目视前方，就像一尊忠实可靠的“守护神”。

在“仙女瀑”脚下，还有道极为鲜见的自然景观，名叫“仙女浴盆”。这个宽深各三米的石盆嵌凸于瀑内陡壁之上，形似斧凿，实为天工。泉水从顶上泻入，形成巨大漩涡，水花复从盆沿飞溢，如素练直坠潭中。相传曾有三姐妹常在此处沐浴戏耍，引来七仙女从天而降，每日也在盆中裸展净身。此后常有当地女子攀岩附壁，冒险入盆取水洗浴，以葆红颜不老。

“白水仙”的奇石不仅形状逼真，还给人一种动态的美感。“棋盘石”，就是一幅大自然赐给人间的杰作。在“仙女沐浴”的山峰上，凸现一块纹似棋盘的硕大石板，石面白如汉玉，平平整整“置于”两个盘腿而坐的“仙人”之间。“棋盘”上居然还“残留”几颗溜圆的“棋子”。两位“仙翁”一个凝神沉思，一个捋髯静观，似乎互不相让，杀得难解难分。云彩在他们脚下飘拂，山风在他们耳畔唱歌，但心醉棋局的“仙人”们对周围的一切好像浑然不觉……

“白水胜景如棋布，撷红揽绿画中游”。“白水仙”山的奇景实在太美太多！无不让人心旷神怡，叹为观止，难以忘怀……

武功山的水

姚波烈

我爱武功山，尤其喜爱武功山的水，因为，水是山的灵魂啊！

关于武功山之水，《水经注》有着权威性的记载。《武功山志》称：泸、潇“二峰之水皆出其麓，潇水南流入洞庭，泸水东行汇于彭蠡，此吴楚可以分也。独武功山之水出于其顶，愤激瀑瀑……”—其“顶”，指的便是金顶白鹤峰了，那里是武功山的最高点，海拔 1918.3 米。

我登金顶，拜“求嗣坛”，但见“有求必应”的古祭坛前，有一方花岗石筑就的水池，池中泉流喷涌，泉水清澈如镜，水味甘甜似饴。舀一碗池中水，水可满出碗面三分，却不溢不洒。池中水流“瀑瀑”，终年不断，不涸不竭，是为神奇。我想，地位高处，这坛中之水从何而来？百思不得其解，只得认定：这炼丹池中的水是仙水，由地下而来的！是武功山龙脉龙气之精华所在。

传说，当年文天祥的父亲文公，久闻武功山山高水长风水好，武功山山上的菩萨神灵福泽四方，有求必应。他想自己一生勤劳忠厚，年过半百却无子嗣，心中苦闷，于是前往武功山进香朝拜。在求嗣坛，文公虔诚跪拜，求嗣许愿，卜得胜卦，采得坛中圣水而归。不久，文母身上便有了喜，十月怀胎得一骄子，即文天祥。由于文天祥得武功山神灵的保佑，后来读书进仕成了宋朝丞相。文天祥出任后，曾多次上武功山替父进香还愿，并捐造“铜瓦殿”一座，在金顶留下“葛仙古坛”四字墨宝。

从金顶拾阶而下，走过苍苍茫茫的“高山草甸”，领略了“风吹草低见牛羊”的塞北风情，进入视野的便是波涛起伏的武功山莽莽林海了。在满目青山和一阵阵林涛滚动的呼啸声中，你可以听到淅淅沥沥的风雨声和轰鸣的涧水声、气势恢宏的瀑布声、淙淙溪流声、江河水行走奔腾引发山鸣谷应的浩大声势……

由于山体高大，武功山有着年平均 1553 毫米的降雨量，地表水、地下水藏量丰富，形成分布广泛的江河、溪流、山塘、水库、瀑布、喷泉、岩泉、湖泊等，这些景观、景点是武功山独特的旅游资源。

丰沛的降水，滋润着武功山广袤的草甸、森林，森林植被又涵养着数以百计的高山瀑布。据专家考证，武功山造型别致、别具特色的瀑布，数量多、观赏性强、诱惑力大，是名副其实的“千瀑武功山”，你看这源于金顶观音崖大草甸的红岩谷之溪，溪水东流下泄，形成多级的“金壶洒酒瀑布”。瀑布主瀑高 120 米，宽 60 米，坡度 70° ，下面连着多处、多级瀑布，绵长百里、首尾相接，恰似壶中美酒从金顶一“洒”而下，击岩撞石，如碎玉飞花，其声其势，美不胜收。

“天心崖瀑布”是由山腰的泉水直泻形成的，落差 80 米，形似白练落入深潭，泛起濛濛水雾，笼罩着水潭四周的碧树翠竹。明代理学家邹守益赋诗曰：“半山泉飞望依稀，洒落云阳瀑布飞；恍若银河披素练，纤尘不染万斯年。”

“三江瀑布”位于章庄三江村。一道急流从明月山流出，从百米高的悬崖上倾泻而下，分三叠跌落潭中，瀑雾漫山谷，瀑声若雷霆，非常壮观。

源于发云界“九鳅落湖”的“银链瀑布”，瀑高 300~400 米。水量丰沛时，远在数百米外也可观瀑布银龙飞舞、喷玉飞花的磅礴气势，有专家称道：武功山飞瀑此为胜！

位于金顶西北坡的“尽心瀑”在尽心桥上峰。这里水流清澈、碧潭幽深、环境优雅、瀑水从 70 米高的悬崖上倾泻而下，如白练腾空，似银河倒挂，情景生动壮观，引人注目。有诗为证：“瀑入龙潭里，恍从天上来；溅溅奔雪浪，潺潺响晴雷。素浪波中织，白云岭半开；丹青描不就，游客借诗裁。”

除了“万丈飞流下平地”令人动魄惊心的千百瀑布之外，武功山还有着数百个地下喷泉、山泉、温泉、碧水潭，这些历经千万年而不涸不竭的武功山水，都有着极为深厚的文化渊源和丰富多彩的民间传奇。

洲湖龙泉——位于武功山下洲湖镇。龙泉水从地下岩层中喷涌而出，若干泉眼水流四季，水量大，水质清冽甘甜，水温恒定在17摄氏度左右，人们称之为“龙水”。

枫田笔架山下有“湖”一口，面积10余亩。湖里有喷泉数眼，水从石岩裂隙中喷涌而出，水质甘甜如蜜，故名“蜜湖”。历来，蜜湖颇受文人名士的青睐。诗人杨万里的“未思异乡作异客，蜜湖相望入云苍”；苏东坡的“楚水他乡客，蜜湖旧墓田”，均是吟唱蜜湖的好诗佳句。

如今，满足城乡市场供应数百万居民饮用的矿泉水“武功山泉”，出自武功山里的大布长源头村村口。传说，武功山泉源自村口的古庙中的一堵岩函里，是仙水，历任庙中的和尚、住持、道士、尼姑，一个个身康体健，人人年过百岁，无疾而终。当然，如今科学发达，早就化验出“武功山泉”水中富含对人体有益的多种矿物质。

除了龙泉、喷泉，武功山拥有品相极高的地热温泉，如著名的“温汤温泉”、“文家温泉”等。文家温泉现在名为“武功山温泉”，她位于武功山东南泰山乡文家村。温泉水温高达80摄氏度，日出水量3000多吨，水中含有包括硒元素在内的多种微量元素，对人体的健康十分有益。现在。武功山风景名胜区得以开发，文家温泉已开辟成集旅游、疗养、会议、娱乐、避暑、休闲为一体的多功能山庄。

绿水映青山，高山出平湖。这座水连山、山接天，天水合一的中型水库便是著名的“武功湖”。武功湖坐落在武功山东南面，湖区横跨安福县7个乡镇，集雨面积427平方公里，湖面面积11.8平方公里，蓄水量1.74亿立方米。它四面环山，山上植被茂密，绿树成林，山清水秀，一派如诗如画的山水风光。你可以乘坐游艇，欣赏烟波浩渺的湖光山色；或驾一叶扁舟，剪开湖面万顷碧涛，荡漾于怡情逸兴之间；或驻足湖中绿岛上，品茗、趣谈、吟诗、作画、载歌、载舞、垂钓、野炊，抿两口“武功山云雾茶”，喝一盅“安福老冬酒”，蒸一碗“安福火腿”，炒一盘“枫田辣椒“……尽情地品味这原生态的和谐与美丽。武功湖，高山中的平湖，无疑是武功山风景名胜区最具旅游特色的所在。

我爱武功山，我更爱武功山的水。

乡村的“文化印章”

曾绯龙

有这样一种印章:它浸润天地之灵气,镌刻历史深处的文字,以淳厚质朴的民风民俗为印泥,沉甸甸地盖在乡村阔实温润的心窝。一任风雨飘摇,草木葳蕤,印章存留的痕迹依旧,氤氲的文化芬芳永恒。

斗笠

远处,青山如黛,绵延的雾岚翩翩起舞,舞出万种姿态;近处,田垅似棋盘,众多农夫棋子般缓缓挪移。他们大都顶着斗笠忙乎农活,遮阳避雨兼得,抬眼望去,恍若浮萍漂在广袤的原野之上,又像一个个色彩各异会走动的蘑菇。偶尔,晴朗的天空滑过一阵太阳雨,敲击着斗笠,一串细碎轻灵的旋律,穿越湿润的空气,抵达五线谱一样伸向山旮旯的电线上,逗起了紫燕的兴致,亦附和着呢喃。有时,一只涉世未深胆量颇大的小麻雀“倏”地一下飞到一位农夫的斗笠边缘,小憩片刻。它是将斗笠当作栖息的鸟巢呢,还是一件别致的玩具?

哦,这就是家乡的斗笠！阅读如水的春耕,阅读小巧玲珑的斗笠,我便下意识地忆起剔透的童年,忆起乡亲织笠时那种恬淡、空灵、宁静的意境。

织笠一般选在初春时节。十几位老妪、村姑、孩童,各自端来板凳围坐在某一家人宽敞的大院里,一边聊天,一边织斗笠。先将青竹砍成竹片,接着劈开四重,再破成两三毫米宽的篾条。村姑编织时，脚下踩着正在编织的篾搭子，柔软细长的篾丝儿，在指间跳跃、旋转，动作迅疾且颇具节奏感，让一旁观望的我眼花缭乱；而老妪动作圆熟但显得慢条斯理，一双双青筋饱绽缀满老年斑的手，揉捏着不停颤动的篾条，仿佛在调教不安分的孙辈，又像在雕琢一件精美绝伦的艺术品。老妪的神情专注，目光温柔，偶尔从漏风的牙齿间吐露出嫁时的点滴趣事，诉说着青春年少时的浪漫往事。村姑们则喜欢数落在外务工丈夫的种种缺点，一点也不忌讳可能就生造出公众的笑柄。

斗笠织成了：圆锥形的尖顶，下面平铺开直径约 1 米的扇面，细细的蔑丝，织成密集的蜂窝状的六角小孔，上下两层，中间夹着箬叶，复以油纸，精巧漂亮。斗笠的花样也很多，有的塑料薄膜夹进了纸花：红色的鲤鱼、金色的蛟龙、紫色的菊花、绿色的荷叶、蓝色的蝴蝶……花鸟中间，还嵌着诸如“五谷丰登”“百业兴旺”“幸福美满”“喜气盈门”之类的祝福，让人爱不释手。

苏区时期，永新南乡人民为支援红军，动员了许多编斗笠能手，后经时任中共湘赣省委书记任弼时同志提议，南乡斗笠便改名为“红军斗笠”。

我喜欢斗笠朴素拙直的样子，喜欢乡亲织笠时温馨的场景，喜欢跳跃着的篾丝儿散发出来的淡淡清香，那是家乡特有的亲切气息……

盾牌舞

古村、古祠堂、古民俗，远古的气息真真切切地弥漫我全身，把我带入一个梦幻般的神奇世界。南塘，相对偌大的地球，渺小得宛如一粒尘埃。然而，2010 年的一个夏日，这座位于井冈山下永新县龙源口镇的小山村，却占据我整个脑海，其分量宛如人世间一切。

南塘村的建筑十分古老，不少民居的门楣、窗棂和梁柱之上留下精美木雕，呈现出龙凤呈祥、牧童短笛、荷塘蝶舞、仕女对弈等各式图案……虽历经岁月的侵蚀，却依旧透出亮丽的轮廓。有的呼之欲出，生动的形态让人迷醉。

村头的古祠，少说也有上百年，仿佛从地底下出土的文物，擦拭少许便折射出不可遏制的美感。阳光暖暖地从祠中硕大的天井倾泻而下，溅起铿锵的锣鼓声响与山里人酣畅淋漓的笑语欢歌。

“桩马落地稳如山,嗬!手臂挥下似刀劈,嗬!叉来盾挡冲敌阵,嗬!八个阵式杀声急,嗬!”伴随12位武士着装的青年男子的呐喊,盾牌舞表演拉开了帷幕。盾牌舞是一种集武术、杂技、舞蹈、音乐等于一体的综合性民间艺术,主要流行于永新南乡,在当地有400多年历史。其操演动作,明朝抗倭名将戚继光在《纪效新书》中有记载:

“习藤牌人,牌一面,内用大藤为骨,以藤篾条条退藤缠联,每面随牌标枪一支,腰刀一把,其兵执牌作势向敌,以标枪执在右手,腰刀构在牌里,挽手之上,以腕抵住,待敌长枪将及身,掷标刺之,中与不中,敌必用枪顾拨,兵即乘隙经进,急取出刀,左右随牌砍杀……战必胜。”古时盾牌舞称藤牌舞或滚挡牌,具有封建宗教色彩和一定的危险成分。经整理改编后的盾牌舞,剔除了迷信及危险因素,动作更加雄健,队形变化奇特、新颖、壮美。

表演开始时,12名武士各据四方,叉手勇猛攻击,左突右冲,一下就把我带入“操吴戈兮被犀甲,车错毂兮短兵接”的古战场。接着阵式一变,成为有头有尾的长蛇阵。武士们飞步鱼跃而上,展示出非凡的武功。锣鼓声骤然高亢,变为八字阵。两军对峙,双方森严壁垒,伴着急促清亮的鼓点,铁环齐响,刀叉闪烁寒光。武士们惊天动地的“嗬”“嗬”呐喊,分外肃穆壮烈。在一段走步的间隙后,12名武士并排滚挡,宛如黄蜂出洞,席卷而至,真如屈原名作《国殇》中所描写的“旌蔽日兮敌若云,矢交坠兮士争先”,这就是别具特色的黄蜂阵。此外还有“荷包阵”“龙门阵”。最紧张刺激、扣人心弦的是“打花牌”,这是盾牌舞表演的高潮部分。武士们怀着“首身离兮心不惩”“诚既勇兮又以武,终刚强兮不可凌”的英雄气概,凭着平素练就的武艺,短兵相接,一对一地打出了令人目不暇接、叹为观止的“跳牌”“扯牌”“壕牌”“腰牌”“滚牌”“躲牌”与“花牌”。最后,锣鼓声戛然而止,荡气回肠、引人入胜的盾牌舞表演结束了,而我的内心却平静不下来,周身的血液依然还在汹涌翻滚。

和子四珍

多么叮咚悦耳的一个称呼!好像你徜徉在夜色中的竹海,蓦地瞥见一泓清泉从青绿的竹子下面缓缓流出,一滴、两滴……滴滴透明圆润。此时,一缕微凉的月光,丝绸一样弹在清泉之上,如奏古琴。

这其实是永新县地道的绿色食品，分为四样，乃电视连续剧《大唐歌飞》主人公——许和子嗜好之物，故曰：和子四珍。先说和子，唐段安节《乐府杂录》载：“开元中，内人有许和子者，本吉州永新县乐家女也。开元末选入宫，即以永新名之，籍宜春院，既美且慧，善歌，能变新声，韩娥、李延年殁后千余载，旷无其人，至永新始继其能。”又载：“一日赐大宴于勤政楼，观者数千万众，喧哗聚语，莫得闻鱼龙百戏之音。上怒，欲罢宴。中官高力士奏请命永新出楼歌一曲，必可止喧。上从之。永新乃撩鬓举袂，直奏曼声，至是广场寂寂若无一人，喜者闻之气勇，愁者闻之肠绝。”想想看，此曲只应天上有，人间哪得几回闻？许和子的歌声能让万人止喧，龙颜大悦，可见其艺术感染力何其巨大！相传许和子的嗓音甜美高亢，乃缘于她常食酱姜、酱萝卜、橙皮、蜜茄，此事固然有夸大之意，但后人感叹这四样食品的滋味，竟与许和子的歌声一样醇美。和子四珍就这样叫响了。

酱姜的制作过程颇为繁杂。先将上佳的糯米蒸熟，让其长出有益生物酶菌，调水后在盛夏烈日下曝晒七天，制成浓郁香甜的酱。然后把刮皮洗净的生姜，在水中稍煮，放入酱中再于烈日下曝晒七天，洗去酱，晒干表面水分，密封在陶罐中。一个多月后，姜的表面便生出一层厚厚的清香甘甜的白砂。美味的酱姜就这样制成了。酱萝卜则是取腌制好的咸萝卜与酱晒制而成。成品外表也是一层白砂，疏松细软，甜咸适中。它营养丰富，含有多种人体所需的氨基酸，可用来炖鸡鸭、烹泥鳅，既去腥，又可调剂汤的味道。橙皮，是采摘拳头大小的柚橙，带青皮切成月牙形的薄片，与铜器一起煮之后，用水漂洗，再拌上白糖晒干。橙皮，边色翠绿，脯如白玉，香气清幽，味甜爽口。具有开胃消食、养肝明目之功效。蜜茄，取优质未成熟的茄子和蜂蜜，用传统工艺九蒸九晒精制而成，俗称九蒸蜜茄。成品呈深咖啡色，视之清亮透明，闻之香气飘溢，食之松软甘甜。

因制作历史久远，故永新人特别喜爱和子四珍。大凡有女儿出嫁，亦携带和子四珍作为特殊的“嫁妆”。有一次，我应邀到一位亲戚家，见证了真正的乡村婚礼。仪式繁琐，颇富宗教意味，人情味也很浓。参观洞房时，新娘子一定要每位客人品尝和子四珍，一样也不能少。不过新娘子挺细心，事先已将个头稍大的酱萝卜和蜜茄切成小片。但酱姜与橙皮未作处理，必须整块品尝。因酱姜辣味十足，有客人辣出泪来，却碍于新娘子情面，全部食尽。新娘子说：“吃‘和子四珍’，可保四季平安，四季发财！”冲着新娘子的美好祝福，谁还会腼腆地拒绝品尝和子四珍呢？

其实，永新人自古就像和子四珍一样，性情刚直，热情好客，犹如酱姜之辣，酱萝卜之咸，橙皮蜜茄之甜，浓烈的气息扑面而来。

（作者供职于永新县委宣传部）

抚州 Fuzhou

赣东古刹金山寺印象

吴德春

久已听闻临川是才子之乡、西瓜之乡、建筑之乡、戏剧之乡，王安石、汤显祖的故乡。也略知临川才子、临川诗派、临川词派、临川音系、《临川四梦》所构成博大精深的临川文化；曾经歌颂过那片浸染着瀚墨书香之地的教育热土；赞美过临川的田园山庄赣抚粮仓；描写过灵谷峰的千年道观庄严道场；领略过青莲山下日泉月泉玉液琼浆，却恰恰没有登攀过闻名遐尔的金山寺。这原因有二：一是早年当兵在外登过许多佛教圣地见过众多寺庙殿堂，小视了临川金山寺。二因枕边人信奉基督，视耶稣为最，也多少有所影响。直至 2011 年得知，我居然有乡友吴刚先生在相关部门工作，才有机会一年几登金山、几近佛堂。

金山寺确实建在金山上。那里石含金、土含金、金石金沙遍地金富含金矿。上世纪 90 年代初，曾有不法者盗挖疯抢非法采矿，经严厉打击才留下“宝藏”。

金山寺在临川北部云山镇境内。始建于唐，斗转星移岁月悠悠，古刹雄居临川、东乡、进贤三地的界山之巅，距省城南昌仅 60 公里之遥，316 国道、昌抚公路直达景区门楼，盘山公路能通达山腰停车坪，交通便利。

古刹名扬中外。主峰寺庙占地 20 多亩，山脚下寺院 280 亩，共计建筑面积 2 万平方米。这一大型佛教丛林集参禅礼佛和教学为一体，是江西省尼众佛学院所在地，属全国尼众佛学第二大教育基地，僧尼多达 300 余人，面向全国招收学员培育佛门弟子。已有20多个省市多届学员毕业于此,被称为赣东“佛教城”。自然善男信女顶礼膜拜,更有大德高僧择时前往。一批批闽、粤、港、澳及东南亚华人信士、三宝弟子亦慕名前来,终年香火不绝,香客常至,吉时游人香客多达2万,有“道不断车马,路不断往来”之说。

金山寺风景壮美。“盘山公路三华里,千级台阶步入云”,“车至半山腰,拾级上云霄,伸手摘祥云,举目众山小”是对金山寺的真实写照。更有北宋宰相、文学大家、临川乡贤王安石几登金山留有诗云“重经高处寺,一与百云亲,树木有春意,江山如故人,幽轩含气象,偏雨落红尘,日暮临归去,徘徊欲作神”。的确,暖春杜鹃盛开,漫山飘香;盛夏满目青绿,周身清凉;深秋红枫如画,金风送爽;隆冬松杉堆雪,素裹银装。

金山寺建筑众多。峰峦间飞檐翘角,画栋雕梁,红墙黄瓦,金碧辉煌。众多殿宇布局奇特,殿殿之间曲径来往。楼连楼,阁连阁,随地势高低错落,且有稀世珍宝《大藏经》等经文20余万册历代收藏;寺中佛像不计其数,几樽缅甸玉佛据说价值高昂。山脚下一大建筑群是大金山寺,现为国家2A级景区、抚州十佳旅游景点,已成为出家尼众向往之地,游人观光之名胜。大雄宝殿1720平方,为仿明清高台古典建筑,圣像更是庄严灵韵,遍身金光,可容纳千人上殿。外回廊宽敞通透,巍峨庄严;斋堂之大,建筑面积达2900平方米之多,大型餐饮场所共计三层,可纳千人同时用斋;佛学院新教学楼4160平方米,计三层。学僧须进禅堂坐香,冬季参禅打七,共七七四十九天,住持印空老法师90高龄担任着佛学院院长。

佛学院确是一道美景,众尼委实年轻,大都品貌端庄,我至今不知她们如何被“录取”,怎样才“考入”,为何选择了这一“行”。我想这大千世界红尘滚滚,那晨钟暮鼓、木鱼声声真的能使一个人万念皆空么?

春天来了,吴先生作陪,我再次来到金山寺。山上果真杜鹃怒放,山下油菜金黄,自下仰望,云蒸霞蔚,巍峨大殿恍若仙境;山顶举目,田园阡陌,纵横交错,村如棋,地如毯,抚河如带。临川有景皆秀,故历史上无数词人墨客都曾吟哦山间挥毫水上,陆放翁游罢临川就曾诗兴大作,写过“垂虹亭上三更月,拟砚台前清小雪,我行万里夸秦吴,此地固应名二绝”的诗句。

身旁吴先生喘着粗气说:“金山寺现已扩建,地方大、寺院大、人才大、内涵大、度量大,‘五大’优势正在发挥,这当真得益于政府的大力支持。水电给排系统、通讯联络系统全部配套啦,寺院还有客货两用汽车。真的是:水泥公路上了山头,自来水到了灶头,电话电视到了床头,英特网也跟在菩萨身后头。”

说话间呼啦啦挤过一队男女青年,牵手的搂腰的,男孩背着女孩的,还有停下来亲吻的,一个个朝气蓬勃,笑声朗朗,走得飞快。吴说,这些人大都是来踏青的,再过几个月会有大批高中学子、学生家长前来膜拜,祈求考上理想的大学。

登临山顶,走进殿堂,见右方一水泥栏杆处一闹中取静的女子,手执经书而阅。吴说这位女子来自台湾。可见临川金山寺名气之大,人气之旺,要不台湾人来这里干吗,天底下菩萨多着呢,对不?

金山寺的阵阵木鱼、声声梵钟、酽酽晚鼓、喃喃佛语造就了那里千年不断的香火,金山寺究竟有何等辉煌?靠浮想、联想,遥想、梦想、胡思乱想都不如亲临现场。

去吧,权当一次旅游,一回观光,去品味古刹新韵,留下些赞美的篇章。我的手机响啦,信号真强,是彩铃——“红尘呐滚滚……何不潇洒走一回……”。

(作者系抚州采茶剧团编剧、《抚州日报》特约撰稿人)

探访从姑山

何华明

飞青突兀落眼前，芙蓉两朵浮秋烟。

巉岩变态异远近，奇石怪耸含情妍。

龙颔开张犬牙错，猛虎蹲踞翔骞骞。

孤根独上偃华盖，空罅侧卸垂金莲。

…………

这是清代诗人蒋士铨《游从姑山》的诗句。这首诗，高度地赞美了从姑山山势的嵯峨峻峭，景色的雄伟壮丽。从姑山是自然与历史人文的美妙结合，是如诗如画的人间仙境，今天，我们卸下沉重的包袱，放飞心情，踏着古人走过的足迹，负载着一个个优美的传说，对从姑仙境进行一番新的探寻……

“山不在高，有仙则灵”。坐落在南城县县城东南五里的从姑山，海拔203米，相传是因麻姑的胞妹从姑曾居此山、修道成仙而得名。从姑山临江耸立，气势雄伟，整个山峰皆红岩丹石，山腰平缓，山顶巨岩突兀而起，高数十丈，怪石崚嶒，直入云霄，遥望“魁然圆顶，若人踞而坐”。从姑山与麻姑山遥遥相对，盱江傍山而过，有句诗写的好“两岸姑山排笔架，一江盱水绣文章”。

从姑山美，美的如诗如画。从姑山分南、北两峰。两峰对峙，蔚为奇观。南峰如神鳌欲翔，名曰“飞鳌峰”，北峰巍然当空、如擎天一柱，名为“天柱峰”。两峰之间，如斧劈刀削，岩壁陡峭，高耸十数丈，形成一条窄长峻峭的石罅，由石罅窥天，天空细如一线，素称“从石天光”，又叫“一线天”。山峰东坡有一条石径，是由石壁立而中裂一痕若齿所致，可通绝顶，称为“天梯”。沿“天梯”攀登数十米，出现双石对峙如门，故称“铁关”。两峰西侧，山石愈怪，如棋盘石、步蟾石、涵虚洞、蹑云岩、狮子岩等，其状或若垂莲含苞，或若飞鸿展翅，或若蟾蜍欲跃……从姑山，奇姿异态，怪象丛生。每石每景，无不展示着自然界鬼斧神功的杰作，让人流连忘返。

相传，从姑山原本是树木参天，花荣叶茂，遍山居住着飞禽走兽。在这片林子里，住着一只怪模怪样的豹子，这只豹子可神呢，能日行千里、夜走八百，舂米、车水、拉犁、送信样样都行，专门为农家做好事，远近几十里的乡民都很喜欢它，称它为“神豹”，还为它建有从神庙。后来，这只神豹得到天庭南极仙翁的赏识，擢升天庭，做了王母娘娘的坐骑。谁知神豹不堪天规的约束，私自偷下凡，继续在从姑山天柱峰隐居，王母知道后大发雷霆，派天兵天将把神豹锁在从神庙。

天柱峰距崖根数米处，有两个石洞，一个叫“油洞”，一个叫“米洞”。传说这两个洞很是神奇，天天会从洞中冒出油和米来，天柱峰下曾有一座庙，庙里有个和尚叫法痴，天天到洞里取油取米，数量不多不少，刚好够和尚们吃。一天，来了不少逃荒百姓和进庙挂单的游方和尚。法痴清点人数，共有一百零八人。心想，一下子来了这么多人，怎么办？一边想一边带着小和尚去取油米，爬进洞，见满洞的油和米，喜出望外，便让小和尚打出来称一称，正好够吃。法痴是个游手好闲、嘴馋心贪的懒和尚，就拿着铁锤、凿子将油洞、米洞凿大，正当法痴得意忘形之时，轰隆一声巨响，山石迸裂，贪心的法痴被巨石压死在洞里。从此，油洞、米洞就再也不出油和米了。又传说，这两个洞直接与东海相连，从姑山顶平旷，可容纳数百人，曾是大仙王方平下棋之处……这里的传说真的太多了，好像每块奇石都在诉说着一个奇妙的传说。

“飞鳌峰”的南面石壁上，留下了许多四方的凿洞，据考证，这里就是当年学府所在地。嘉靖二十四年（公元1545年），明代著名学者罗汝芳曾在从姑山建立“从姑山房”授徒讲学。罗汝芳撰《从姑山图序》，详述景观“十区”（即十个景点），有“南阳、宝光、长春、倚云”四阁，皆为讲学读书之所；据姚文光《从姑山考》记载，从姑山曾建有“坐春、翠微、得仙、贮碧”四亭，是文人雅士读书之余观赏美景之处；还有“见云堂、前峰书屋、潜光轩”等房舍，以接待四方来客；自古以来，从姑山为文人雅士云集之地。被誉为“东方莎士比亚”的戏曲家汤显祖曾两上从姑山求学于罗汝芳门下，在《汤显祖文集》中有关歌咏从姑山的诗就有20余首。他的一生都与南城、特别是麻姑山和从姑山结下了深深的情缘，即使是贬官至广东徐闻，路经南城时，还作了《入粤过别从姑山诸友》。明代朱氏益王，也曾多次游历从姑山，有“益王璜南道人至此”的石刻为证。状元张升、史部尚书何文渊、御史邵宝、布政使张恩、左赞等数百位官宦文人，都饱览过从姑山的风景，并留下了对从姑山的赞美之词，从姑山以此名扬遐迩。

从姑山的天柱峰、飞鳌峰上，摩崖石刻多达40余处，至今“飞鳌峰”“洗心池”“滴翠崖”“玉立”“高山仰止”“振衣千仞”“蓬莱仙境”以及“悟空”“印空”“冲虚”“澄心”等石刻，仍历历在目。其中以“飞鳌峰”三字最为醒目，为明代学者罗汝芳题写，刻于飞鳌峰数丈高的绝壁之上，每字两米见方，为明代摩崖石刻之珍品。石刻或镌于悬崖峭壁、或于山体底部，还有许多摩崖艺术被风雨侵蚀，字体模糊得无法辨认……置身其中，只觉得岁月悠悠，道不尽世事沧桑，曾经的“从姑山房”和亭、台、楼、阁只留下了淡淡的遗迹，可是从姑山胜景，却历久不衰。

登临山顶，顿有“天垂平野阔”之感！遥望四山回合，俨列翠屏，烟云变幻，朝东北望去，两江环抱，长桥双锁。俯瞰平畴千顷，村落点缀其间。南眺盱水澄碧，风帆远引……万千气象，纷呈眼底。倘长风浩荡，吹衣拂襟，游人备觉心旷神怡。

文化，铸造了从姑山的灵魂！

文化，赋予从姑山以永恒的生命！

（作者供职于南城县旅游局）

玉湖游记

官炳炎

位于黎川县日峰、中田两乡(镇)境内的玉湖,湖光山色迷人,景致怪异绝伦,民间传说扑朔迷离。4万多亩的内陆平湖,面积之大,江西境内屈指可数。

夏末秋初,天朗云淡,我们来到这个神秘的地方。轻舟漫游,微风拂面,虽烈日高悬,但“一览湖山万里秋”的胜景佳致却深深地吸引了我们。玉湖以水为魂,凭幽叠韵,烟波浩淼,气象恢宏,水态多变,景幻无穷。湖边山间,此处四壁陡峭,犹如刀削;彼地怪石状兽,呼之欲出。茂林深处,松生石罅,竹长山野,红豆杉藏谷,还魂草披崖,虬曲拙怪,吐纳烟霞,变幻恍惚,幽遐瑰异,赏不暇接,令人心旷神怡,好一幅“白水如棉,不用反弹花自散;云霞似锦,何用梭织天生成”的湖山风景画。

“山因蕴玉而增辉,水因怀珠而生媚”。丹霞地貌石山群是进入我们视野的第一景,环带形石山群是湖周沉积岩经累年风化而成。丹霞地貌造型独特,姿态万千。远远望去,一列满载游客的火车呼啸而来,直奔湖心,形同神似,以假乱真,这就是遐迩闻名的“火车头山”。狮子山上,七只雌狮英姿焕发,依次排坐,明眸皓齿,翘首星空。它们在等什么呢?哦!原来它们在日盼夜思能与掉队的雄狮早日团聚。相传在很久很久以前,有一位得道高僧从东北原始森林中带着八只狮子千里迢迢去福建镇邪,到了黎川以后,突然发现唯一的雄狮没有相随而行。七只雌狮决意不走,在此伫候雄狮。为了让它们尽快重逢,高僧每天东方泛白鸣锣,夕阳西下敲鼓,以召唤雄狮。日复一日,年复一年,雄狮心不思归,雌狮痴情不改。这就是“东边锣西边鼓”的神奇故事,带给人们许多浪漫的遐想。

那边有一群活蹦乱跳的猴子在父母的带领下,栖息湖边,时而嬉闹戏水,时而攀枝挂藤,多么自在,多么欢快,充满灵气和动感的“猴子石群”让人回味无穷。

船过张家驶进猫咪塘,一处处奇景妙观让我们应接不暇,“世纪之吻石”的奇特造型和美好传说催人急于亲近它、了解它。远瞧两块形同少男少女的巨石,一块高大威武,一块娇柔妩媚,青装绿裹,你依我偎,双目传情,脉脉秋波,虽近在咫尺,却羞涩腼腆,活脱脱一对恋人在热吻。这就是造型奇特的“世纪之吻石”。传说久远的古代,武夷山下有一个秀丽的村庄,一对帅男靓女倾心相爱,私订终身,双方父母知情后坚决不依。万般无奈之下,两人决意私奔。历尽磨难,来到东兴(黎川始建县时分东兴、永城两县),天庭动怒,把他俩一个留东兴,一个遣永城,罚他俩一百年只能见一次。这“世纪之吻石”就是这对恋人相会时的情形吧。

走进“神仙洞”,不禁为洞里的奇景惊诧不已,山洞面积约300平方米,可摆60桌宴席。相传,“神仙洞”里曾住着一位“廉洁自律”的尼姑,她为不增加乡民负担,长年洁身自好,情愿挨饿受冻,从不外出化缘。她的举动感动了上苍,仙人下凡,施展法术,在洞穴两边各撕开一条口子,一边流油,一边出米,尼姑除自己食用外,还常接济附近乡民,传为佳话。

游船转过几个湖汊,“蘑菇石群”映入眼帘,硕大无朋的蘑菇石一个紧挨一个,圆溜溜的伞状石头让人目不暇接。注目凝神,勾起我对儿时采蘑菇的美好回忆。一群少男少女,身背竹篓,手拎竹篮,结伴入山,树叶微掩之中,红的,黄的,白的,紫的蘑菇,或星星点点,或簇簇拥拥。采呀采呀,竟忘了日已当头。蘑菇的味道鲜美可口,而亲临山中采蘑菇的经历更是意味无穷。

绵延一千多米、细密平缓的橙红色沙滩,傍水接山,尽管少了惊涛拍岸,仍可与海上“黄金海岸”媲美。猿人观日、猩猩饮湖、群象戏水、栩栩如生,形态逼真,身临其景,如入人间仙境,令人流连忘返,惊叹大自然巧夺天工的奇妙神韵。贝壳石、汉堡包石、仙水岩、天然栈道、水边一线天……异彩纷呈,各领其奇。

“漠漠水田飞白鹭,荫荫夏木啭黄鹂”。早上或傍晚进入湖区,只见白鹭拂湖、鱼逐水波、野鸭凫趋、鸬鹚觅食。蓝天碧空中,成群结队的鹭鸶铺天盖地,或翩翩起舞，或栖逗深黛色丛林中，美丽极了。这般“四方鹭鸟栖林涧，八方清波绕松山”的迷人景观真让人百看不厌、赞不绝口。

这里的大小山凹里，深谷遍布，洞穴幽深，芳草丛生，野果繁硕，是野生动物栖息繁衍的佳地。穿行山涧，漫步林中，野牛、野羊、野猪、野兔、山猴时而可窥，或饮泉，或沐浴，或攀藤，或食果，或疾步如飞，或嬉戏追逐，演绎出一幕幕自由王国里悠闲自娱、歌舞升平的动人场景。面对此等良辰美景，怎不令人击掌叹奇：“此境只应天上有，人间哪得几处真”！

（作者系中国广播电视学会会员、江西省作家协会会员、黎川县作家协会副主席兼秘书长）

军峰印象

平卫东

石 阶

军峰归来,最惊心的莫过于那曲折绵延的十多里石阶。石阶在山岭间蜿蜒起伏,伸展着遥不可及的登途。

石是不规整的青麻石,宽不过尺许,一段段石阶顺着山势或斜缓,或陡峭,忽而让人舒坦,忽而令人惊惧,心境随之忽起忽落。好汉坡石阶陡立,恰似云梯,抬头仰望,禁不住倒吸一口冷气,那层层石阶一级垒叠着一级,似乎考验着攀登者的勇气;斗米岭石阶绵延数里,有如折尺,一级一级石阶逶迤而上,又似乎检验着登足者的毅力。

最令人惧怕的要算顶峰山门下那段数百级壁立的石阶,此时,游人经过数小时的攀登,体力与耐力已趋极限,在呼哧呼哧的喘气声中,挪动灌铅的双腿,手脚并用,向着那若远若近的顶峰,一步一步地攀爬——在汲取大地母亲的力量,历经一番体能与心智的磨砺之后,才能抵达神往的峰顶。

是的,在艰难与困苦面前,只有脚踏实地,永不放弃,才能攀上光明的顶峰!

云 雾

登临军峰,跋涉于崇山峻岭之间,每每能观赏到军峰变幻莫测的云雾之美。

记得第一次登临军峰是仲夏日暮时分，几个人站在军峰山顶俯瞰山川，饱览秀美河山，忽听得悬崖下有隐隐的雷响。定睛一看，山谷中一团团云雾急速向上翻涌。这云雾挟带了阵阵山风，像翻滚的气浪很快漫上了山顶，不一会儿就沾湿了发丝，把我们几个幻化成“白眉道长”。惊愕之余，我们再也没有寄情山水的逸兴了，都逃也似地摸索着下了山。

再次登军峰已是深秋。起初，仰望军峰是一片心仪的澄明，攀上山腰才发觉云笼雾罩，人在雾中穿行，远远近近，朦朦胧胧，恍若仙境。有时几缕阳光穿透薄雾，照射在近处的峰峦上，似有登临蓬莱之感，引得一阵阵啧啧惊叹。钻出云雾，回首眺望，那云雾又似一片片轻薄的纱巾，缠绕在峰峦之间，更增添了一份神奇与秀美。

及至登上峰顶，头顶澄澈的天空，脚踏万仞山岳，不禁心旌摇荡，襟怀开阔。俯身远望，群山在云海之中浮浮沉沉，随着诡谲的云浪若隐若现，绘就出一幅幅灵动而壮阔的图景。

此时，我不禁暗想：山峰是阳刚之臻，云雾是阴柔之魅，正是这阴阳相融、刚柔相济，才造就了这钟灵毓秀的军峰圣境！

青　松

虬劲、盘曲，兀立于山岩或崖壁之上，一棵棵青松犹如伫立的桀骜不屈的灵魂，这是攀行在军峰山腰之上才能看到的风景。

松是平常所见的松，却没有粗壮挺拔的身躯，更没有浓密的翠盖，有的只是一副苍劲的姿态：躯干弯弯曲曲，只在顶端分叉出几丛枝叶，显露出葱郁的生机。

我不知道这松是怎样在山岩中扎下了根，是飞鸟遗落？抑或狂风厉卷？但作为青葱的生命，一棵松树也深深地懂得莫负大山的哺育，一抔薄土也是立命之本，尽管风吹日晒，尽管霜冻雨侵，也要倔强地生长。

最感动的是山道边那几棵苍松，如同慈详的老者，旁逸而出的枝干犹如一条条舒展的手臂，迎送着过往的游客。

受命不迁，甘于苦难，却又乐观顽强，这不正是军峰青松的真实写照么？！

（作者供职于南丰县旅游局）

聆听虎毛山

段文华

在明代名臣吴道南的故里——崇仁县城的巴陵门外，有一座山叫虎毛山。传说几百年前，宋朝的一个僧人因宋朝灭亡，烧毁了位于巴陵门外的西林寺，逃亡至虎毛山。他在山里发现了一个大石洞，里面冬暖夏凉，夏日不需扇扇，冬天不用盖被，便在这里长期隐居下来，直至圆寂，后人命名这个石洞为“大石楼”。此后，大石楼内一直有僧人隐居，直至 20 世纪 60 年代末，清代最后一个僧人也在这里圆寂。

我与几位文友去拜访虎毛山的时候，是一个仲秋的中午。去大石楼必须乘船渡过一片水域。万历二十六年（公元 1600 年）三月，汤显祖辞官从遂昌回临川故里途中，也曾去过大石楼。他去大石楼并不是雅兴使然，而是希望排遣自己的郁闷。山水自然，是造物主赐给中国古代遭贬官宦和失意文人的一剂治心良药。小石潭的粼粼波光，半山园的月色竹影，曾给苏东坡、王安石多少心灵的慰藉！这不禁使我想到中国古代的山水哲学。

孔子对山水并无厚此薄彼，说过很著名的八个字：“智者乐水，仁者乐山”。先秦诸子都喜欢以山水来比附人间哲理，但最精彩的还是这八个字，直到今天还给人们以许多联想。

古人喜欢在自然里寻找人生品质的对应物，因此，水的流淌自如被看成智者的象征；山的宁静自守被看成仁者的象征。智者和仁者都会由此而选择自己所喜爱的自然环境，这已近乎于现代心理学所说的心理格式对应关系了。

虎毛山的风景，使自然的山水关系达到了平衡。20世纪60年代，人们在这里修建了一个大型人工湖，使这里的山和水融为一体，既是地方文化品位的标志，也是区域特色的象征。你看那水，也像是在思维，它有时迷朦有时清朗；有时像明月秋风那样冷静，有时又像彤云密布那样沉重；有时像微风细波一样地思绪起伏，有时又像波涛拍岸似的心情激越……如果你想追慕庄周之意，可清波垂钓，让自己置身清幽、闲适、从容之中，乐在山水之间。

木船稳健地在水面上航行。碧水拍打着游船，化作一朵朵快意的喧响。伫立船头，犹如伫立在一个非常诗意的成语里，让你体验到“浮家泛宅”的自在。

前方那段被称为“小三峡”的水域，两岸石壁夹峙，一川云水远上，像王母娘娘不愿剪断的一条吸纳人间物质与文化的脐带……

坐在船上，抬头仰望两岸大山，你一定会觉得虎毛山的山也是奇特的。这座叫龙虎山的山呈青褐色，粗野而强大，它蜿蜒盘旋，仿佛一条巨龙要腾空而去。传说中的青龙与白虎的拼杀，虽然已落魄成了船家和导游者的口头文学，然而那故事的母体，龙虎山以及元代著名学者虞集留下的墨迹，却成了游人探幽吊古的自然和人文景观。

还有那圆顶山，一块巨石将一座即将倾倒的大山擎起。人们看惯了的历史总是石在山上立，而这座山却腾空立于石上，这也是历史？一块石头能擎起整个倒下的一座山，这是什么力量？历史上作为一介草民百姓伏阙上书的崇仁人氏欧阳辙，在徒步进京路上，曾路过这里，在仰望圆顶山后，对天发问：一个人能擎起将倾的天地么？

欧阳辙没能挽救摇摇欲坠的赵氏江山，他此去再没复还，在直面皇帝、斥责主和派、力主抗金的三次上书后，被宋高宗将他和大学士陈东一起斩首于市。

当我仰视圆顶山，不闻西风乍起落叶飘零天地肃杀之秋声，却仿佛听见欧阳辙仰天发问的千古绝句。

过了“小三峡”登岸，不远处便是大石楼，在爬过一段山坡后，我们已经汗水淋漓了。可一走进大石楼就立即被一股阴阴的凉气裹卷住了。这种发自地底的凉气是那么巨大，而且有一种无可置疑的天然性。大石楼内，那僧人曾经睡过的石床以及用过的石灶，至今依然存在。置身清凉的石楼中，我们似乎忘却了那个远去的悲苦故事。

在大石楼洞前，导游向我们介绍了一块神秘的大响石。我和几个文友分别上前用脚踏敲，石块立即发出一种咚咚的响声。这声音，像是一曲渺茫的音乐和断断续续的私语。石楼内，有一个深不可测的崖洞，仅靠一个小孔和外界连通。曾有探险者从孔里钻进去，竟意外地发现了一具小鹿的化石。

一位哲人说过，神话是在人民构想中经过不自觉的艺术方式所加工过的自然界和社会形态。正是这种浸润着美丽的向往和追求的“不自觉的艺术方式”，使历史变得浪漫起来。

虎毛山，处处都有着它的神话。屹立在我们面前的那块大平顶石，是传说中一个宝库的石门。我伸手出去，抚摸石门上潮湿的阳光，似乎触摸到石器敲凿的火花。也许，我们永远无法知道是谁为这座石库设下了这道天然屏障，使人类永远无法获取石库里的宝藏。是几千年还是几万年前的一个黄昏，一位智慧老人用我们全然听不懂的语言呢喃着，将几个贪婪的盗宝者封存在宝库，从此再未开启过。

乾坤之德，唯风气独尊。当我们来到一块被劈开的巨石前时，导游告诉我们这叫“雷劈石”，是天雷扶正击邪的见证。传说几百年之前，明朝的一个读书人与他叔叔的儿子一同进京赶考，归来时突遇大雨，两人便来到这山崖下躲避。突然一声惊雷，将山崖劈为两半，他的堂弟因不孝敬父母当即被劈死在山崖之下，而这个从小失去父母、受其堂弟欺辱的读书人却安然无恙，后来金榜题名，成为清正良臣。他就是明朝礼部尚书兼东阁大学士吴道南。

有声的故事，无声的雷劈石，引来无数后人的凭吊与反思。人类在反思中成熟，也在反思中饱受痛苦。

一路行来，我们漫步在虎毛山的深处，穿越在由古老的神话和传说编织的历史投影里，听得见一种声音在我们耳边娓娓絮语。

转出山谷，脚下的路好似突然断裂了，山崖塌陷出一条石缝，从石缝中流淌出一股涓涓清泉。导游对我们说，这股清泉千古不干。相传有一年，这一带流行瘟疫，山民死亡无数。从这里经过的观世音菩萨大发慈悲，从净瓶中洒出几滴水，顿时化作一股清泉。山民饮了这股清泉后，疾病全无，个个长寿百岁。后来，人们便把这股泉叫“长寿泉”。

下山的路上，导游还领着我们去看了岩棺。那些岩棺给了这里一个有着真凭实据、有着神秘玄想的地名——岩棺洞。

那些已经散落的岩棺，就存放在去天近，去地远，既无猿路也无鸟道的崖壁上。以体验放飞或升天，企盼一个永远俯视众生的解脱……

我知道，虎毛山最宝贵的不是这些秀丽的风景，而是这一脉山水有深厚的文化积淀，那神工造化的“一线天”，那孤独的磨盘山，那神秘的“石菩萨洞”都有着美好的传说和先贤留下的灿烂诗章。

当一切古老的建筑陷于岁月的黑洞之后，唯有文字灿烂如昔，越过时间和空间之河，把我们摆渡到遥远的圣贤身旁。

我想：一个能够尊重文化的地方，必定受到世人的尊重！

悠悠神会中，一种亲近大自然的渴慕、一种道义高于功利的伦理情趣和正道直行的价值期许油然而生。聆听虎毛山，默读“秋月寒江”的皎洁澄澈，愿借一湖碧水洗涤一路心尘……

千年流坑的魅力

湛汝松

这是一村一姓一千年不变的董氏家园；这是人文荟萃，胜迹琳琅的村落；这是被誉为“千古第一村”的地处抚州市乐安县的流坑村。

一个初冬的艳阳天，正午的阳光洒遍大地，村口那株披着一身金色外衣，戴着串串翡翠项链的古樟伸开臂膀，迎接着一个个慕名而至的远方客人。我们手拉手与被日月亲抚了千年的迎宾树拥抱过后，便走进了这个被人间烟火熏陶了千年的村庄。

流坑，四面群山拱挹，秀峰叠翠；一条碧水澄澈的乌江逶迤而来，拥抱村庄；十里枝繁叶茂的香樟，延绵江岸。置身其中，尚未品读她的历史，就被那井然有序的纵街横巷，鳞次栉比的陈祠旧舍，长庭深院的翘檐斗拱和门前舍里的石额木匾组成的画卷深深吸引。

这是《清明上河图》式的画卷，260幢明清建筑的风仪神韵散发着诱人的魅力。登上形如官帽的南宋状元楼，穿过状似碉堡的明代翰林楼，走进一幢又一幢明砖宋瓦的庭院。最终停留在“高明广大”的照壁前，静静地聆听主人董燧与流坑“七横一纵”的故事：

董燧是流坑家喻户晓的人物，明代嘉靖年间，官至南京刑部郎中的董燧辞官回乡，带头并发动族人捐资，重新规划流坑，用了近20年时间把流坑改造成七条东西巷,一条南北巷如梳子形布局的村庄。七条横巷,一式东建码头,西设望楼,既可接纳江风,又能护村御敌。所有巷道,全都设渠引废水入湖,沉淀后排入乌江。如此科学规划,让今人也十分佩服。

徜徉在小巷大街,马头墙,圆木柱,青砖黛瓦,空斗砖墙,半掩半露的双坡屋顶,造型多样的照壁门楼,雕花嵌画的门扇棂窗,还有砖雕、木刻、彩绘,全都以浓厚的赣派风格,显示着我国古代建筑艺术的魅力。

在“门对九天红日,路通万里青云”的“尚义门”,明末儒商董凤砖木结构宅第里保留完整的照壁让我叹为观止。三幅工艺精湛的砖雕壁画上,以云日、山水、鸟兽、花木寄托着主人美好愿望。尤其是中幅栩栩如生的雀、鹿、蜂、猴和两对鸳鸯、仙鹤,寄寓人生的爵禄封侯,美满长寿,彰显民间艺术的丰富内涵和悠远意境,是我国古代建筑艺术中的珍品。

在幽深的鹅卵石街面上穿行,沿街一座座经历过明风清雨的祠堂,一个个悬挂于堂前“父子进士”“兄弟联科”之类的牌匾和一串串记录功名的旗杆石引起我极大的兴趣。尤其是当我走进挂着“流坑村文物博物馆”牌子的祠堂,读到开村始祖董合、第一位举人董文广、第一个进士董淳和“五桂齐芳”的同科五进士、文武状元董德元、董藻、理学家董燧等人物小传,浏览过有300多贤人儒士的“流坑历代功名榜”后,脑海便画上一个深深的问号:一个地处遍远的山区,如此人才辈出,难道真是风水的造化?

在坐落于村北的文馆,找到了答案。

文馆,又称江都书院,跨入“儒林发藻”的大门,就被这座始建于明末,多次重修的董氏族学堂散发出来的书香气息包围着。文馆内有宽敞的讲堂,舒适的书房,典雅的“文昌阁”,尤其是供奉大儒董仲舒等先贤的“敕书楼”,更是重工装饰,彩绘梁栋,透雕窗花,处处凸现流坑重教崇贤之风尚。村里人告诉我,流坑第一举人董文广中举以后,决心用教育来振兴家族。他回到家乡,办书院,招学徒,纳贤才,拉开流坑崇文重教的序幕。从此,30多间书院书屋在流坑建成,从这里走出了文武两状元,34名进士和90个举人,100多位主簿、知县、尚书、宰辅等官员。崇文重教使董家成了江西历史上声望极高的大家族;氤氲书香为流坑积淀了深厚的人文底蕴。

一个望族之村,自然少不了名家显宦之笔墨。宋代理学家朱熹为董德元的“状元楼”题匾，明代兵部尚书、三朝宰辅杨士奇为董琰的家宅手书“少司成第”，明代地理学家罗洪先为董燧的“理学名家”送上“高明广大”的墨宝，明代大儒、礼吏兵三部尚书湛若水为董时望之母撰写了《贞裕堂记》；旅行家徐霞客更在《江右游记》中发出了“其处阛阓纵横，是为万家之市”的赞叹；那酬唱之赞诗、贺宅的楹联，更多如繁星，数不胜数。文人雅士画龙点睛之诗书翰墨，无疑为长长的画卷增添了风雅之光彩，为充满人文魅力的流坑史册增添了厚重的篇章。

乌江，像女人的臂膀，把流坑紧紧拥在怀里。上千个春夏秋冬，数十万次月圆月缺，乌江依旧抱拥着一个满眼断壁残垣仿似凝固了古村庄。然而，当我望见楼台上晾着五颜六色的衣服，看到门前檐下玩铜钱牌的妇人，遇见在鹅卵石道上欢乐嬉戏的孩子，感受到的是古村的脉搏在跳动。流坑人没有用一幢幢俗气的小洋楼取代古旧的砖木建筑，没有用水泥瓷砖遮盖厚重的明清砖墙；他们习惯与历史同眠共住，用自己的身体温暖着残破的村庄。我想，流坑人保留着的这种历史的残破，就是流坑最诱人的魅力。

流坑村北环境优美，地势平坦的陌兰州上，有一片建筑的废墟。这就是董氏大宗祠的遗址。五根高高耸立的花岗岩石柱和一对昂首对峙的威武石狮在夕阳之下坦露着岁月的辉煌与历史的伤疤。我想，如果流坑人在废墟上重新建一座宗祠，这座新祠给我留下的印象也不会如此深刻，甚至军阀刑玉堂焚毁大宗祠这段历史也不会记在心中。因为，人们只有面对残破，漫长的历史才会清晰地勾起，眼前的景象才会刻骨铭心。

站在古樟树下，虽已看不见流坑往日的辉煌。但是，那被一代又一代人踩踏过的鹅卵石道，那少了半边厢房的旧屋，爬满青藤的断壁，断了半截的牌匾，失去檐眉的门楼，甚至是一扇陈旧腐朽的木门，一只残缺不全的石狮，都对我充满着诱惑。因为它们和董氏大宗祠的遗迹一样，都渗透着历史的情绪，镌刻着岁月的痕迹。

夕阳西下，我们在一个古门楼下的饭馆用餐。端起主人送过来的陈年米酒，我忽然觉得，千年流坑就是一杯清醇的老酒，散发着诱人的芬香。就着陈年老酒，细细地品味千年流坑的魅力，完全陶醉在这隽永的芬香之中……

（作者系广东省增城市作家协会副主席）

曹山宝积寺记

黄殷夫

具有千余年佛教文化底蕴的曹山宝积寺坐落在宜黄，无疑彰显了这个山区县的山水灵性；带来的，是无边的荣耀。

我游览曹山宝积寺，算来有四五次了，时间跨度也有好几年。前几次看到的，都是寺院的重建场景。直到去年秋季，我亲历了重建落成大典的盛况；今年5月，我陪同两位文友又游览了这座名山古刹。

从宜黄县城西面出发，车行15公里，我们来到位于凤冈镇陈坊村的曹山山麓。只见400多亩的山林构成一幅山峦起伏，重峦叠嶂；古木参天，翠竹掩映；溪水环绕，静谧幽雅的优美画卷。环顾四周，你会惊奇地发现，四周的山峦就像一朵朵莲花瓣。在莲花瓣中央落座的，就是中国佛教禅宗五大派系之一曹洞宗的祖庭、著名佛教旅游圣地曹山宝积寺。正对着寺院的山叫供养山，形状如一碗盛满的斋饭，供奉着菩萨；与供养山相对的是虎山，虎山右边是龙山，两山形成龙虎之势，与四周的莲花瓣围抱着曹山宝积寺。形成一个天然的大佛法坛，可谓仙趣妙成。

据《宜黄县志》历代版本记载：唐咸通十一年（公元870年），佛教禅宗、南岳青原法系弟子本寂禅师从江西宜丰洞山来到曹山，曹山居士王若一将何王观（后改称荷玉观）舍给本寂住持。宋大中祥符二年（公元1009元），改观为寺，称号“宝积”；又因地处曹山，信徒们都称之为“曹山寺”；宋真宗皇帝敕封为“曹山宝积寺”，一直沿用至今,迄今已有1140多年的历史。绍兴年间(公元1131~1162年),因寺堂腐朽,重新修葺。明代初遭兵燹,后重建法堂、大王殿、钟鼓楼。洪武六年(公元1373年),僧斯道将寺内积谷用于赈灾,被封为斯道禅师,赐寺额"宝积禅林"。明末,观心禅师重修3间大殿。据宋明清历代《宜黄县志》和《宗教词典》多版记载:在国内以至在日本、东南亚、朝鲜等多个国家,至今有千余座曹洞宗派系寺庙和上千万信徒。史载:宋朝嘉定十六年(公元1224年),日本学僧道无(承阳大师)来华参禅,拜曹洞宗第十三代祖师如净禅师为师3年,受禅宗和法衣而归,回日本建永平寺作为传播曹洞宗的根本道场,法系繁衍,至今教徒有800多万,寺院15000多座。《辞海》《中国旅游文化大辞典》和《宗教辞典》三大古辞典均有详细记载。清初以后,寺庙逐渐衰落。民国时只有部分殿堂和少数佛像。到1969年,殿宇全毁。

1982年9月,以日本驹泽大学教授松田文雄先生为团长的日本第四次佛教史迹考察团一行19人,来到曹山寺遗址本寂墓,谒祖庭、结法缘,参拜祖师墓塔。自此,曹山寺迎来它的复苏契机,开始了祖庭的中兴新时期。1985年,江西省政府将本寂禅师墓塔等遗址列为全省第一批风景名胜点。1993年5月,宜黄县作出了修复曹山寺的决定。原全国政协副主席、中国佛教协会会长赵朴初获悉后,亲笔题写了"曹山宝积寺"。在各级政府和佛协组织的支持下,在海内外诸山长老和十方众善信的鼎力相助下,克服重重困难,历时六载,终于2009年11月12日举办了隆重的曹山寺重建落成暨佛像开光大典仪式。这一天,曹山寺彩旗飘飘,梵歌缭绕,钟鼓齐鸣,鞭炮震天,宾客云集。曹山寺这座千年古刹重放异彩,曹洞宗祖庭再现辉煌。

如今呈现在我们面前的,是占地52亩,历时六载重建的一座集禅学教学与研究、礼佛观光为一体的江南山水园林式大型仿唐建筑。整个寺庙建筑保持了唐代建筑风貌,平面方形、南北中轴线布局、对称稳重且整体严谨。建有钟鼓楼、天王殿、三圣殿、药师殿、大雄宝殿、法堂、藏经阁、佛学院等建筑,宝相庄严,风格独特。

寺前的广场上,立着一块天然巨石,上面刻着赵朴初先生亲笔题书的"曹山宝积寺",字体遒劲有力,给古寺平添了几分庄严和肃穆。过10余米,有一樽三面观音塑像,慈眉善目,宝髻高挽。一面左手执持宝瓶,一面右手抱着小孩,一面施甘露水印,为众生广施法雨,周围有鲜花环绕。广场的东面,有一口百余平方米的放生池，一群善男信女手捧乌龟、青蛙等小动物放生于池中。

出天王殿，是占地2000多平方米的塔院广场，有石塔、石像、石碑立于其间。左边为三圣殿，右边是药师殿。过塔院广场，顺台阶拾级而上，我们来到大雄宝殿。大殿飞檐斗拱，翘角凌空，气势恢宏。殿内供奉着释迦牟尼佛、药师佛和阿弥陀佛三尊汉白玉佛，为全省首座、全国鲜有的巨型玉佛寺。

绕至后殿是法堂，殿内供奉着释迦牟尼佛卧佛，面带微笑地看着虔诚的芸芸众生，细心倾听他们的祈祷。

法堂后面的东侧，有一棵本寂禅师亲手栽种的千年银杏树，如今已有10多米高，需五人合抱，那皱巴巴的树身上，写满了沧桑；它见证了曹山寺从兴到衰，再从衰到兴的历史。据说，这棵银杏曾遭雷击烧焦过，但在1982年曹山寺迎来复苏时期时，老树竟神奇地长出了新枝，令人惊叹。

大殿西侧百丈余远，有一座本寂禅师墓。麻石铺砌，苔痕斑驳，石塔苍苍。据《中国旅游文化大辞典》载：祖师本寂俗姓黄，名元证，法号本寂，系福建莆田人，19岁在福建灵山出家，25岁受戒，得到江西宜丰洞山高僧良介禅师真传，来到宜黄弘扬宗法。他自公元870年来到曹山传法31年，弟子过百，信徒数千，名扬四海，被奉为"曹洞宗"，为中国佛教禅宗五大派系之一，故曹山宝积寺被称为"曹洞宗"祖庭。公元901年，本寂禅师圆寂后葬在曹山寺西侧的凤形坑，享年62岁。公元1743年，清雍正皇帝加封本寂禅师为"定藏元证禅师"。现在看到的祖师塔，是1983年修复的。

在苍松翠柏掩映下的曹山宝积寺，我们漫步在曲径回廊之上，竹林花木之间，看巨炉中香烟袅袅，听僧堂内梵歌缭绕，感受到的，是远离尘嚣的清幽和静谧……

(作者供职于宜黄县委宣传部)

象山故里寻象山

苏群晖

东山到顶了。眼前但见隆起一堆黄土，半坡浅草。一排翠松拢成半圈，宛若一群人，在聆听春风吟唱。

一面青石板砌就的券形墓碑，上刻十五个朱红大字：南宋教育哲学家陆象山先生之墓。

我默然心祭者，是九岁问天的"神童"，是"鹅湖之会"的大哲，是"象山精舍"的师者，而"知军"——一个边陲小垒的长官——我们听了觉得陌生的称呼，那可是大儒人生驿站上的最后一班"岗"啊。那级级石阶，层层平台，圆形坟茔，椅形护栏都是山下青田溪里的鹅卵石砌成的，大体是宋时旧物原貌。墓前，明代敕建的祭祠，下马亭，"崇尚真儒"神道碑等业已荡然无存，就是清乾隆年间刻的"宋儒文安公陆象山墓"碑以及民国时立的石碑也只剩下几段残碣了。

1999年，金溪县人民政府重新修葺了墓地，增立一对墓表和几块石碑。墓旁立碑，简述先生生平简介和思想言论。墓前矗立着两根明代的石柱，石柱上镌刻：学苟知本六经皆注脚；事属分内千圣有同心。高度概括了象山哲学的精髓。

春山沉寂，浅草无语，杜鹃花不甘沉寞，活泼泼地开满了山坡。伫立良久之后，我们情不自禁地撷来一把杜鹃花，供于碑前，以表敬仰之情。寺山东麓之下流过一脉溪水，溪之上横卧一座石桥，曰青田桥。虽说古桥是道光年间重修的，但风貌依旧。环顾周遭，历史仿佛在此驻足定格，怀古的幽思涌上心头。八百多年前，正是在这座古桥上，象山灵柩在悲怆的呜咽声中悠悠经过，“门人奔走会葬者以千数”，场面可谓空前。而后，便是雨丝风片，松涛鸟鸣伴着寂寞的圣贤。悲乎！真所谓“自古圣贤多寂寞”。然则，象山生前却并不寂寞，登贵溪应天山讲学，结草庐环山而居，从学者千余人；白鹿洞书院讲《义利之辨》，听者动容，泣声四起，名噪学界。象山仕途虽不甚顺利，但也名震一方。在当时宰相周必大推荐下被任命为荆门军。在任不足二载，便以除弊风、重法治、严边防、堵北泄、勤视农等“治荆八政”造福百姓，名垂青史。离开东山，我们又赶往象山老家陆坊村。

村中青石板甬巷纵横交错，青砖房舍栉比鳞次，古戏台、旧祠堂、老水井点缀其间，虽大多残破，但依旧显示昔时的喧嚣繁华。村口牌楼傲然矗立，高及数丈，颇有气派。上书一副楹联。左联：同居十世儒门第；右联：六相三贤理学家；横批：宋陆儒门。尽显象山先生家族的追求和荣耀。在村里四下转悠，最后来到了义井。据说陆家老祖宗见驿道往来的行人常常溽暑难熬，便出资掘井一口，内嵌八卦，人们为其乐施好善而感动，故美其名曰“义井”。这水井造型奇特，四周没有井沿，只有四根麻石小柱，井水清冽甘美，至今仍有不少村民爱汲饮此水。一位老者热情地告诉我们，每当清理水井时，井底的八卦图都依稀可见。

踅出古村，车行进在起伏的丘陵之中。蓦然，车一个急右拐，驶入一条新修的水泥大道，不一会儿就到达群山簇拥的疏山古寺。古寺草创盛唐，多次重建，千载而下，香火了得。八百多年前，11 岁的象山曾来此苦读三年。据有关资料记载，象山 5 岁启蒙，9 岁能文，自幼便“遇事物必致问”，问“天”问“地”问“物”，常让大人不知所措，无以为答，而他则“深思至忘寝食”。老父爱子心切，让年幼的象山和哥哥一道至疏山寺读书。据说寺中有一“宝”十分罕见，那就是一株千年罗汉松，身枯中空，却巍然耸立，直指苍穹，给人一种深邃的历史沧桑感。一进山寺，我们便放眼寻找，谁知遍寻不见，问及寺僧，原来，几年前，古松终不堪重负，訇然倒地。而今仅剩一段树根部，已被挪至寺门一侧，尊为“树神”，供人朝拜。

我们在寺中寻踪觅迹，遥想当年象山在此是怎样寒窗苦读的。在大雄宝殿右侧，松杉深处有一幢荒废小院，门楣上写着“潜省居”，据说是当年象山读书之处，推门而入，但见正堂之上有“读书堂”三字，除此之外，别无它物，恍惚之中，但见雕花窗棂之下，端坐着一个瘦弱、清秀的少年，他闭目凝神，玄思冥想……象山在此读书期间，适逢曹山寺净璋禅师在此传经，陆象山与之结缘为友。除苦读经书外，陆象山最喜听净璋禅师传经讲法，并参禅悟机，暮鼓晨钟，堪堪三载。这段求学经历对象山影响可谓深矣，难怪在鹅湖之会上，朱熹会驳斥象山之学杂有禅学。尽管陆象山拒不承认此点，但今天看来，不能不认同朱子之言。其实，影响也罢，不影响也罢，古今中外学术发展和昌盛都离不开对人类所创造的一切文化知识的扬弃和融会。

最后一站是仰山书院，它隐居在一条逼仄的小巷深处，仰山之名渊源《诗经》中的“高山仰止、景行行止”。据《金溪县志》载：“清乾隆二年知县阎廷佶倡捐，买邑人桂氏房屋改为义学，并请学使赠写‘仰山书院’门额……”后来，书院遭到很大破坏，1992 年金溪县重修了书院，古老的书院又焕发了青春。1993 年在书院开设了陆九渊纪念馆；1996 年又在书院成立了金溪县陆象山研究会……书院厅内敞亮，堂正中央昂然立着陆象山塑像，眉宇间似忧，似思，似问你我“能读懂我吗?”懂，又不全懂。要不，八百多年来，怎会发出“天下几人识象山”这样的喟叹。不过，读懂也罢，读不懂也罢，有一点大家都会认同的：人人都是这个宇宙的匆匆过客，古往今来，概莫能外，然又有几人能同象山一样，在匆匆之间留下永恒与辉煌。

（作者供职于金溪县委办公室）

朝觐大觉山

黄新文

赣东边陲、武夷山西麓的资溪县，人口仅十万出头，是江西省人口密度最低的县。资溪虽小，却是名闻遐迩的“华夏绿洲，休闲圣地”“人间净土，觉者天堂”。

出资溪县城东行7公里，抵达资溪标志性的旅游品牌、国家4A级景区、“新赣鄱十景”——大觉山风景区。

仰望东方，山峦比肩接踵，群峰高耸入云，一直绿到天边，巍峨壮丽的大觉山给了游客最初的震撼。

沿着3.6公里的大觉山峡谷东行，扑面而来的是苍翠的峰峦、高耸的绝壁、飞流直下的瀑布以及脚底下清澈湍急的溪流。前行约500米，上一高坡，“大觉古镇”到了。这是座影视城，占地25亩余，沿峡谷建了三街六巷，城门吊桥、楼阁亭台、神殿茶肆等等，游客置身其中，仿佛回到了千年前的大宋繁华商都。

走过梦幻般的大觉山峡谷，来到奇秀瑰丽的大觉湖（天湖）。它长2700米、宽近百米、最深达47米，蓄水面积15平方公里，宛如一条巨幅绿丝绦缠绕于大觉山腰。千米高峰上的一道道山泉，汲万年天地之精气，飞越峭壁穿越峡谷徜徉林海，一路欢歌到大觉湖。白云在湖中悠荡，鱼蛙腾跃水面，岸边垂枝对镜梳妆，景致宜人，充满诗情画意。驾一叶扁舟湖中泛游，寄蜉蝣于天地，渺沧海之一粟，触摸大觉仙子滑嫩的肌肤，你便是再世的董永。

恋别大觉湖，登攀“九天八地”大觉峰。游客或乘缆车上山，或徒步登攀“天岭”，抵达千年古刹大觉寺。

徒步攀登决非易事，游客必须坚韧不拔，用虔诚的双脚丈量1365级石阶，表达一年365天天天向佛的坚定信念。没有比脚更高的山，没有比心更长的路。

大觉寺坐落于海拔1118米的莲花山主峰大觉岩（天岩）中。大觉岩为一巨型天然岩洞，外形犹如一只雄狮张开巨口；内部呈长方形，外高内低，宽近100米，深约30米，高约9米，可容纳约2000人，洞之深廓，世所罕见。寺内建有大雄宝殿、观音殿、地藏王殿和祖师殿四个殿堂，塑有40尊佛像，并建有纯木结构的禅室、厢房20余间，建筑面积共1600多平方米。相传东晋咸和元年（公元326年），杭州灵隐寺的一位禅师云游江南，来到大觉山，惊叹于山景的壮丽不凡和环境的清幽，便在此修身弘法，最后圆寂于此，由此大觉山香火旺盛，千余年不衰。禅师法名“大觉”，后人为纪念他，将岩洞更名大觉岩，寺庙更名为大觉寺。

大觉寺东边的大佛山被誉为“天界”。它海拔1228米，巍峨耸立，山体酷似佛身，一座高108米的“大觉者”佛像将筑造其上，成为世界上最高大雄伟的室外佛像。大觉者神态庄重静穆，宽厚慈祥；目光沉着深邃，穿透时空，亘古恒远，成为天人合一的象征。

达摩祖师说“廓然无圣”乃佛教最高道义。“大觉”即大智若愚、大勇若怯、大道无形、大化无物。相传越国军师范蠡辅佐勾践复国后急流勇退，携西施逃避追杀，隐居四方，他们曾恋居大觉山，过着逍遥自在的生活，死后化为大觉寺旁的将军石、神女石。他们是真正的大觉者。

大觉山打造了一条全国独一无二的的太空步廊（天廊）。太空步廊长一百米，用透明有机玻璃铺设，宽一米余。游客行走于千米高空的太空步廊，必须脚底生根，小心翼翼，仿佛高空走钢丝一般惊心动魄，无疑平添了朝觐宗教神山的乐趣。

大觉山奇岩怪石遍布，形态各异，惟妙惟肖，主要有将军石、神女石、扇石、笋石、双烛石、仙马足迹岩、笔架砚台石、吕洞宾读书洞等。相传资溪本土大贤、被胡适誉为“两宋哲学开山大师”的李觏曾在大觉山勤学苦读，留有神奇的读书洞，不过，寻常百姓更喜欢把它想象成是吕洞宾的读书洞。

大觉山主峰周边有八座山峰依势而立形似莲花，拱卫着大觉主峰，称为“八地”。“九天八地”美景中还有天桥、天街、天泉(聪明泉)等奇景异致,也是游人必到之处。

山下晴空朗日,山顶却有乳汁般的云雾在峰峦间冲荡翻卷。透过雾帘,峰峦诱人的轮廓起起伏伏,若隐若现。凉润的山风拥入你的怀抱,钻进你的衣襟,渗入你的肌肤,沁入你的心脾。近处,峭壁上的松枝迎风摇曳,泥罅里的竹笋拱破了季节的子宫,挺拔起尖嫩而倔强的身姿。

204 平方公里的大觉山景区森林覆盖率高达 97%,有 30 万亩原始森林,为国家级自然保护区。区内奇林异木丛生,奇花瑶草遍布,珍禽异兽众多,有国家一、二级保护动植物 40 余种,有“植物熊猫”鹅掌楸、南方红豆杉、美毛含笑树、野桃、野荔枝等;有云豹、黑熊、娃娃鱼、脊胸蛙、鬟羊等,为世界同纬度生物多样性最丰富的区域。

大觉山集日月之精华,采物种之灵气,让人间生态文明回归五百年。朝觐大觉山,生命感受到一种透骨的轻盈、宁静和洒脱。只是自己疏浅的文字不能描绘她秀丽容颜之万一,更难于透视她悠远的过往、深邃的人文底蕴、丰赡的审美价值,唯有身临其境方能真切感知她的神韵与灵性。

告别大觉山,在返回尘世的路上,你将接受大觉峡谷漂流的考验。只要你是夏秋季节前往大觉山景区,没有人能抗拒大觉山峡谷漂流的诱惑。长 3.6 公里落差 188 米的峡谷漂流,沿途要经过一谷三湾六潭九瀑,是世界景区内漂流中的极品,是真正的勇士漂,被誉为“亚洲第一漂”“现代都市人的野蛮女友”。

河床没有落差,河水沉寂无澜;人生没有落差,生命平淡无奇。挑战落差,让生命的激情随地球的血液一起放纵地奔流,让生命的浪涛随地球的落差一起激荡,让生命尽情奔腾!

(作者供职于资溪县文联)

荷风流韵

姚晓明

正是荷花盛开的季节，朋友相邀去广昌看莲花。广昌是我国白莲的主产区之一。

我们起了个大早，赶在曙光初露的时候，来到一个叫驿前的地方看荷花初放。据说荷花是在夜间开放的，苏东坡有诗云："菰蒲无边水茫茫，荷花夜放风露香"，不知说的是不是这回事。不过，早上看荷花的感觉确实特别好。天下着毛毛细雨，村落、山峦、荷田都罩在薄雾细雨当中，十里荷田，延绵伸展直到那远远的山脚下，微风吹过，荷叶轻摇，犹如碧涛滚动，粉红的荷花，盛开在晨光之中，分外娇艳。正是"十里荷叶摇清风，万枝红艳细雨中"。

我们穿行在荷田间的小路上。荷叶荷花，玉立于清水之上，摇曳于清风之中。水中清姿丽影，风中清香飘溢。近看，片片翠玉，朵朵红艳。花上沾着玉露，叶上滚着银珠。远观，绿浪起伏，红波跳荡。景色优美若画，情韵缥缈如诗。难怪这青荷红莲千百年来能酿就诗的意境，流出诗的清韵。

历代江西诗人对荷似乎情有独钟，写下了不少咏荷的名篇佳作。如黄庭坚的"四顾山光接水光，凭栏十里芰荷香"；姜夔的"荷叶似云香不断，小船摇曳入西陵"。而杨万里最为人称道的是"小荷才露尖尖角，早有蜻蜓立上头"。"接天莲叶无穷碧，映日荷花别样红"，以前读到这两句，总以为那是诗人的想象与夸张。看了眼前的景象，才悟到这位江西诗人一定是无数次在故乡看到荷叶接天、莲花映日的美好景象，在西湖边触景生情，脱口咏出了这千古传诵的名句。

一边走，一边看，闻不够的清香，看不够的美景。热心的主人从田里摘下几个尚未完全成熟的莲蓬，请我们品尝。剥开莲托，取出青青的莲子，再去掉外皮，将洁白的莲米送进嘴里，满嘴清香，脆、嫩、鲜、甜，真难用文字描述出那种宜人的味觉。看着满田青莲，品着青青莲子，不禁也跃跃欲试，想采一蓬青莲，掬一捧芬芳。在古代文人墨客的笔下，采莲是一种闲情逸致。“荷叶罗裙一色裁，芙蓉向脸两边开，乱入池中看不见，闻歌始觉有人来”。在王昌龄的笔下，采莲充满诗意、富有情趣。而白居易的采莲曲更是情趣盎然，轻松欢快：“菱叶萦波荷飐风，荷花深处小船通，逢郎欲语低头笑，碧玉搔头落水中。”他们写的是在荷塘或莲湖上采莲。在泥水中采莲是远没有那么轻松的。不过尽管辛苦，眼前的采莲人还是满脸喜悦，毕竟他们采摘的是清香、是甘甜，是生活的希望。

穿过荷田走近村庄的时候，村旁有一小池，又别是一番景致。如果说那十里荷田是大块的锦绣文章，那么这半亩莲池就是小巧的隽永诗篇。小池中，几片荷叶或立于水上，或浮于水面；三两枝莲花，卓然于清波之上。荷花荷叶，双茎并立，花叶相扶，叶有风姿，花有艳容，花映叶翠，叶衬花红。忽然有青蛙跃入池中，水珠溅起，如银珠滚动于荷叶之上。波平之后，一群小鱼在荷叶间游戏，忽南忽北，忽东忽西。以前读汉代乐府民歌：“江南可采莲，莲叶何田田，鱼戏莲叶间”，常疑惑：莲叶亭亭如盖，相互簇拥，哪里能看见鱼儿嬉戏呢。今天终于看见“鱼戏莲叶东，鱼戏莲叶西，鱼戏莲叶南，鱼戏莲叶北”，不觉会心一笑，古人果然没有欺骗我们。我很想拍下这美妙的莲下鱼乐图，可惜拍下的照片中，看不见那欢快的鱼儿，只有鱼儿游动时荡起的阵阵涟漪。

炊烟袅袅，绿树蒙蒙，莲村的早晨清新、水灵。翠荷玉露，红莲艳影，荷田的景色如诗如画。晓风中荷香阵阵，景不醉人人自醉。置身这幽美静雅的情境，看着这不染纤尘的荷花，不觉念也脱俗，心也纯净。

（作者供职于江西省投资集团公司）

访上池王家

郑晓江

清晨,我们迎着朝霞驱车上路。由金溪的双塘镇而至东乡的虎形山垦殖场,再拐上了一条田间土路,在颠颠簸簸中前行。数小时的路途,我们交谈甚欢。王安石一生的坎坷,一生的业绩,他的诗文,他的影响,他的人品,他的道德,千百年来传颂不息;当然,他睥睨世俗的傲气及固执己见的执拗,也树敌甚多,骂名不绝于各种史册和古人的笔记小说,甚至戏剧当中。专治江西地方史的梁洪生教授曾对我说:王安石是有骂名无恶名。诚哉斯言,即便是王安石的政敌亦对其道德文章也不得不服,且赞赏有加。

车驶进了一个大村庄,它就是我们此行的目的地——上池王家。《抚州府志·王文公祠记》中说:"临川七十九都有上池王氏者,谱牒相沿为安上后。"王安石七兄弟,五人进士及第(王安国是赐进士),二人先后任宰相,可谓荣耀无比。七弟王安上,字纯甫,亦曾知和、湖二州。在王安石第二次辞相退居金陵时,宋神宗为照顾衰疾的王安石,特别任命王安上为提点江南东路刑狱,治所就在金陵,他最后卒于管勾江宁府崇禧观的任上,上池王家就是其后代延续下来的。

在村口,耸立着一座巨大的王氏宗祠,高二丈有余,宽约五丈,长足有十余丈,呈规整的长方形,青砖灰瓦,祠前有口水塘,上架一座小石桥,远远望去,有一座巨大的牌坊矗立在大路上。几棵高大的樟树遮天蔽日,更显祠堂的古朴庄重。祠堂内，有许多介绍王安石事迹及王氏宗族的图片及文字。我们仔细观览，越千年而与荆公对话。

王安石随父在临川守孝三年期满，16岁时又伴父至京师候命。第二年，王益升任江宁（今南京市）通判，王安石在金陵继续他的学业，且已立下了鸿鹄之志，在《忆昨诗示诸外弟》中云："此时少壮自负恃，意气与日争光辉。乘闲弄笔戏春色，脱略不省旁人讥。坐欲持此博轩冕，肯言孔孟犹寒饥。丙子从亲走京国，浮尘坌并缁人衣。明年亲作建昌吏，四月挽船江上矶。端居感慨忽自悟，青天闪烁无停晖。男儿少壮不树立，挟此穷老将安归？吟哦图书谢庆吊，坐室寥寥生伊威。材疏命贱不自揣，欲与稷契相目希。""稷"是传说中的五谷之神，天下百姓赖以为生；"契"是传说中的商族始祖帝喾的儿子，虞舜的大臣，舜时帮助大禹治水建奇功。王安石以之为自己的榜样，一方面是渴望着在政坛上一展身手，另一方面也透显出他从政不是为求大官，而是希望能通过这一途径，为天下百姓办实事，办好事。观王安石一生果然是按这一理想奋斗的。

漫漫长夜，豆油小灯，王安石强忍腹中之饥，苦读不辍。机会终于来了，仁宗庆历二年（公元1042年）王安石赴汴梁应试，高中进士第四名。据说，本来王安石是中了状元的，因文中有一句话"孺子其朋"被宋仁宗视为犯忌，故被降了名次。王安石亦无怨言，被朝廷授予签书淮南判官，三年后，诏回京城，任大理评事二年，再调任知鄞县（今宁波市）。其时，王安石年仅二十有七，却满腹经纶，干练英武，一心要为百姓谋利益，造福一方。

就在赴鄞县任的途中，他路过杭州，免不了要去飞来峰一游，登上千寻塔，湖光山色尽收眼底，王安石踌躇满志，赋诗一首："飞来峰上千寻塔，闻说鸡鸣见日升。不畏浮云遮望眼，自缘身在最高层。"这首著名的诗篇显示了王安石一生为求变法以富民强国的"拗相公"精神，同时也似乎宿命般地预示了他将来要承受的种种劫难。

在知鄞县的三年中，王安石先是率领一支由县吏们组成的生产与水利情况的考察队，深入到万灵乡、育王山、东海滨、芦江、洪水湾、桃源、青道等地，历时十三日，了解社情民意，调查山川物产；并乘船入海，观察海岸岛屿。在充分调查研究的基础上，王安石调集民力，"起堤堰、决陂塘，为水陆之利"，又由官府出面，贷谷与民，使百姓在青黄不接时免受高利贷的盘剥；并“兴学校”，改鄞县孔庙为该地区历史上第一所学校，刻意提升地方教育的水平；还“严五保”，为民众提供一个安居乐业的生活与生产环境。

王安石治鄞县政绩卓著，获得广大百姓的衷心爱戴。千百年来，鄞县人对这位父母官念念不忘，为他修建了“重恩祠”“经纶阁”“王荆公祠”等等。今日我们若有机会去游滨海城市宁波，在绿树成荫，波光潋艳的东钱湖，就可以看到王安石庙，此庙现已改建成了王安石纪念馆，里面陈列着王安石坐像及他在鄞县的政绩，包括他的一些手迹、诗文和著作。还在宋庆历八年（公元 1048 年），时任鄞县县令的王安石便固塘筑坝，重整湖界，使之成为以灌溉为主，兼备养殖、供水、观赏憩息的水域，至今还造福着宁波市的民众。一个七品芝麻官，能做出如此出色的政绩，且让百姓千百年来香火祭祀不绝，夫复何求哉？

出了东乡上池王家，在返归南昌的途中，我望着车窗外无边的田野，心中仍在想：胸怀大志、英毅有为的王安石自然不是一个小小的鄞县所能限囿的，治理鄞县不过是为其日后大展宏图累积经验而已。皇祐三年（公元 1050 年），王安石任满，他在回京师之前，告假返乡省亲。在一首《到家》的诗中他感慨万千地叹道：“五年羁旅倦风埃，旧里依然似梦回。猿鸟不须怀怅望，溪山应亦笑归来。身闲自觉贫无累，命在谁论进有材。秋晚吾庐更潇洒，沙边烟树绿洄洄。”这个位于沙边绿树丛边被金色晚秋笼罩着的“潇洒”之庐究竟在何处呢？

（作者系江西师范大学江右思想文化研究中心主任、教授）

图书在版编目(CIP)数据

走遍江西 100 县 / 朱虹主编.
—南昌:二十一世纪出版社,2012.11
ISBN 978-7-5391-8040-3

Ⅰ. ①走… Ⅱ. ①朱… Ⅲ. ①散文集-中国-当代
Ⅳ. ①I267

中国版本图书馆 CIP 数据核字(2012)第 184011 号

走遍江西 100 县 / 朱虹主编

出 版 人 张秋林
责任编辑 李一意
封面设计 同异文化传媒
出版发行 二十一世纪出版社(江西省南昌市子安路 75 号 330009)
www.21.cccc.com cc21@163.net
经 销 新华书店
印 刷 江西华奥印务有限责任公司
版 次 2012 年 11 月第 1 版 第 1 次印刷
开 本 720mm × 1000mm 1/16
印 张 22.5
字 数 330 千字
书 号 978-7-5391-8040-3
定 价 25.00 元